A QUADRA RAIO de SOL

NORA SAKAVIC

A QUADRA RAIO de SOL

TUDO PELO JOGO

VOL. 4

Tradução
Carolina Cândido

1ª edição

Galera

RIO DE JANEIRO

2024

PREPARAÇÃO
Isabel Rodrigues

REVISÃO
Vitória Galindo

DESIGN DE CAPA
Juliana Misumi

ILUSTRAÇÃO DE CAPA
Stephanie Ginting

TÍTULO ORIGINAL
The Sunshine Court

CIP-BRASIL. CATALOGAÇÃO NA PUBLICAÇÃO
SINDICATO NACIONAL DOS EDITORES DE LIVROS, RJ

S152q

Sakavic, Nora
    A quadra raio de sol / Nora Sakavic ; [tradução Carolina Cândido]. – 1. ed. – Rio de Janeiro: Galera Record, 2024.

    Tradução de: The Sunshine Court
    ISBN 978-65-5981-559-3

    1. Ficção americana. I. Cândido, Carolina. II. Título.

24-93260

CDD: 813
CDU: 82-3(73)

Meri Gleice Rodrigues de Souza – Bibliotecária – CRB-7/6439

Copyright © The Sunshine Court, by Nora Sakavic, 2024
A publicação deste livro foi feita mediante
negociação com a MEOW LITERARY AGENCY.

Todos os direitos reservados.
Proibida a reprodução, no todo ou em parte, através de quaisquer meios.
Os direitos morais da autora foram assegurados.

Texto revisado segundo o Acordo Ortográfico da Língua Portuguesa de 1990.

Direitos exclusivos de publicação em língua portuguesa somente para o Brasil
adquiridos pela
EDITORA GALERA RECORD LTDA.
Rua Argentina, 120 – Rio de Janeiro, RJ – 20921-380 – Tel.: (21) 2585-2000,
que se reserva a propriedade literária desta tradução.

Impresso no Brasil

ISBN 978-65-5981-559-3

Seja um leitor preferencial Record.
Cadastre-se e receba informações sobre nossos
lançamentos e nossas promoções.

Atendimento e venda direta ao leitor:
sac@record.com.br

NOTA DA EDITORA

Este livro é uma obra de ficção que contém cenas que podem ser perturbadoras a alguns leitores. A série Tudo Pelo Jogo apresenta, ao longo de seus volumes, situações e cenas fictícias que possuem, por vezes, temáticas sensíveis. A Galera Record preza acima de tudo pelo bem-estar de seus leitores, e aconselhamos uma leitura responsável do conteúdo apresentado, de acordo com a faixa etária recomendada.

CAPÍTULO UM

Jean

Jean Moreau foi lentamente recobrando a consciência e se recompondo, como já havia feito outras milhares de manhãs. A confusão que ele sentia na cabeça era tão estranha quanto a sensação de peso em seus braços e pernas; Josiah costumava recorrer a ibuprofeno quando tinha que dar um jeito no time, mesmo quando estava lidando com os ferimentos de Riko. Se ele precisou ir além disso, era sinal de que Jean não ia gostar do que encontraria.

Sem contar a dor lancinante que ia do couro cabeludo até o topo da cabeça, suas bochechas e seu nariz estavam quentes e suados. Jean ergueu a mão extremamente pesada da lateral do corpo e, com cuidado, começou a tatear os contornos do rosto. Sentia sob os dedos aquela textura áspera e familiar formada pelos pontos e curativos, e a dor, que piorou ao fazer um pouco de pressão, serviu para confirmar que o nariz tinha quebrado de novo. Durante as muitas semanas pela frente os Corvos usariam isso a favor deles para mantê-lo na linha. Ele não tinha escolha além de se proteger dos muitos e brutais ataques, recuando quando sabia que deveria avançar.

Seu pescoço doía, mas a pele ali parecia intacta e, em meio àquela névoa, levou um tempo até Jean se lembrar do que havia acontecido. A lembrança das mãos de Riko em seu pescoço, apertando com mais força e por mais tempo do que jamais tinha feito antes, fez com que ele sentisse um arrepio na espinha quando enfim recobrou por completo a consciência. Jean acabou deixando o medo tomar conta e esqueceu quem era, tentando afastar as mãos de Riko. Riko reagiu esmurrando sua cara com punhos impiedosos. Saber que o mestre iria dar um cacete em Riko após o campeonato por ter quebrado a regra de ouro — "nunca diante dos olhos do público" — deixava Jean desnorteado. Quando estava machucado, Riko conseguia ser duas vezes pior.

Jean abaixou a mão devagar, com dificuldade para abrir os olhos. Levou algumas tentativas, mas o que viu quando sua visão focou foi um teto desconhecido. Ele fora vendido ao Castelo Evermore cinco anos antes; conhecia cada centímetro quadrado daquele estádio com mais precisão do que seu próprio corpo. Aquele quarto não ficava em Evermore, não com aquela pintura pálida e janelas tão amplas. Alguém havia pendurado um cobertor azul-marinho no varão da cortina para o quarto ficar um pouco mais escuro, mas raios de sol laranja continuavam espreitando e traçando listras na cama.

Hospital? Uma súbita onda de pânico o fez contar os dedos das mãos e dos pés. As mãos doíam, mas ainda conseguia movê-las. A ausência de dedos quebrados dessa vez foi levemente reconfortante, mas o que havia acontecido com sua perna? O joelho esquerdo rangeu ao se mexer e, logo depois, o tornozelo esquerdo ardeu de tanta dor. Dentro de algumas semanas o time enfrentaria os Troianos nas semifinais do campeonato, e aquele não parecia ser o tipo de ferimento que se curaria depressa.

Jean se ergueu na cama e na mesma hora se arrependeu. A dor que vinha da barriga até a clavícula era tão intensa que o deixou enjoado. Então respirou fundo, devagar, por entre dentes cerrados, o esforço fazendo-o sentir pontadas no peito. Lembrou-se das várias vezes que Riko o havia chutado, mesmo enquanto ele se curvava todo para tentar se proteger, e a recordação fez um frio subir por suas veias. Já tinham se passado anos desde a última vez que Riko fraturara as costelas de Jean, fazendo-o passar onze semanas afastado das quadras —Riko ficara longe por uma semana, após a surra que levou do mestre. Não tinha como aquilo ter acontecido de novo, *não tinha como*, mas, quando pressionou a mão na lateral do corpo, sentiu uma dor quase insuportável.

Enquanto se forçava a olhar ao redor, Jean mordeu com tanta força a parte interna da boca que quase arrancou sangue. A ausência de equipamentos médicos ia contra o palpite de que estava em um hospital. Estava no quarto de alguém, o que não fazia nenhum sentido. Na atarracada mesa de cabeceira ao lado da cama havia um relógio com alarme, um abajur e dois apoios de copo que não combinavam entre si. Uma cômoda comprida estava encostava na parede, com livros e joias esparramados em cima. Ao lado, um cesto de roupa suja que precisava urgentemente ser esvaziado.

Até que a única coisa que Jean conseguiu ver, a única coisa que importava, foi a mulher sentada em uma cadeira baixinha na ponta da cama. Era Renee Walker, com os pés apoiados na beira da cama e os braços cruzados sobre os joelhos. Apesar dos ombros parecerem relaxados e da expressão calma no rosto, seus olhos estavam atentos enquanto o observava. Jean retribuiu o olhar, esperando alguma coisa naquilo tudo entrar nos eixos.

— Boa noite — disse ela por fim. — Como está se sentindo?

Por alguns instantes ele estava de volta em Evermore, vendo o mestre contar para Riko que Kengo havia falecido. O mestre pegaria um jato particular para Nova York para cuidar dos detalhes do funeral e, enquanto ele estivesse fora, Riko deveria ficar de olho nos Corvos. Riko sabia que era melhor não discutir por ter sido deixado ali, mas, ainda assim, acompanhou, impotente, o mestre até a saída. Jean chegou a ter vinte segundos de paz, que desperdiçou enviando uma mensagem para Renee para contar tudo. Sabia o que ia acontecer quando Riko o pegou e o levou em direção ao Corredor Preto, mas não era como se pudesse se dar ao luxo de recusar cumprir suas ordens.

Seus pensamentos voaram até a violência desenfreada de Riko, mas depois disso tudo não passava de um borrão: vozes abafadas gritando a milhares de quilômetros de onde estava, o barulho distante da estrada em uma viagem interminável e dolorosa e o cheiro de cigarro e uísque enquanto um homem carregava seu corpo mole e drogado para dentro de uma casa estranha.

Não, Jean pensou. *Não, não, não.*

Ele não queria perguntar, mas precisava fazer isso. Tentou três vezes até conseguir forçar as palavras a saírem, o coração na boca:

— Onde eu estou?

O olhar de Renee era inabalável e não mostrava remorso nenhum.

— Carolina do Sul.

Jean balançou as pernas, querendo se levantar, mas sentiu tanta dor que quase vomitou. Então respirou fundo, ofegante, o coração batendo tão forte que o sentia nos olhos e na ponta dos dedos. Notou, meio de relance, que Renee estava na sua frente. Ele nem a escutara se levantar, mas agora ela estava dando uma conferida em suas costelas com mãos cuidadosas.

— Me deixa levantar — protestou ele, como se tivesse algum tipo de controle sobre o próprio corpo. Depois piscou algumas vezes para afastar os pontos pretos da visão, dividido entre aquele calor atordoante do enjoo que só piorava e a tontura da sensação de queda. Não sabia dizer o que aconteceria primeiro, o desmaio ou o vômito, mas rezou para que acontecesse em qualquer ordem que terminasse sendo fatal. — Me deixa ir embora.

— Não deixo. Deita.

Renee colocou uma mão no ombro dele e manteve a outra ao seu lado para estabilizá-lo. Jean tentou resistir por apenas um segundo; tensionar o tórax era um erro que ele não queria cometer de novo tão cedo. Renee o deitou de costas e puxou o cobertor até a clavícula dele, depois examinou os olhos dele, um de cada vez, segurando seu queixo entre o polegar e o indicador quando ele tentava desviar os olhos. Jean a encarava com toda a raiva que seu corpo exausto e destruído conseguia reunir.

— Ele não vai te perdoar — disse Jean —, e eu também não.

— Ah, Jean — respondeu Renee, com um sorriso doce que não se refletia em seu olhar. — Eu não vou ser perdoada por isso. Tenta dormir. Vai te ajudar mais do que qualquer coisa.

— Não — insistiu Jean, mas já estava pegando no sono.

Deveria ter sido um pesadelo.

Se havia um pingo de justiça no mundo, Jean acordaria em Evermore tendo que lidar com a impaciência do mestre e o ódio de Riko. Mas quando Jean se arrastou para fora das profundezas, ele continuava naquele quarto pálido com apenas uma cama e, ao lado, Renee vigiando. Ela havia trocado de roupa, e a luz que refletia na cama era aquele brilho mais suave da manhã. Jean fez outra checagem mental em seus braços e pernas antes de, com muito esforço, voltar a se levantar. O olhar de Renee estava calmo, mas Jean nunca mais confiaria naquele comportamento sossegado. Ela havia ferrado os dois.

— Onde eu estou? — perguntou ele, rezando para que desta vez a resposta fosse diferente.

— Carolina do Sul — respondeu ela sem pensar duas vezes. — Mais especificamente na casa da enfermeira do time, Abby Winfield. Hoje é dia 15 de março — acrescentou antes que ele pensasse em perguntar. — Você se lembra de alguma coisa de ontem?

— Eu vim pra cá ontem — disse Jean. Não era bem uma pergunta, mas ele mesmo assim olhou para ela em busca de uma resposta. Não sabia exatamente o tamanho do estrago que Riko fizera em seu cérebro, então foi meio reconfortante quando Renee concordou. Ele havia perdido um dia inteiro desde aqueles fragmentos de lembranças sangrentas e sua última conversa com ela, mas estava disposto a encarar esses vazios como perda de consciência.

Jean deslizou as pernas com cuidado em direção à beira da cama. A perna direita foi por conta própria, mas ele precisou usar as mãos doloridas para mover a esquerda. A cada respiração e cada centímetro que a perna se mexia, a dor o fazia estremecer. Em muitos lugares os ferimentos eram profundos e de lenta cicatrização, corroendo seu peito e seu intestino como se fosse ácido, destruindo tudo o que restava dele. Doía muito, mas ele já havia passado por coisas piores. Ia sobreviver, independentemente do preço que tivesse que pagar.

— Jean — disse Renee —, seria melhor se você ficasse quieto.

— Você não pode me impedir — rebateu Jean.

— Eu te prometo que posso — respondeu ela. — É para o seu próprio bem. Você não está em condições de ficar se mexendo.

— Foi você quem me mexeu — disparou Jean. — Você não devia ter me trazido pra cá. Me leva de volta pra Evermore.

— Não vou — disse Renee —, e, se essa resposta não for o suficiente: não tenho como. No momento você está proibido de voltar para Evermore, por ordem do sr. Andritch.

Jean já tinha ouvido aquele nome antes, mas só de passagem. Quando Renee se deu conta de que o silêncio dele indicava confusão, que não era um sinal de agressividade, resolveu explicar:

— O reitor do seu campus.

— O rei... — Jean sentia o coração batendo com força. — O que você fez?

Renee se levantou e ficou ao lado do joelho dele, até que Jean conseguiu chegar à beira da cama, uma barricada desafiadora e inflexível que o mantinha no colchão.

— Eu o mandei para o Ninho sem ser anunciado e sem ser convidado.

— Não — rebateu Jean, sem tirar os olhos. — Ele não tem acesso. Não tem autoridade para isso.

— Foi uma surpresa bastante desagradável para ele — admitiu Renee, um sorriso triste surgindo no canto da boca. — Foi preciso meia dúzia de ligações para as instalações e segurancas para que abrissem as portas, e o que foi que aconteceu quando ele entrou? — Ela abriu os braços em um gesto como quem diz *aí, pronto*. — Ele exigiu ver você, e os Corvos não sabiam que não deveriam indicar o caminho.

Riko estava na quadra na hora — explicou ela antes mesmo que ele perguntasse. — Ele não conseguiu voltar a tempo. Ah, obrigada.

O último comentário foi direcionado a alguém atrás dele. Jean não conseguia se virar para ver quem tinha entrado, mas logo uma mulher mais velha segurando uma bandeja surgiu em seu campo de visão. Parecia vagamente familiar, de uma forma que ele sabia que queria dizer que tinha alguma ligação com o esporte. Ele a tinha visto perto da quadra ou em um banquete, com certeza, o que significava que ela devia ser a enfermeira da equipe em cuja casa ele estava preso. Jean ficou observando com os olhos semicerrados enquanto Renee limpava a mesa de cabeceira. Dois copos de água, um copo de suco claro e uma tigela de sopa foram colocados ao alcance dele.

Abby se certificou de que a bandeja estivesse equilibrada antes de olhar para Jean com um ar pensativo.

— Como você está se sentindo?

Jean a encarou com firmeza, mas uma mulher que precisava lidar todos os dias com os comportamentos de Nathaniel e Kevin provavelmente não se intimidaria com a raiva dele. Na verdade, tudo que ela fez foi se inclinar para dar uma olhada nos ferimentos. Inspecionava as ataduras e os pontos com um olhar clínico, mas tocava seus ombros de um jeito delicado.

— Ele tem falado? — Abby perguntou para Renee.

— Dá pra perceber que está meio rouco — respondeu Renee —, mas não me parece que houve nenhum estrago além da cura.

Renee pegou um dos copos e ofereceu a ele. Jean nem tinha percebido o tamanho da sede que sentia, mas preferia morrer a aceitar algo delas. Renee parecia satisfeita em esperar o tempo que fosse, mantendo o copo ao seu alcance, mas sem forçá-lo a pegar com uma de suas mãos machucadas. Ela ficou um tempinho observando Abby trabalhar, até finalmente se lembrar que estava tentando explicar o que acontecera.

— Eu dei duas escolhas para Andritch. Ou ele me deixava te levar comigo pra casa até você se recuperar ou ia ter que lidar com a minha mãe escrevendo um artigo bastante detalhado e gráfico sobre o que aconteceu com você no campus dele. Não foi nenhuma surpresa que ele tenha ficado feliz em comprar o meu silêncio. Ele prometeu investigar e, em troca, eu prometi que o manteria a par do seu estado de saúde. Duvido que a gente veja grandes mudanças na Edgar Allan estando tão perto do campeonato, mas, por enquanto, aceito as vitórias que conseguir.

Jean se esqueceu da decisão de ficar em silêncio.

— Isso não é uma vitória, sua tola cheia de arrogância.

Abby levou um susto ao ouvi-lo falar e pressionou os dedos com cuidado nos dois lados do pescoço dele.

— Respira fundo para mim.

Ele tentou afastar as mãos dela, mas a tentativa acabou causando mais dor em Jean do que em Abby, que se contentou em esperar até que ele se acalmasse. Jean fez o que ela pediu, e Renee observou Abby com atenção enquanto a enfermeira sentia o movimento do pescoço dele sob os dedos. Quando ele inspirou novamente, Abby pressionou outro ponto do pescoço, mas a pressão que antes era insignificante ali mais parecia um atiçador, e, antes que conseguisse se controlar, Jean estremeceu.

Ele tentou disfarçar se fazendo de irritado e afastando-a com a mão.

— Sai de perto de mim. Como eu vou voltar pra casa?

— Você não vai embora — relembrou Renee. — Andritch te tirou da escalação... ou vai tirar assim que a investigação terminar. Não tem a menor chance de ele permitir que você volte para a Edgar Allan depois de vê-lo nesse estado.

— Sou um Corvo e sempre serei — rebateu Jean —, não importa o que esse Zé-Ninguém diga.

— Talvez — disse Renee em um tom leve, como se não acreditasse nisso.

— Me leva de volta para Evermore.

— Vou repetir até me cansar, se for preciso. Não vou te deixar ir embora.

— Você não tem o direito de me manter aqui.

— Ele não tinha o direito de fazer isso com você.

Jean deu uma risada breve e afiada e se permitiu sentir a dor. Graças à imprudência e indiscrição de Kevin, Renee sabia mais sobre o relacionamento dele com Riko do que deveria, então com certeza ela também sabia que aquilo era uma mentira descarada. O mestre comprara Jean anos antes, mas com tantos Corvos sob seu comando, ele não teria tempo nem disposição para ficar disciplinando uma criança irritada. Então, em vez disso, ele o presenteou a Riko, confiando que seu sobrinho ficaria responsável pelo comportamento de Jean. Riko tinha o direito de fazer o que quisesse com Jean; Jean era sua propriedade até o dia em que morresse.

O mestre iria castigar seus Corvos até a exaustão pelo erro deles e deixaria sua insatisfação marcada em cada centímetro da pele de Riko que não ficasse exposta, mas Riko descontaria essa agonia em Jean com juros assim que a temporada acabasse. Jean não havia deixado Andritch entrar, mas por culpa dele Renee sabia onde procurá-lo. Ele estava a centenas de quilômetros de casa porque não tinha sido esperto o bastante para ficar de bico fechado.

Jean se arrependia de um dia ter olhado para Renee. Odiava a si mesmo por ter cedido à curiosidade e respondido às mensagens dela em janeiro. Analisando agora, percebia que tinha dado a porra de um tiro no próprio pé.

— Ninguém fez isso comigo — respondeu ele. — Eu me machuquei nos treinos.

— Eu trabalho com as Raposas — Abby relembrou a Jean. — Nem eles se machucam tão feio em quadra. E só Deus sabe o quanto alguns tentaram ao longo dos anos.

— Não é de se surpreender que eles sejam medíocres em tudo que fazem.

— Isso aqui — disse Abby, tocando cuidadosamente a lateral da cabeça dele — não aconteceu em um treino. Imagino que até mesmo os Corvos treinam com o traje completo. Olha bem nos meus olhos e me explica como eles conseguiram arrancar tanto cabelo seu através do capacete.

A mão de Jean se ergueu espontaneamente, encontrando a dela e, em seguida, os pontos doloridos ao longo do couro cabeludo. Uma lembrança pairou no canto de sua mente: uma mão cobrindo sua boca e seu nariz, mantendo sua cabeça abaixada enquanto outra mão dava um puxão com toda a força possível. Por um momento, lembrar-se da sensação de sua pele sendo arrancada e dilacerada foi sufocante, e, ao sentir uma ânsia de vômito, Jean engoliu em seco. Rapidamente deixou a mão cair de volta no colo.

— Eu fiz uma pergunta — ressaltou Abby.

— Me leva de volta para Evermore — contestou Jean. — Não vou ficar aqui com vocês.

— Abby — disse Renee, colocando a água de Jean de novo na bandeja. As duas saíram sem fazer alarde e sem dizer mais nenhuma palavra. Jean ignorou o som da porta sendo fechada e começou a tentar pensar em um jeito de salvar a própria vida. Tudo dependia de sua capacidade de voltar para a Virgínia Ocidental.

Ele não podia mudar o fato de ter sido levado ou de Andritch ter se envolvido na história, mas provaria sua lealdade voltando para casa o mais rápido possível. Ele sabia os códigos para entrar no estádio e no Ninho, então tudo que precisava fazer era passar pela segurança e entrar. Não importava o que Andritch dissesse aos Corvos; nenhum deles o rejeitaria na porta. Ninguém saía de Evermore.

A não ser Kevin. A não ser Nathaniel.

Esses pensamentos não ajudavam em nada e queimavam como veneno dentro dele, então Jean bateu nas próprias coxas com toda a força que tinha. A dor funcionava como um ruído de fundo em sua mente, afogando pensamentos perigosos, e Jean inspirou e expirou o mais devagar que conseguiu até colocar a cabeça no lugar. Depois tateou os bolsos à procura do celular, mas não o encontrou.

Logo após se deu conta de que estava vestindo um par de bermudas cinza que não reconhecia. Cinza, não pretas. Jean não conseguia se lembrar da última vez em que lhe permitiram usar roupas coloridas. Em Marselha, talvez, mas não tinha certeza. Ele deixara a França aos catorze anos, mas os muitos anos que passara no Ninho acabaram desgastando suas lembranças do passado. As jornadas de dezesseis horas de treino e a crueldade angustiante de Riko haviam arrancado toda a alma que lhe restara. Tudo antes disso não passava de fragmentos desconexos, sonhos que se dissipavam antes que ele estivesse acordado o bastante para se lembrar com alguma nitidez.

Por um momento aquela dor se pareceu mais com tristeza do que com medo, mas Jean bateu em si mesmo de novo para afiar os sentidos e se manter focado. Não importava o que havia acontecido antes; era impossível voltar atrás. Tudo o que importava era sobreviver àquele dia, depois ao dia seguinte e ao próximo. Tudo o que importava era voltar para casa.

Meu nome é Jean Moreau. Meu lugar é em Evermore. Eu vou sobreviver.

Jean se aproximou da beirada da cama e tocou o carpete áspero com a ponta dos pés. Precisou de cinco tentativas até conseguir se levantar, pois precisava se apoiar com as mãos no colchão para projetar o corpo. A cada tentativa a dor lancinante o fazia respirar de forma trêmula e desesperada, dilacerando sua garganta.

Ele tentou dar um passo à frente, mas sua perna esquerda se recusou a aceitar o peso do corpo, fazendo-o cair como uma pedra. Jean procurava por qualquer coisa que o impedisse de tombar. Acabou batendo com a mão na bandeja, jogando seu conteúdo por todo lado. O gelado do suco e da água não era nem de longe tão ruim quanto aquele calor fervente da sopa. Pior do que isso foi a dor violenta que Jean sentiu no peito e no joelho quando atingiu o chão, fazendo-o morder a própria mão até arrancar sangue para se impedir de gritar.

A terrível suspeita de que ele não teria forças o suficiente para voltar por conta própria para Evermore quase acabou com ele. Jean mordeu a mão com ainda mais força na esperança de encontrar um osso, até que de repente sentiu mãos o tocando. Ele nem tinha escutado a porta se abrir por causa do zumbido em seus ouvidos.

— Ei — disse um homem próximo a ele, e o treinador Wymack puxou seu pulso até que Jean suavizasse a mordida. Um segundo depois,

Wymack o segurou nos braços e o ergueu do chão, colocando-o de volta na cama com uma facilidade assustadora. Ele olhou rapidamente para Jean antes de sair porta afora mais uma vez.

O treinador Wymack não conseguiu se manter afastado, mas quando voltou pelo menos fechou a porta. Trouxe consigo alguns panos úmidos. Jean tentou pegar um deles, mas Wymack apenas o segurou pelo antebraço para poder limpar as marcas sangrentas de mordida em sua mão. Jean não estava preocupado com o ferimento, já que ficaria escondido embaixo da luva, mas não teve força suficiente para se desvencilhar de Wymack.

Quando terminou, Wymack o soltou e, com cuidado, passou a limpar a sopa e o suco dos braços e peito descobertos de Jean. Só quando acabou de limpar tudo se virou para Jean com uma expressão séria no rosto e perguntou:

— Esqueceram de te dizer que não era pra você andar? Onde você estava com a cabeça?

— Eu quero ir pra casa — exigiu Jean.

O jeito como Wymack o encarou doeu mais do que qualquer coisa que Riko já tivesse feito com ele, e Jean precisou desviar o olhar.

— Descansa um pouco — disse Wymack. — De tarde conversamos. Toma.

Jean cogitou morder aqueles dedos enfiando pílulas em sua goela abaixo, mas Wymack era um treinador e isso seria ultrapassar os limites. Ele engoliu os remédios a seco e ficou encarando o teto enquanto Wymack se levantava cuidadosamente da cama. Jean ouviu o barulho de vidro e talheres conforme Wymack recolhia a louça quebrada do chão, mas quando o homem saiu do quarto ele já havia pegado no sono.

Quando acordou algumas horas depois, Wymack esperava novamente ao lado da cama, parecendo entretido com um jornal. Havia duas canecas na mesa de cabeceira, e Jean ficou sentindo aquele tentador aroma de café. Era uma provocação desnecessária, uma constatação do quanto ele estava com uma fome e uma sede de leão, então Jean se sentou bem lentamente. Apesar de todo o cuidado, mal conseguia respirar direito quando apoiou o peso na cabeceira da cama.

Naquele instante, ele se perguntava se conseguiria sequer suportar o peso de uma caneca cheia. Já era ruim o suficiente estar abrigado ali; se eles tivessem que alimentá-lo com uma colher, seria melhor ele arrancar logo a própria língua e acabar com aquilo de uma vez.

Wymack ergueu o olhar.

— Banheiro?

Ele queria poder dizer que não.

— Onde fica?

Wymack colocou o jornal de lado e se levantou.

— Não apoie seu peso na perna esquerda.

Então Jean recomeçou aquele processo extremamente cuidadoso de tentar sair da cama. Wymack segurou os braços dele com firmeza enquanto Jean tentava se erguer, e percebeu o momento em que suas pernas quase cederam mais uma vez. Wymack o segurava com tanta força que chegava a machucar. Doía, mas foi o suficiente para evitar que Jean caísse, e logo depois o treinador ofereceu seu próprio corpo como muleta. Jean mordeu a parte interna da bochecha para não dizer nada sobre essa situação miserável.

O banheiro ficava na próxima porta à esquerda, mas demorou uma eternidade até chegarem lá. Wymack o encostou na parede mais próxima ao vaso sanitário e deixou que ele se aliviasse em paz. Assim que ouviu o barulho de água na pia o treinador voltou, tocando com o nó dos dedos na porta como forma de aviso. Retornaram para o quarto com uma lentidão extrema. A visão de Jean estava turva quando ele chegou à cama.

Talvez fosse a dor causando alucinações, mas agora havia uma tigela fumegante de mingau ao lado do café. O estômago de Jean o traiu com um terrível ronco.

— Coma — ordenou Wymack —, já faz mais de trinta horas que você não toma nada além de água.

Jean olhou para os hematomas manchando a maior parte de suas mãos, depois arrastou um olhar relutante para as faixas de pele em carne viva nos antebraços. Riko o havia amarrado com cadarços de raquete, ásperos e irregulares demais para serem usados na pele nua. Jean tinha queimaduras de corda em seis ou sete lugares em cada braço, e os pulsos estavam esfolados. Fazia anos que Riko não perdia tempo amarrando Jean, até porque sabia muito bem que Jean se submeteria a qualquer castigo que ele quisesse aplicar. A última vez que Riko precisou recorrer a esses métodos foi...

Jean se forçou a afastar esses pensamentos, recusando-se a mergulhar em lembranças das quais não conseguiria se livrar com facilidade. Algumas caixas precisavam ficar fechadas, mesmo que para mantê-las assim ele tivesse que quebrar todos os dedos. Se Riko o amarrara dessa vez, era porque ele fez por merecer. Provara sua deslealdade no momento em que tentara tirar as mãos de Riko de seu pescoço.

— Vou comer mais tarde — disse Jean.

— É mingau de trigo — anunciou Wymack. — Tem noção do gosto horrível que vai ficar daqui a uns dez minutos? — Ele não esperou pela resposta, só pegou a tigela e a segurou tão perto do rosto de Jean que ele sentia o vapor batendo no queixo. — Deixa que eu seguro. Se preocupa só em manejar a colher.

— Não estou com fome — rebateu Jean.

— Como quiser, mas minhas mãos estão frias, então vou continuar segurando esta tigela aqui.

Jean reprimiu as palavras que não diria, exigências e perguntas em cujas respostas não acreditaria. Com certeza aquilo era uma encenação, uma isca, uma maneira de baixar a guarda dele para usarem o que quer que encontrassem do outro lado. Só podia ser uma encenação, mas Wymack se entregava ao papel como se já tivesse feito essa coreografia tantas vezes que chegava a esquecer de prestar atenção às cortinas se fechando. Talvez ele já tivesse passado tempo demais fingindo que as Raposas eram uma empreitada genuína e não um golpe publicitário.

Jean queria ignorar a comida, mas estava com tanta fome que se sentia mal. No fim das contas decidiu aceitar, mesmo que fosse apenas porque precisava recuperar suas forças. Wymack não disfarçou o ar de vitória quando Jean pegou a colher, depois simplesmente virou o olhar para a parede mais distante para que Jean pudesse comer sem que o olhar dele fizesse buracos em seu rosto machucado. Os dedos de Jean latejavam quando começou a se alimentar e terminou ficando agradecido pela ajuda de Wymack.

Wymack trocou a tigela vazia pelo café. A essa altura, o café já estava quase morno, mas Jean bebeu obedientemente até a metade. Quando ele inclinou a cabeça para o lado em uma recusa silenciosa, Wymack colocou a caneca de lado e bebeu de um gole só o próprio café. Com as necessidades fisiológicas de Jean finalmente atendidas, Wymack se recostou na cadeira e cruzou os braços. Encarou Jean com um olhar tão perscrutador que Jean sabia que era melhor não retribuir.

— Falei com o treinador Moriyama ontem à noite.

Jean perdeu o fôlego.

— Como você tem coragem de falar com ele enquanto ele está de luto?

— Com certeza ele está pra lá de arrasado — disse Wymack sem um pingo de empatia. — Ele não disse com essas palavras, mas já tinha levado uma bela comida de rabo do Andritch quando liguei. Eu falei que vamos cobrir suas despesas médicas por termos interferido antes de sermos convidados, e concordei em mandar atualizações do seu estado de saúde sempre que possível. É o mesmo tipo de acordo que tínhamos quando Kevin veio para o sul. Ele sabe que, quando quero, sei como ser discreto.

Jean não tinha certeza se o frio que sentia na barriga era de arrependimento ou de aversão. Wymack não fazia nem ideia do quanto sua posição era precária. O mestre não estava interessado em comprometer a solidez das equipes da primeira divisão interferindo com os treinadores, portanto, até que Wymack abrisse o bico, ele não o enfrentaria, por mais irritante que o outro homem fosse.

Riko, por outro lado, já queria matar Wymack havia mais de um ano. Pode ser que tivesse se contido por medo de retaliação do tio, mas Jean sabia que o xis da questão era o relacionamento complicado de Riko com o pai. Ele havia lido a carta de Kayleigh quase tantas vezes quanto Kevin. Riko ainda não conseguia ultrapassar esse limite, e com certeza odiava essa parte de si mesmo.

Jean se perguntava se Kevin já havia percebido isso.

— Cadê o Kevin?

— Blue Ridge — respondeu Wymack. — As Raposas alugaram uma cabana para passar o recesso de primavera.

— O Kevin não — insistiu Jean. — Ele não ficaria tão longe assim das quadras.

— Com a motivação certa, ficaria, sim — afirmou Wymack, mantendo aquela mentira ridícula com um dar de ombros despreocupado. — Eles devem estar de volta na cidade este fim de semana. Domingo, se não me engano. Se quiser falar com ele, eu o chamo assim que ele desfizer as malas. E já que estamos falando na nossa rainha do drama... — Wymack começou, mas levou um minuto para organizar suas palavras.

"Não sei se você está ciente, mas eu sei que tipo de homem ele é. O sujeito que você chama de mestre" disse ele, com um tom de voz que era puro ódio, "e aquele sobrinho de merda dele. Kevin contou a verdade para a gente quando foi transferido, para que soubéssemos no que estávamos nos metendo. Eu sei por que você acha que precisa voltar para Evermore e sei o que o espera por lá. Eu boto fogo nessa casa inteira antes de deixar que ele encoste um dedo em você de novo."

Se um dia as mãos de Jean voltassem a funcionar, ele esganaria Kevin da próxima vez que o visse.

Renee começou a mandar mensagens para ele no início de janeiro, mas Jean esperou duas semanas antes de responder a qualquer uma das perguntas animadas e tentativas de ver como ele estava. Jean só foi se assustar e quebrar o silêncio quando ela disse "Kevin me contou tudo". Descobrir que Renee sabia sobre a família Moriyama já era difícil o suficiente, mas Jean imaginou que Kevin tivesse confiado nela por causa do passado da garota. Ouvir agora que todas as Raposas sabiam e não tiveram o bom senso de ficarem aterrorizadas conseguia ser dez vezes pior.

Havia algo muito errado com eles, mas Jean não tinha como dizer isso sem acabar admitindo sem querer que Kevin estava certo. Mesmo assim, ele ficava se perguntando o que poderia causar tantos danos cerebrais irreversíveis. De repente alguma coisa na água, naquela região tão ao sul? Talvez envenenamento por monóxido de carbono na Toca das Raposas.

— Ninguém encostou em mim — protestou Jean. — Fui eu que me machuquei nos treinos.

— Cala a boca. Não estou te pedindo para confessar nada — retrucou Wymack. — Não preciso de confissão, não com você nesse estado e, principalmente, depois que tive que buscar Neil no aeroporto em dezembro. Mas preciso que você saiba que nós sabemos, então acredite em mim quando digo que estamos nessa luta de olhos bem abertos. Renee sabia o que estava colocando em risco quando foi atrás de você. Ela tomou essa decisão sabendo com quem estava lidando, e nós vamos apoiá-la custe o que custar.

— Não cabia a ela decidir isso — disse Jean. — Se não quiser me mandar para Evermore, devolve meu celular. Eu mesmo arranjo o transporte.

— Eu desliguei seu celular e coloquei no freezer — disse Wymack. — Ele não parava de tocar e fiquei de saco cheio daquele barulho todo. Posso te devolver assim que pensarmos no que fazer de agora em diante.

— Não tem essa de *nós* — insistiu Jean —, você não é o meu treinador.

— Não sou seu mestre, você quer dizer.

Jean ignorou essa resposta afiada.

— Sou um Corvo. Meu lugar é em Evermore.

Wymack pressionou a ponte do nariz em uma tentativa silenciosa de manter a calma. Jean foi inocente o suficiente para pensar que isso significava que ele estava cansando o homem e ganhando a discussão, até que Wymack tirou um celular do bolso e começou a clicar na tela. Ele o encostou no ouvido por tempo o bastante para ter certeza de que estava tocando, depois o colocou no viva-voz e o deixou entre eles. Jean nem teve muito tempo para pensar; a ligação foi atendida no segundo toque.

— Moriyama.

— Treinador Moriyama, é o treinador Wymack de novo — disse Wymack, lançando um olhar de cumplicidade para ele. Jean percebeu que enrijecera o corpo devido à tensão. — Desculpe interromper seu dia, mas estou precisando de ajuda com uma coisa. Jean continua se recusando a aceitar meus cuidados e quer sair da cama. A Abby já disse que vai demorar mais três semanas até ele poder sequer pensar em viajar, mas Jean anda precisando de uma segunda opinião para ficar mais tranquilo. Você poderia dizer a ele para ficar quieto? A chamada está no viva-voz.

O mestre não perdeu a oportunidade, e respondeu exatamente o que Jean estava esperando:

— Tenho certeza de que Moreau colocará a saúde dele em primeiro lugar. Ele sabe o quanto a recuperação dele é importante para todos nós da Edgar Allan.

Jean ouviu em alto e bom som a mensagem implícita: volte para casa o mais rápido possível ou sofra terríveis consequências. Ele abriu a boca, mas Wymack o interrompeu com uma voz cortante.

— Com todo o respeito, eu não te liguei pra ficar ouvindo respostinhas prontas — disse Wymack. — Se eu estivesse atrás de papo furado, teria comprado um cartão de melhoras numa lojinha qualquer. Vai levar no mínimo três meses até ele conseguir voltar às quadras. Ele não tem utilidade para você agora, e, enquanto isso, não vamos ter problema nenhum em cuidar dele. Diga a ele para ficar quieto antes que acabe se machucando ainda mais. Por favor.

A aspereza dessas últimas palavras alcançou rachaduras que Jean nem sabia que existiam. Ele se recusou a pensar nisso, mas prendeu a respiração enquanto esperava por uma resposta.

— Essa sua antipatia sem necessidade é sempre muito revigorante — comentou o mestre. — Moreau?

— Sim — Jean se corrigiu no último segundo —, treinador?

— O treinador Wymack já tem problema suficiente com aquela equipe descontrolada dele. Faça o que ele mandar e, por enquanto, fique onde está. Voltamos a conversar quando você estiver bem o suficiente para se locomover.

— Treinador, eu... — *sinto muito, por favor, me perdoe, juro que estou tentando* — entendo.

A ligação ficou muito silenciosa, mas levou um instante até Jean perceber que a chamada havia sido encerrada. Wymack fechou o aparelho com um movimento brusco, e o nó dos dedos dele ficaram pálidos enquanto o treinador tentava, em vão, esmagar a coisinha com suas mãos grandes.

— Já passou da hora de esse homem sofrer um acidente de carro em alta velocidade. — Ele pegou a caneca e só então lembrou-se de que estava vazia e ficou tamborilando as unhas curtas na lateral. — Isso facilita as coisas, não? Ele sabe que estamos mantendo você em cativeiro e não vai fazer nada contra isso.

Wymack realmente achava que sairia vitorioso naquela conversa. Jean queria odiá-lo por sua ingenuidade, mas estava cansado demais para isso.

— Eu consigo viajar agora — assegurou Jean. — Me mande pra casa.

Jean não tinha certeza de como Wymack conseguia parecer tão irritado e, ao mesmo tempo, tão exausto. Ele se preparou para reagir diante de sua ingratidão, mas tudo o que o treinador disse foi:

— Não.

— Você não pode me prender aqui.

— Você não vai embora — concluiu Wymack. — Você vai aguentar firme, mesmo que a gente tenha que te arrastar chutando e esperneando até o fim. E antes que você pense em sair dessa cama de novo, lembre-se que seu próprio treinador acabou de ordenar que ficasse quieto. Por enquanto, você está preso aqui.

Wymack esperou um minuto, mas quando percebeu que Jean não ia responder, disse, por fim:

— Vou ver se Abby tem um sino ou algo para deixarmos aqui com você, caso precise da gente. Enquanto isso, descanse o máximo que puder. Deixa que eu me viro com seu treinador. Se preocupe com você e nada além disso, entendeu?

Era fácil para ele falar, como se Jean pudesse focar apenas em si mesmo e ignorar o resto. Aquele sujeito estava tentando fazer com que ele morresse.

— Eu perguntei se você entendeu — repetiu Wymack ao se levantar.

Jean tinha bom senso o suficiente para pelo menos desviar o olhar feio para a parede mais distante.

— Sim.

Na verdade, ele não entendia, mas não cabia a Wymack saber disso. O homem o deixou sozinho com seus pensamentos, que rodavam em círculos de tal forma que Jean acabou ficando tonto. O mestre havia ordenado que ele ficasse quieto até que Abby e Wymack dissessem que ele estava apto para viajar, mas será que ele estava falando sério? Era uma ordem literal ou o treinador esperava que Jean desse um jeito de voltar para casa de qualquer maneira? Jean apalpou cuidadosamente o joelho, mas bastou a leve pressão da ponta dos dedos para que sua visão ficasse turva.

Abby apareceu alguns minutos depois com um temporizador de cozinha e um copo pequeno com água até a metade.

— Não consegui encontrar um sino, mas você pode forçar o temporizador a disparar — disse ela, colocando-o ao alcance da mão dele. Depois ofereceu o copo de água e ficou segurando-o até ter certeza de que ele conseguiria segurar por conta própria. — É extremamente barulhento, por isso temos certeza de que ouviremos onde quer que a gente esteja na casa. Pode usar, está bem? Se estiver entediado, se estiver com fome, se estiver com dor, qualquer coisa.

"David saiu pra comprar mais shorts e cuecas pra você, mas se você se lembrar de mais alguma coisa, é só me avisar que eu mando uma mensagem pra ele." Ela esperou um pouco para ver se ele se lembrava de alguma coisa, depois tirou um frasco de comprimidos do bolso. Como ele não estendeu a mão, ela colocou duas cápsulas no lençol ao seu lado. "Vai te ajudar a dormir. Quanto mais você descansar e menos se mexer, melhor."

— O que aconteceu com meu joelho? — perguntou Jean para ela.

— Você machucou durante o treino — relembrou ela, o tom de voz frio, antes de oferecer uma resposta real: — Você estirou o ligamento.

Wymack não tinha exagerado para constranger o mestre. Com as lesões nos joelhos e nas costelas, Jean ficaria afastado até meados do verão. O mestre o tiraria da equipe titular por causa disso, e Riko lhe daria uma surra por não ter feito jus ao número em seu rosto. Ele se recuperaria bem a tempo de ser destruído novamente.

Jean pegou os comprimidos.

— Deixa o frasco comigo.

— Você sabe que eu não posso — respondeu ela, deixando-o sozinho com seu turbilhão de pensamentos.

CAPÍTULO DOIS

Jean

A semana se arrastou em uma confusão desconcertante. Jean tentou seguir a rotina dos Corvos, pois sabia que seria um inferno se reajustar quando Wymack finalmente o deixasse voltar para o norte, mas sem aulas ou treinos para guiá-lo, ele se sentia perdido. Dormia quando não devia, por mais tempo do que devia, se deixando levar pelos remédios de Abby e pela exaustão de ter que se curar de tantos ferimentos. Os pesadelos sempre o acordavam, deixando-o ofegante e sem conseguir respirar enquanto se debatia descontroladamente.

Todos os dias Jean procurava o celular nos bolsos e nos lençóis, para o caso de Wymack ter sentido pena dele, mas a cada vez que pedia que o devolvessem, recebia aquele mesmo *não* calmo em resposta. Mesmo prometer que Wymack poderia vê-lo fazer a ligação não foi o bastante para convencê-lo, e Jean precisou se controlar muito para resistir à vontade de jogar os travesseiros na cara do treinador.

Ele procurava a cama de Zane sempre que se sentava, mas continuava sozinho no cômodo. Os dois dividiram quarto por três anos e foram parceiros de equipe nos Corvos por quase dois: não eram amigos, mas sim aliados violentos… pelo menos até Nathaniel destruir tudo. O mês de janeiro foi um pesadelo do qual nenhum deles conseguiu se recuperar ou superar, e, por mais perturbador que fosse estar sozinho, o alívio que Jean sentia por estar livre de Zane era tão desesperador que ele mal conseguia respirar.

A ausência de Riko era consideravelmente pior de tolerar. Jean havia sido promovido a parceiro de Riko depois que Kevin os abandonara, o que significava que, no último ano, havia sido forçado a ficar a um ou dois quartos de distância do Rei. Era uma rédea mais longa do que a que Kevin teve em toda sua vida — já que Riko se irritava profundamente em ter um Moreau o acompanhando por toda parte —, mas ainda era curta o bastante para fazer Jean se sentir sufocado. A breve transferência da atenção de Riko para Nathaniel durante as férias de Natal foi um alívio muito necessário para sua sanidade.

Em vez de Riko e Zane, Jean tinha Wymack, Abby e Renee, que se revezavam para cuidar dele da melhor forma que podiam em suas diferentes rotinas. Sempre que necessário eles o levavam ao banheiro e o traziam de volta, ofereciam refeições leves e fáceis de comer e deixavam à disposição livros que ele se recusava a ler. Uma vez por dia — dia sim, dia não? Jean nem sabia mais —, Abby trancava a porta para poder dar um banho nele e conferir seus ferimentos.

Aos poucos, Jean foi se dando conta da gravidade do que Riko fizera com ele. O pior de tudo foram as três costelas fraturadas, seguidas pelo ligamento estirado e o tornozelo torcido. Os hematomas que cobriam grande parte de seu corpo estavam em tons variados de cicatrização, e muitos continuavam desconfortavelmente escuros. Nem todo ferimento era tão grave que precisasse de pontos, e o nariz quebrado de Jean demoraria algumas semanas para se recuperar. Nos momentos em que se recusava a pensar em toda a situação, havia uma coisa que Jean não conseguia esquecer: o cabelo. Era vaidoso o suficiente para ficar profundamente chateado com a quantidade de cabelo que Riko havia conseguido arrancar, mas não tão desesperado a ponto de perguntar a Abby quanto tempo levava até o cabelo crescer de novo.

Seus pensamentos melancólicos foram interrompidos por uma batida hesitante na porta. Nenhum de seus captores havia demonstrado tanta cautela em visitá-lo antes. Jean não se preocupou em sentar direito, então pôde virar a cabeça para a porta e observar seu mais novo convidado entrando no quarto. Assim que pôs os olhos naqueles cabelos escuros e olhos verdes, Jean se levantou mais rápido do que devia. Então, com os dentes cerrados, sibilou de dor e se encolheu contra a cabeceira da cama. No momento em que se endireitou, Kevin já estava sentado perto dos joelhos dele, com uma perna dobrada e a outra pendendo para fora da cama.

Dias antes Jean teve certeza de que Wymack havia mentido, mas Kevin Day estava bronzeado de sol.

— Você se afastou das quadras — comentou ele, incrédulo demais para conseguir se controlar — para ir para as montanhas? *Você*? Estamos no meio do campeonato.

— Eu fui coagido — disse Kevin, dando de ombros de um modo desconfortável.

Então observou Jean com um olhar demorado, avaliando seus ferimentos. Jean sabia que não devia ficar procurando por sinais de raiva em seu olhar; o máximo que Kevin conseguiu transparecer foi uma expressão interminável de culpa. Kevin já tinha visto coisas piores do que aquilo antes. Às vezes, Riko deixava Kevin ficar com ele depois; mais frequentemente, Kevin não tinha nenhuma escolha além de agir como um chato do caralho para conseguir desviar a atenção do restante dos Corvos do sofrimento de Jean. Felizmente para os dois, Kevin era um mestre em ser chato pra caralho.

— Até junho — disse Kevin.

— Sim — confirmou Jean, depois olhou para a porta fechada e começou a falar em um francês calmo, mas tenso. — Seu treinador ligou para o mestre.

— Para implorar pela sua vida?

— Para pedir permissão para eu continuar aqui por mais umas semanas — comentou Jean, então inclinou a cabeça para o lado e olhou para Kevin. — Diz o seu treinador que sabe os segredos deles. Ele afirmou que você contou tudo. Tudo, tipo, o que acontece no Ninho ou tudo tipo...? — Mesmo ali ele não tinha coragem de dizer aquilo em voz alta, mas confiava que Kevin entenderia o recado. Como em vez de responder Kevin só desviou o olhar, Jean deixou escapar um suspiro incrédulo. — Seu *imbecil*. O que você estava pensando?

— Não estava pensando em nada — admitiu Kevin. — Estava com medo de que ele me mandasse de volta para Evermore. Não me arrependo. Não mesmo — insistiu ele, franzindo um pouco a testa ao perceber o olhar cético de Jean. — Eles mereciam saber no que estavam se metendo quando me abrigaram.

— Eles mereciam saber — repetiu Jean, desdenhoso. — Eu já vi você mentir milhares de vezes. Você não precisava ter contado a verdade.

Kevin não gastou saliva tentando justificar sua estupidez, mas disse:

— Eu não devia ter te abandonado. Eu sabia o que ele faria com você quando se desse conta de que eu tinha ido embora. Mas...

— ... me enfiou mesmo assim na história — lembrou Jean quando o outro hesitou. Kevin teve o bom senso de parecer envergonhado. Jean sentiu as garras de uma raiva antiga e feia começarem a se agitar, então agarrou o lençol com a mão machucada, como se pudesse, de alguma forma, mantê-la afastada apenas com força de vontade.

— Era minha única oportunidade — disse Kevin. — Eu sabia que você não viria comigo.

— Meu lugar é em Evermore — concordou Jean —, mas você não precisava ter cortado minha garganta antes de ir embora.

Houve um tempo em que ele teria feito qualquer coisa por esse cara idiota, e Kevin sabia disso. Ele usou isso contra Jean no final, implorando para que Jean distraísse Riko enquanto Kevin sofria com a mão quebrada. Kevin deixou Evermore assim que o caminho ficou livre, e foi preciso semanas para convencer Riko e o mestre de que Jean era inocente e não sabia de nada. Eles tiveram que substituir toda a armadura dele antes do fim de janeiro. Ninguém via a quantidade de sangue que o estofamento preto absorvia, mas todos os Corvos sentiam o cheiro.

Não devia ter demorado tanto assim para conquistar o perdão deles, depois de tantos anos abaixando a cabeça e aceitando qualquer tipo de castigo que Riko achasse conveniente lhe infligir, mas Kevin havia ferrado os dois. Kevin implorou a Riko em japonês e inglês para que parasse de bater nele, mas, como não conseguiu fazê-lo mudar de ideia, entrou em pânico e acabou pedindo ajuda a Jean em francês. Os dois haviam sido tão discretos por tanto tempo, e em um piscar de olhos Kevin conseguiu estragar tudo. Com a avaliação do CRE sobre as habilidades de Kevin e aquela desobediência descarada, Riko chegou ao limite. Kevin perdeu a mão e Jean, anos de confiança.

— Sinto muito — disse Kevin em voz baixa.

Ele estendeu a mão. Jean ficou o encarando por um momento, mas Kevin estava disposto a esperar o tempo que fosse necessário. Finalmente Jean parou de agarrar o lençol e colocou a mão sobre a de Kevin, com a palma virada para cima. Kevin curvou os dedos com delicadeza ao redor da mão de Jean para poder girar seu braço para um lado e para o outro. Jean não queria encarar todos aqueles hematomas e feridas de novo, então ficou encarando a TV desligada atrás de Kevin. Ele deu uma batidinha nos dedos de Jean em um comando silencioso e, em resposta, Jean cerrou o punho. Doía muito, mas ele conseguia fazer. Kevin suspirou, exausto ou aliviado, e perguntou:

— E se não fosse?

Jean o encarou com um olhar inexpressivo.

— O quê?

A boca de Kevin se contraiu bruscamente, como se ele tivesse se arrependido de ter falado. Levou um minuto até tomar coragem de falar de novo, e o que disse fez Jean arrancar a mão do aperto frouxo de Kevin:

— E se seu lugar não fosse em Evermore?

— Será que uma semana sem jogar afetou seu cérebro, depois de tantas boladas? — perguntou Jean. — Eu sou um Corvo. Insinuar o contrário é tão ofensivo quanto ignorante.

— E se a Edgar Allan deixasse você ir? — perguntou Kevin. — Seu lugar é na quadra, sim, mas não precisa ser a deles. Se isso significa evitar que Andritch interfira ainda mais no Ninho, o mestre pode acabar autorizando uma transferência. Não importa aonde você vá; você sempre vai acabar onde pertence. — Kevin fez um gesto para o próprio rosto, e Jean sabia que ele se referia à seleção dos sonhos. — Isso poderia ser suficiente.

— Poderia ser — Jean cuspiu as palavras. — Poderia ser. Sua criança imprestável. Você se esqueceu quem você é.

— Diz que estou errado — insistiu Kevin.

— O mestre prefere me ver morto do que me transferir para outro lugar — rebateu Jean, gesticulando como se estivesse lendo uma manchete: — "Jean Moreau se mata após ser afastado indefinidamente por lesões" nos garantiria a simpatia da imprensa e uma vantagem extra nos próximos jogos.

Kevin pensou um pouco antes de concordar:

— Isso abalaria as partidas dos Três Grandes. A Penn State não deixaria passar uma oportunidade de ouro, mas a USC se conteria por respeito a uma equipe em luto. Seria melhor se eles não fizessem isso — disse ele, meio mal-humorado. — Acho que eles têm uma boa chance de ganhar esse ano.

— Sua lealdade sem limites a esse bando de palhaços é exaustiva.

— De alguns deles você gosta — lembrou Kevin.

— Nem começa — Jean o advertiu, sem achar graça. Kevin deu de ombros discretamente, sem se deixar abalar. Jean resistiu por pouco ao impulso de empurrá-lo da cama. — Você é tão baba ovo deles que chega a ser vergonhoso.

— A bondade deles é importante — disse Kevin. — Se alguém disser que os Corvos só venceram porque a USC se conteve, a reputação da Edgar Allan terá menos peso. Você sabe que o mestre não pode permitir uma coisa dessas. É por isso que por enquanto você está aqui e é por isso que ele vai te deixar viver até as finais. Esta é a sua única chance de escapar.

— Eu sou um Moreau — disse Jean, incisivo. — Sei qual é o meu lugar, por mais que você tenha esquecido o seu.

— Andritch...

— ... não é o meu mestre. Ele pode dizer *vai embora* o quanto quiser. Se for preciso eu imploro para que ele reconsidere.

Kevin ficou quieto por tanto tempo que Jean achou que havia vencido a discussão. Era meio desconcertante o fato de ele ter que ficar insistindo no assunto. O Kevin Day com quem ele conviveu por quatro anos nunca se iludiria a ponto de sugerir que Jean abandonasse os Moriyama. Só de pensar nisso Jean sentia o coração apertado, então ele se concentrou no insulto mais fácil, que seria deixar para trás a equipe que ocupava o primeiro lugar no ranking. Nenhuma outra equipe do país merecia seu talento.

— Você é um Moreau — concordou Kevin finalmente. Por um segundo, Jean pensou que Kevin havia se lembrado de quem era, até ele prosseguir: — Ele é... era... um Wesninski. Mesmo assim, ele foi embora. Ele contou para a gente que se recusou a assinar a papelada da transferência.

Então foi a vez de Jean desviar o olhar. Sinceramente, ele não esperava que Nathaniel sobrevivesse às consequências daquela desobediência brutal. Se não fosse pela fraqueza do próprio Jean, talvez Riko realmente o tivesse matado naquela noite. Ficar segurando Nathaniel para Riko ir lentamente o afogando significava que ele não conseguia tapar as próprias orelhas para abafar os ruídos que Nathaniel fazia, e Jean quase mordeu o próprio ombro para não gritar. Mas assim que Jean se desesperou tanto que não conseguiu mais segurá-lo, Riko não teve saída além de recuar. Riko não o perdoou por ele ter sido tão covarde, sem contar que, para começo de conversa, ele próprio era o culpado por ter criado todos aqueles problemas.

— Jean. *Jean.*

Ele sentiu unhas pressionarem as linhas de seu pulso, fazendo-o voltar à realidade. Jean demorou para se dar conta de que estava com uma das mãos agarrando o próprio pescoço. Ele cometeu o erro de olhar para Kevin, e a expressão pálida em seu rosto demonstrava que ele sabia exatamente em quais lembranças Jean havia se enfiado.

Jean não conseguia respirar, mas era quase impossível forçar seus dedos a relaxarem. Kevin teve que cutucar as feridas e enfiar o dedo na carne viva para fazer com que Jean voltasse a si mesmo. Ele respirou fundo, com dificuldade e desespero, quando Kevin conseguiu finalmente puxar sua mão.

— Ele não — sussurrou Kevin. — Jean...

Jean quase não conseguia ouvir em meio aos batimentos acelerados do seu coração. Afogando, ele estava se afogando, ele estava... *por favor pare por favor pare por favor...*

— Fomos nós — disse ele, ou pensou ter dito. Sua boca estava pesada com a lembrança do tecido molhado. — Depois Riko me fez pintar o cabelo dele e mandá-lo para casa. Ele poderia viver conosco ou morrer com eles. — Jean, por reflexo, tentou alcançar o próprio pescoço de novo, mas Kevin forçou sua mão de volta para o cobertor. Jean estremeceu ao tentar forçar novamente aquelas lembranças para as profundezas de sua mente. As correntes pareciam horrivelmente fracas quando ele tentou trancar a caixa de novo. Procurando por algo que pudesse salvá-lo, acabou tropeçando na curiosa frase de Kevin: — *Era* um Wesninski?

— Ele recusou a proteção do FBI — explicou Kevin. — Eles legalizaram o novo nome dele.

— Simples assim — disse Jean, sentindo-se vazio demais para saber como reagir.

— Jean.

— Se você for me mandar seguir o exemplo dele, vou cortar sua garganta com os dentes — ameaçou Jean. — Cai fora e não volta mais.

Parte dele esperava por uma discussão, mas Kevin obedeceu e saiu. Jean ficou observando a porta se fechar. O silêncio que recaiu sobre o quarto devia ter sido um alívio depois das coisas ridículas que Kevin lhe dissera, mas os batimentos de Jean estavam tão altos em seu ouvido que sua vontade mesmo era de escancarar o próprio peito. Em vez disso, ele cobriu as orelhas com as mãos e apertou até machucar, mas o rugido em seus ouvidos soava como a voz de Kevin: "vai embora, vai embora, vai embora."

As Raposas não o deixariam sair dali a algumas semanas. Ele sabia disso com tanta certeza quanto sabia seu próprio nome. O mestre ligaria assim que tivesse passado tempo suficiente para que Jean pudesse se arriscar a viajar, e Wymack seria contra. Ele ia fazer de tudo para que Jean continuasse ali até, pelo menos, o início dos treinos de verão, e o mestre fingiria concordar só para abafar as suspeitas. Wymack havia prometido que preferia incendiar a casa do que deixar os Corvos ficarem com Jean de novo, mas talvez o mestre se encarregasse disso antes.

Jean já havia sido queimado, mas só com fósforos. Aquelas queimaduras tão pequenas doeram muito mais do que tinham o direito de doer. Ele mal conseguia imaginar como seria ser queimado por fogo de verdade.

— Quanto tempo demora? — perguntou a Wymack algumas horas depois, quando o treinador trouxe o jantar para ele. — Quando você é queimado vivo. Quanto tempo demora para morrer?

Wymack ficou o encarando pelo que parecia um minuto interminável.

— Fico feliz em dizer que não sei a resposta. Preciso revistar você para ver se não está guardando um isqueiro?

— Não — respondeu Jean —, só quero que se lembre que foi culpa sua.

Wymack revistou o quarto de todo modo, tirando fronhas e lençóis, esvaziando os bolsos das roupas que emprestara a Jean e vasculhando a mesinha de cabeceira. Quando não encontrou nada, lançou um olhar demorado a Jean, que o encarou com uma expressão calma que ele sabia muito bem que não ajudava em nada a tranquilizar o treinador. Wymack não perdeu tempo pedindo respostas que ambos sabiam que ele não teria, e deixou Jean comer sua refeição em paz.

Naquela noite, Wymack não dormiria nada, mas Jean poderia descansar um pouco em meio a seus pesadelos — o que não deixava de ser uma vitória.

A vitória não durou muito, porque, no dia seguinte, Kevin já estava de volta. Dessa vez, trouxe consigo Nathaniel e seu goleiro de estimação. Nathaniel se sentou no colchão perto do joelho de Jean para analisar seus ferimentos com um olhar sério. Kevin foi para o outro lado da cama, com os braços cruzados com tanta força que parecia que estava tentando se espremer até deixar de existir. Jean conhecia todas as expressões de medo no rosto de Kevin, ou pelo menos era o que pensava. Mas essa palidez sinistra era nova, e Jean tinha certeza de que não queria saber o que a havia causado.

Olhar para Kevin ainda era mais fácil do que encarar Nathaniel, porque, na região do rosto onde devia estar o número, havia queimaduras. Depois de tudo o que aquela maldita tatuagem havia custado a Jean, ele ficou com o corpo totalmente entorpecido, em seguida sentiu frio e seu estômago se revirou com tanta força que ele teve certeza de que estava se despedaçando lá dentro. A vontade de estraçalhar o rosto de Nathaniel era tão forte que ele mal conseguia respirar.

— Olá, Jean — disse Nathaniel.

— Cai fora — ordenou Jean em uma voz que nem mesmo ele conseguia reconhecer. — Não tenho nada pra falar com você.

— Mas você vai ouvir, porque acabei de contar para Ichirou onde você está.

Ele tinha entendido errado. Só podia ter entendido errado. Nunca nesse mundo Ichirou Moriyama se rebaixaria para falar com um deles. Mas Kevin estava se curvando para se sentar na cama perto da cintura dele, e Nathaniel estava com uma expressão sombria, mas determinada, enquanto encarava a fisionomia impassível de Andrew. Satisfeito com o fato de que havia atraído a atenção de todos, ele se voltou para Jean.

— Meu pai saiu da cadeia e foi assassinado logo depois — contou Nathaniel. — Passei um fim de semana inteiro trancado com o FBI tentando descobrir seus crimes e contatos para eles. Ichirou respeita o nome da minha família o bastante para, depois de tudo isso, vir me procurar atrás de respostas. Ele disse que estava calculando o valor da nossa existência, então eu o paguei com as únicas verdades que fazem nossas vidas realmente valerem a pena.

"Eu disse que Riko era um risco para a estabilidade do novo império dele e que aquela violência inconsequente que ele praticava com todos neste quarto deixava rastros demais. Um atleta não devia viver afundado nesse monte de conflito e tensão, e se alguém começasse a ligar os pontos entre as nossas tragédias, acabariam surgindo muitas perguntas perigosas. Isso coloca a família Moriyama em risco, e, lógico, um Wesninski não pode se aliar a uma pessoa dessas. Pedi a Ichirou que me aceitasse de volta sob os cuidados dele.

Kevin ficou boquiaberto, mas Nathaniel seguiu em frente, sem esperar que ele argumentasse.

— Eu disse que sabemos muito bem que somos investimentos dos Moriyama e que estamos satisfeitos com isso.

Nathaniel sorriu com tanta frieza que Jean achou que a temperatura no quarto tivesse diminuído. A descarga de adrenalina pelo que ele havia sobrevivido, pelo truque que havia conseguido pregar em um homem extremamente poderoso, estava lhe subindo à cabeça. Era a mesma arrogância que o fizera desafiar Riko tantas vezes, apesar de saber que isso acabaria se voltando contra ele e sua equipe.

— Discutimos os números: quanto Kevin valia antes e depois de se lesionar, quanto dinheiro os patrocínios costumam render, quanto em média os atletas profissionais ganham... — Nathaniel fez um gesto casual para indicar o negócio todo. — Como estávamos sob o controle do treinador Moriyama, originalmente o dinheiro estava sendo usado para financiar os projetos particulares dele. Eu sugeri que, em vez disso, poderíamos pagar para Ichirou.

"Ele precisa disso" insistiu quando Kevin parecia prestes a se levantar e sair do quarto. "Nem eu sei o alcance total do meu pai, mas tudo o que ele tinha está indo por água abaixo agora que o FBI está vasculhando os destroços. Mesmo que Ichirou se alie ao meu tio para ter mais acesso à Europa, ele está perdendo dinheiro a torto e a direito. Dinheiro que ficaremos felizes em devolver a ele se ele apenas nos esperar.

"Ele concordou" prosseguiu Nathaniel. "São oitenta por cento dos nossos ganhos de quando estivermos na seleção até... nos aposentarmos? Eu não perguntei" admitiu ele. "Já tinha abusado bastante da sorte e não queria dar a entender que o acordo teria um fim. O que importa é que o acordo é para nós três. Concordei em resolver isso com vocês e que não haveria nenhum problema. E não há nenhum problema, não é?

"Não é um perdão e não é bem liberdade, mas proteção" concluiu Nathaniel. "Agora, somos recursos da família principal. O Rei perdeu todos os seus homens e não há nada que ele possa fazer sem precisar passar por cima do irmão. Estamos seguros... para sempre."

Ele dizia isso com muita facilidade, como se realmente acreditasse. Jean enterrou o rosto nas mãos e cravou as unhas nas têmporas. Aquilo era um pesadelo; só podia ser um pesadelo. Não havia a menor possibilidade de Ichirou Moriyama ter se encontrado com um pirralho insignificante como Nathaniel Wesninski ou se deixado influenciar pela sensação de importância que ele tinha e que Riko se esforçara tanto para arrancar dele. Era loucura pensar que aquilo era verdade e que Ichirou tinha a intenção de roubar os brinquedinhos do irmão. Jean se recusava a acreditar, porque se ele parasse para pensar no que tudo aquilo significava...

O barulho da porta se fechando soou bem definitivo, mas o peso ao seu lado permaneceu. Kevin tocou o cotovelo de Jean e disse:

— Olha pra mim.

— Não — rebateu Jean. — Eu sou um Moreau. Sou um Corvo. Sei qual é o meu lugar. Não vou concordar com uma coisa dessas.

— Está feito — replicou Kevin —, e você não tem o direito de opinar.

— Você fez isso com a gente — acusou Jean quando Kevin finalmente tirou as mãos do rosto. — Você devia ter colocado um ponto final nessa selvageria assim que descobriu o nome verdadeiro dele.

— Eu não consegui — respondeu Kevin, exausto. — Todos que tentaram controlá-lo acabaram falhando.

Jean soltou um palavrão longo e baixo em francês e se desvencilhou de Kevin. Se ele tivesse ficado em Evermore, não teria se envolvido nesse esquema. Ele havia selado seu destino em janeiro, derrubando o primeiro dominó no momento em que respondera a Renee. Nada mais apropriado, nada mais condizente do que isso, que ele se fodesse de novo por causa de um rostinho bonito. Jean devia arrancar os próprios olhos para nunca mais ceder à tentação, mas sem seus olhos ele não poderia jogar, e se não pudesse jogar...

— Riko não pode se opor a Ichirou — ressaltou Kevin, a voz baixa e insistente. — O mestre vai matá-lo se suspeitar que Riko faria isso. Nenhum deles pode te machucar de novo sem danificar a propriedade de Ichirou. Você entendeu?

— O acordo é que eu preciso jogar — rebateu Jean —, mas não diz em qual estado. Se Riko quiser...

A mão de Jean se ergueu tarde demais para arrancar as palavras do ar. Ele congelou com os dedos na boca, olhando para Kevin e para além dele enquanto rezava para que o outro deixasse aquilo passar. A intensidade do olhar de Kevin dava a entender que ele não teria essa sorte, e na mesma hora o punho de Jean caiu com tudo na lateral do corpo. A explosão de dor fez desaparecer qualquer outro comentário imprudente que ele pudesse ter feito, deixando-o sem fôlego mesmo quando Kevin o prensou contra a cabeceira da cama, sacudindo seus ombros.

— Não — avisou Kevin. — Você não pode mentir pra mim, Jean. Para de tentar.

Ele não podia mentir, mas ainda assim precisava. Era a única maneira de continuar vivo. Ambos sabiam quem estava machucando Jean, e Kevin presenciou muita coisa, mas havia anos que Jean não admitia isso. Era mais fácil abaixar a cabeça e seguir em frente. O que acontecia com ele mês após mês, ano após ano, era simplesmente o preço de ser um Moreau. Ficar apontando culpados só geraria ressentimento, e o ressentimento acabaria com ele. Não tinha como fugir; o jeito era enfrentar.

41

— Eu sou um Moreau — disse Jean.

— Sim — concordou Kevin —, mas não é um Corvo.

— Meu lugar é em Evermore — disse Jean. — Recebi ordens para jogar profissionalmente e abrir mão do meu salário. Em nenhum momento ele disse que eu precisaria deixar a Edgar Allan. E não vou deixar. *Não vou.*

— Nós dois sabemos o que Riko vai fazer com você se voltar — disse Kevin. — Ele vai preferir te matar do que te perder para Ichirou. Se não fizer isso sozinho, vai forçar o irmão a isso quando machucar você na quadra e te deixar sem condições de jogar. Você sabe que é verdade, mesmo que não admita.

Kevin o sacudiu, mas Jean olhava para além dele, recusando-se a reconhecer o que ele disse. Kevin nem hesitou: levou a mão livre até o joelho machucado de Jean e o beliscou com força. Ele nem piscou quando Jean reagiu, e só então, ainda que de má vontade, Jean finalmente o encarou. Kevin esperou até Jean estar prestando atenção nele, depois disse:

— Você é um Moreau. Você pertence aos Moriyama. Mas não a esses, não mais.

— Para — advertiu Jean. — Não me diz essas coisas.

Kevin o ignorou.

— Você tem um novo mestre, e ele ordenou que você jogasse para ele. Se você voltar para a Edgar Allan, vai estar desafiando essa ordem. Você não tem o direito de recusar nada que seu mestre pedir. Acredite nisso mesmo que não acredite em mais nada. É a única coisa que o manterá vivo. — Kevin esperou um instante para ver se ele argumentaria antes de dizer: — Você vai passar esta primavera se recuperando e depois a gente vai encontrar um novo time para você jogar. Você nunca mais voltará a ser um Corvo.

Eu sou um Corvo. Se não for um Corvo, então quem eu sou?

Jean sentia como se seu peito estivesse se abrindo. Em algum momento todo o ar da sala se esvaiu. Ele agarrou a própria camiseta, perguntando-se como algo tão largo poderia estar sufocando-o.

Kevin segurou o rosto dele com as duas mãos, forçando Jean a encará-lo mesmo quando ele tentou se afastar.

— Respira — disse Kevin, a milhares de quilômetros de distância.

Jean Moreau Eu sou Jean Moreau Eu sou Jean Moreau Eu sou

— Vou vomitar.

Kevin teve que soltá-lo para ele poder se inclinar na lateral da cama, mas conseguiu levantar o cesto de lixo e colocá-lo nas mãos feridas de Jean antes que ele perdesse a luta contra o estômago. Jean se sacudiu com tanta força que sua visão ficou turva. Kevin não fez nenhum comentário sobre o cheiro ou o barulho, mas pegou o cesto de volta assim que Jean terminou de cuspir aquele líquido azedo. Os captores de Jean se certificaram de que sempre houvesse água na mesa de cabeceira, então logo depois Kevin estendeu o copo para ele. Jean tomou um gole, e fez uma careta ao perceber que a água só piorava o gosto.

Jean tinha uma vaga ideia do que a família principal era capaz de fazer, mas Ichirou sempre pareceu mais uma história de terror: um jovem destinado a herdar um império sangrento que se estendia pela metade leste dos Estados Unidos e que tinha meia dúzia de ligações com a Europa. Pelo que se sabia, ele não dava a mínima para o Exy. Em teoria, Ichirou era um mestre ainda mais aterrorizante a ser seguido, mas talvez ficasse satisfeito em sentar no trono e receber seus dízimos à distância. Talvez Jean nunca mais visse um Moriyama pessoalmente.

Moreau, pensou Jean, um reflexo que muitas vezes nos últimos cinco anos o manteve de pé. *Eu sou um Moreau. Pertenço aos Moriyama. Vou aguentar.*

Mas essa era a questão, certo? A dívida da sua família era com Kengo. Quando viu o talento de Jean na quadra, o mestre interveio e assumiu a dívida, mas Jean era tudo o que ele queria em troca. Os Moreau ainda respondiam à família principal. Jean, assim como Nathaniel, estava simplesmente retornando ao seu lugar original na hierarquia Moriyama.

— Você não pode esperar que eu coloque minha vida em risco por causa de uma brecha contratual — disse Jean.

— Foi você quem se colocou nessa situação — disse Kevin. — Sua recusa em reconhecer Riko como mestre significa que você não pode nem mesmo recorrer ao seu mantra para salvá-lo.

— Eu te odeio com todas as minhas forças — rebateu Jean. Kevin deu de ombros, sem se deixar abalar diante daquela mentira tão óbvia.

— Não compro essa história. Mais cedo ou mais tarde essa bomba vai estourar. Não importa o tempo que leve. Assim que houver uma maneira de não deixar rastros, já era para mim.

— Talvez — concordou Kevin —, mas você não tem escolha a não ser aguentar até o fim.

— Você tem uma escolha — insistiu Jean. — Me mata e me deixa acabar com isso de uma vez por todas.

Kevin tinha uma expressão cruel no rosto.

— Você me fez uma promessa.

— Vai se foder. Você não tem o direito de me obrigar a cumpri-la.

— Mas eu vou.

Kevin o encarou, e Jean odiou, *odiou* o fato de ter sido o primeiro a desviar o olhar. Pelo menos Kevin teve a bondade de não esfregar isso na cara dele; em vez disso, deslizou para a beirada da cama.

— Tenho que voltar para o campus. Se eu me atrasar pra próxima aula, vão reclamar com o treinador.

Ele deixou Jean sozinho com suas preocupações, e as horas da tarde se arrastaram a passo de tartaruga. Jean não tinha certeza de quem havia contado a Abby ou a Wymack o que Nathaniel havia feito, mas ele podia garantir que os dois sabiam quando deram uma passada no seu quarto naquela tarde e noite com energias renovadas. Wymack trouxe para ele até um notebook e um celular simples que Jean não reconheceu. Ele ficou olhando de um para o outro enquanto Wymack os colocava ao seu alcance na cama.

— Falei com Andritch, que falou com seus professores — explicou Wymack. — Eles estão organizando tudo pra você terminar o semestre à distância. Você vai ter que instalar os programas necessários por conta própria; eu mal consigo checar meu e-mail sem querer atirar no computador. Esta aqui é uma linha provisória para substituir a sua — disse ele, apontando para o celular. — Imagino que você precise estar disponível para seus professores, mas não precisa de acesso fácil aos canalhas que você deixou para trás. Depois que a poeira baixar e você estiver um pouco mais estável, conversamos novamente sobre isso.

Jean apertou um botão para acender a tela do celular. Havia apenas cinco números salvos, e Jean não reconheceu nenhum deles.

— B Dobson — ele leu em voz alta.

— A psicóloga do campus, responsável por manter meus moleques com a cabeça no lugar — explicou Wymack.

— Não me surpreende que as Raposas precisem de uma psicóloga — comentou Jean.

— Não rejeite sem antes tentar — disse Wymack. — O jantar vai atrasar um pouco, mas em uns quinze minutos Abby já deve ter preparado tudo. Precisa de mais alguma coisa?

Um motivo para acreditar que o acordo de Nathaniel não sairia pela culatra e destruiria todos eles, Jean poderia ter dito, mas se contentou com uma resposta mais fácil:

— Não.

Wymack assentiu e saiu do quarto, e Jean empurrou o computador e o celular para fora da cama.

Voltar a ter aulas injetou na vida de Jean a dose de estabilidade que ele tanto precisava, mesmo que isso também o fizesse se lembrar de todas as peças que faltavam. Corvos sempre tinham aulas com outros Corvos. Ele tinha uma aula com Grayson e Jasmine, outra com Louis, Cameron e Michael e mais duas com Zane e Colleen. Apesar de saber que todos eles continuavam frequentando essas mesmas aulas, era desorientador estar tão afastado assim. Ele baixou planos de aula e as digitalizações dos livros didáticos por e-mail e se sentiu muito sozinho.

Ele ficava imaginando o que Riko estaria fazendo em sua ausência. Jean havia sido forçado a assistir aulas com ele depois que Kevin fugiu, mas quem havia tomado o lugar de Jean? Wayne Berger, provavelmente, já que agora Wayne era a dupla de Riko dentro das quadras. Jean deveria mandar um e-mail para Riko para ver como estavam as coisas, mas estava apavorado com a resposta. Com certeza Riko já havia recebido a notícia. Se mesmo assim ele mandasse Jean voltar para casa, o que Jean deveria dizer? Mesmo com Ichirou no meio, Jean não tinha o direito de dizer não a Riko.

Jean não queria nunca mais falar com Zane, porém não havia mais ninguém com quem pudesse contar. Ele esperou até que uma das aulas que tinham juntos começasse antes de enviar para ele um e-mail em branco, mas a resposta que recebeu alguns minutos depois fez seu estômago revirar.

Porra, Johnny, onde você tá? O mestre deu uma surra do caralho no Rei e ameaçou deixá-lo de fora da escalação. Tá todo mundo com medo até do próprio reflexo.

Jean levou quase a aula inteira para conseguir formular uma resposta, até acabar se contentando com:

Afastado, ordens do mestre.

Não era exatamente mentira, só uma versão mais cuidadosa da verdade. Ele não poderia dar maiores explicações. Não existia a menor chance de o mestre deixar Riko de fora, né? Riko havia custado ao mestre dois de seus jogadores mais caros, mas Riko era o Rei. Talvez aquilo fosse só uma ameaça para fazê-lo andar na linha. Era, na pior das hipóteses, uma medida temporária para que ele se sentisse constrangido e se comportasse. Se o mestre realmente levasse aquela ameaça adiante, todos eles estariam mortos. Riko não lidaria bem com um insulto daquele.

Zane não respondeu, então Jean excluiu o e-mail e, pela segunda vez, procurou em vão por uma segunda cama que não existia.

Na sexta-feira à noite, Wymack e Abby saíram para ir ao jogo de revanche das Raposas contra os Urso-gatos de Binghamton. Foi só então que Jean finalmente conheceu Dobson, que assumiu o papel de babá para que ele não ficasse sozinho em casa. Jean a odiou no mesmo instante, por mais que ela só tenha passado pelo quarto por tempo suficiente para se apresentar. Alguma coisa naquela mulher fazia com que Jean sentisse um arrepio profundo. Ele pediu para que ela não voltasse mais ao quarto e ela obedeceu, mantendo-se distante pelo restante da noite.

Jean ainda tinha pelo menos sessenta páginas para ler, mas mesmo assim pegou na gaveta da mesa de cabeceira o controle da TV. No plano de TV a cabo de Abby havia cerca de doze canais de esportes, e três deles costumavam focar em jogos universitários. Encontrar o jogo das Raposas foi uma questão de tentativa e erro, e Jean se recostou na cabeceira da cama para assistir ao programa que antecedia a partida.

Jean já havia assistido às entrevistas de Nathaniel na quarta-feira, então sabia que aquele baixinho desgraçado não estaria em quadra naquela noite. Ainda assim ficou procurando por ele na formação das Raposas, que davam voltas para se aquecer. Os apresentadores da noite, em primeiro plano, falavam mil palavras por minuto, gastando tempo demais debatendo sobre a vida pessoal de Nathaniel e sem dar a menor atenção ao jogo que começaria em instantes. Jean sabia que eles não tinham como saber do acordo que Nathaniel fizera com Ichirou, mas mesmo assim ouvia cada palavra com o coração a mil por hora. Quando a buzina de aviso soou, sinalizando os últimos cinco minutos antes do primeiro saque, Jean quase pulou de susto.

Ele não tinha a menor expectativa de que o jogo fosse bom. Tinha assistido a algumas partidas das Raposas nos anos anteriores, quando o mestre queria que seus Corvos estudassem cada uma das equipes em seu novo distrito. Havia jogado contra eles no outono anterior e visto de perto como eram horríveis. Os Urso-gatos que as Raposas enfrentariam naquela noite não estavam em sua melhor fase, mas tinham lá suas qualidades e uma equipe imensa para dar suporte. As Raposas estariam acabadas antes mesmo do intervalo.

Ou pelo menos foi o que ele pensou, mas a equipe ferrada conseguiu aguentar o tranco. Os Urso-gatos faziam uma falta atrás da outra. Algumas os árbitros deixavam passar; em outras os Urso-gatos eram punidos com cartões e davam de ombros como se não passasse de um contratempo irrelevante. As Raposas aguentaram as pancadas, a todo instante aceitando a violência e se concentrando apenas em jogar da melhor maneira possível. A defesa falhou mais vezes do que deveria, tanto pelo cansaço quanto pela diferença de habilidades, mas o monstro de estimação de Kevin compensava todas as falhas.

Jean se lembrou de quando Kevin mostrou pela primeira vez o arquivo de Andrew Minyard para Riko. Jean ainda não sabia como ele havia encontrado aquilo, mas Kevin parecia quase desesperado enquanto defendia seu ponto de vista.

— Precisamos dele — dissera Kevin, várias e várias vezes, até Riko concordar em levá-lo ao sul para uma reunião. Voltaram na mesma noite com Kevin em um mau humor fenomenal. Riko havia passado boa parte do ano zombando de Kevin por aquela péssima sugestão, mas Kevin acompanhava os resultados das Raposas com uma fúria profunda formada, em grande parte, pelo ressentimento.

Jean não havia entendido até outubro. Andrew não conseguiu impedir que os Corvos marcassem gols, mas era preciso tirar o chapéu para um cara que se esforçava até a exaustão tentando contê-los. Ainda levaria alguns anos para que Andrew fosse realmente digno da obsessão que Kevin sentia por ele, mas, naquela noite, vê-lo jogar fez bem para Jean. A seleção dos sonhos precisava urgentemente de um goleiro. Mas ele não permitiria que Kevin sentisse o gostinho de receber sua aprovação; em um dia bom Kevin já era insuportável, agora, quando estava certo sobre alguma coisa, ultrapassava todos os limites do insuportável.

Jean quase desligou a TV na hora do intervalo do jogo, porque aquilo só poderia acabar de um jeito. Eles eram uma equipe de nove jogadores que só estava podendo jogar com oito, e Renee foi forçada a sair de sua posição de sempre para jogar com os defensores. O segundo tempo seria um suplício para eles, e que só poderia terminar mal. No final ele acabou decidindo assistir, nem que fosse só para julgar Renee como uma colega de defesa.

Aos vinte minutos do primeiro tempo, as Raposas ainda continuavam, sabe-se lá como, se mantendo firmes. Faltando quinze minutos para o fim do jogo, Kevin marcou um gol e colocou as Raposas na liderança com um placar de seis a cinco. Dez minutos depois ele marcou de novo, ampliando a diferença em dois gols.

— Não pode ser — exclamou Jean, mas não havia ninguém por perto para responder.

Era impossível que as Raposas vencessem aquela partida, mas venceram, eliminando os Binghamton do campeonato e se classificando para enfrentar os Três Grandes em duas semanas. Jean ficou assistindo aos jogadores saírem da quadra para comemorar nas laterais. Os apresentadores voltaram a tagarelar fora do campo de visão das câmeras, comentando as jogadas e a vitória sem precedentes das Raposas, mas Jean deixou tudo aquilo entrar por um ouvido e sair pelo outro. As Raposas seriam destruídas nas semifinais, mas tinham conquistado o direito de enfrentar a USC e Evermore.

Jean desligou a TV, depois ligou novamente. A cena que se desenrolava diante de seus olhos permanecia a mesma. Ele desligou a TV de novo, contou até vinte e, quando finalmente ligou o aparelho, viu alguém enfiando um microfone na cara de Kevin.

— ... para jogar contra a USC de novo — dizia Kevin. — Não falei com Jeremy nem com o treinador Rhemann desde que me transferi, mas a equipe deles sempre foi incrível. Fizeram uma temporada quase perfeita este ano. Temos muito a aprender com eles.

— Puta que o pariu, viu — disse Jean, por mais que a jornalista estivesse rindo.

— Continua sendo o torcedor número um deles — brincou ela. — Vocês também vão jogar contra Edgar Allan, na maior revanche do ano. Comentários?

— Não quero mais falar dos Corvos — respondeu Kevin. — Desde que minha mãe morreu, são os Corvos pra cá, os Corvos pra lá. Não sou mais um Corvo. Nunca mais vou ser um Corvo. Pra ser sincero, nunca deveria ter jogado lá. Devia ter entrado em contato com o treinador Wymack no dia em que descobri que ele era meu pai e pedido pra começar como calouro em Palmetto State.

— Você preferiria ter morrido a fazer parte deste time — disse Jean para a televisão.

Nenhum dos dois conseguia ouvi-lo, lógico. A mulher mais parecia ter se engasgado com alguma coisa.

— No dia... você acabou de dizer que o treinador Wymack é seu pai?

— É, isso mesmo. Descobri quando ainda estava no ensino médio, mas não contei pra ele porque achei que queria ficar em Edgar Allan. Na época, pensei que o único jeito de ser campeão era sendo um Corvo. Comprei todas as mentiras que eles me contaram quando diziam que fariam de mim o melhor jogador em quadra. Eu não deveria ter acreditado. Tenho esse número no meu rosto há tempo o bastante para entender que não era isso que eles queriam pra mim.

"Todo mundo sabe que os Corvos querem ser os melhores" acrescentou Kevin. "Melhor dupla, melhor escalação, melhor time. Martelam essa mensagem na sua cabeça dia após dia, fazem você acreditar até que você se esqueça que, no fim das contas, 'melhor' significa 'um'."

Jean estava a centenas de quilômetros de Evermore, mas ouvir Kevin dizer coisas tão ousadas sem medo fez com que ele precisasse se recostar com tudo na cabeceira da cama e ficasse observando as sombras à procura de Corvos. Quando descobrissem que Kevin os havia exposto ao vivo na TV como se ele não estivesse nem aí para nada, iriam...

Jean tapou os ouvidos como se pudesse abafar os próprios pensamentos. Então pensou em Nathaniel, Kevin e Ichirou. Quatro dias haviam se passado desde que Nathaniel fora até ele para contar que os tinha entregado a Ichirou, e, desde então, Zane tinha sido o único Corvo com quem Jean falara. Ele tinha esperado que os outros fossem enchê-lo de mensagens desagradáveis ou de perguntas quando percebessem que ele estava com acesso à sua conta de estudante, mas, pelo visto, Zane não contara a eles.

Jean abaixou as mãos bem a tempo de ouvir Kevin dizer:

— ... eu nunca esquiei na vida? Mas gostaria de ir um dia desses.

Jean perdeu a coragem. Ele desligou a TV e jogou o controle remoto do outro lado do quarto, onde não conseguiria alcançá-lo.

Mais de uma hora se passou até que Wymack e Abby chegassem em casa e fossem juntos vê-lo. Abby deu uma olhada no rosto dele e disse:

— Ah, você assistiu. Está com fome?

Antes de sair para o estádio, ela havia deixado frutas e um jantar que não precisava ser aquecido, então Jean só negou com a cabeça. Abby assentiu em silêncio e trouxe o frasco de comprimidos. Wymack a seguiu até o outro lado do quarto e ergueu as mãos. Em uma delas ele segurava um copo vazio; na outra, uma garrafa de uísque.

— Não enquanto ele está tomando remédio. — Abby o repreendeu.

— Talvez nesse momento isso acabe sendo de mais ajuda para ele — disse Wymack, sem se desculpar.

— Os Corvos não tem permissão para beber — explicou Jean.

— Isso é irrelevante, considerando onde você está agora. Você quem sabe. Achei melhor oferecer antes de sair bebendo tudo. — Ele esperou Jean balançar a cabeça de novo, depois aceitou a recusa com um simples aceno de cabeça e deu um gole na bebida. Dava raiva ver a facilidade com que ele bebia, mas não era tão preocupante quanto vê-lo encher o copo novamente no mesmo instante.

Jean analisou a expressão dele, tentando enxergar além dos sinais de tensão para ver se encontrava algum indício de choque.

— Ele finalmente te contou — adivinhou quando ele voltou de mãos vazias. — Você já sabia antes de hoje.

— Ele admitiu há umas semanas — respondeu Wymack. — Dizem que foi você quem mostrou a Neil onde a carta estava escondida. Ele a trouxe em dezembro, quando voltou para cá.

— Ele queria saber por que Kevin fugiu e eu não — afirmou Jean, engolindo os comprimidos com um pouco de água. Ele devia ter parado aí, mas começou a girar o copo entre os dedos. — Riko foi abandonado pelo pai assim que nasceu; ele não queria saber de um filho que não fosse o primogênito. O meu pai não pensou duas vezes antes de me vender, já que isso significava quitar as dívidas que tinha. Mas Kevin nunca duvidou que você o acolheria. Ele não era tão burro a ponto de dizer isso em um lugar onde Riko pudesse ouvir, mas contou pra mim. Eu dei risada. Nunca pensei que ele fizesse o tipo sonhador.

Abby dirigiu um olhar carinhoso para Wymack, mas ele desviou o olhar para uma parede distante e perguntou apenas:

— Precisa de mais alguma coisa esta noite?

Jean apontou para a mesa de cabeceira onde estava o temporizador e eles o deixaram sozinho com seus pensamentos.

Jean não se surpreendeu tanto quando Kevin apareceu na manhã seguinte, mas jamais teria esperado a mulher que veio com ele. Jean não via Theodora Muldani desde o primeiro ano dele, quando finalmente entrou para a equipe dos Corvos e ela estava no quinto ano. Ele a havia conhecido alguns anos antes disso, já que tinha se mudado cedo para Evermore, mas não imaginava que a veria novamente até entrar em um time profissional após a formatura e ter que enfrentá-la em quadra.

— Thea — disse ele, assustado. — Por que você está aqui?

— Ela viu a entrevista que dei depois do jogo — explicou Kevin, afastando-se para que Thea pudesse se aproximar de Jean por conta própria. Ele ergueu a mão esquerda e disse: — Ela veio atrás de respostas.

Thea ergueu um dedo para Kevin, como se fizesse uma advertência.

— Espera lá fora. Não tenho como ter certeza de que você não vai acabar influenciando as respostas dele. — Kevin franziu a testa, mas Thea o encarou até ele suspirar ofendido e sair. Thea esperou alguns instantes após ele ter fechado a porta, como se pensasse que Kevin pudesse voltar, depois cruzou os braços e encarou Jean com um olhar intenso. — Bom dia, Paris.

Seria esperar demais que ela tivesse deixado esse apelido no passado. Jean fez uma careta.

— Pela milésima vez, *Marselha.*

— Você está um trapo — comentou Thea e, como sempre, ignorou a correção. — Kev disse que você vai passar alguns meses afastado. O que aconteceu?

— Me machuquei no treino — respondeu Jean. — A armadura estava solta.

— Pode ser que até ontem eu tivesse acreditado em uma coisa dessas — rebateu Thea —, mas ele jura que foi outra coisa. Tenta de novo, mas sem mentir na cara dura.

Sem mentir, disse ela, como se fosse possível. Os Corvos estavam acostumados a suportar a disciplina pesada dos treinadores e nem pensavam duas vezes antes de infligir trotes cruéis uns aos outros quando um deles saía da linha, mas, na visão da equipe, a situação com Riko era um tanto nebulosa. Eles sabiam da familiaridade que ele tinha com a violência e já o tinham visto perder a cabeça mais de uma vez, mas Jean e Kevin se esforçavam para esconder dos colegas de equipe a verdadeira extensão de seu sadismo.

E não faziam isso por causa de Riko: os Corvos poderiam e seguiriam um tirano até as profundezas do inferno se isso lhes fosse pedido. Riko era o Rei, o núcleo ao redor do qual o Castelo Evermore tinha sido construído. Talvez fosse por orgulho, então, ou um instinto imprudente de querer se proteger. Kevin não queria que os Corvos o vissem sendo submisso, e Jean já era ridicularizado o suficiente. Ele não tinha como dizer *eu sou um Moreau e é isso que eu mereço* quando eles nem sabiam quem as famílias Moreau e Moriyama realmente eram.

— Você não devia ter vindo aqui — protestou Jean.

Era perda de tempo tentar mandá-la embora. Thea sentou na cama e apontou para o próprio rosto.

— Olha bem na minha cara. — Por mais que tentasse, ele não conseguia ignorar aquele tom de voz. Ele havia passado dois anos do lado de fora da equipe dos Corvos observando-a jogar, encantado com o jeito como ela dominava completamente a linha de defesa. Durante seu primeiro ano, ele fazia de tudo, noite após noite, para ter um tempo a sós com ela, escapando das garras de Riko nos momentos em que ele se distraía com Kevin, tudo para poder pedir dicas e conselhos a ela. Seu patinho parisiense, ela brincava, ignorando cada um de seus pedidos melancólicos para que ela aprendesse a cidade correta de onde ele vinha.

Ele nunca soube se defender direito de Thea, e Kevin sabia disso. Jean o mataria por tê-la levado ali. Por enquanto, tudo que podia fazer era encará-la.

— Não me pergunte.

— Não estou perguntando nada — respondeu ela. — Só me diz o que aconteceu.

— Com a mão do Kevin?

— Você tem vinte e uma costelas boas — falou Thea. — Por enquanto.

Havia cinquenta por cento de chance de ela estar blefando, mas mesmo assim Jean se inclinou na direção dela e disse:

— Vai em frente então. Nem precisa se esforçar muito, todo mundo sabe que meus ossos são frágeis.

Ele percebeu o quanto suas palavras soaram rancorosas, mas não conseguiu se controlar. Era ao mesmo tempo uma acusação e uma zombaria. Os Corvos passaram anos afirmando isso e sabiam que o buraco era mais embaixo, mas preferiam não falar a respeito. Era difícil ignorar o fato de que ele vivia aparecendo na quadra cheio de pontos. Os Corvos o encontraram quatro vezes nos fundos dos degraus do estádio e por três anos ele entrou em quadra com seis dedos quebrados. Era mais seguro dizer que ele era extremamente frágil do que se intrometer e acabar atraindo atenção indesejada de alguém muito mais poderoso.

— O Rei é um babaca e um valentão, mas ele nunca iria tão longe assim — afirmou Thea. — Não com seu próprio time. Não durante o campeonato.

A rejeição veio feroz e de forma automática:

— Ele não fez isso comigo.

Thea o observou por alguns instantes antes de adivinhar:

— Foi o mestre, então? Meu Deus, Jean. Não vai me dizer que você se meteu em uma daquelas suas encrencas.

Ela não precisou dizer mais nada, seu tom de voz cansado já dizia tudo. A lembrança fez o coração dele rachar como se fosse vidro quebrado. Os Corvos sabiam que, no primeiro ano, ele tinha transado com grande parte da linha de defesa; era um segredo bem conhecido que se recusava a desaparecer mesmo quando a maioria dos envolvidos já tinha se formado da Edgar Allan. Já que nenhum dos cinco trairia a confiança de Riko dizendo que ele havia armado isso, eles riram, convencendo-se de que era o preço a ser pago pelo número tatuado no rosto de Jean. Tolerar o ridículo e o desprezo era terrivelmente injusto, mas era melhor do que dizer a verdade. Nem mesmo Kevin sabia da história completa, só a meia verdade que Riko havia lhe contado.

Jean ainda se lembrava de seus nomes e números. Dois deles tentaram demonstrar um pouco de paciência, notando o nervosismo em suas mãos trêmulas e interpretando isso como um sinal de ansiedade. Os outros três não perderam tempo fingindo. Os Corvos eram um grupo de pessoas estressadas e codependentes que passavam quase todas as horas do dia juntos no Ninho. Era inevitável que eles fossem transar quase tão frequentemente quanto brigavam. Jean só chamou a atenção por conta da idade e da rapidez com que trocava de parceiro.

Jean implorou quatro vezes a Riko para que não o mandasse para o quarto deles. Implorou quatro vezes por perdão e misericórdia, sabendo que Riko não era capaz de nada disso. Na última vez ele se calou e obedeceu, e, na semana seguinte, Riko recompensou essa submissão apática com uma onda de novos tormentos.

O mestre não foi tão compreensivo. Assim que descobriu que seu caro investimento estava ganhando fama de puta, quase matou Jean de tanto espancá-lo.

— Eu cometi alguns erros, sim — disse Jean em voz baixa, sentindo-se tão distante do próprio corpo que não conseguia nem sentir os lençóis sob as mãos. — Mas este não foi um deles. Este foi só...

Era difícil encontrar as palavras certas; estava ficando difícil respirar com Thea ali, observando-o tão atentamente. Jean precisava que ela saísse de perto dele, saísse do quarto e de sua vida de novo até que ele conseguisse se recompor. Ele aproveitou a única coisa que poderia fazer ela se distrair e disse:

— A mão do Kevin não foi um acidente. Quando ele te contar o que aconteceu, pode acreditar. Você não vai querer acreditar, mas precisa. Mas não me pergunte... não sobre isso, e nem sobre mais nada.

— Paris — disse ela.

— Vai embora, Thea.

— Marselha. — Mas já era tarde demais para essa oferta de paz.

— Vai embora e não volta mais — disse Jean. — *Por favor.* — Thea hesitou por mais um instante, depois se levantou e fez carinho no cabelo dele. Se ela tinha mais algo a falar antes de sair, pensou melhor e acabou deixando-o com seus pensamentos horríveis sem nem olhar para trás.

Jean continuava deitado enquanto ela caminhava em direção à porta. Assim que Thea saiu, ele puxou as cobertas para cima da cabeça e desejou que seu corpo, que não ajudava em nada, o deixasse dormir. Ele ainda estava acordado quando Abby passou para dar uma olhada nele umas horas depois, e Jean não a deixou ir embora até que ela o tivesse dado algo para dormir.

Havia pesadelos esperando por ele lá no fundo do poço, como sempre houve e sempre haveria, mas pelo menos Jean poderia acordar e escapar.

CAPÍTULO TRÊS

Jeremy

Jeremy Knox estava amarrando o cadarço quando Bobby entrou de repente no vestiário, toda ofegante. A caloura sempre parecia absurdamente pequena perto dos Troianos já equipados para jogar, mas, naquela noite, seu tamanho foi uma vantagem, já que permitiu que ela ziguezagueasse por meia dúzia de pessoas até encontrar o capitão da USC. Quando Jeremy viu a expressão no rosto da menina vindo apressada em sua direção, já conseguia até imaginar as notícias que ela trazia. Isso o fez abrir um sorriso enquanto se inclinava para terminar de amarrar o tênis.

— Está na hora — disse ela assim que o alcançou, depois se agachou depressa e empurrou com força as caneleiras dele. Satisfeita por elas não terem se movido, Bobby apoiou o peso em um dos pés e ergueu o olhar para ele. O motivo da alegria em seus olhos podia ser o truque que os Troianos da USC haviam planejado para aquela noite, mas também era bem provável que fosse a empolgação por ter sido a primeira dos três assistentes dos Troianos a alcançá-lo. Jeremy apostou na segunda hipótese ao perceber que Antonio também estava se aproximando rapidamente. — Os seguranças disseram que em breve vão voltar para a área técnica.

Tony parou ao lado dela e olhou para o topo de sua cabeça com um olhar exasperado.

— Como você conseguiu chegar mais rápido do que eu? Eu literalmente estava com o treinador Rhemann quando ligaram.

Bobby ergueu a mão, e Tony a ajudou a se levantar com facilidade enquanto ela explicava:

— Eu ouvi o rádio do guarda tocar. Ele teve que me deixar voltar porque minhas mãos estavam ocupadas com... ah — disse ela, parecendo abalada. — Ah, não. O gelo.

Ela retornou pelo mesmo caminho de onde tinha vindo, e Tony deixou escapar um suspiro dramático. Mas em um instante ele já estava recuperado o suficiente para olhar de canto de olho para Jeremy.

— Tem certeza disso? Tipo certeza, certeza? Porque se mais ninguém sabe, ninguém pode te obrigar a fazer. Ainda dá tempo de mudar de ideia.

— Nós precisamos disso mais do que eles — rebateu Jeremy. — Temos certeza.

Tony assentiu sem discutir e olhou em volta.

— Nabil?

— Ele vai sair logo — disse Jeremy, e Tony fez que sim. Nabil seria o último a chegar à quadra, uma vez que só colocaria o equipamento após terminar suas orações. Há uns meses Tony tinha pegado a mania de esperar por ele, oferecendo um segundo par de mãos para compensar o tempo perdido. — Pode pedir para alguém levar minhas luvas e meu capacete para o banco? Vou dar um oi para os nossos visitantes.

— Claro — prometeu Tony. — Peço para a Angie assim que a vir.

Ao sair, Jeremy fez um desvio pela área dos jogadores de meio de quadra. Sebastian Moore e Min Cai conversavam cheios de empolgação enquanto terminavam de arrumar o equipamento, mas como Xavier estava meio afastado da conversa, foi fácil chamar a atenção dele com um toque de leve no cotovelo. Jeremy inclinou a cabeça na direção da quadra e disse:

— Tô indo. Te encontro na área técnica.

O vice-capitão dos Troianos assentiu, sério, em contraste com o que disse logo depois:

— Fala pro seu tiete que mandei um alô.

— Nosso tiete — enfatizou Jeremy com uma risada enquanto voltava a caminhar.

Ele encontrou a escalação de jogadores da noite no mesmo lugar onde a havia deixado: colada na parede perto da saída do vestiário, e a retirou enquanto se dirigia à área técnica. O barulho ensurdecedor das arquibancadas lotadas dava a ele uma sensação familiar e empolgante que o incentivava a seguir em frente e forçava seu olhar para a quadra. Ainda faltavam trinta minutos para o saque, mas Jeremy já sabia que aquela noite seria ótima. Os campeonatos traziam à tona a melhor e mais visceral versão de todos os adversários, e a oportunidade de jogar contra uma equipe desconhecida era um desafio raro pelo qual a equipe ansiava. O experimento daquela noite era a cereja do bolo, uma experiência inestimável, independentemente de como terminasse.

Quando Jeremy finalmente chegou à área do estádio dedicado aos visitantes, viu as Raposas de Palmetto State reunidas próximo ao banco e imediatamente aquela alegria inebriante dele deu uma diminuída. Ele sabia que as Raposas eram uma equipe pequena, mas vê-la na televisão e ler os nomes no papel não era nada comparado a estar em sua presença. O que as Raposas tinham de jogadores na equipe inteira, os Troianos tinham só de atacantes. Era chocante pensar que o CRE tinha aprovado uma coisa dessa. Corria o boato de que eles iriam revisar a regra do tamanho das equipes para a temporada seguinte, mas Jeremy não ia contar com isso.

O treinador David Wymack estava de pé entre Jeremy e as Raposas, mas não demorou muito até que Kevin Day notasse Jeremy e se aproximasse do treinador. Na mesma hora Jeremy voltou a se animar e cumprimentou os dois com um sorriso largo no rosto. O aperto de mão de Wymack era firme e sua expressão, gentil; Jeremy gostou dele de cara.

— Treinador Wymack, bem-vindo ao sul da Califórnia. Estamos muito felizes por vocês estarem aqui hoje. Kevin, seu maluco — disse ele, dando um tapinha no ombro de Kevin. — Você não cansa de impressionar a gente. Já vi que curte uma equipe polêmica, mas gosto muito mais dessa do que da antiga.

Kevin fez pouco caso.

— Eles não têm nada de especial, isso na melhor das hipóteses... mas pelo menos são mais fáceis de conviver.

— O mesmo Kevin de antes, implacável e pé no saco como sempre — disse Jeremy, sem nem uma pontinha de julgamento. — Algumas coisas não mudam, né? Mas outras mudam.

Eles só se encontravam na quadra durante os campeonatos, já que a Edgar Allan e a USC jogavam em lados opostos do país, mas, antes de Kevin ser transferido dos Corvos, eles costumavam trocar mensagens esporádicas em noites de jogos. Até que Kevin mudou de número e sumiu da face da terra e semanas depois Jeremy descobriu que ele havia lesionado sua mão dominante durante um acidente horrível de esqui.

Ele chegou a mandar uma carta longa e sincera cheia de condolências e apoio a Palmetto State na esperança de receber uma resposta, mas, quando não teve retorno, não levou para o lado pessoal. Kevin havia perdido o Exy no mesmo ano em que assinara contrato com a equipe nacional; é lógico que ele precisava se afastar e aceitar a lesão. Jeremy não teria lidado com a situação de outra forma.

A suspeita de que havia algo mais por trás disso bastava para deixar Jeremy completamente inquieto, e ele não teve como não perguntar:

— Falando no seu último time, você, hum, você causou uma baita comoção com o que disse duas semanas atrás. Sobre sua mão, quero dizer, sobre talvez não ter sido um acidente.

Kevin permaneceu em silêncio por tanto tempo que Jeremy achou que ele não fosse responder. Talvez a amizade dos dois naquele momento não passasse da lembrança daquela que tiveram no passado, e Kevin não estava disposto a confiar nele. Até que Kevin fez um gesto para que ele o acompanhasse e disse:

— Eu tenho um defensor pra você. Tem espaço no time do ano que vem?

Jeremy reparou no olhar que Wymack lançou a Kevin: incisivo, mas despreocupado. Intrigado, Jeremy acompanhou Kevin até eles chegarem a um lugar onde o resto da equipe não conseguiria ouvir. Kevin olhou para a multidão, observando-a com um ar distante. Conferindo se o barulho era suficiente para abafar a conversa, Jeremy poderia ter adivinhado, mas se recusava a acreditar. Que segredos Kevin poderia ter que justificassem tanta precaução?

— Kevin? — perguntou Jeremy. — Fala comigo.

— Preciso que você contrate o Jean — falou Kevin e logo após acrescentou: — Moreau.

Jeremy abriu a boca, depois fechou-a novamente e tentou mais uma vez.

— Você precisa que eu faça *o quê*?

Foi só aí que Kevin finalmente prestou total atenção em Jeremy, com uma expressão carregada de seriedade.

— Edgar Allan ainda não pode anunciar, mas Jean foi cortado dos Corvos. Eles o machucaram — explicou, e Jeremy teve uma impressão leve e boba de que aquilo era uma forma de minimizar a situação. Talvez não tão boba assim, porque Kevin explicou. — Era pra ser só uma zoação pra descontrair, mas as coisas acabaram saindo do controle. Ele vai passar o resto da temporada afastado das quadras.

Por um instante Jeremy não conseguiu ouvir a multidão.

— Você não pode estar falando sério. Foi tão grave assim?

Kevin o encarou e respondeu apenas:

— Sim.

Jeremy ficou esperando que ele explicasse melhor, e quase ficou feliz quando percebeu que Kevin não faria isso. Ele conhecia muitas facetas de Kevin, inclusive aquela de diva ácida que ele mantinha escondida da imprensa, mas nunca o tinha visto tão agitado e reticente. Jeremy se lembrou da pergunta que havia iniciado aquela conversa terrível e sentiu vontade de vomitar. Se Jean Moreau havia sido afastado das quadras por causa de uma zoação, então até que ponto o comentário venenoso que Kevin havia feito sobre sua mão era verdadeiro? Os Corvos eram conhecidos por sua violência, mas será que Jeremy realmente acreditaria que eles seriam capazes de ferir seus próprios jogadores?

— Ele é muito bom — acrescentou Kevin —, merece jogar em um dos Três Grandes.

Ainda que nunca tivesse encontrado Jean pessoalmente, Jeremy já tinha ouvido falar dele. Seria impossível não notar o francês de olhos acinzentados com um número em negrito tatuado no rosto. Ele fazia parte do time no jogo em que USC e Edgar Allan se enfrentaram no ano passado e no anterior, mas ele estava do outro lado e Jeremy nunca teve que lidar com ele em quadra. Jeremy não tinha a menor dúvida de que ele fosse incrível, afinal de contas, era um Corvo e fazia parte da tal seleção dos sonhos do Rei, mas ser bom não era o suficiente para dar certo na Califórnia.

Kevin interpretou o silêncio dele como uma recusa, então disse:

— Mas se você não tiver espaço para ele...

— Não é que não a gente não tenha espaço — respondeu Jeremy, embora não tivesse tanta certeza disso. Naquele ano, ele estava com três defensores no quinto ano, e o treinador Rhemann só havia contratado dois para substituí-los. — Não sei quais são as estatísticas dele, mas, já que você garante que o cara é bom sem nem hesitar, sei que ele deve ter talento. Acontece que ele é um Corvo, e a gente... — Ele gesticulou em direção às arquibancadas como quem não sabe bem o que fazer. — Será que ele se encaixa aqui?

— Faz anos que não joga um jogo limpo — admitiu Kevin —, mas ele sabe seguir ordens. Se você mandar ele obedecer, ele vai obedecer.

— Esse foi literalmente o jeito mais esquisito de falar essa frase — retrucou Jeremy.

A intenção era aliviar o clima, mas Kevin só deu de ombros e disse:

— Você vai entender quando o conhecer.

Jeremy pensou um pouco, mas o que ele poderia dizer? Kevin estava pedindo sua ajuda. Que tipo de amigo ou Troiano ele seria se não conseguisse corresponder?

— Não posso fazer qualquer promessa sem antes falar com meus treinadores, mas, se depender de mim, é um sim — respondeu ele. — Vou conversar com eles hoje à noite, quando todo mundo já tiver ido para casa. Talvez você se lembre de me passar seu número novo para eu poder te enviar as boas notícias.

Kevin abriu um sorriso lento e satisfeito. Jeremy deu um aperto forte em seu ombro e ergueu a escalação.

— Agora que você subverteu minhas expectativas para hoje à noite, me deixa retribuir o favor. Tenho uma surpresa para a sua equipe.

Eles voltaram até as Raposas que tentavam, sem sucesso, fingir que não estavam prestando atenção na dupla durante todo o tempo em que os dois ficaram afastados. Jeremy parou mais uma vez diante do treinador Wymack e estendeu o papel a ele.

— Nossa escalação — explicou Jeremy. — Entregamos com um pouco de atraso, eu sei, mas estamos tentando evitar ao máximo reações negativas.

— Reações negativas? — perguntou uma das Raposas.

Wymack passou a lista para que ela pudesse dar uma olhada.

— Não precisamos da compaixão de vocês — protestou ele. — Pode dizer ao treinador Rhemann que não aceitamos esmolas.

— Não é compaixão, não — respondeu Jeremy. — Estamos fazendo isso pela gente, não por vocês. O sucesso de vocês neste ano fez a gente repensar nossa maneira de jogar. Estamos em segundo lugar porque somos talentosos ou porque temos vinte e oito pessoas na escalação? Será que, individualmente, somos bons o suficiente pra enfrentar vocês? Precisamos tirar a prova dos nove.

Kevin arrancou o papel da mão de sua colega de equipe com tanta pressa que quase o rasgou. Outro membro do time ficou tentando olhar por cima de seu ombro. Jeremy não conseguia ver o número do jogador atrás de Kevin, mas nem precisava: o cara mais alto da equipe das Raposas era Boyd, um defensor. As chances de Boyd ser seu marcador em quadra eram bem altas, então Jeremy o observou com o máximo de discrição possível. A maioria dos defensores que ele enfrentava eram atarracados, treinados para derrubar os atacantes e tirá-los do caminho. A altura de Boyd era um desafio fora do normal, e só de pensar nisso Jeremy já ficava empolgado novamente.

— Só tem nove nomes aqui — anunciou Boyd para os que não conseguiam enxergar o papel.

— Dois goleiros, três defensores, dois meias e dois atacantes — concordou Jeremy. — Vocês chegaram até aqui exatamente com essa quantidade. Está na hora de testarmos nosso desempenho em uma situação semelhante. Estou empolgado. Ninguém aqui já jogou uma partida inteira antes. Porra, a maioria não joga nem um tempo. E não precisamos, porque os números estão sempre a nosso favor.

— E você diz que eu que sou maluco — rebateu Kevin. — Vocês vão perder se jogarem assim hoje.

Ele disse aquilo como se fosse um fato, e ver Kevin colocando tanta fé nas Raposas fez Jeremy abrir um sorriso tão largo que chegou a sentir dor no rosto.

— Talvez sim. Talvez não. Mas de um jeito ou de outro vai ser divertido, não vai? Não me lembro quando foi a última vez que fiquei tão empolgado com um jogo. Olha só isso. — Ele estendeu as mãos como se, de alguma forma, isso os ajudasse a entender o nível da ansiedade que ele estava sentindo. Ele poderia ter dito mais alguma coisa, mas Bobby, que se encontrava no canto da quadra, acenou para chamar sua atenção. Ele estava atrasado para retornar para o lado da equipe dona da casa, então se contentou em dizer apenas: — Deem seu melhor, Raposas, porque a gente vai fazer o mesmo.

Foi algo ousado de se dizer e ele não se arrependeu de ter falado, mas quando saiu cambaleando da quadra na metade do segundo tempo, Jeremy pensou, em meio à tontura, que devia ter pedido às Raposas que tivessem um pouquinho de piedade. Ele deu uma batida leve com a lateral da mão protegida pela luva na coxa, na esperança de sentir alguma coisa além daquela dormência desorientadora, e deixou o treinador White guiá-lo até o banco de reservas.

A maior parte da equipe dos Troianos estava de pé ao longo da parede, ombro a ombro, longe o suficiente para não atrapalhar os árbitros, mas perto o bastante para assistir ao espetáculo que se desenrolava bem diante de seus olhos. O banco de reservas daquela noite era exclusivo para os jogadores que se tinham se sacrificado em quadra, e Jeremy nunca havia ficado tão feliz em poder se sentar. Ele jogou o primeiro tempo inteiro para que Ananya pudesse descansar e Jillian entrasse. No segundo tempo, foi a vez de ele ser poupado. Ele se atrapalhou para tirar o capacete, mas não teve coordenação suficiente para tirar as luvas. Num piscar de olhos Tony apareceu para ajudá-lo e Jeremy apoiou as mãos no colo, deixando escapar um suspiro de alívio.

— Como eles ainda estão aguentando? — perguntou ele, espantado. Jeremy não sabia se o que sentia era respeito ou um medo bem-humorado latejando em suas têmporas. Mas, de uma forma ou de outra, ele não conseguia tirar os olhos da quadra por tempo suficiente para ajudar Tony com as luvas.

A resposta era óbvia: as Raposas tinham se acostumado a esse estilo de jogo anos atrás, devido à recusa de Wymack em formar uma equipe grande. A perda de Seth Gordon no início do ano tinha sido trágica, mas a única diferença que causou no estilo de jogo deles foi a distribuição dos reservas. Provavelmente o treinador Wymack adaptou todo o regime de treinamento com o objetivo de focar na perseverança, fortalecendo suas Raposas para que se mantivessem firmes contra qualquer obstáculo. Todas as outras equipes se concentravam em turnos mais curtos a uma velocidade máxima para justificar o tamanho do elenco.

Foi vantajoso para as Raposas enfrentar os Troianos daquela maneira: eles jogaram um jogo mais limpo do que os Troianos costumavam ver em seus oponentes, e os embates entre corpos e raquetes ocorriam só quando necessário e com força apenas para vencer o confronto. A equipe aproveitava sua potência e energia para segurar o tranco em quadra, e, quando os Troianos começaram a fraquejar e tropeçar, as Raposas usaram seus reservas para dominá-los. Jeremy queria olhar para todos eles ao mesmo tempo, e sabia que ficaria assistindo e reassistindo o jogo por semanas só para ver de todos os ângulos.

— Você precisa se alongar — disse a treinadora Lisinski atrás dele.

— Não sei se vou conseguir me levantar de novo — respondeu Jeremy.

— Acredito em você — ela respondeu, insensível.

Jeremy gemeu e deixou Tony ajudá-lo a se levantar. Bobby se aproximou enquanto ele se alongava e andava para lá e para cá, então ela aproveitou para lhe dar algo de beber. Jeremy tentou dar goles sem tirar os olhos do jogo, e mesmo assim quase perdeu o gol de Neil Josten. E foi assim que, faltando vinte minutos para o fim do jogo, as Raposas assumiram a liderança. Eles haviam começado o segundo tempo três gols atrás, com quatro a sete. Agora o placar apontava dez a nove contra a USC.

Jeremy foi cambaleando pela quadra atrás do restante de sua equipe. Shane Reed estava no fim da fila, como esperado. Ele tinha sido o goleiro durante o primeiro tempo e agora observava, com uma expressão triste no rosto, Laila levando a pior.

Jeremy não conseguia se lembrar da última vez em que alguém havia marcado mais do que cinco gols em Laila. Agora ela já tinha deixado passar seis e ainda faltava quase metade do tempo.

— Eles não estão conseguindo defender — falou Shane.

— Vou ter que ouvir ela reclamando depois, com certeza — resmungou Jeremy.

— Eles também — concordou Shane, com um sorriso discreto que logo desapareceu. — Mas ela topou mesmo sabendo que o resultado mais provável seria esse, então não pode levar para o lado pessoal.

Jeremy sabia que Laila levaria para o lado pessoal de qualquer maneira, mas ela se culparia, apesar dos corredores abertos na sua linha de defesa desmoronando. Eles estavam exaustos demais para se defender, estavam no limite. Laila era ótima, mas não conseguia fechar o gol sozinha. Quando as Raposas marcaram de novo cinco minutos depois, Cat se aproximou e deu nela um abraço rápido e apertado. Laila bateu com carinho seus capacetes um no outro, recusando o pedido de desculpas, e a mandou de volta para onde estava ao lado de Neil.

Não demorou para as Raposas marcarem de novo. Jeremy queria dar uma olhada no relógio para ver quanto tempo faltava para acabar o jogo e por quanto tempo mais os Troianos precisariam sofrer, mas não conseguia tirar os olhos da quadra. Xavier tropeçou quando recebeu o próximo saque e a Raposa que o marcava o ajudou a se levantar antes de correr para pegar a bola. Foi um gesto simples, mas fez com que Jeremy nutrisse tanta simpatia por eles que quase se esqueceu do quanto estava cansado e dolorido. Quando as Raposas marcaram mais uma vez nos dois minutos finais do jogo, fechando o placar em treze a nove, tudo que Jeremy conseguia fazer era rir.

— Temos muito trabalho a ser feito — disse ele. — Daqui para frente, os treinos vão ser doloridos.

A buzina anunciando o fim do jogo finalmente tocou e foi como assistir a uma fileira de dominós desmoronando. Os Troianos caíram um de cada vez na quadra, exaustos demais para se manterem de pé, agora que enfim podiam parar de se mexer. Boyd levantou Jillian como se ela não pesasse nada e se ofereceu como muleta, e o meia no centro da quadra se agachou para falar com Xavier. Cody acenou para Kevin, preferindo ficar onde elu tinha caído, mas Neil segurou Cat antes que ela caísse de cara no chão duro. Ela o agarrou com toda a força até Laila os alcançar. Neil estava livre para se juntar à comemoração de sua equipe no meio da quadra, e disparou até eles como se não tivesse passado noventa minutos correndo a todo vapor de um lado para o outro.

Jeremy levou o resto dos Troianos para a quadra para um rápido aperto de mão. Kevin havia colado um pedaço de papel em sua raquete e o tirou assim que Jeremy se aproximou. Imediatamente o papel tentou se enrolar de novo, mas Jeremy o desenrolou e viu dois números de telefone riscados numa fonte bem legível: o de Kevin e o de Jean.

— Vou manter contato — prometeu Jeremy, e então teve que manter a fila andando.

Muitos Troianos já descansados poderiam ajudar seus colegas de equipe a voltar para os vestiários, então os treinadores ficaram para trás para fazer algumas breves anotações enquanto Angie, Tony e Bobby recolhiam depressa os suportes de raquetes e as garrafas descartadas.

Jeremy estava exausto, mas não a ponto de não perceber como as arquibancadas estavam vazias, e definitivamente não tão cansado para observar a reação de seus companheiros de equipe. Alguns pareciam estar com a cabeça longe enquanto tentavam entender o que havia acontecido; quem estava na quadra sentia cansaço demais para ficar decepcionado, os outros oscilavam entre a paciência e a curiosidade.

Até estarem de volta ao vestiário, ninguém falou nada. Assim que se afastaram de bisbilhoteiros, Xavier olhou para cada um dos alunos do quinto ano. Os seis foram os primeiros a serem abordados com essa ideia, já que essa era a última chance deles de vencer o campeonato.

Jeremy estava orgulhoso deles por terem sido os primeiros a concordar, mesmo que o raciocínio fosse um tanto fatalista: não importava se fossem eliminados nas semifinais ou nas finais, na hora H eles não conseguiriam vencer Edgar Allan. Tinham passado anos tentando e fracassando; simplesmente não tinham o que era preciso para superar os Corvos em um confronto justo. Se o jogo arriscado daquela noite significasse que os Troianos estariam numa posição melhor dali para a frente, valeria a pena correr o risco de uma derrota constrangedora.

— Estamos bem? — perguntou Xavier.

— Faça isso valer a pena e vamos ficar bem — disse Renaldo.

— E vai — respondeu Jeremy, porque ele precisava acreditar nisso. Eles até podiam ter desistido, mas ele não. Só tinha mais um ano e ele se recusava a encerrar sua carreira na NCAA sem um único título.

Então os quatro treinadores dos Troianos chegaram juntos do treinador principal, James Rhemann, que vinha na liderança. Os Troianos se acomodaram, cheios de expectativa, enquanto James os observava com um olhar enigmático.

— Antes de mais nada, obrigado a todos por terem tido a coragem e o autocontrole para enfrentar o desafio desta noite. Inclusive quem não teve permissão para jogar; se para mim não foi fácil assistir, sei que também não foi nada fácil para vocês. Para quem estava em quadra: não foi, nem de longe, o nosso melhor desempenho, mas, dadas as circunstâncias, estou orgulhoso do que conseguiram fazer.

"Aproveitem este fim de semana para descansar e se recuperar, porque na semana que vem não vamos poder nos dar ao luxo de poupar esforços. Vamos deixar a avaliação do jogo de hoje para segunda-feira à tarde, já que alguns aqui já estão caindo no sono" disse, olhando espantado para Cat, que encostada em Laila, roncava baixinho. "Segunda-feira de manhã estaremos, como sempre, no centro de treinamento. Alguém tem algo a dizer hoje que não possa esperar até a semana que vem?"

Jeremy levantou a mão.

— Eu tenho muita coisa para dizer — disse ele, e fez de conta que não viu o jeito como Ananya fingiu estar chocada. — Para o bem de todos vou esperar um pouco, mas preciso muito, muito mesmo, falar com você e o treinador Jimenez hoje, se tiverem uns minutinhos.

Jimenez assentiu quando Rhemann olhou para ele, então Rhemann disse:

— Você e Shane estão encarregados da imprensa. Depois disso e depois que tomar banho, venha nos procurar. Estaremos esperando.

O que Jeremy preferia mesmo era nunca mais se levantar, mas, como capitão dos Troianos, tinha o dever de encarar a imprensa e defender a inesperada derrota de sua equipe. Ele conduziu Shane de volta para a área técnica. As entrevistas eram, na verdade, a parte mais fácil da noite de jogo, já que o roteiro dos Troianos era previsível, além de bem inflexível. Era fácil se orgulhar do esforço da equipe e mais fácil ainda elogiar a resistência descomunal das Raposas. Era a verdade, ainda que só uma parte dela.

As partes inevitáveis precisariam esperar até que os treinadores sentassem com eles na segunda-feira e os dividissem entre ataque e defesa para rever as jogadas. Uma derrota ainda era uma derrota, por mais que nenhum deles tivesse vontade de mudar nem uma vírgula daquela noite. Eles teriam que lidar com essa decepção longe dos olhos do público. Laila ficaria até a próxima temporada se lamentando por ter tido a pior campanha de gols sofridos da história da USC.

— Neil Josten disse isso no último outono, não foi? — perguntou Shane no microfone, retomando de onde Jeremy havia parado para que ele pudesse recuperar o fôlego depois de tantos sorrisos e elogios.

— É fácil ser um dos melhores quando qualquer problema que aparece pode ser resolvido na base dos números. Nós queríamos muito ver como seria nosso desempenho sem esse fator nos ajudando.

— Foi nosso jogo mais divertido em meses — afirmou Jeremy. — Nos desculpem por encerrar desse jeito, mas estamos destruídos.

— Sem problema — respondeu o homem, retirando obedientemente o microfone diante do rosto deles. — Obrigado por terem vindo falar conosco, e descansem bastante. Estaremos torcendo por vocês na semana que vem.

— Obrigado! — finalizou Jeremy, seguindo Shane de volta ao vestiário.

Era tão gostoso sentir a água do chuveiro em seu corpo dolorido que, se os treinadores não estivessem esperando por ele, Jeremy teria passado a noite toda ali. Ao sair, se despediu de Shane e seguiu pelo corredor lateral até chegar à porta dos treinadores. Lisinski era a preparadora física dos Troianos enquanto White cuidava do ataque e Jimenez, da defesa. A terceira porta estava aberta, mas a sala estava vazia, então Jeremy só foi encontrar Jimenez sentado à mesa de Rhemann no último escritório. Eles tinham prometido aos Troianos só fazerem a análise do jogo na segunda-feira, mas Jeremy não chegou a se surpreender ao vê-los já revisando suas anotações.

— Treinador, treinador — cumprimentou Jeremy, e se acomodou assim que Rhemann apontou para uma das cadeiras. Rhemann colocou um caderno por cima das anotações: não para esconder de Jeremy, mas para ter certeza de que elas não distraíssem nenhum treinador do possível problema que Jeremy estava trazendo. Jeremy entrelaçou as mãos no colo e ficou girando os polegares um em torno do outro enquanto tentava pensar em um jeito de começar.

Do começo, disse para si mesmo, e endireitou a postura.

— Tenho um grande favor para pedir.

O truque para começar os sábados com o pé direito era sair de casa o mais cedo possível. Ele já havia percebido anos antes que jamais seria o primeiro a acordar, mas Jeremy tinha uma teoria secreta de que William Hunter nunca dormia. Talvez seus pais pagassem ao mordomo para ficar acordado 24 horas por dia. De toda maneira, ele não se surpreendeu ao entrar na cozinha às cinco da manhã e encontrar uma garrafa térmica cheia já esperando por ele. Jeremy fez cara feia para William, que, sabendo que não devia levar aquilo para o lado pessoal, continuou dando um gole em sua própria caneca.

— Está cedo até para você — comentou William, sem explicar como sabia que Jeremy já estava acordado.

— Tenho muita coisa pra fazer — respondeu Jeremy, evasivo. — Tem alguma coisa que eu precise saber antes de sair?

— O jantar está marcado para as sete. Como Bryson chegou à cidade ontem à noite para a arrecadação de fundos, seria bom você aparecer para dar um oi.

Jeremy estremeceu.

— Era nesse fim de semana? — A expressão tranquila de William transparecia mais sagacidade do que empatia. Jeremy, cheio de nervosismo, passou a mão pelo cabelo e desviou o olhar. Perdera anos de sua vida argumentando que não queria participar desse tipo de evento, já que não tinha a menor relação com o pai de seu padrasto, mas sua mãe não aceitava. Se o congressista precisava de uma família perfeita nas fotos, a família Knox tinha a obrigação de se vestir bem e sorrir para sabe-se lá quantas câmeras. — Tá, eu tinha que ficar de olho nessas datas, sei disso. Mas preciso mesmo resolver umas coisas agora de manhã, então se perguntarem onde eu fui...

— Vou dizer ao sr. Wilshire que você volta às seis — William concluiu para ele. — Até lá, tenta se divertir um pouco.

— O que eu faria sem você?

— O que qualquer um de vocês faria sem mim? — rebateu William, sério, e retornou à leitura de seu jornal matinal.

Como ficou sabendo que Bryson estava em casa, Jeremy decidiu sair de fininho pela porta lateral. O quarto do irmão mais velho ficava logo acima do hall de entrada e Bryson passava a maior parte do ano em Yale, no fuso horário da costa leste. Tinha uma grande chance de ele já estar acordado e uma chance maior ainda de a presença dele ser o motivo pelo qual William já estivesse de pé. Jeremy preferia sair sem as chaves do que arriscar um confronto tão cedo pela manhã. Estava cansado e dolorido demais para se submeter a isso.

Ele se distanciou do bairro antes de chamar um táxi. O carro ia chegar em dez minutos, então, enquanto esperava, Jeremy ficou na calçada tomando seu café. Ainda deu uma olhada na hora no celular, percebeu que devia ser muito cedo na costa leste para ligar e acabar sendo visto como mal-educado, então, em vez disso, se preparou para uma longa conversa com o motorista.

A cafeteria mais próxima da casa de Laila e Cat não estaria aberta antes das seis, então Jeremy escolheu uma a leste do campus que abria às quatro e meia. Apesar da hora e do dia, já havia quatro pessoas lá: uma no canto mais distante mexendo em um notebook, um casal conferindo um mapa enquanto discutiam mudanças de última hora no itinerário da viagem para Los Angeles no fim de semana e um homem todo desgrenhado no balcão perguntando se eles poderiam, por favor, trazer uma xícara de água quente. Jeremy manteve uma distância respeitosa até que o homem fosse para sua mesa no canto mais distante.

Jeremy já tinha virado todo seu café no caminho, mas parecia não ter feito a menor diferença.

— Um café forte o bastante pra eu começar a ver coisas — pediu ele, e comprou também algo para comer e um vale-presente. Guardou a nota fiscal no bolsinho com zíper da carteira para que pudesse guardar mais tarde; era sempre melhor ter evidência em papel ao lidar com o contador da mãe. Enquanto preparavam seu café e aqueciam o sanduíche, Jeremy levou o vale-presente até o cliente que viera antes dele.

— Ei, bom dia — falou ao se aproximar. — Desculpa incomodar, mas acho que você derrubou isso. Encontrei ali no chão.

— Sim — respondeu o homem, estendendo a mão no mesmo instante. — Obrigado. Acho que nem percebi.

— Sem problemas — concluiu Jeremy, e voltou para esperar seu pedido ficar pronto.

O outro homem esperou Jeremy pegar a comida e a bebida na bandeja para só então se aproximar e pedir que o caixa conferisse o saldo de seu novo cartão. Jeremy disfarçou um sorriso por trás do croissant quente e deu uma olhada no celular, silenciosamente desejando que as horas passassem mais rápido. Depois voltou ao caixa para comprar um jornal e uma garrafa de água e sentiu vontade de ter sido corajoso o suficiente para pegar suas chaves. Ele tinha a chave da casa de Laila e Cat, então poderia ter entrado de fininho e deitado em seu lugar de sempre no sofá para cochilar até um pouco mais tarde.

Às sete, ele se arriscou a enviar uma mensagens simples para Laila.

> Acordada?

Não esperava que ela respondesse, mas, um minuto depois, recebeu:

> Defina acordada

> Saí sem as chaves

Foi o que ele respondeu.

> Acordada o bastante pra abrir a porta daqui a 30 min?

> Sorte sua q eu gosto de vc

Respondeu ela, e ele sabia que aquilo era um sim.

Ele jogou a garrafa na lixeira e o jornal em uma cesta onde qualquer um poderia vasculhar depois. Então passou pelo caixa uma última vez para comprar um quilo de café. Havia espaço de sobra na sacola para sua garrafa térmica vazia, então Jeremy a colocou lá e partiu em direção ao bairro que Cat e Laila chamavam de lar.

O quarteirão tinha sido convertido, havia muito tempo, em apartamentos para estudantes, e grande parte das casas acomodava entre sete a doze alunos. A casa de Laila era a única que não havia sido modificada, já que, originalmente, era usada pelo proprietário e sua equipe como escritório. Quando o tio dela comprou a maioria das casas da região, alugou aquela para Laila por um preço ridiculamente baixo.

Jillian, a única meia do quinto ano da equipe, estava alugando o terceiro quarto havia alguns anos, mas já se acostumara a ver Jeremy montar acampamento ali nos fins de semana. Ela dormia que nem pedra e ocupava o quarto mais distante da porta de entrada, então Jeremy sabia que não a incomodaria chegando tão cedo.

Ele encontrou Laila na sala de estar, meio enrolada em sua poltrona papasan. Jeremy colocou o café onde ela pudesse ver e se acomodou na almofada do sofá mais próxima a ela.

— E aí — disse ele. — Você chegou a dormir?

— Algumas horinhas — respondeu ela, dando de ombros sem muito ânimo. — E você?

— Algumas horinhas — concordou ele. Jeremy esperou para ver se ela comentaria alguma coisa sobre o jogo da noite anterior, mas os minutos foram se arrastando em um silêncio tranquilo.

Jeremy deu uma olhada no celular e perguntou:

— Que horas é considerado cedo demais para ligar para alguém? Que esteja na costa leste, quer dizer.

— Kevin? — deduziu ela.

— Não — respondeu Jeremy. Ele não explicou que havia ligado para Kevin na noite anterior e conseguira falar com ele logo antes de as Raposas embarcarem no voo de volta para a Carolina do Sul para contar as boas novas. Naquela manhã, Jeremy tinha acordado com um monte de mensagens que não melhoraram em nada seu estado de espírito. Uma imagem começava a se formar em torno de todas as informações que Kevin soltava, e por mais que Jeremy ainda não conseguisse identificar exatamente o que era, o resultado era uma inquietante convicção de que os Troianos estavam fazendo a coisa certa ao correr o risco de ter um Corvo na escalação.

— Ei, Laila — chamou ele —, preciso de sua ajuda com uma coisa.

— Claro — respondeu ela.

Em vez de responder, Jeremy rolou a tela até o único contato não utilizado em sua agenda e clicou. Havia uma chance de que não atendessem, tanto pela hora quanto por ser um número desconhecido, mas alguém atendeu logo antes de ir para o correio de voz. Uma voz desconhecida e cheia de sotaque atendeu com um tom neutro:

— Sim?

— Jean Moreau? — perguntou Jeremy. — Jeremy Knox.

Jean desligou na cara dele na hora. Jeremy olhou para o cronômetro piscando no celular e, apesar de tudo, achou graça. Laila se apoiou em um braço e ficou encarando-o, parecendo de repente muito acordada. Jeremy fez uma careta de desculpas para ela por não ter tirado nem dois segundos para explicar a situação e tentou ligar para Jean de novo. Dessa vez, Jean deixou tocar apenas três vezes e atendeu com o mesmo:

— Sim?

— Foi mal — disse Jeremy —, estou fazendo algumas coisas ao mesmo tempo e acho que acabei apertando o botão errado. Aqui é Jeremy Knox, da USC...? Kevin me passou seu número depois do jogo de ontem à noite. Tem um minuto para conversar?

O silêncio que se seguiu foi tão profundo que Jeremy precisou verificar se ele não havia desligado. Por fim, Jean disse:

— Preciso de alguns minutos.

— Lógico, com certeza — concordou Jeremy. — Estou livre o dia todo, pode ligar quando quiser.

Jean desligou novamente e só então Jeremy pôde dar atenção a Laila.

— Vamos trazer Jean para a equipe no ano que vem — disse ele.

— Esse Jean? — perguntou ela, apontando para sua própria maçã do rosto. — Tá brincando, né? Ele é o melhor defensor dos Corvos. Eles vão fazer das tripas coração pra mantê-lo na equipe.

— Não vão, não — rebateu Jeremy. — Ou melhor, eles não podem.

Então Jeremy hesitou, pensando no quanto poderia contar. Ele havia explicado para Rhemann e Jimenez por que Jean estava disponível e ambos concordaram em não contar para ninguém além dos outros sete funcionários da equipe dos Troianos. Jeremy não revelaria nada que Jean não quisesse para o time, mas com Laila e Cat era diferente. Eram suas melhores amigas e, com cada mensagem de Kevin fazendo-o sentir que estava se metendo em uma furada, ele precisava desesperadamente de apoio.

— As duas estão dormindo — falou Laila ao perceber que ele estava enrolando. — Somos só nós dois aqui.

Mesmo assim, Jeremy se aproximou um pouco mais.

— Ele está ferido demais para conseguir terminar a temporada. Kevin disse que foi uma zoação, mas hoje de manhã ele comentou que Jean vai ficar afastado das quadras até o fim de junho. — Laila olhou para as mãos e começou a contar silenciosamente as semanas desde o desaparecimento de Jean, e Jeremy assentiu quando ela estreitou os olhos, chocada. — Pelo visto Edgar Allan está tentando abafar o caso transferindo-o, o que significa que Jean é nosso se conseguirmos convencê-lo a vir para cá. Por enquanto, ele está se escondendo na Carolina do Sul com o Kevin.

— Foi essa a inspiração para a alfinetada de Kevin naquela semana? — perguntou Laila.

— É, também pensei nisso. — Jeremy cerrou o punho esquerdo, nitidamente nervoso. — Cheguei a perguntar o que ele queria dizer com aquilo, mas ele não respondeu. Laila, você já se sentiu como se estivesse fazendo uma escolha da qual não pode voltar atrás? Mas, mesmo sabendo que tudo pode dar errado, você escolheria a mesma coisa novamente?

— Toda dia de manhã eu acordo e escolho ser sua amiga — rebateu ela secamente. Depois levantou da poltrona e pegou o café na mesa de centro. — Anda. Essa conversa está pedindo mais café.

CAPÍTULO QUATRO

Jean

Jean desligou na cara de Jeremy Knox pela segunda vez e na mesma hora ligou para Kevin. Ele só atendeu na segunda tentativa e, em vez de um oi, deu só um bocejo bem mal humorado. Jean olhou as horas, viu que eram dez e meia e deduziu que as Raposas tivessem ficado acordadas até tarde depois de terem voltado da costa oeste. Mas nem perdeu tempo sentindo pena do outro, só exigiu uma resposta:

— Por que Jeremy Knox está me ligando?

— Se você ainda não descobriu, não tenho como ajudar.

— Você *não pode* estar tentando me mandar para a Quadra Raio de Sol — protestou Jean, em choque. — Acho que a única coisa pior que isso seria continuar aqui.

— Para onde mais você iria? — perguntou Kevin, trocando o sono pela impaciência.

— Faria mais sentido ir para Penn State.

— Nem pensar — rebateu Kevin, e Jean quase conseguia visualizá-lo torcendo o lábio de desgosto. Antes de Edgar Allan se mudar para o sul no outono anterior, eles dividiam o distrito com a Penn State, e as duas equipes passaram a temporada regular se enfrentando. Eram os maiores rivais um do outro, e Kevin sempre deixou essa hostilidade falar mais alto que a razão. Quando pressionado, era capaz de admitir que eles formavam uma equipe brilhante, mas sem nenhuma empolgação. — Não me sinto seguro com você tão perto da Virgínia Ocidental.

— Não é você quem decide — protestou Jean.

— E, mesmo assim, eu decidi — rebateu Kevin, irredutível. — Conversa com ele.

— Eu... — Jean começou, mas Kevin desligou antes que ele conseguisse dizer — ... não vou.

Jean olhou de cara feia para o celular. A vontade de retornar a ligação só para bater boca com Kevin era quase irresistível, mas o juízo o mandou deixar para lá. Graças à aposta arriscada de Nathaniel, ele dependia do salário de atleta profissional para sobreviver após a formatura e, para isso, precisava fazer parte de uma equipe. Pedir que alguém o contratasse significava aceitar que ele nunca mais voltaria para Evermore, e Jean não sabia se estava pronto para lidar com isso.

Eu sou um Corvo. Meu lugar é em Evermore. Ele havia repetido essas mesmas palavras milhares de vezes, mas o conforto que elas emanavam havia desaparecido agora que seu mantra fora destruído: *eu sou Jean Moreau. Eu pertenço aos Moriyama.*

Jean sentiu um nó no estômago. Ele ficava oscilando entre a verdade que construiu para manter sua sanidade mental e sobreviver em Evermore e a verdade imposta por Kevin: enquanto pertencesse a Ichirou, Jean não teria como voltar para Edgar Allan. Jean não tinha o direito de fugir de Riko, mas como poderia desafiar o chefe da família Moriyama? Por qualquer perspectiva, ele estava ferrado.

Eu não sou um Corvo, mas se não sou um Corvo, sou apenas Jean Moreau, mas...

Kevin tomou a atitude que Jean não conseguiu tomar, mas como agradecer por isso? Os Troianos eram de uma integridade inquietante, quase doentia, e Jean era um Corvo de Evermore. Jean pensou um pouco nas opções desanimadoras que tinha, depois clicou no histórico de chamadas e ligou. Se ele fizesse os Troianos perderem o tão amado

Prêmio de Espírito Esportivo, seria problema deles; eles precisavam saber que aquilo era uma tragédia anunciada.

— Jeremy aqui — foi a resposta imediata e cheia de energia.

— Está cedo demais na costa oeste para você ficar me ligando — protestou Jean.

— Eu acordo com as galinhas, fazer o quê?

— Lógico que acorda — resmungou Jean.

Jeremy era tão bonzinho que fingiu não ter escutado.

— Tirei uns minutos para falar com Kevin antes do jogo de ontem. Foi mal por ter falado de você pelas costas, mas ele comentou que você está sem contrato no momento. Comentei sobre isso com os treinadores ontem e a decisão foi unânime. Adoraríamos te ter no time, se estiver interessado em assinar com a gente.

— Será que adorariam? — perguntou Jean, o tom de voz mais cheio de deboche do que de dúvida genuína. — Eu não tenho a mesma paciência que o Kevin para esses golpes de marketing ridículos de vocês.

— A gente sabe que você vai agitar um pouco as coisas por aqui — comentou Jeremy. — O ideal seria que você respeitasse a equipe ao menos para não manchar nossa reputação logo de cara, mas estamos dispostos a arriscar para ter você a bordo. Ainda temos muito para melhorar, e um olhar renovado cairia muito bem na Quadra Dourada no ano que vem.

Enquanto Jean encarava o teto, só conseguia pensar nas mil maneiras como aquilo podia dar errado. Se o contratassem e ele saísse da linha, seria cortado? Se duas equipes diferentes o dispensassem, será que alguma outra ainda teria interesse nele? Só as universidades mais no fundo do poço estariam dispostas a oferecer a ele uma chance. O valor de Jean ia despencar de vez, e depois o que Ichirou faria com ele?

Jeremy continuava tagarelando, listando os atrativos tanto da USC quanto da vida em Los Angeles. Jean o cortou sem nem esperar que ele terminasse:

— Isso está no contrato?

— Hum? — perguntou Jeremy. — Não entendi.

— Não arruinar a imagem preciosa de vocês — explicou Jean. — Está escrito no contrato?

— Não — respondeu Jeremy lentamente, parecendo bem confuso. — Nós meio que, sei lá, presumimos que somos todos adultos aqui?

— Precisa estar no contrato — avisou Jean —, caso contrário, não vou assinar.

Era a única maneira de fazer aquilo dar certo: se Jean assinasse algo que estabelecesse que ele precisava se comportar para continuar na equipe, conseguiria ficar de bico calado e se controlar. Ficaria puto, lógico, mas obedeceria se significasse sobreviver mais um dia. Acontece que, sem essa ordem categórica, mais cedo ou mais tarde seu temperamento acabaria prevalecendo e aí ele não teria como se salvar. A equipe acabaria o expulsando do time para se proteger e ele estaria ferrado.

Jeremy se recuperou mais rápido do que Jean imaginava.

— Beleza, pode ser, se for necessário, vamos nessa. Kevin me alertou que poderiam rolar alguns contratempos. Incompatibilidades entre o jeito como nós e como os Corvos agem. Vamos chegar a um acordo conforme as coisas forem avançando. Vou pedir para o treinador organizar a papelada e enviamos por e-mail ao treinador Wymack na segunda de manhã. Fechado?

— Eu vou ler, mas só quero deixar avisado que você está cometendo um erro.

— Tenho certeza de que não estou, não — respondeu Jeremy, com um sorriso que Jean conseguia notar a mais de três mil quilômetros de distância. Jean já tinha visto aquele sorriso em meia dúzia de transmissões e nos inúmeros artigos sobre os Troianos que Kevin adorava ler. Conseguia visualizá-lo com muita facilidade, por isso cravou as unhas no próprio rosto em um aviso ameaçador. Sem fazer a menor ideia de que tinha algo de errado, Jeremy continuou com seu jeito alegre e tranquilo: — Vou nessa, mas obrigado por ter atendido. Você tem meu número agora, se quiser tirar alguma dúvida.

Era quase uma despedida, então Jean encerrou a ligação.

Ele queria pensar que tudo aquilo não passava de um sonho estranho, mas, quando Wymack chegou para jantar na segunda-feira, trouxe uma pasta de documentos para Jean dar uma olhada. Jean se debruçou silenciosamente sobre ela, e a maior parte das letras se transformou em um borrão até ele encontrar o único trecho que importava: *o jogador contratado concorda em se apresentar de acordo com os padrões dos Troianos da USC.*

Logo abaixo encontrou uma lista das pautas discutidas com mais frequência, que incluíam não falar mal dos adversários a ninguém que pudesse divulgar tais informações em troca de fama e, durante os jogos, manter o espírito esportivo. Era exatamente o que ele havia pedido e precisava, mas, ao ler aquilo, Jean se pegou fazendo cara feia. Ainda que não faltassem críticas às atitudes e violência dos Corvos por parte dos opositores, pelo menos a equipe respeitava a verdadeira essência do jogo. Para ele, era um mistério como os Troianos conseguiam estar sempre entre os Três Grandes mesmo com as restrições que impunham a seus jogadores. Pelo menos neste outono ele finalmente veria a maldade que se escondia por trás daquelas máscaras toscas.

Lá no final ele encontrou a lista de números disponíveis para a camisa. Pelo visto os Troianos tinham um sistema para atribuir números aos jogadores: os meias ficavam com os números de um a cinco, o ataque, de seis a dezenove, a defesa, de vinte a trinta e nove, e os goleiros com os quarentas. Ainda que o número dele não estivesse sendo usado, não poderia utilizá-lo enquanto jogasse na defesa.

Jean tocou a tatuagem que tinha no rosto, sentindo seu estômago embrulhar com uma violência repentina. Ele jogava com a camisa 3 desde os quinze anos. Quando Riko concedeu a ele o número, os Corvos não tiveram mais autorização para colocar outro camisa 3 em quadra. O número ficou à sua espera até que Jean fosse escalado. Passar desse para um número de dois dígitos era inconcebível, chegava a ser quase ofensivo.

Em um breve instante de confusão Jean considerou rasgar aquela pilha de papéis ao meio. O certo seria ele voltar para Evermore. Conhecia os Corvos. Conhecia a Edgar Allan. Por que estava sequer pensando em ir embora? Se confiava em Ichirou e acreditava que o mestre impediria Riko de interferir nos negócios do irmão, então por que não voltar? Jean torceu as mãos trêmulas, sem ligar para a dor, só para não acabar destruindo a melhor chance que tinha de cair fora. Como quase não adiantou, ele arremessou a pasta no pé da cama.

Ele passou a terça e a quarta-feira com os papéis espalhados à sua frente no lençol, os pensamentos girando em círculos constantes de ansiedade. Wymack e Abby não deixavam de notar a bagunça quando passavam por ali em suas visitas ocasionais, mas nenhum dos dois perguntou se ele já havia se decidido. Renee foi a primeira a tocar no assunto, quando passou por lá após o treino de quarta-feira à noite.

— Ainda está tentando se decidir? — Ela trocou seus copos de água e começou a organizar a papelada. Tinham várias páginas amassadas porque ele as deixou jogadas ali enquanto dormia, mas Renee as desamassou pacientemente. — Quer conversar?

— Eu não me encaixo lá — respondeu Jean.

— Não?

— Você se encaixaria melhor do que eu — comentou Jean, meio mal-humorado. — Uma otimista fora da casinha.

— Estou feliz aqui, mas acho que você vai se sair melhor do que imagina. — Jean a encarou, aborrecido, e ela deu risada. — Você já passou tempo demais na tempestade. Não acha que já passou da hora de ver uns arco-íris?

— O seu foi o primeiro que vi em anos — respondeu Jean, fazendo um gesto com a cabeça para indicar o cabelo dela. — A gente só saía de Evermore para alguma aula ou para jogar, mas evitávamos ao máximo o mundo lá fora. Nosso lugar era no Ninho.

Se ela tivesse sido ingênua a ponto de olhar para ele com pena, Jean teria conseguido parar de falar, mas Renee o observava com uma expressão quase serena. Jean foi o primeiro a desviar os olhos enquanto tentava se lembrar onde estava querendo chegar.

— Evermore era um túmulo, a única cor que a gente conhecia era a do sangue. Cheguei a me esquecer que as coisas podiam ser... — seria imprudente demais dizer *belas* em voz alta, por mais que fosse verdade; só de pensar nisso ele estremecia.

— Bem — disse Renee quando a voz dele foi sumindo —, e isso não é motivo suficiente para continuar vivendo? Descobrir de novo as pequenas alegrias, um pouquinho de cada vez, sabe? Eu contava esses momentos nos dedos para ter certeza de que ainda havia coisas boas por aí e para me lembrar de continuar procurando essas bênçãos: borboletas, pão quentinho saindo do forno, o barulho das folhas secas numa manhã de outono e por aí vai.

"Não precisa ser nada profundo" acrescentou, vendo que Jean parecia perdido. "Comecei com uma coisa só: cheiro de grama recém-cortada. A primeira vez que realmente prestei atenção nisso foi uns meses depois de me mudar para a casa da Stephanie. Ela entrou depois de cortar a grama, para preparar um brunch para nós duas, e foi a primeira vez que me senti em casa." O amor dela era tão delicado que mais parecia tristeza, fazendo seus lábios se curvarem e seus olhos brilharem. "O que importa mesmo é se apegar a alguma coisa, não exatamente ao que você se apega. É muito fácil a gente se perder em nós mesmos e neste mundo. Às vezes precisamos encontrar o caminho de volta, um milagrezinho de cada vez."

— Não acredito em milagres — disse Jean.

— Eu acredito por nós dois — prometeu Renee. — Sei que cedo ou tarde um vai te encontrar. Enquanto isso, encontre o que vai te manter de pé e depois tente ver as coisinhas escondidas por trás disso. Talvez esse seja o recomeço de que você tanto precisa — disse ela, apoiando a mão na papelada da USC. — Uma faculdade nova, uma equipe diferente e bastante luz do sol para afastar as sombras de Evermore. Eles estão dispostos a apostar em você. Você não está?

— Não confio neles — rebateu Jean.

Renee abriu um sorriso paciente.

— O que eu quis dizer é: você está disposto a apostar *em você*?

— Eu não tenho escolha — disse Jean. — Ele vai me matar se eu não estiver em uma equipe.

Renee ficou alguns instantes pensando nisso.

— Pelo que o Neil me explicou, tudo o que Ichirou quer de você é a maior parte dos seus ganhos. É pedir muito, sim, mas se o interesse dele começa e termina na questão financeira, então tudo além disso continua sob seu controle. Se você se diverte jogando, para onde vai entre os jogos, com quem passa seu tempo, tudo isso é escolha *sua*. Você poderia começar uma vida nova.

O celular de Renee apitou com uma mensagem, poupando Jean do trabalho de dar uma resposta inteligente.

— Dan — disse ela, meio que se desculpando. — Ela está voltando para a Torre das Raposas com nossa comida. Se você estivesse conseguindo se movimentar melhor, eu te convidaria para comer com a gente. Se quiser companhia, posso chamá-los para virem aqui.

— Pode ir — disse ele, batendo o nó dos dedos nos papéis em um ritmo agitado. — Tenho que cuidar disso.

Renee se levantou e foi em direção à porta. Dois passos depois, mudou de ideia e voltou até ele. Ela segurou seu rosto entre as mãos com cuidado e se inclinou para dar um beijo suave em sua têmpora.

— Acredite em você — encorajou ela. — Vai dar tudo certo.

Ela saiu e ele ficou olhando. Quando a porta se fechou, Jean ergueu a mão e cravou as unhas na leve sensação de calor que ela havia deixado em sua pele.

Se ele visse Renee como uma ignorante qualquer, talvez ela não o afetasse tanto, mas, um mês antes, ela o havia contado o preço que pagou para chegar até ali. Chegou a sofrer abuso e violência, sujou as mãos de sangue ao ponto de ainda conseguir enxergar as marcas e fez questão de dilacerar um homem bem devagar para que ele pagasse por tudo o que já tinha feito a ela.

Jean não fazia ideia de onde ela havia tirado forças para sair daquele buraco quando ninguém a considerava digna de ser salva, mas ela escalou o muro com as mãos ensanguentadas. Renee tinha escolhido a vida, a esperança. Escolheu as segundas chances e, agora, estava de olho para ver se ele faria o mesmo.

Ele poderia — e deveria — voltar para Evermore. Devia rejeitar a brecha que Kevin propôs, mesmo que a ameaça soasse bem real.

Com Ichirou no meio, as coisas seriam diferentes, não? Parecia mentira, mesmo enquanto ele tentava se convencer do contrário, e Jean teve a impressão de sentir gosto de sangue. Nem mesmo os Corvos sabiam de tudo o que havia acontecido com Jean debaixo dos panos, e Ichirou estaria muito mais distante. Contanto que Riko não o lesionasse a ponto de ele ser forçado a parar de jogar, não estaria interferindo nos planos de Ichirou para o futuro de Jean. Ele poderia fazer o que bem entendesse.

Talvez ele não me mate, então seria melhor voltar, Jean pensou. *Eu sou Jean Moreau. Meu lugar é em Evermore. Mas...*

Voltar seria marchar para o inferno por conta própria. E ainda que Jean soubesse o nome de cada um dos demônios de lá e tivesse um lugar familiar esculpido para ele entre as chamas, o inferno continuava sendo o inferno, e logo atrás havia uma porta aberta com o nome de Ichirou.

Eu não sou um Corvo.

Jean deu uma olhada nos números disponíveis para a camisa e achou que nenhum prestava, depois assinou todas as linhas necessárias com uma caligrafia vacilante. Quase quebrou a caneta depois da primeira assinatura, mas se manteve firme até o final. Então largou a caneta ao lado da cama e pegou o cronômetro de cozinha na mesa de cabeceira.

Nas últimas semanas Wymack e Abby haviam dado a ele permissão para chamá-los sempre que quisesse, mas ele se recusou a fazer isso. Mesmo que estivesse com fome, sede ou vontade de fazer xixi, ele se resignava a esperar até que por algum motivo um deles aparecesse e só então comunicava aquilo que precisava. Ele não ia deixar que se sentissem necessários nem admitir que precisava de ajuda. Mas naquele momento ele enfim girava o botão para cima e para baixo para forçar um toque irritante.

Levou menos de vinte segundos até Wymack aparecer.

— Se você não levar isso, vou acabar mudando de ideia — avisou Jean, guardando o temporizador.

— Vou enviar por fax de manhã — disse Wymack, recolhendo os papéis. — Precisa de mais alguma coisa aproveitando que estou aqui?

Jean só balançou a cabeça, então Wymack saiu do quarto com o futuro dele nas mãos.

Jean soube quando a USC recebeu os documentos porque, no dia seguinte, Jeremy enviou uma mensagem dizendo apenas:

> 19??

Como os Troianos tinham um rigoroso sistema de numeração das camisas, ele não estava falando do futuro número de Jean, portanto só restava uma opção. Jeremy mandou outra mensagem na hora em que a ficha de Jean caiu:

> Você tá no terceiro ano.

"O mestre...", Jean começou a escrever, depois apagou a mensagem e tentou mais uma vez.

> O treinador Moriyama fez com que eu me formasse mais cedo para poder jogar com Kevin e Riko na UEA.

Jean ainda não sabia exatamente quantos documentos ou dólares falsificados estavam envolvidos naquela confusão, mas entrar para a equipe dos Corvo aos dezesseis anos foi um pesadelo. Todos eram muito maiores e mais fortes do que Jean, que teve que se contentar apenas com o fato de ser melhor. Serem humilhados por uma criança não os deixou nada satisfeitos, especialmente depois de ele ter passado uma semana junto com eles. Se não fosse Zane, o ano de Jean como calouro teria sido muito mais desagradável, disso ele tinha certeza.

A mensagem de Jeremy o distraiu antes que seus pensamentos começassem a se aventurar por caminhos perigosos. Tudo o que ele enviou como resposta foi um emoji de joinha. Torcendo para que aquele fosse o fim de uma conversa desnecessária, mas sem acreditar que Jeremy ia parar por ali, Jean acabou desligando o celular.

Restavam apenas algumas semanas para o fim do semestre e só um de seus professores havia dado um jeito de mandar para ele o exame final. Agora que tinha uma quantidade absurda de tempo para colocar a matéria em dia, Jean não estava preocupado com as aulas, mas com os muitos jogos que tinha acumulado para assistir e a nova equipe que precisava estudar. Ele só chegou a competir contra a USC nos campeonatos durante o primeiro e o segundo ano. Sabia que Kevin gravava todas as partidas como se a vida dele dependesse disso, mas Jean não via sentido em se preocupar tanto com uma escalação que tinha uma relevância passageira.

Poderia pedir as gravações emprestadas para Kevin, mas conversar sobre os Troianos com ele nunca dava certo. Jean teria que pesquisar por conta própria. A partida dos sonhos, quando USC e Edgar Allan se enfrentariam nas semifinais, estava marcada para o dia seguinte, mas Jean tinha horas de sobra até lá, além de anos de jogos para assistir.

Quando a partida de sexta-feira começou, Jean já sabia bem o que esperar e já tinha decorado metade da escalação atual. A USC perdeu, como Jean havia imaginado. Eles eram muito bons, mas sua recusa em partir para a violência os impedia de vencer sempre que enfrentavam os Corvos. Jean tinha visto as Raposas se segurarem da mesma forma algumas semanas antes, mas enquanto isso parecia exigir todo o esforço do mundo da equipe de Palmetto State, pelo visto a USC nunca perdia a compostura. Jogavam um jogo limpo e entusiasmado, como se os Corvos não tivessem dando uma surra toda vez que tinham a oportunidade.

— Maluquice — protestou Jean, mas é lógico que nenhum dos presentes no pós-jogo o escutou.

Alguém foi atrás de Jeremy enquanto os Troianos entravam no vestiário. Jean ficou procurando sinais de mentira naqueles olhos extremamente brilhantes e no sorriso largo demais. Será que tinha algum indício de decepção, de frustração? Alguma mágoa por ter chegado tão perto e fracassado? Será que os Troianos não se importavam de verdade, desde que estivessem satisfeitos com o jogo, ou haviam aceitado a derrota quando se prepararam para enfrentar as Raposas? Jean não sabia dizer e, por um momento, odiou essa situação com uma raiva incontrolável. Nenhuma equipe deveria ser tão indiferente a uma derrota, ainda mais uma das Três Grandes. Não tinha como eles serem tão bons e não ficarem nem um pouco abalados com a derrota.

— ... e Jean na linha — comentou Jeremy e, ao ouvir o próprio nome, Jean desviou a atenção da raiva que estava sentindo.

— A pior época do ano para alguém se machucar — concordaram com facilidade. — Estão dizendo por aí que Jean não vai conseguir voltar a tempo das finais.

— Sim, falei com Jean no início da semana. Ele não joga mais nessa temporada, com certeza, mas estará de volta no outono. Ele só não vai voltar de preto. — De alguma forma o sorriso de Jeremy conseguiu ficar ainda maior, e ele estava animado demais para esperar por uma resposta. — Ele nos enviou por fax ontem os documentos que faltavam para oficializar, então agora posso contar que ele vai passar seu último ano na USC.

Jean demorou para perceber que tinha alguém à porta.

Wymack e Abby estavam assistindo ao jogo na sala de estar e, naquela noite, decidiram deixar a porta do quarto aberta para o caso de Jean precisar deles. Nenhum dos dois conseguiria ouvir o temporizador com o som de duas televisões e com a porta fechada. Naquele momento Wymack estava encostado no batente da porta com uma bebida na mão. Jean nem precisou perguntar por que ele estava ali; deve ter vindo assim que começaram a fofocar sobre a ausência de Jean.

Jean colocou a televisão no mudo.

— Ele nem liga que perdeu.

— Você acha? — perguntou Wymack.

— Fantástico — disse Jean, repetindo num tom de voz irônico as palavras que Jeremy disse. — Talentosos. Muito divertido.

— Uma coisa não exclui a outra, sabe — comentou Wymack. Jean franziu a testa, e ele gesticulou com a mão livre, tentando encontrar as palavras certas. — Só porque ele se orgulha de como a equipe jogou, não quer dizer que não esteja decepcionado com a derrota. Talvez ele simplesmente entenda que tem hora para ficar magoado e hora para desejar o melhor para quem obteve sucesso no lugar dele. Ficar se queixando durante uma transmissão não ajuda em nada.

— Fingir que não está incomodado também não ajuda.

— Não? — perguntou Wymack. — Se alguém estiver assistindo a essas entrevistas à procura de alguém para se inspirar, você não concorda que o Jeremy seja uma opção melhor que o Riko?

— Não. Edgar Allan está invicto.

— Daqui a duas semanas, quando eles perderem pra gente, você e eu voltamos a ter essa conversa.

Jean aumentou o volume da TV. Wymack entendeu o recado e saiu.

Com a USC fora da disputa, Palmetto State e Edgar Allan tiveram uma semana para descansar antes de se enfrentarem no Castelo Evermore para as finais. Jean ficava se perguntando como alguém teria cabeça para se concentrar nos trabalhos da faculdade com aquela confusão toda rolando em quadra. Se não estava passando o olho pelas tarefas sem realmente prestar atenção nas anotações dos professores, estava assistindo aos jogos da USC e acompanhando o burburinho na internet sobre sua transferência abrupta.

Nem todos os comentários eram negativos, mas qualquer atenção já era capaz de fazer Jean se arrepiar. De Riko não conseguiram arrancar nenhum comentário, por mais que tentassem contato com ele, e os Corvos não tinham permissão para falar com a imprensa. Então foram atrás dos alunos da Edgar Allan, e mais de um foi idiota a ponto de dizer que não via Jean desde antes das férias da primavera. Com Jean sumido e Kevin dando a entender que estava escondendo alguma coisa sobre a própria lesão, os conspiracionistas estavam a todo vapor.

Apesar dos esforços para influenciar a opinião pública, as vozes mais relevantes sempre apoiariam o time mais espetacular de Exy na NCAA. Era impressionante a quantidade de críticas que faziam a Jean por ter sido mudado de equipe durante os campeonatos.

Jean recebeu um único e-mail de Zane dizendo nada mais, nada menos que "Que porra é essa, Johnny??". Ele apagou sem responder. Zane não tentou entrar em contato de novo e Jean não sabia dizer se o que o impedia de agir era a ferida que havia entre eles ou as ordens do mestre. De qualquer forma, ele não teve muito tempo para ficar pensando na opinião dos Corvos, porque no fim de semana recebeu um presente. O endereço do remetente na caixa era Evermore e o destinatário era ele, aos cuidados de Wymack, na Toca das Raposas.

Jean não fazia ideia de qual Moriyama acabou contando aos seus colegas de equipe onde ele estava escondido, mas tinha certeza de que não queria abrir aquela caixa. Ele não podia deixar de abri-la, porque poderia ter sido enviada pelos seus colegas de equipe, mas ainda assim Jean ficando olhando em silêncio para a caixa enquanto tentava se acalmar.

— Não é pra você — anunciou ele, porque Abby ainda estava por perto.

— Eu não vou sair — rebateu ela.

Abby estendeu a mão, mas, assim que a viu segurando o estilete, Jean correu para desviar o olhar. Ele se lembrava muito bem da sensação da ponta do estilete na pele e seu sentimento passageiro e ingênuo de vitória ao dizer a Riko que preferia morrer a aguentar mais um dia sob seu controle sádico.

O sorriso lento de Riko o fez hesitar, mas foram suas palavras vorazes que detiveram Jean de uma vez por todas: "Se for para morrer, então faz direito. Se certifique de que você não vai ter como ser salvo. Porque, se sobreviver, faço questão de te enterrar vivo."

Era uma ameaça aterrorizante, ainda que parecesse da boca para fora. Mas não era. Na semana seguinte, os treinadores trouxeram móveis novos para os vestiários e Riko pegou uma caixa para enfiar Jean.

Ele passou três dias encolhido dentro da caixa, que se amassava sob o peso de tudo que Riko empilhava em cima, com o rosto pressionado contra a lateral, que já estava cedendo e onde Riko fez um buraco minúsculo para ele poder respirar. O medo de que Riko nunca o deixasse sair era só um pouco menor do que o medo do que Riko faria se ele gritasse por socorro, então ele usou todas as forças que tinha para enfrentar aquele pânico que só aumentava.

Mais tarde, enquanto Riko e o mestre estavam distraídos conversando sobre a loucura de Moriyama, Kevin se inclinou para falar com ele: "Me promete que não vai provocar ele de novo. Me promete, Jean. Não quero perder você."

Me promete, mas anos depois ele foi embora sem nem pensar duas vezes.

— Jean? — chamou Abby.

Jean forçou as lembranças e o medo a se afastarem e inclinou a caixa na direção de Abby em um pedido silencioso. Ela nem hesitou, foi logo cortando as fitas laterais e a do meio. Jean lançou um olhar sombrio para Abby até que ela se afastasse e, em seguida, abriu a caixa para ver o que os Corvos tinham achado conveniente lhe enviar.

Quando viu as roupas dobradas, quase se deixou iludir e relaxar: os Corvos haviam esvaziado sua gaveta de roupas e enviado as peças menos usadas que ele tinha deixado para trás. Como os Corvos passavam a maior parte de seus dias de dezesseis horas de treino equipados em Evermore, costumavam ter quatro ou cinco peças de roupa para ir às aulas. Kevin e Riko tinham bem mais, já que precisavam aparecer perante a imprensa e outras equipes com uma frequência maior, mas Jean tinha se contentado com três. Os Corvos mandaram um par de jeans e duas camisetas, tudo preto, lógico, e ele supôs que um calouro acabaria herdando o resto. Pelo menos tinham enviado todas suas cuecas e meias.

Por baixo das roupas estavam seus poucos pertences pessoais: cartões-postais e ímãs que Kevin havia comprado para ele quando estava viajando com Riko para eventos de divulgação. Jean virou um cartão-postal na mão e sentiu um frio na barriga ao ver o verso. Qualquer que fosse o recado que Kevin havia escrito para ele ou a lembrança que havia compartilhado, tinha desaparecido para sempre sob camadas de tinta; alguém passou uma caneta hidrográfica grossa em todo o cartão. Ele verificou outro, depois mais um, antes de pegar a pilha inteira e virá-la. Jean começou a espalhar rapidamente os cartões, procurando por qualquer coisa que pudesse ser salva, mas acabou não encontrando nada.

Os ímãs estavam em um estado levemente melhor, com as superfícies e bases arranhadas em vários pontos. O favorito de Jean, um ursinho de madeira com boina vermelha, tinha sido cortado ao meio. Ele até tentou juntar as peças, mas não conseguiu alinhá-las porque faltava a parte do meio. Talvez estivesse jogada no fundo da caixa? Ele deu uma olhada, mas a única coisa ali eram seus cadernos.

Quando se deu conta de que finalmente teria as anotações do ano inteiro em mãos, rapidamente jogou os cadernos à sua frente na cama. Faltava uma semana e meia para as provas finais e, apesar de já ser tarde para ter os cadernos de volta, Jean estava ansioso para usá-los. Eram todos pretos, como exigido, mas ele escreveu o nome das matérias na frente com corretivo. Jean os espalhou até encontrar o caderno de economia e então abriu-o, com um pouco de medo de descobrir que os Corvos tivessem arrancado as páginas enquanto empacotavam suas coisas. O que aconteceu na verdade foi muito pior.

Escrito em diagonal com marcador preto na primeira página estava a palavra COVARDE e, uma borda rabiscada ao redor. Jean recuou tão depressa ao ver a acusação que quase arrancou a página. No verso encontrou só umas linhas irregulares, mas a folha seguinte exibia PERDEDOR.

— Jean — chamou Abby, mas ele continuou folheando o caderno.

As páginas estavam todas vandalizadas, uma após a outra, a maioria com insultos repetitivos e furiosos e outras só com rabiscos e traços agressivos. Dez páginas depois Jean encontrou um pedaço solto de papel de carta e o pegou para dar uma olhada na caligrafia desconhecida. Bastaram duas frases para perceber que a carta era de um de seus companheiros de equipe, e, enquanto ia lendo tudo com calma, sentiu o estômago embrulhar. O tanto de rancor que Phil despejou na carta fez Jean suar frio, então a colocou de volta onde estava. Cinco páginas depois havia outra carta, desta vez numa letra cursiva que na mesma hora ele reconheceu como de Jasmine.

Não faz isso, pensou ele, mas ainda assim acabou pegando a carta.

Jean estava com a cabeça longe, mas percebeu Abby guardando seus presentes e roupas de volta na caixa. Logo depois empilhou os cadernos soltos por cima. Ele devia impedi-la, mas não conseguia tirar os olhos do bilhete de Jasmine. Nunca foi segredo que ela o odiava. Fazia anos que a colega de equipe competia com ele pela atenção de Riko e não conseguia perdoar o fato de Jean estampar o número que Riko havia escolhido. A carta de Phil transbordava raiva, inconformado por Jean achar que podia dar o fora e deixar todo mundo para trás, mas a carta de Jasmine era puro veneno.

— Jean — disse Abby em voz baixa. — Para com isso.

Jean colocou a carta de Jasmine de volta onde estava e afastou o caderno de Abby quando ela estendeu a mão para pegá-lo. Ela fez cara feia, mas não arrancou o caderno da mão dele, então Jean continuou folheando as páginas. Começou a percorrer cada insulto com os dedos, tocando as letras como se pudesse sentir as curvas na pele. A terceira carta que ele encontrou ia direto ao ponto, com letras de fôrma bagunçadas que doeram o dobro quando ele viu a assinatura de Grayson: *Divirta-se trepando com geral até chegar ao topo em outra equipe, seu filho da puta inútil. #12*

Por um momento ele teve a sensação de dentes em seu pescoço. Jean engoliu em seco para controlar a azia que deixava sua boca ardendo, depois fechou o caderno com raiva. No mesmo instante Abby o pegou e o colocou de volta na caixa. Em questão de segundos ela fechou a caixa e a guardou agilmente no armário.

— Isso é meu — protestou ele numa voz que não reconheceu. — Me devolve.

Abby a colocou na prateleira e virou em silêncio para ele. Ela o encarava esperando que Jean retribuísse o olhar, mas ele não tirava o olho do armário. Jean piscou e sentiu um sopro quente nas bochechas, piscou novamente e se lembrou do peso de sua raquete quando quebrou os próprios dedos só para divertir Riko, piscou mais uma vez e se *afogou*...

Ele não percebeu que estava apertando a própria garganta até Abby agarrar seus punhos com força suficiente para machucar.

— Jean.

— Vocês nunca deviam ter me trazido pra cá. Nunca deviam ter se metido na situação. Vocês tinham que...

— Ter deixado eles te matarem? — perguntou Abby. — Não.

— Eles nunca encostaram um dedo em mim.

— Para de mentir pra mim.

Jean tentou se desvencilhar dela.

— Uma Raposa não entenderia.

— É bem provável que não — rebateu Abby. — Minhas Raposas escolheram revidar.

Os braços de Jean já tinham sarado, mas a pele dele ainda sentia a pressão da corda. Ele tentou se desvencilhar das garras dela novamente, mas Abby não o soltou. Ele se contentou em arranhar os próprios braços até que ela tivesse que agarrar suas mãos.

Lá atrás, ele tinha ficado furioso com os pais por tê-lo mandado para Evermore, mas ainda esperava tirar o melhor proveito da situação. Ele amava Exy de um jeito completamente avassalador na época, e aprender com o homem que havia criado o esporte era uma honra e uma oportunidade única na vida. A realidade só foi mostrar as caras algumas horas depois que ele aterrissou na Virgínia Ocidental. Perceber que fora dos treinos ele não passava de um cachorrinho do Riko o fez reagir com toda a fúria juvenil que conseguia reunir.

Durante cinco meses ele cuspiu, xingou e brigou. Durante cinco meses ele se ergueu do chão, sem importar o nível de violência e crueldade impostas por Riko. Até que um dia ele simplesmente não teve forças. Não fazia sentido continuar lutando. Riko era um Moriyama e ele, um Moreau. Quanto mais cedo ele entendesse seu lugar no mundo, mais fácil as coisas seriam. A dor não iria embora, mas saber que ele a merecia tornaria mais fácil suportá-la. Ele podia viver assim; não tinha outra escolha.

Ele estava furioso com Abby por ter insinuado que ele nunca havia tentado lutar, e mais furioso ainda com as Raposas por terem mantido a compostura mesmo quando ele estava em frangalhos. Eles não haviam enfrentado Riko, exceto dois deles, e Nathaniel e Kevin conseguiram fugir.

Covarde perdedor traidor vendido rejeitado puta

— Vai se foder — disse Jean em voz baixa, depois mais alto: — *Vai se foder.*

— Por favor, fala com a Betsy.

— Me devolve minha caixa — ordenou Jean. — Você não tinha o direito de pegar o que não é seu.

Abby se levantou e saiu sem dizer mais nada. Jean esperou até ouvir o murmúrio distante da voz dela no corredor antes de se levantar. Então contornou o quarto com cuidado até o armário. Conseguiu alcançar a prateleira com bastante facilidade, ainda que o peso da caixa o fizesse sentir uma pressão dolorosa no peito. Jean colocou o pacote no colchão, respirou fundo apesar da dor nos pulmões e se acomodou de volta no travesseiro.

Como Abby havia empacotado os cadernos por último, eles estavam por cima. O estômago de Jean embrulhou quando ele retirou novamente as anotações de economia. Pensando que talvez tivesse tido azar com o primeiro que abriu, começou a folhear os cadernos seguintes. A tinta preta cobrindo as páginas dava a entender que aquilo era perda de tempo, e ele prendeu a respiração para tentar controlar um pouco o estômago embrulhado por mais um tempo.

Nem chegou a se surpreender quando meia hora depois a psicóloga das Raposas apareceu. Depois de entrar, fechou a porta do quarto e se sentou ao lado dele. Jean deixou a voz calma dela entrar por um ouvido e sair pelo outro enquanto folheava com calma o primeiro caderno. Ela estava perto o suficiente para conseguir ver as mensagens em negrito rabiscadas nas páginas, mas Jean não se deu ao trabalho de olhar para ver se ela estava tentando ler suas cartas por cima do ombro.

— Você vai falar comigo? — perguntou ela por fim.

— Prefiro engolir a língua — rebateu ele. — Não preciso dela pra jogar.

— Se importa se eu continuar falando, então?

— Tanto faz se eu me importo ou não — respondeu ele. — Prisioneiros não têm direitos.

— Você é um paciente, não um prisioneiro — lembrou Dobson, o tom de voz gentil. — Mas se preferir não falar, podemos ficar assim por mais um tempo.

Mais cedo ou mais tarde ela acabaria se entediando de ficar sentada ali com ele, mas, por enquanto, parecia satisfeita em se perder nos próprios pensamentos com o olhar distante. Quanto mais ela esperava, mais difícil era ignorá-la. Jean passara semanas procurando por Riko e Zane, e a ausência prolongada deles o deixara à deriva. Uma psicóloga robusta não era uma boa substituta para um Corvo, especialmente para o Rei, mas Jean estava tão desesperado que não podia deixar de achar aquilo reconfortante. Era o bastante para distraí-lo de sua leitura, até que ele finalmente fechou o caderno. Jean esperava que, agora que havia desistido de ignorá-la, Dobson fosse dizer alguma coisa, mas ela nem sequer olhou para ele.

— Me leva pra quadra — ordenou ele.

Ele esperava uma resposta negativa, mas tudo o que ela disse foi:

— Você consegue chegar até o carro?

— Consigo — respondeu ele, virando-se para a beirada da cama.

Seu joelho latejou quando ele ficou de pé, mas conseguia aguentar seu peso por um curto período de tempo. Ele contornou a cama mancando em direção à porta. Dobson levantou a mão em um gesto silencioso de ajuda, mas manteve-a próxima ao corpo para que ele não se sentisse pressionado a aceitar. Como ele a ignorou, ela seguiu à frente pelo corredor para falar com Abby. Enquanto caminhava cuidadosamente pelo corredor, Jean ouviu partes da conversa e entendeu que Dobson estava pegando a chave e o código do estádio com Abby.

Após tantas semanas preso na casa de Abby, sentir a brisa da noite era revigorante a ponto de fazer Jean ficar todo arrepiado. Ele sabia que só estava se envenenando quando discutia com Abby toda vez que ela tentava abrir uma janela ou tirar o cobertor de cima das cortinas. Ele estava tentando recriar as condições sufocantes do Ninho, desesperado por algo familiar para mantê-lo firme quando todo o resto saía do controle. Não tinha percebido como Edgar Allan era importante para o bem-estar dos Corvos. A falta de interesse pelo seu curso e a exaustão interminável tornavam as aulas um fardo, fazendo-o nunca dar valor à benção que era o ar fresco.

"Comecei com uma coisa só", dissera Renee e, ainda que Jean não acreditasse na fé dela nem nas coisas que ela garantia com tanta leveza, tocou o polegar no indicador e pensou: *a brisa fresca da noite*. Se sentiu meio idiota fazendo isso, mas também se sentiu vivo, de alguma maneira sustentado por algo que não era o ódio de sua equipe.

Quando estavam na metade do caminho para a Toca das Raposas, Dobson disse:

— Admito que esportes não são o meu forte. Sempre fui mais ligada ao teatro... peças, musicais e coisas assim. Ainda entendo bem pouco de Exy, apesar de todos esses anos na Palmetto State. Pelo que entendi, é como um lacrosse jogado em quadra?

— Fingir ignorância pra puxar conversa é um pouco óbvio demais — rebateu Jean.

Dobson apenas perguntou:

— Tem buracos nas paredes para as redes dos goleiros ou...?

— Não são *redes* — respondeu Jean, ofendido demais para conseguir se controlar. — As paredes têm sensores para... — Ele parou de falar e começou a xingar baixinho em francês. Não queria conversar com aquela mulher irritante, mas quanto mais tentava ignorá-la, mais as frases idiotas dela pareciam se enterrar em seu cérebro. Então ele finalmente deixou escapar um grunhido irritado e começou a explicar do jeito mais direto possível. Dobson ouviu tudo em um silêncio obediente, e Jean conseguiu encerrar o assunto assim que estacionaram no estádio.

— Obrigada — respondeu ela. — Eu estava me perguntando como é que funcionava.

— Me recuso a acreditar que nenhum deles te explicou — protestou ele. — Kevin com certeza explicaria.

— Eu queria saber se você ia se importar o suficiente para me corrigir — respondeu ela com calma e apontou para o estádio pelo para-brisa. — Não sabia direito se tínhamos vindo para cá atrás de conforto ou por remorso.

Remorso. Talvez tenha sido por acaso que ela usou essa palavra, mas Jean não tinha certeza. O jeito como ela olhou para Jean o fez esticar a mão para abrir a porta do carro, mas ele não conseguiu tirar os olhos dela nem quando finalmente agarrou a maçaneta.

— Você andou falando com o Kevin.

— Eu sou a terapeuta dele — ressaltou Dobson, calma diante da acusação afiada de Jean. — Ele se lembra de como foi difícil confiar em mim quando foi transferido e, por isso, me deu permissão para compartilhar com você qualquer coisa que tenhamos discutido, se isso o deixar mais confortável. Eu quero muito conversar com você, Jean.

— Não tenho nada para dizer.

— Talvez hoje não — corroborou ela. — Mas se quiser conversar, saiba que quero te ouvir. Se for mais fácil depois que você for para a Califórnia e tiver a distância a seu favor, eu espero por você sem problema nenhum. Correndo o risco de parecer convencida, ouso dizer que sou a pessoa mais qualificada para falar com você sobre a situação que está passando.

Ele abriu a boca para refutar essa afirmação, mas de repente se lembrou quem mais figurava na lista de pacientes dela: Nathaniel Wesninski e aquele goleirinho sinistro, Andrew Minyard. A Toca das Raposas era uma verdadeira mina de ouro de abusos e problemas pessoais. Jean não queria nada com Dobson, mas, até aquele momento, ela já tinha lidado com umas personalidades bem intoleráveis. Não que isso o fizesse gostar dela, mas não podia deixar de sentir certo respeito.

— Vamos — disse ele, puxando a maçaneta.

Dobson saiu sem tecer mais comentários e o deixou entrar no estádio. Os dois encontraram um lugar na arquibancada para ficar olhando a quadra. Jean perdeu a noção do tempo que passaram sentados ali antes de Kevin, Nathaniel e Andrew aparecerem. Andrew sentiu o peso do olhar de Jean cravado nele. Nathaniel demorou mais um pouco. Já Kevin não tinha olhos para nada além da quadra, mas fazia anos que Jean havia parado de esperar por algo além disso.

Como Jean não queria saber de nenhum deles, assim que o portão da quadra se fechou após o último passar, ele se levantou e desceu as escadas em direção ao vestiário. Dobson o seguiu sem dizer qualquer palavra e o levou de volta à casa de Abby.

— Bem-vindo de volta em casa — disse Abby assim que eles entraram.

Jean queria dizer *essa não é minha casa*, mas precisava de todo seu fôlego para continuar caminhando depois de ter forçado tanto o joelho. Ele pegou no sono na mesma hora em que encostou a cabeça no travesseiro, e desta vez não sonhou.

CAPÍTULO CINCO

Jean

Na véspera da final entre Edgar Allan e Palmetto State, Abby trouxe o jantar de Jean junto de um problema inesperado:

— Eu preferiria não te deixar sozinho em casa amanhã, mas todo mundo em quem confio para te fazer companhia vai estar na Virgínia Ocidental com a gente.

Foi uma surpresa ver que as Raposas iriam levar a psicóloga junto, mas Jean imaginava que ela teria muito trabalho pela frente depois que eles fossem aniquilados pelos Corvos. Não importava por que ela iria, contanto que não estivesse por perto. Desde que ele havia recebido aquela caixa dos Corvos, quase todas as noites ela dava uma passava por lá. Não tinha muito a dizer para ele além de um cumprimento amigável, e parecia satisfeita em ficar sentada ao lado dele na cama, mas Jean não confiava em Dobson nem estava interessado no conforto daquela presença constante.

— Pensei em te levar para a Torre das Raposas, seguindo o raciocínio de um lugar cheio de gente é mais seguro — acrescentou Abby e, um segundo depois, se lembrou de que ele não entenderia. — É o alojamento dos atletas, o que significa que tem muitas pessoas por perto para servir de proteção. Se cobrirmos sua tatuagem com uma gaze, você pode passar despercebido por tempo suficiente para ficar em um dos quartos vazios das Raposas.

Tirando aquela única vez em que saiu com Dobson, Jean havia passado as últimas seis semanas vagando apenas do quarto para o banheiro. Ele preferia voltar para o estádio, mas não achava que conseguiria aguentar sozinho. Um alojamento lotado de atletas parecia o mais próximo do normal.

— Eu vou pra lá.

— Não tenho o cartão de acesso ao prédio, mas vou ver alguém pra vir te buscar amanhã de manhã — explicou ela. — Se me lembro bem, todos devem estar na quadra às nove e meia para pegarmos a estrada às dez.

Talvez ele tivesse resistido um pouco mais à ideia se tivesse se dado conta de quem viria buscá-lo. Pela lógica, devia ter sido Kevin, mas na manhã seguinte, enquanto Jean andava pelo quarto com todo o cuidado do mundo, quem apareceu foi Nathaniel. Como a porta do quarto de Jean estava aberta, ele viu seu visitante indesejado vindo pelo corredor em sua direção. Jean fez cara feia e voltou a caminhar lentamente. O joelho ainda parecia vacilar um pouco, e ele sentia uma dor que podia ser tanto pela lesão quanto por não estar se movimentando tanto nos últimos dias. Ele não via a hora de voltar a se exercitar, mas Abby achava que suas costelas ainda precisariam de mais seis semanas de recuperação.

Nathaniel parou no batente da porta para esperar por ele e Jean suspirou quando completou sua última volta e parou diante do outro, que era mais baixo do que ele.

— Lógico que ia ser você, o mala de sempre.

— Bom dia pra você também — rebateu Nathaniel, erguendo um curativo enorme.

Por alguns instantes, Jean se sentiu tentado a recusar. Aquele número era motivo de orgulho, era a prova de sua importância e posição no futuro do Exy. Não era o tipo de coisa que ele devia ficar escondendo só para poder se esgueirar como um ladrãozinho qualquer. Mas se esgueirar era melhor do que arriscar chamar a atenção da imprensa, então Jean aceitou o curativo e descolou as tiras protetoras.

Ele sabia exatamente onde estava seu número, era o resultado de anos e anos olhando para ele e traçando seus contornos com os dedos. Ele pressionou o curativo no lugar e atirou o papel amassado em Nathaniel, que nem se deu ao trabalho de reagir à provocação: tudo que fez foi um sinal para que Jean o acompanhasse e logo depois voltou para o corredor.

Segui-lo era fácil, e cada passo lento que Jean dava atrás de Nathaniel aliviava um pouco o vazio que ele sentia lá dentro. Os Corvos não deviam ficar sozinhos, e só com a presença de Nathaniel ele foi perceber o quanto estava exausto, apesar de todos os esforços das Raposas para que sempre tivesse alguém em casa com ele. Nathaniel era diferente; sempre seria diferente. Era e não era um Corvo, assim como Jean. Era a eterna dupla perdida de Jean, uma promessa não cumprida na qual Jean havia deixado de acreditar anos antes.

Dois carros esperavam na entrada da garagem, além de um terceiro estacionado no meio-fio. Nathaniel foi em direção ao último, apertou um botão na chave para destrancar o carro e depois abriu a porta do passageiro para Jean. Foi dolorido para entrar, mas ele segurou firme na parte superior da porta e no encosto de cabeça enquanto se endireitava no assento. Nathaniel esperou até as pernas compridas de Jean estarem no interior do veículo para fechar a porta e dar a volta até o lado do motorista. Jean não tinha visto mais ninguém no carro quando entrou, mas abaixou o retrovisor para dar uma olhada no banco de trás mesmo assim.

Ele cogitou que talvez os dois pudessem chegar até o campus sem falarem nada, mas é lógico que Nathaniel tinha que abrir a boca no momento em que pegaram a estrada:

— Eu nunca te agradeci por ter cuidado de mim em Evermore.

— Eu não fiz nada disso — retrucou Jean.

— Kevin sabia que você cuidaria de mim. Eu só não vi a mensagem dele a tempo.

— Você só está aqui agora porque não passa de uma barata desprezível — disse Jean, porque não podia, não queria ficar pensando naquilo.

Ele fechou os olhos para afastar a lembrança da pele de Nathaniel se soltando, fina como gaze, sob a faca de Riko. Jean ficou dividido entre o horror e o alívio ao testemunhar toda aquela situação: destruído ao perceber como foi fácil assumir o papel de espectador, assim como Kevin, mas grato por pelo menos uma vez Riko ter direcionado sua tamanha energia e imaginação para outra pessoa.

Não cabia a ele impedir Riko; o máximo que podia fazer era juntar os pedaços de Nathaniel depois. Com um ponto, fita e gaze de cada vez, Jean fez o melhor que pôde para que aquele garoto rebelde seguisse em frente. Toda aquela raiva cheia de frustração — *por que caralho ele foi pego* — foi atenuada por uma possibilidade tola — *e se ele ficar?* E se Jean finalmente pudesse ter seu parceiro permanente, alguém com quem sofrer junto?

Sim, Nathaniel acabou indo embora, mas mesmo assim levou um número consigo ao sair. Para Jean ficaram só as terríveis consequências das promessas não cumpridas. Por um momento ofuscante, Jean sentiu mãos tocando seu cabelo e lençóis ásperos tocando seu rosto; por um momento ouviu a cama de Zane ranger enquanto ele virava as costas para violência que havia convidado ao quarto deles. Jean cravou as unhas nos braços e se forçou a abrir os olhos, precisando visualizar o campus pela manhã em vez de seu quarto sombrio no Ninho. Zane pagou caro por aquela traição, mas Jean não sentia nenhum prazer com os jogos cruéis de Riko.

— Jean — disse Nathaniel. — Andrew me ensinou a importância de dar e receber e de pagar o que se deve, então vou te retribuir por ter me mantido vivo por tempo suficiente para conseguir voltar para casa. Hoje à noite vamos acabar com o Riko.

— Mentiras não vão ajudar em nada — retrucou Jean. — Vocês não têm a mínima chance.

— Me promete que vai assistir à partida.

— Eu tenho que assistir, mas já sei o que vai acontecer.

Nathaniel aceitou a resposta sem nem discutir. Minutos depois começou a subir uma colina por uma estrada cheia de curvas. Jean ficou observando a Torre das Raposas pela janela enquanto Nathaniel dirigia até o estacionamento lotado nos fundos. Só tinham vagas disponíveis lá pelas últimas fileiras, então, antes de estacionar, Nathaniel deixou Jean na calçada. Ele saiu da mesma forma que entrou, mas acabou sentindo mais dor ao se levantar do que para entrar no carro, e, quando conseguiu ficar de pé, seu joelho estalou. Manteve o rosto virado para o outro lado para que Nathaniel não visse a cara que estava fazendo.

Logo depois de estacionar, Nathaniel se juntou a ele e liberou a entrada encostando sua carteira em um sensor na porta. Depois mais um conjunto de portas os levou ao saguão principal do alojamento. O elevador chegou em um instante e, quando as portas se abriram, uns seis alunos saíram. A maioria passou apressada para as aulas da manhã, mas um deles parou e deu um soquinho no ar para Nathaniel, todo animado.

— Acaba com eles! — encorajou o rapaz.

— Esse é o plano — respondeu Nathaniel, deixando Jean entrar no elevador antes dele.

Quando eles desceram no terceiro andar, o lugar estava completamente vazio. O joelho de Jean estava começando a chiar a cada passo, mas Nathaniel não o levou muito longe. Os dois pararam diante de um quarto com pouquíssima decoração. Lá dentro havia duas pessoas esperando por eles, mas Jean mal teve tempo de perceber que eram Andrew e Kevin antes de sair do quarto o mais rápido que seu corpo foi capaz. Nathaniel o seguiu na mesma hora, agarrando-o antes que ele voltasse para o elevador.

— Não — disse Jean, que tentou se soltar e quase perdeu o equilíbrio ao sentir uma dor aguda nas costelas. — *Não*.

No momento em que Nathaniel o puxou, Jean fincou os pés no chão de um jeito que seu joelho aguentou por pouco. Quando viu a perna dele começando a ceder, Nathaniel mudou de tática, empurrando-o contra a parede para que ele tivesse onde se apoiar. Aquilo também doía, mas não tanto quanto doeria se ele tivesse caído. Assim que se certificou de que Jean tinha recuperado o equilíbrio, Nathaniel usou Jean como apoio, empurrando-o para dentro do quarto.

— O que foi que você fez? — exigiu Jean em francês antes mesmo que Nathaniel fechasse a porta. — Você... seu suicida...

Ele ficou sem palavras, porque, no fim das contas, que palavras seriam fortes o bastante para aquela situação? A tatuagem de Kevin tinha desaparecido, escondida atrás de um símbolo que a princípio Jean imaginou ser um buraco de fechadura. Estava quase conseguindo distinguir o que era aquilo, mas não precisava nem queria saber. Tudo o que importava era que Kevin havia tirado seu número do rosto. Era melhor do que o que o pessoal dos Wesninski tinha feito com Nathaniel, mas pelo menos Nathaniel não teve escolha. Já aquilo ali tinha sido uma remoção proposital feita por um homem que sabia muito bem o que estava fazendo.

— Você vai jogar contra ele hoje desse jeito? — protestou Jean, tentando encontrar uma linha de raciocínio coerente. — Tá maluco?

— Não, tô puto — respondeu Kevin. Jean ficou procurando sinais de mentira naquela resposta cheia de desprezo, mas Kevin era um ator bom demais para entregar o jogo assim. — Tô de saco cheio de dizerem que sou o segundo quando, na verdade, sou mil vezes melhor do que ele vai conseguir ser um dia. Hoje todo mundo vai ver o quanto nos subestimaram.

— Podemos tirar a sua também — Nathaniel se aproximou rápido demais para Jean conseguir se defender e arrancou o curativo de seu rosto.

— Tenta que eu te mato e me mato depois.

— Vamos embora — concluiu Andrew em inglês.

Ele apagou o cigarro no parapeito da janela e desceu da mesa que usava como cadeira. Depois ele e Kevin pegaram suas malas enquanto iam em direção à porta. Quando Kevin se aproximou, Nathaniel ofereceu o curativo para ele, que o colocou no rosto para esconder sua nova tatuagem. Ele não teria coragem de estragar essa surpresa antes da hora, imaginou Jean, e então Kevin e Andrew saíram.

Nathaniel fechou a porta. Com certeza estava sentindo o olhar de Jean queimando o rosto dele, mas não deu a mínima. Em vez disso, chamou a atenção para detalhes mais relevantes e básicos do quarto em que Jean passaria a noite.

— O banheiro é ali no canto e os remédios ficam em cima da pia. Pode comer o que quiser da geladeira. O controle remoto deve estar perto do sofá, e a televisão já está no canal certo. — Ele pensou um pouco, depois voltou a apontar. — Kevin acha que você vai passar o dia assistindo aos jogos da USC. O computador dele está em cima da mesa e, por enquanto, está sem senha. Deve ter algum atalho na área de trabalho para a pasta correta.

— O que você fez? — exigiu Jean.

— A decisão não foi minha. Ele não contou para ninguém aqui o que estava planejando fazer. Só voltou para o quarto com a cara assim. — Nathaniel formou um sorriso lento, faminto e cheio de ódio. Deu uma vacilada enquanto Nathaniel tentava fazê-lo sumir, até que no fim das contas ele precisou passar a lateral da mão no rosto para suavizar a expressão. Então olhou para Jean de um jeito quase tranquilo, mas Jean ainda conseguia ver a insanidade em seus olhos. — Precisa de mais alguma coisa? Se não, preciso ir.

— Eu devia ter deixado ele te matar — disse Jean.

— Provavelmente — concordou Nathaniel —, mas não deixou, então aqui estamos nós. O treinador não vai nos manter lá a noite toda, então estaremos de volta antes do amanhecer.

Depois disso, Nathaniel saiu e fechou a porta. Jean continuou onde estava por mais alguns minutos: em parte para esperar aquela dor no joelho diminuir, em parte para que a dor de cabeça amenizasse o suficiente para que ele pudesse enxergar direito. Chegou a um ponto em que ficar de pé começou a doer mais do que se mover, então Jean foi mancando até o outro lado da sala. Pegou o computador de Kevin e se afundou no sofá sem ter certeza de quando conseguiria se levantar de novo, mas mesmo assim ficou encarando o notebook fechado sentindo o pavor abrindo buracos em seu coração.

Pensou que devia ter se despedido de Kevin, porque era impossível que Riko o deixasse sair dessa ileso. Riko mataria Kevin, o mestre mataria Riko e, sem mais nem menos, a seleção dos sonhos estaria desfeita. Pelo menos Nathaniel e Andrew poderiam sobreviver. Com Jean, seriam três, e três já era o bastante para reconstruir uma equipe.

Por instinto, Jean levou a mão ao rosto e traçou sua tatuagem com a ponta do dedo trêmulo.

Quando o jogo chegou ao intervalo, Jean colocou a televisão no mudo. Não tinha coragem de desligar, mas também não queria ficar ouvindo comentários sobre o que estava acontecendo em quadra. Jean ficou irritado com a facilidade com a qual eles conseguiram fingir decepção com o desempenho das Raposas no primeiro tempo e ainda mais irritado com a rapidez com que lembravam a todo mundo que o jogo só podia terminar de um jeito. Jean não conseguia explicar aquela raiva inquietante, porque era óbvio que as Raposas iam perder. Não havia a menor chance de conseguirem ganhar dos Corvos jogando limpo.

Em vez de tentar entender a irritação que estava sentindo, ele passou o intervalo explorando o quarto do dormitório sem o menor pudor. Havia quatro camas dispostas em dois beliches. No espaço restante, cômodas abarrotadas de roupas que mal cabiam no quarto e dois pufes tortos empilhados de qualquer maneira por cima. Jean imaginou que o irmão gêmeo de Andrew ocupasse a cama que estava sobrando, mas, exceto a acusação de homicídio pendente, não tinha nada interessante naquela Raposa.

A cozinha era um tanto curiosa, e Jean aproveitou para vasculhar todos os armários. O Ninho tinha uma minicozinha, mas, fora a geladeira e a cafeteira, não havia necessidade de nenhum outro eletrodoméstico. Os lanches e refeições que os Corvos tinham permissão para comer eram entregues a eles: em partes para garantir que se alimentassem direito e, acima de tudo, porque a equipe não tinha tempo para preparar as próprias refeições. Já as Raposas tinham um fogão de duas bocas, uma torradeira e um micro-ondas. Fazia anos que Jean não via um micro-ondas.

Preparar algo para o jantar era só metade do problema; a outra metade era descobrir se havia algo de bom para comer. O freezer era um desastre, cheio de croissants recheados, algumas refeições no estilo calzone com quantidades obscenas de gordura e um monte de massa pronta cheia de ingredientes processados. Na geladeira a situação não era muito melhor. Uma prateleira era dominada por caixas de leite, suco e vodca. Na outra, caixas de comida para viagem empilhadas de qualquer jeito. Uma gaveta inteira dedicada a queijos. Jean não fazia a menor ideia de como Kevin conseguia abrir essa geladeira sem ter um aneurisma.

Antes de se dar por vencido e acabar ficando com fome mesmo, encontrou uma salada dentro de uma embalagem de plástico atrás da garrafa de vodca e um pote com frango cozido que ainda não cheirava a azedo. Depois de três tentativas para encontrar a gaveta de talheres, finalmente a achou e, quando abriu, Jean ficou olhando sem conseguir acreditar. Metade da gaveta estava abarrotada de barrinhas de chocolate. Ele jogou tudo no lixo, depois pegou um garfo e fechou a gaveta com força.

Faltava só um minuto para o início do jogo quando Jean voltou para o sofá com a salada de frango. Ele deixou o jantar de lado por tempo suficiente para colocar o notebook de Kevin novamente no colo. Depois deu play em outro jogo da USC. Ele não teria como evitar assistir à partida entre as Raposas e os Corvos, mas, de todo jeito, seria legal ter um jogo de verdade para refrescar o paladar.

Um borrão laranja o fez erguer os olhos para confirmar que as Raposas estavam na entrada da quadra. Jean voltou a olhar para o notebook para ver se o jogo tinha terminado de carregar, e só então seu cérebro processou o que ele estava vendo. Ele afastou o notebook de qualquer maneira para o lado, ansioso.

Que se dane a USC e todos seus jogos de agora e de antes: Kevin Day estava atravessando a quadra de Evermore com a raquete na mão esquerda. Jean se levantou do sofá e foi até a mesa de centro para poder ver aquilo de perto.

— Não — reclamou ele para a televisão —, você não pode fazer isso.

Ele não podia, mas ia fazer.

Os Corvos tinham observado o retorno lento e sem graça de Kevin ao Exy e tiveram tempo de sobra para analisar o jeito como ele era forçado a jogar com sua mão menos dominante. Ao longo do tempo, todos acabaram se esquecendo de como ele jogava antes. Jean lembrou-se do que Kevin havia dito naquela manhã: "Tô de saco cheio de dizerem que sou o segundo quando, na verdade, sou mil vezes melhor do que ele vai conseguir ser um dia", e seu sangue rugia como estática nos ouvidos enquanto assistia a Kevin humilhando a linha de defesa dos Corvos.

Ele estava puto com eles por terem desmoronado e mais puto ainda com os treinadores por terem colocado Grayson e Zane juntos: eram os melhores defensores depois de Jean, mas se odiavam desde o primeiro ano dele. Depois do que Riko havia feito com eles em janeiro, os dois mal conseguiam dividir o mesmo espaço. Serem ridicularizados por Kevin só colocaria mais lenha na fogueira.

Era inevitável que eles fossem os primeiros a serem abatidos, e não foi nenhuma surpresa que Zane tenha sido o primeiro a partir para a porrada. Quando o assunto era Exy, Kevin nunca teve vergonha alguma de expressar sua opinião, e mesmo agora, com tanta coisa em jogo, ele provavelmente não deixaria barato o fato de Zane agir como um babaca. Zane partiu com tudo para cima de Kevin, e foi preciso os dois times para conseguirem afastá-lo. Ele tomou um cartão vermelho e acabou sendo expulso, e Abby foi chamada para verificar se estava tudo bem com Kevin. Ele dispensou a preocupação dela, julgando-a desnecessária, depois foi lá e bateu a falta, marcando um gol.

Mas é lógico que só Kevin não bastava. Um único homem não conseguia manter uma equipe inteira unida. Até que os Corvos cometeram o erro crítico de fazer uma falta em Andrew Minyard, e Nathaniel atravessou a quadra em tempo recorde para derrubar Brayden. O mestre aproveitou a falta para colocar em quadra jogadores mais descansados, mas Nathaniel e Boyd não saíram de perto de Andrew enquanto os Corvos faziam as trocas. O retorno de Riko à quadra era inevitável: o Rei cortaria a garganta da Rainha e acabaria de uma vez por todas com toda aquela farsa.

Como resposta, Andrew mandou Boyd para fora da quadra. Jean percebeu que o zagueiro alto mancou enquanto ia em direção à porta, mas ninguém entrou em quadra para substitui-lo. Em vez disso, a capitã das Raposas cruzou a quadra para esperar ao lado de Kevin. Enquanto isso, Nathaniel começou a marcar Riko.

— Isso aí já é insano — disse Jean. — Nem você é tão idiota assim.

Kevin jurava que tinha recrutado Nathaniel Wesninski por acidente, que acabou se deixando conquistar pela devoção desesperada do rapaz e pelo anonimato de que as Raposas precisavam. Jean nunca acreditou de verdade nisso, principalmente depois que viu o desempenho de Nathaniel em quadra. A partida de outubro tinha sido difícil, mas a de dezembro foi horrível. Ele tinha ido muito melhor no jogo contra a USC na semana anterior, mas estava jogando como atacante. Nathaniel não tinha experiência suficiente para marcar Riko em quadra e, com tanta coisa em jogo, era ridículo que ele sequer tentasse.

O jogo recomeçou, e aos poucos Jean foi percebendo que não era com a habilidade dele que as Raposas estavam contando. O jogo avançava, minuto após minuto; e minuto após minuto o atacante mais rápido da primeira divisão de Exy afastava Riko do gol de Andrew. Ele não era o melhor jogador, mas nem precisava ser. Tudo que ele precisava era colocar uma coleira no pescoço de Riko e puxar com toda a força. E foi o que ele fez, perseguindo Riko com uma intensidade que fazia Jean, mesmo a quilômetros de distância, ficar todo arrepiado de raiva.

Kevin marcou um gol e depois outro. Com Riko de mãos atadas e Kevin livre para fazer o que quisesse, as Raposas conseguiram empatar o jogo. Dez minutos depois Wayne conseguiu colocar os Corvos na liderança, mas quando faltavam cinco minutos para o fim da partida Kevin empatou novamente.

As equipes estavam fadadas a uma disputa de pênaltis. Jean não conseguia ver o rosto das Raposas por trás dos capacetes, mas todos se moviam de um jeito esquisito que deixava bem nítido que estavam beirando a inconsciência, divididos entre o cansaço e as dores acumuladas de um jogo violento. Eles acabariam esmorecendo na disputa de pênaltis, mas o fato de terem chegado até esse ponto era impressionante.

Faltando dez segundos para o fim do tempo, Jean considerou pedir desculpas a Nathaniel por ter chamado as Raposas de um bando de lixo imprestável. Faltando cinco segundos, Jean pensou em até admitir que a equipe tinha se saído melhor do que ele imaginava ser possível.

Faltando dois segundos, Kevin marcou um gol.

A área do gol ficou vermelha, os narradores se levantaram de suas poltronas aos berros e a buzina final soou, anunciando a vitória das Raposas.

Nathaniel tinha dado tudo de si para continuar jogando e, no final, caiu de mãos e joelhos no chão. Andrew permaneceu no gol, mas as outras Raposas foram correndo pela quadra em direção a Kevin, gritando. Os Corvos pareciam estátuas com a cabeça virada para o placar e para aqueles números inacreditáveis.

Jean não prestou atenção em nenhum deles. Ninguém ali tinha a menor importância, exceto o Rei atônito de pé ao lado de Nathaniel, caído no chão. O calor que atingiu Jean foi tão violento e insaciável que por alguns instantes sua visão ficou embaçada.

Nathaniel tirou o capacete com dificuldade e seguiu o olhar de Riko. O movimento foi suficiente para chamar a atenção de Riko, que olhou para o atacante das Raposas. Nathaniel estava mexendo a boca, porque é lógico que, apesar de exausto, ele tinha que falar alguma coisa. Jean sabia que nenhum jogador usava microfone, mas queria que os narradores que gritavam incrédulos para a câmera calassem a boca. Ele precisava saber o que Nathaniel estava dizendo naquele momento histórico.

Mas num piscar de olhos mudou de ideia, porque a expressão que surgiu no rosto de Riko era assustadora. Riko levantou sua raquete com intenção de matar, e Jean estendeu a mão para a tela como se pudesse afastar Nathaniel dali. Os comentaristas soltaram um grito assustado ao perceberem, tarde demais, que Nathaniel ia ser assassinado ao vivo na TV. As Raposas estavam no gol dos Corvos, e nenhum Corvo ousaria segurar a mão de Riko. O único que tinha alguma chance era Andrew, que se atirou para fora do gol como se fosse o capeta fugindo da cruz.

Corre, pensou Jean. Ele não sabia se estava direcionando o pensamento para Andrew ou Nathaniel. *Corre.*

A raquete de Riko desceu e a de Andrew subiu. A força de sua raquete enorme de goleiro acertando o braço de Riko e fazendo a raquete ir para um lado e Riko para o outro.

Num piscar de olhos Jean atravessou o cômodo e jogou a TV contra a parede. Por um momento perfeito o estádio e os comentaristas ficaram em silêncio, e o único som sendo transmitido era o grito de Riko. Mesmo distorcido enquanto ecoava pela quadra, ainda era alto o suficiente para ser horripilante.

Então todo mundo voltou a falar. Jean conseguia ouvir o pavor e o desespero em suas vozes enquanto balbuciavam, um falando por cima do outro, mas não conseguia entender o que diziam em meio ao zumbido em seus ouvidos. Ele olhou para Riko caído no chão e ficou assistindo até os treinadores e os enfermeiros dos Corvos o cercarem para escondê-lo. As Raposas reuniram forças para fazer o mesmo por Nathaniel, formando uma barreira desesperada ao redor do companheiro de equipe caído.

As câmeras focaram nas laterais, começando pelo árbitro com dificuldades para impedir Wymack e Abby de entrarem na quadra pelo lado visitante e depois indo até o mestre, que estava imóvel junto de seus Corvos no lado do time da casa.

Era inevitável que a situação acabasse descambando para a violência, mas, com a maioria dos árbitros e da equipe dos Corvos na quadra, segurar os Corvos que não paravam de gritar foi moleza. As Raposas entenderam o recado e se levantaram, apoiando-se uns nos outros para saírem juntos da quadra. Jean não viu o momento em que eles saíram. Não conseguia tirar os olhos de Riko, sentado derrotado e destruído ao lado de Josiah. Um segundo depois a câmera cortou para os comentaristas na mesa e finalmente deu para distinguir o que diziam:

— ... nos aconselharam a não mostrar o replay — disse a mulher pálida à esquerda. Ela estava falando para a câmera, mas tanto ela quanto o colega assistiam a algo que acontecia para além das telas. Jean sabia, pelo jeito como ela cobriu a boca de repente e o modo como seu colega estremeceu, que estavam revendo o lance que foram proibidos de transmitir. Ela se engasgou audivelmente enquanto tentava recuperar a fala. — Se você acabou de ligar a televisão...

Jean derrubou a TV do suporte, ignorando a dor intensa que sentiu no peito com o movimento brusco. Depois fechou os olhos e visualizou repetidamente as imagens que a televisão estava se recusando a transmitir. Ele só queria poder desacelerar a memória para vê-las melhor: a forma nada natural como o antebraço de Riko se dobrou em um V, a maneira como o osso quebrado rasgou seu braço com a força do impacto, o jeito como ele *gritou*.

Jean se jogou no chão, se inclinando para o lado para aliviar o peso do joelho dolorido. Depois apoiou os braços no rack e ficou olhando para a TV, que estava de lado e meio inclinada para longe dele. Ela não tinha voado tão longe assim e o cabo era longo o bastante para que, por algum milagre, ainda estivesse na tomada. Riko estava entre Josiah e Miriam sendo conduzido para fora da quadra, e, apesar de os treinadores dos Corvos tentarem tirar os câmeras do caminho, alguém conseguiu filmar a cara fechada de Riko e as lágrimas cheias de angústia ainda correndo pelas suas bochechas.

Jean riu tanto que quase desmaiou.

Como era de se esperar, o CRE optou por adiar a cerimônia padrão de encerramento do campeonato. Jean passou horas assistindo ao noticiário, às vezes mudando de canal para ver se havia alguma outra cobertura. Sem nenhuma notícia nova, ele continuava ouvindo várias e várias vezes as mesmas palavras e frases, e a vitória inimaginável das Raposas acabou sendo ofuscada pelo violento ataque que por pouco não aconteceu. Era repugnante ficar ouvindo a preocupação com o bem-estar de Riko, mas quando a transmissão finalmente mudou para o estúdio que exibia uma equipe de quatro pessoas, a conversa tomou um rumo mais prático. Em pouco tempo o homem à direita voltou a atenção para as intenções violentas de Riko.

— Ele podia ter morrido esta noite — insistiu ele para seus companheiros. — Todos nós vimos...

Um de seus companheiros tentou intervir:

— Calma aí, Joe, por enquanto isso tudo não passa de especulação, e...

Joe não se deixou dissuadir, mesmo quando o outro continuou falando:

— ... como ele chegou perto. Se Andrew tivesse sido meio segundo mais lento...

— ... não pode fazer acusações infundadas como essa, baseadas em conspirações e não em fatos...

— Onde está o Jean? — perguntou a mulher sozinha na ponta esquerda, uma pergunta tão inesperada que fez seus colegas de equipe se calarem. Ela passava a ponta dos dedos nas costas da mão esquerda, com o olhar fixo na mesa. — Há apenas algumas semanas Kevin insinuou que a lesão dele pode ter sido encoberta. Faz mais de um mês que ninguém vê o Jean, apesar de a versão oficial dizer que ele só está afastado por conta de uma lesão leve. O que eles estão fazendo com a seleção dos sonhos?

— Essa é uma declaração bem ousada, Denise — disse o homem ao lado dela.

Havia uma advertência implícita por trás daquela repreensão: era cedo demais para qualquer um ali fazer aquele tipo de acusação, não importava o que tivessem visto. Jean imaginou que estavam tentando evitar um possível processo de Edgar Allan. Após alguns momentos tensos de silêncio, a equipe decidiu, seja por um consenso não verbal ou por um alerta que receberam nos pontos, mudar o foco para o jogo em si.

Jean foi se arrastando pelo carpete até a televisão. Não conseguiu colocá-la de volta ao suporte, mas entre um palavrão ofegante e outro foi possível levantá-la. Ele ficou assistindo enquanto jogadas incríveis eram relembradas e elogiadas. Duas horas atrasados para servir de ajuda a alguém, os Corvos foram finalmente criticados por seu estilo de jogo violento, e a jogada arriscada de Nathaniel na linha de defesa foi aclamada como genial.

— Não tivemos muito acesso às Raposas desde o apito final por conta do... — Joe fez um gesto com a mão para indicar o óbvio, sem se deixar distrair novamente com aquele mesmo assunto. — Mas pelo o que ouvimos do treinador Wymack, essa ideia veio de Andrew. Acho que é seguro dizer que nenhum de nós teria imaginado isso.

Ele olhou para os companheiros na mesa e percebeu que todos assentiam enfaticamente.

— Nos últimos anos ele deixou transparecer que não dava a mínima para o esporte, mas nesta última primavera acabou se destacando de um modo surpreendente. O fato de ele ter percebido exatamente do que a equipe precisava numa partida tão importante e de ter confiado nela diz muito sobre sua evolução e sobre o respeito que seus colegas de equipe têm por ele. Estou mais do que empolgado para ver como ele vai continuar se desenvolvendo daqui para frente.

— Ele vai pra seleção — disse Jean, mas os comentaristas continuaram falando como se nada tivesse acontecido.

Ele assistiu e esperou, certo de que em algum momento as Raposas ou os Corvos seriam entrevistados e que teriam atualizações sobre o estado de saúde de Riko. O tempo se arrastou sem qualquer novidade, até que Jean finalmente pegou o computador. Ele deixou a televisão ligada de fundo, só por precaução, e fechou o jogo da USC para reassistir à partida da noite. Cinco minutos depois, o celular de Jean apitou com uma mensagem de Renee:

> Agora você acredita em milagres?

> Não foi milagre

Escreveu Jean,

> foram as Raposas.

> Só de você admitir isso já é um belo de um milagre pra mim

Foi a resposta dela, que veio seguida de um aviso:

> Pelo visto vamos ter que passar a noite aqui para conseguir pegar o troféu de manhã. O treinador está tentando achar um hotel pra gente, mas ainda não nos deram permissão pra sair do estádio. Você vai ficar bem aí?

Jean olhou ao redor do quarto, verificando o ângulo da fechadura da porta.

> Sim.

> Vê se descansa.

Foi o que ela escreveu.

Jean suspirou e colocou o celular de lado. A TV exibia agora uma lista de futuros formandos jogadores de Exy que haviam sido contratados por equipes importantes ou profissionais. Jean ficou atento à menção aos Corvos, depois registrou mentalmente o contrato de Zane com os Montana Rustics e se forçou a prestar atenção no computador.

A irritação o fez pausar o jogo mais uma vez e voltar ao início antes de ir atrás de papel e caneta. Ao se levantar, sentiu uma pontada no joelho, um lembrete de que ainda não havia se recuperado, mas ele a ignorou e começou a vasculhar as mesas. Encontrou o que precisava, voltou para onde estava sentado no chão e começou a anotar todas as vezes que os defensores dos Corvos tinham enchido o saco de Kevin e Nathaniel. Algumas palavras ele escrevia em francês, dependendo do seu nível de agitação e da rapidez com que precisava expressar seus pensamentos, mas acreditava que conseguiriam entender seus muitos rabiscos.

Quando acabou, tinha quase quatro páginas de comentários ácidos e estava tão cansado que via tudo embaçado. Ficar sentado no chão estava fazendo-o sentir uma dor insuportável no cóccix, então ele se levantou e se acomodou no sofá. Como o quarto estava bem quente, ele decidiu que não precisava de cobertor e pegou no sono com o barulho da TV ao fundo.

CAPÍTULO SEIS

Jean

Jean acordou sobressaltado com o toque do celular. Esfregou os olhos, exausto, e olhou ao redor do quarto ainda meio grogue de sono. Estava começando a amanhecer e a luz daquelas primeiras horas da manhã entrava pelas frestas do canto da cortina. A televisão ainda estava ligada, mas, naquele instante, exibia os comerciais. Jean tentou piscar algumas vezes para desanuviar os pensamentos e ficou levemente irritado com a dificuldade que encontrou para fazer aquilo. Não sabia dizer há quanto tempo exatamente estava dormindo, mas apenas alguns meses antes a quantidade teria sido o suficiente.

Demorou até ele perceber o que o acordara, mas o celular já havia parado de tocar quando Jean enfim foi atrás do aparelho. Quando o encontrou, o toque recomeçou, e ele viu o número de Renee na tela.

— Alô — disse ele.

— Jean — respondeu ela, soando aliviada. — Bom dia, te acordei, foi mal.

Jean pressionou a mão livre na orelha, tentando escutar além da voz dela. Tinha pelo menos uma pessoa gritando, mas a voz estava abafada demais para que Jean conseguisse entender. Ele imaginou que pelo menos uma ou duas portas separavam Renee da gritaria. Ela não estava esperando pela resposta dele, mas o que disse depois o fez ficar completamente imóvel:

— Você pode confiar em mim mais uma vez?

— Pelo seu tom, sinto que vou me arrepender — retrucou Jean.

— Por favor.

Jean olhou para a porta do dormitório, viu que ela continuava trancada e disse:

— Mais uma vez.

— Preciso que você deixe a televisão desligada hoje — pediu Renee. — Nada de notícias. Sem internet. Neil me disse que Kevin tem um monte de jogos dos Troianos no computador dele. Assista esses jogos e nada além disso. Pode fazer isso por mim?

Jean apertou o celular com tanta força que o aparelho rangeu.

— Eles se machucaram?

— Não — respondeu ela, tão depressa que ele teria duvidado se não fosse pelo tom carinhoso em sua voz. — Não, está todo mundo bem. Prometo. É que... acho melhor a gente ter essa conversa pessoalmente, pode ser? Assim que estivermos indo para casa eu te aviso e... — Ele escutou o som de algo pesado caindo e o som característico de vidro quebrando. Pelo menos a gritaria havia cessado. — Jean, preciso falar com o árbitro.

Jean olhou para a televisão, depois estendeu a mão lentamente para o controle remoto. Seu dedo pairou sobre o botão de desligar; ele não conseguia tirar da cabeça que tinha algo de muito errado acontecendo, ao mesmo tempo em que não tinha dúvidas de que Renee não mentiria para ele sobre Kevin ou Nathaniel.

Por fim, ele desligou a TV e disse:

— Não vou assistir nada.

— Obrigada — disse ela, e desligou o celular no mesmo instante.

A manhã passou numa lentidão desesperadora, mas Jean já havia sobrevivido a várias semanas de tédio preso na casa de Abby. Ele ia da sala até o banheiro e a cozinha sempre que precisava. A sensação de aperto no peito nunca diminuía, mas ele tentava se distrair o máximo possível assistindo aos jogos dos Troianos. Na metade do segundo jogo chegou a pensar em voltar para a cama, nem que fosse para ajudar a passar o tempo, até que seu celular tocou.

Era uma mensagem de texto em grupo que Jeremy enviou para Jean e Kevin:

> Meu Deus, gente, sinto muito. Vocês estão bem?

Ele sentiu o coração disparar. Alternava o olhar entre o celular, o controle da televisão, que continuava desligada, e o notebook na mesa de centro. O que quer que Renee não queria que ele soubesse estava começando a se espalhar. Renee o pediu para não assistir aos noticiários em busca de respostas, mas ela não comentou nada sobre conseguir as respostas de outra pessoa. Ele ficou encarando a mensagem de Jeremy, o polegar pairando sobre o botão de responder. No fim das contas, acabou apertando um botão a mais e resolveu ligar.

Jeremy atendeu na mesma hora, e o tom suave de preocupação quando ele perguntou "ei, você tá bem?" fez com que todos os pelos de Jean se arrepiassem. Foi só então que Jean percebeu que tinha feito besteira e que teria sido melhor esperar por Renee, mas ele engoliu em seco, tentando conter o medo, e exigiu saber:

— O que aconteceu?

O silêncio que se seguiu parecia interminável. A mente de Jean se ocupou em preenchê-lo com mil possibilidades desastrosas, e, por fim, Jeremy respondeu:

— Me desculpa. Achei que você já estava sabendo. Não sei, acho que não sou a melhor pessoa para... — Jeremy hesitou e Jean pensou que talvez ele fosse desligar sem explicar nada. Mas então ele respirou fundo e disse: — É o Riko, Jean. Ele se foi.

Jean levaria semanas para conseguir encaixar as peças daquele dia; por semanas parecia que tudo não passava de um monte de flashes desconexos. Ele se lembrava de ter ligado para Jeremy. Se lembrava do barulho da madeira e do estrondo do vidro quando ele destruiu tudo ao redor. Se lembrava, acima de tudo, das mãos truculentas dos seguranças do campus quando invadiram o dormitório algum tempo depois. Quando eles chegaram, a água do chuveiro já estava fria há muito tempo. Jean estava encolhido no canto da banheira, o mais longe possível do jato de água, mas as pernas que mantinha pressionadas contra o peito estavam encharcadas.

Ele tentou reagir, mas não conseguia sentir qualquer parte do corpo. As toalhas que o envolveram pareciam facas na pele gelada e ele foi meio puxado, meio carregado para fora do quarto. Àquela hora de um dia de fim de semana, a Torre das Raposas era bem movimentada, e, assim que se espalhou a notícia de que os seguranças tinham invadindo um dormitório dos atletas de Exy, uma bela multidão já havia se aglomerado nos corredores.

Enquanto era levado para o elevador, Jean só conseguia ver uma série de rostos desfocados. Seu nome ecoava entre os batimentos de seu coração enquanto as pessoas reparavam na tatuagem em seu rosto. Ele viu um carro e, então, um borrão verde asqueroso pela janela. Enfermeiras desconhecidas puxando suas roupas ensopadas e se juntando quando ele tentava resistir. Remédios que embaralhavam seus pensamentos. Um calor que começava devagar e depois aumentava rápido demais. Lençóis brancos, bem brancos.

Um arco-íris.

— Ah, Jean — disse Renee ao lado dele. — Eu te pedi pra não procurar saber.

Ele piscou algumas vezes até a sala entrar em foco. Ela estava com a coxa encostada na dele, sentada ao seu lado na beirada da cama. Uma das mãos de Jean segurava as mãos dela. Nas mãos dele havia curativos recém-colocados, manchados de sangue seco em vários pontos. Ele fechou os olhos, depois abriu-os novamente e tentou mais uma vez.

Tinha a sensação de que sua cabeça estava cheia de algodão. Ele se lembrava, ou achava que se lembrava, de ter visto as coisas com um pouco mais de nitidez mais cedo. Mas reagiu de um jeito tão violento que precisaram sedá-lo de novo.

— Jeremy — disse Jean.

— Demoramos demais para ver a mensagem dele no celular do Kevin — disse Renee calmamente, o que pelo menos explicava por que alguém teria mandado seguranças atrás dele. — Tentamos te ligar, mas você não atendeu.

— Onde está o Kevin?

A voz de Nathaniel veio de algum lugar do outro lado da sala:

— Deixamos ele e o treinador Wymack na Virgínia Ocidental.

Ele não disse *para o funeral*. Não disse *de luto*. Nem precisava dizer, não quando Jean podia juntar as peças por conta própria. Ele não conseguia dizer isso, porque não tinha como ser verdade. Jean levantou a mão livre e cravou dedos trêmulos na tatuagem na maçã do rosto. Kevin havia estado com Riko durante muito mais tempo, equilibrando-se na linha tênue entre um irmão querido e um saco de pancada. Não importava o quanto Riko o tivesse ferido; tinham sido muitos anos completamente ligados um ao outro. Kevin precisava se despedir.

Se despedir não, porque Riko não tinha morrido. Ele não podia ter morrido.

— Não é verdade — disse Jean.

— Houve uma coletiva de imprensa hoje cedo — explicou Renee. — O treinador Moriyama se responsabilizou pela pressão que Riko estava sofrendo. Ele se demitiu imed... — O restante da frase ficou no ar no momento em que Jean se desvencilhou dela com uma cotovelada. Ele não tinha equilíbrio suficiente para ficar de pé e acabou batendo na parede ao lado da porta. Renee o segurou no mesmo instante, impedindo-o de cair, e se manteve firme apesar dos esforços de Jean para se soltar. — Jean, está tudo bem.

— Não — contestou Jean, a voz aguda e apavorada. — O mestre jamais iria embora. O CRE não pode obrigá-lo.

— Não foi o CRE — disse Nathaniel, calmo, em francês. Só então Jean se virou para tentar olhá-lo nos olhos. Além de Jean e Renee, Nathaniel era a única outra pessoa, parado no canto mais distante e prestando atenção em tudo. Parecia calmo demais diante de tudo o que tinha acontecido. — Ichirou estava no jogo e viu com seus próprios olhos o caos que Tetsuji estava criando em Evermore. Quando Riko me atacou, Ichirou escolheu o lado que defenderia.

— Não — berrou Jean —, eu não acredito nisso.

— Depois que a polícia foi embora, fui convidado à Torre Leste para assistir — explicou Nathaniel. — Foi uma demonstração de respeito, talvez, porque tudo que eu avisei acabou se tornando verdade. Primeiro ele baniu Tetsuji do Exy; não só de Edgar Allan, mas de qualquer time profissional e do CRE. Depois ele se encarregou do Riko.

— Não acredito em você — insistiu Jean. — Riko é o Rei. Ele é o futuro do Exy. Ele é um Moriyama. Eles nunca o matariam.

— Ele era — disse Nathaniel, com certa ênfase — o Rei. Agora ele é um mártir.

Jean perdeu as poucas forças que ainda tinha e foi lentamente desmoronando até o chão. O tremor que sentiu no peito deveria ser de repulsa, mas passou longe disso. Aquilo não parecia ter relação alguma com alegria ou alívio; era apenas luto. Jean odiava, odiava, *odiava* aquela sensação. Tinha vontade de arranhar o próprio rosto. Queria rasgar o pescoço até encontrar o nó que fazia com que fosse tão difícil respirar.

Marselha estava mergulhada em trauma. Fecharam para ele as portas de Evermore. O mestre tinha sido exilado. Riko estava morto. Tudo o que Jean conhecia havia desaparecido. E quem era Jean sem essas coisas?

O coração dele se contorceu tão violentamente que fez seu corpo inteiro estremecer. Que coisa mais deplorável, que exaustivo ver um de seus desejos mais profundos e desesperados se realizar e não sentir nada além desse turbilhão angustiante. Não era justo. Era isso que ele queria dizer, mas não fazia sentido quando ele nem sequer acreditava em justiça. O máximo que conseguiu foi um som engasgado que o feriu ao sair.

— Ei — disse Renee, ajoelhando-se ao lado dele. Ela apoiou uma das mãos em sua nuca e se inclinou para encostar a testa em sua têmpora. Ele sentia o coração dela em sua pele num ritmo constante que o ajudava a regular sua respiração acelerada. Sem forças para afastá-la, ele pressionou um joelho contra o peito dolorido, criando uma pequena barreira contra o conforto que ela oferecia. — Eu tô aqui com você. Não tem problema se sentir assim.

Foi o que deu a ele força suficiente para responder:

— Não vou ficar lamentando a morte dele.

— Talvez isso não tenha a ver com ele — rebateu Renee. — Talvez você esteja de luto pelo estrago que ele fez na sua vida. Você tem todo o direito de lamentar o que ele te tirou.

Mesmo ali, em um momento como aquele, era instintivo continuar negando:

— Ele não tirou nada de mim. — Ele tentou se desvencilhar, mas ela não o soltou. — Você viu o corpo?

— Não — admitiu Renee.

— Eu vi — disse Nathaniel, atravessando o quarto, depois se agachou na frente de Jean e o observou bem com seus calmos olhos azuis. Esperou até que Jean o encarasse com um olhar aterrorizado antes de fazer uma arma com os dedos e fingir que atirava na própria cabeça. — *Bang*, e ele morreu. É impressionante, né? Como esses monstros morrem fácil no final. — Por um momento, ele pareceu muito distante. Jean não precisava perguntar no que ele estava pensando; era difícil ignorar o estrago que os Wesninski tinham feito em seu rosto. — Ele está morto, Jean.

— Promete pra mim — disse Jean, com um desespero que parecia capaz de destruí-lo.

Nathaniel não hesitou.

— Eu prometo.

Jean apoiou a testa no joelho e fechou os olhos. Depois contou cada respiração, tentando acalmar o coração disparado numa tentativa de evitar que ele atravessasse suas costelas. O pensamento mais sombrio escondido no fundo de sua mente dizia que não devia acreditar naquilo, que tudo aquilo não passava de um grande truque dos Moriyama para tirar Riko dos holofotes antes que ele envergonhasse ainda mais a família. Ele não tinha qualquer motivo para confiar em Nathaniel, uma Raposa insignificante cheia de rancor que passou a vida inteira refinando a arte de mentir. Se Jeremy não tivesse o primeiro a dar a ele a notícia e se Renee não estivesse bem ao lado dele, Jean seria capaz de refutar na mesma hora aquela mentira absurda.

Mas talvez fosse verdade. Talvez Ichirou realmente os tivesse escolhido. Seria uma mentira descarada dizer que estava *livre* e era impossível acreditar que estivesse *seguro*, mas talvez...

— Preciso voltar para o pessoal — anunciou Nathaniel.

— Eu fico com ele — prometeu Renee. — Posso levá-lo para a casa de Abby quando ele tiver alta.

Jean ouviu o farfalhar das roupas quando Nathaniel se levantou, mas, assim que o outro começou a se afastar, Jean estendeu a mão, tentando encontrá-lo. Ele mal reconheceu a própria voz ao dizer:

— Neil — chamou, mas foi o suficiente para que Nathaniel parasse onde estava. Seus dedos finalmente tocaram o tecido da calça jeans, mas ele não fez força para segurar Nathaniel com firmeza. — Foi um bom jogo.

— Pois é — respondeu Neil Josten, sorrindo. — Foi mesmo, né?

A porta rangeu suavemente ao abrir e fez um clique ainda mais baixo ao ser fechada. Jean se concentrou na batida do coração de Renee e voltou a contar suas respirações até que viver não doesse tanto.

A piada cruel da semana não foi a morte de Riko ou a vitória inimaginável das Raposas, mas o fato de que, mesmo com tudo aquilo acontecendo, o semestre letivo ter sido mantido. A segunda-feira chegou e com ela o início das provas finais. Edgar Allan concordou em deixar Abby aplicar as provas de Jean, com a condição de que fossem feitas no campus; uma vez por dia os professores enviariam um fax para o escritório de Wymack. Na segunda-feira de manhã, Jean acordou junto com Abby e foi para a Toca das Raposas no banco do carona do carro dela.

Fitas de um laranja vibrante foram amarradas em boa parte da cerca ao redor do estádio, e os alunos paravam para colar cartazes escritos à mão de apoio e triunfo. No meio do caos havia também meias e camisetas, e Jean viu pelo menos um sutiã enganchado na dobradiça da cerca. Era perturbador ver o jeito como vandalizavam o próprio estádio daquele jeito. Edgar Allan teria punido severamente seus alunos por essa falta de respeito.

Talvez a única exceção fosse o cenário atual, caso os alunos quisessem prestar homenagens para Riko do lado de fora de Evermore. Jean sentiu seus pensamentos começarem a sair do controle e seu equilíbrio desmoronar, então tirou Riko da cabeça com tanta força que chegou a sentir um aperto no peito.

Abby organizou tudo para Jean na sala principal e o entregou a prova, logo depois leu em voz alta as breves instruções. Jean cutucou a ponta dos dedos com o lápis enquanto esperava que Abby iniciasse o cronômetro e saísse. Ele não havia estudado nada naquele fim de semana, mas as horas intermináveis que precisou dedicar aos estudos durante o último mês e meio tinham valido a pena. O único lugar em que os Corvos não precisavam se destacar era nas aulas; contanto que tivessem a média mínima para continuarem na equipe, os treinadores não exigiam mais nada. Mesmo tendo permissão para fazer uma prova meia boca, Jean estava bem confiante na maioria das respostas.

Ele terminou com alguns minutos de sobra. Em vez de revisar as respostas, se levantou e foi até a parede mais distante, coberta de fotos das Raposas. Algumas eram de noites de jogos ou recortadas de jornais, mas a maior parte era das Raposas em momentos de folga e dessas, poucas foram tiradas no estádio. Jean passou os olhos por salas de cinema, quartos aconchegantes e restaurantes. Havia selfies de mulheres vestidas para a noite, fotos de banquetes de Exy e várias Raposas fazendo caras e bocas esparramadas em cobertores de piquenique ou sofás meio tortos.

Estava todo mundo com uma cara ridícula, pareciam desencaixados. Tinham uma expressão radiante, tão cheios de vida e despreocupados, como se tivessem esquecido de tudo que os qualificou para que fizessem parte do time das Raposas.

Um cronômetro soou no fim do corredor. Jean pensou em voltar ao seu lugar antes de ser pego bisbilhotando, mas acabou ficando onde estava. No canto da colagem havia uma foto de Renee de costas para a janela, apontando para cima e para trás. Jean demorou um pouco para perceber o arco-íris no céu distante.

Alguém havia colado um post-it pequeno na ponta da foto com a frase "ficou melhor em quem??".

Abby voltou para ver como ele estava e recolher a prova.

— Quero dar uma olhada no seu joelho.

Jean tirou a foto de Renee da parede. Abby ficou em silêncio, apesar de provavelmente tê-lo visto roubando. Tudo que fez foi levá-lo de volta ao escritório sem fazer qualquer comentário.

Depois de uma verificação minuciosa do joelho e dos novos ferimentos que pelo visto ele tinha conseguido enquanto destruía o quarto de Neil, Abby permitiu que ele desse uma volta pelo estádio. Ainda não tinha permissão para pegar peso ou voltar para uma rotina decente de exercícios físicos, mas aproveitava o que podia.

Isso não queria dizer que não era desconcertante estar completamente sozinho na área técnica, e Jean teve que se forçar a se mexer quando todas as suas forças o impeliam ao voltar para o vestiário onde Abby estava. Ele passou horas dando voltas, testando o joelho e o tornozelo para ver se aguentavam seu peso e naquela mesma tarde ainda encarou as escadas. De vez em quando o joelho dava uma fisgada de cansaço, então ele caminhava por fileiras de assentos até que a dor passasse e tentava de novo.

A terça e a quarta-feira seguiram no mesmo ritmo, mas na noite de quarta-feira as coisas mudaram. Era a noite do funeral de Riko. Jean passou a noite toda encarando a TV escura, imaginando Wymack e Kevin sentados lado a lado na igreja.

O funeral foi um divisor de águas. Edgar Allan, os Corvos e os torcedores mais fanáticos e estridentes dos Corvos estavam, até aquele instante, afundados em tristeza e em negação. Mas quando a cerimônia acabou e Riko foi reduzido a nada além de cinzas e ossos, a conversa começou a mudar.

Durante dias não pararam de surgir artigos e textos sobre a pressão insana que atletas famosos e celebridades sofriam. Naquele momento, por outro lado, o tom começava a ficar mais sombrio e irritado, como sempre acontecia quando os Corvos estavam envolvidos. A culpa foi lentamente passando do público que consumia o esporte para a pequena equipe que havia destruído a reputação de Riko e para a seleção dos sonhos que virou as costas para o Rei que os escolheu a dedo para o sucesso. O nome de Neil era citado com uma frequência assustadora, mas Kevin e Jean não ficavam para trás. Jean só conseguiu suportar um dia de boatos e críticas pesadas antes de decidir que não assistiria mais às notícias.

Os últimos dias do ano letivo eram a única coisa que mantinha as pessoas sob controle, ou pelo menos era o que Abby achava, e Jean a escutou falando ao telefone com suas Raposas, pedindo que saíssem da cidade o mais rápido possível depois que as provas acabassem. Jean havia se esquecido de que algumas — a maioria? Todas? — faculdades permitiam que seus atletas tirassem férias no verão. Abby contou a Jean no jantar de quinta-feira à noite que apenas três Raposas ficariam na cidade, e Jean nem precisou perguntar quais delas. Os demais se dispersariam antes que a vingança os alcançasse.

Na sexta-feira, ele estava na quadra quando Renee o encontrou, trazendo consigo um envelope que Abby deve ter pedido que entregasse a ele. Tinha a logo da USC, então Jean o abriu assim que Renee se sentou ao seu lado. Dentro ele encontrou uma passagem de avião e uma carta manuscrita de Jeremy. Ao que tudo indicava, eles haviam arranjado um lugar para Jean ficar, mas ainda faltava uma semana para que uma tal de Jillian se mudasse. Ele dividiria o dormitório com Catalina Alvarez e Laila Dermott; uma defensora titular e a melhor goleira da história da USC. Jeremy prometeu que buscaria Jean no aeroporto quando ele chegasse.

Abaixo da assinatura havia um rabisco quase ilegível numa caligrafia diferente, e Jean precisou virar a carta de um lado para o outro para conseguir entender aquele entusiasmado "Vamoooo, porraaaa!!". Jean dobrou a carta lentamente e ficou observando a passagem; imaginou que Jeremy tivesse acertado a data com Kevin. Ele não conhecia Wymack tão bem para ter certeza, mas presumia que ele teria perguntado antes de marcar uma coisa dessa. Jean já estava acostumado a ter sua vida decidida pelos outros, então nem perdeu tempo reclamando.

Ele entregou a passagem para Renee ver.

— Você vai mais cedo do que eu pensava — admitiu ela. — Acho que ele quer que você vá até lá para a equipe médica te avaliar direito. Kevin nunca contou para eles a gravidade dos seus ferimentos; só sabem que você foi afastado por três meses.

Renee devolveu a passagem e ficou observando Jean guardá-la junto com a carta no envelope. Então disse, com mais confiança do que ele mesmo conseguia sentir:

— Vai ser bom. Você vai ter tempo para se acostumar com a cidade antes de começar a treinar com a nova equipe. Só ouvi coisas boas sobre seu novo capitão.

— Vindas do Kevin — adivinhou ele. — Não dá pra acreditar nele, é parcial demais.

Ela riu.

— Talvez, mas até que é fofo, vai? Ele não costuma expressar admiração assim, desse jeito tão direto.

— Só você mesmo pra achar isso positivo. É a mesma ladainha de sempre, desde que o conheci. É um idiota. "Eles jogam Exy como o esporte deve ser jogado" — disse Jean, cheio de deboche. — Ele definharia se jogasse com eles. É mal-humorado demais para sobreviver a um dia em quadra com os troianos.

Renee bateu o ombro dela no de Jean.

— Mas você vai se encaixar muito bem.

Ela só estava o provocando, mas mesmo assim ele respondeu:

— Eu vou odiar todos eles, mas faço o que for preciso pra sobreviver.

Renee ficou em silêncio por um minuto, depois o encarou, séria:

— Eles vão perguntar dos seus ferimentos. Já sabe o que vai dizer?

— Me machuquei durante os treinos — replicou Jean.

Renee respondeu com um sorriso irônico:

— Acho que você não vai conseguir convencer as enfermeiras com essa resposta. E além do mais, Jean... Essa resposta não explica isso. — Ela apoiou a ponta dos dedos no peito dele e ficou observando sua camiseta como se pudesse ver as cicatrizes embaixo. — Não me lembro de a Quadra Dourada ser projetada para garantir a privacidade que temos aqui. Eles vão querer saber o que aconteceu.

— Os Corvos nunca perguntaram — disse Jean. — Eles sabiam que não era da conta deles.

— E é bem provável que eles tenham adivinhado a causa disso — retrucou Renee, mas Jean preferiu deixar essa acusação óbvia sem resposta. Renee pensou mais alguns instantes antes de tirar a mão — Se você não quiser... não puder... contar a verdade, pode deixá-los incomodados a ponto de não se intrometerem — sugeriu ela. Quando Jean desviou o olhar para ela, Renee deu de ombros discretamente. — Insinuar que isso aconteceu antes de Evermore, por exemplo. Problema de família.

Vindo de qualquer outra pessoa, essa sugestão soaria um tanto ousada, mas em fevereiro Renee lhe contou histórias a respeito dos pais dela e, em troca, Jean foi honesto e admitiu que odiava seus próprios pais. Não chegou a entrar em detalhes e ela também não insistiu, mas se ela sabia como ele foi parar nas mãos de Riko, era bem capaz de adivinhar com o que os pais dele trabalhavam.

— Será que vai funcionar? — perguntou Jean.

— Quase certeza — prometeu Renee. — As pessoas tendem a ficar desconfortáveis quando o abuso acontece dentro de casa.

Jean pensou um pouco.

— Vou confiar em você.

Eles passaram alguns instantes num silêncio tranquilo, até Renee perguntar:

— Quer que eu te faça companhia até o dia do voo?

Jean refletiu por um minuto inteiro antes de dizer:

— Acho que não precisa.

Renee assentiu, como se já esperasse por isso. Ela tinha uma doçura ao mesmo tempo triste e bonita, e por um momento Jean sentiu a crueldade daquilo. Se lembrou de quando ela passou a noite dirigindo até a Edgar Allan depois de receber a mensagem de Jean e em como sem nem pensar duas vezes Renee ameaçou Andritch a se virar contra a própria equipe de estrelas. Ele se lembrou dela indo toda semana até a casa de Abby só para ficar sentada com ele para que Jean não se sentisse sozinho, se lembrou da fé inabalável que tinha nele para fazer o melhor e ser uma pessoa melhor, se lembrou da ligação que ela fez da Virgínia Ocidental, desesperada para protegê-lo após Riko ter sido executado.

Ele se lembrou de Evermore, dos anos vagando por aqueles corredores pretos sem janelas. Faltas pesadas, mãos insaciáveis, facas afiadas demais e *de novo de novo de novo* durante treinos que ocupavam grande parte de seus dias. Se lembrou de Kevin sussurrando francês pelos cantos e dos afogamentos. Uma promessa feita em nome dele sem seu consentimento, uma morte que abalou e mudou tudo e uma passagem em direção a um recomeço que ele não merecia, mas do qual precisava se quisesse permanecer vivo por tempo suficiente para fazer tudo aquilo valer a pena.

Eu sou Jean Moreau, pensou ele, e depois: *Quem é Jean Moreau quando ele não é um Corvo?*

Era uma pergunta que precisava ser respondida e um problema que Renee não poderia ajudá-lo a resolver. Isso o deixou com uma sensação amarga não muito diferente de uma ferida, mas Jean sabia que não tinha como ser diferente. Talvez fosse crueldade procurá-la depois daquela rejeição, mas Jean cedeu à tentação e ajeitou o cabelo dela atrás da orelha. Renee segurou sua mão e deu um beijo na palma. Jean ficou observando a facilidade com que os dedos dela deslizavam entre os dele.

— A gente dá certo, eu acho — disse ela, olhando para ele. — Mas é... o momento errado. Talvez as coisas fossem diferentes se você ficasse, mas sei que não vai. Sei que não pode ficar — ela se corrigiu. — Seria injusto te pedir isso e cruel da minha parte atrapalhar sua jornada.

— Me desculpa — disse ele, e estava falando sério.

— Não precisa se desculpar — respondeu Renee, num tom de voz tão calmo e sincero que ele teve de acreditar. Um alarme tocou no bolso dela, mas Renee puxou o celular e o silenciou sem nem olhar o aparelho. — Eu só quero o que é melhor para você e, no momento, não somos nós. Se quando se mudar quiser começar do zero pra deixar tudo isso para trás, vou entender, mas sempre estarei aqui se precisar de mim.

Agradecer parecia a coisa certa a se fazer, mas tudo o que Jean conseguiu dizer foi:

— Eu sei.

Quando ele fez um gesto para o celular dela, Renee se levantou.

— Um lembrete para minha última prova — respondeu. Então ficou alguns instantes parada na frente dele, olhando seu rosto virado para baixo, seu olhar distante, e estendeu a mão para abrir o fecho do crucifixo que ela usava. Jean ergueu a mão e observou a luz refletindo na corrente de prata em sua palma. Os muitos anos no Ninho haviam destroçado a fé que ele tinha quando criança, mas ele fechou os dedos sobre o colar mesmo assim. Talvez o calor que sentia no colar fosse fruto de sua imaginação e não de Renee; mas ainda assim era reconfortante.

Ela abriu um sorriso lento, iluminado e cheio de segurança e disse:

— Estou muito orgulhosa de você por ter chegado até aqui. Estou animada para ver até onde você vai chegar daqui em diante, quando finalmente puder abrir suas asas sem medo. Voe com segurança, Jean. Nos vemos em quadra, na final.

— Talvez — ele concordou e ela foi embora, deixando-o a sós com seus pensamentos.

Depois contou duas coisas com a ponta dos dedos: *A brisa fresca da noite. Arco-íris.*

Na sexta-feira à noite, Wymack e Kevin estavam de volta à Carolina do Sul e, no sábado à tarde, só restavam três Raposas por lá. Jean estava mais por dentro do que gostaria dos planos de verão dos outros, graças às conversas que escutou entre Wymack e Abby. Ele tentou com todas suas forças apagar aquelas informações do cérebro, descartando-as como inúteis. Afinal, por que ele ia querer saber se um deles ia para a Alemanha e o outro ia passar umas semanas com a família de uma líder de torcida? O que importava mesmo era que ele ainda tinha quase uma semana pela frente antes de viajar.

Na segunda-feira os dormitórios do campus fecharam para o verão e as Raposas restantes foram para a casa de Abby. A chegada repentina de pessoas diferentes deu mais vida à casa, preenchendo o silêncio e o espaço de uma forma que os visitantes pouco frequentes de Jean nunca conseguiram. Ele acordava com Kevin e Neil discutindo sobre times e exercícios e pegava no sono ouvindo a bronca de Abby em Andrew por exagerar no açúcar. De vez em quando Andrew e Neil conversavam em um idioma que ele não reconhecia.

— Alemão — disse Kevin quando percebeu que Jean observava. Foi a primeira coisa que ele disse a Jean desde o retorno para a Carolina do Sul. Se fosse antes, eles conversariam sobre a vitória das Raposas; se fosse antes, conversariam sobre os Corvos. Mas, naquele momento, a morte de Riko era um abismo que nenhum dos dois estava pronto para superar.

— Que idioma feio — comentou Jean, e Kevin se distraiu com os próprios pensamentos.

Wymack aparecia com menos frequência ainda agora que Jean conseguia se mover, mas continuava passando por lá de vez em quando para aproveitar a comida de Abby e dar uma bronca na equipe. Quando estavam todos juntos, Jean ficava os observando, se perguntando como aquele time caótico do ano anterior tinha conseguido chegar tão longe. Observava como Abby e Wymack se davam bem, resmungando e implicando um com o outro, mas sempre de um jeito tranquilo e afetuoso. Quando os colegas de equipe de Andrew ficavam particularmente pedantes, ele sempre olhava primeiro para Wymack. A parte mais difícil de assistir eram os avanços tímidos entre Wymack e Kevin conforme exploravam a linha tênue entre treinador e pai.

Jean notou como Andrew e Neil se moviam como se estivessem um na órbita do outro, sempre mais juntos do que separados, com fumaça de cigarro, braçadeiras combinando e olhares demorados quando um dos dois se afastava por muito tempo. Ele sempre achou que tivesse sido a arrogância de Neil que o fez ir para Evermore no Natal. Mas agora já achava que o motivo era outro, mas não cabia a ele ficar tecendo comentários. Nathaniel era a promessa que fizeram a ele e não foi cumprida; a vida de Neil não era da sua conta.

De qualquer forma, ele não tinha muito tempo para ficar pensando nisso, porque cada dia da semana trazia mais retaliações dos torcedores que as Raposas incomodaram por ter vencido. Wymack soava mais cansado do que irritado ao contar os desastres diários: a tinta preta que jogaram no lago do campus, as pichações de ASSASSINOS e TRAIDORES ao redor do estádio e as ameaças de bomba e incêndio criminoso que obrigavam a segurança a escoltar as Raposas de um lado para o outro até a quadra para os treinos não programados.

Na quarta-feira de manhã começou a circular um novo boato entre os treinadores: a Edgar Allan havia fechado o Ninho. Os Corvos foram mandados de volta para casa para passarem um tempo com a família e cumprirem acompanhamento psicológico obrigatório. Jean saiu da sala antes que Wymack terminasse de falar e passou o resto do dia trancado com seus cadernos em seu quarto provisório. Um pânico insuportável quase o fez arrancar todas as páginas dos cadernos, mas ele conseguiu salvá-los a tempo.

Quando Jean finalmente precisou sair do quarto à noite para beber água, Wymack ainda estava bem desperto e esperando por ele. O treinador não fez nenhuma pergunta sobre o Ninho ou os Corvos, mas disse:

— Você vai estar mais seguro em Los Angeles. Estamos aqui sozinhos, sem o apoio de ninguém e com umas vinte pessoas na equipe de segurança do campus. Los Angeles é um mundo à parte, e a USC fica bem no centro dele. Ninguém é burro a ponto de arranjar briga com eles porque sabem que no fim das contas a cidade sempre vence.

Como não era uma pergunta, Jean não respondeu. Wymack deu a ele uns instantes para digerir o assunto, depois disse:

— Conversei com o treinador Rhemann esta semana, só para você saber. Estamos sendo pressionados a colocar você e Kevin em frente às câmeras. A gente está postergando o máximo possível — acrescentou ao perceber o olhar cortante de Jean —, porque sabemos que é cedo demais para qualquer um de vocês enfrentar esses abutres. Mas, mais cedo ou mais tarde, nosso conselho de diretores vai nos tirar esse poder de escolha.

— Não cabe a mim falar com a imprensa — retrucou Jean. — Não vou fazer isso.

— Eles têm muito a dizer sobre você — ressaltou Wymack sem ser indelicado. — Não seria a pior coisa do mundo responder, colocar alguns pingos nos is. — Jean apenas o encarou em silêncio, teimoso, então Wymack suspirou e pegou seu maço de cigarros na bancada. Ele o inclinou um pouco, conferiu o peso de seu isqueiro e disse: — Dorme um pouco. Amanhã o dia vai ser longo.

Só depois Jean entenderia toda aquela preocupação de Wymack com ele, mas já seria tarde demais para fazer algo a respeito.

Jeremy

Assim que Jeremy se levantou da mesa de jantar na quarta-feira à noite, ele já tinha recebido quase vinte mensagens. Já fazia cerca de uma semana que seu celular tocava sem parar. Começou com a morte de Riko e continuou até a coletiva de imprensa de Tetsuji. A maior parte das mensagens era de Cat, que não conseguia parar de ver as especulações e opiniões na internet, mas quando a semana de provas finais terminou e a primeira semana de férias de verão começou, a conversa no grupo começou a ficar mais intensa.

Era cansativo que, apesar de serem as campeãs, as Raposas de Palmetto State ainda fossem os bodes expiatórios da NCAA. Parecia que sempre que Jeremy pegava o celular surgia uma nova onda de boatos ou notícias de mais depredações no campus. Ele já tinha visto isso acontecer na primavera anterior, quando Kevin Day anunciou sua transferência para o time de Exy das Raposas. Então por mais decepcionado que estivesse com aquele vandalismo que não parava de crescer, ele não seria capaz de dizer que estava surpreso. Kevin parecia mais irritado do que preocupado quando Jeremy foi ver como ele estava, já que isso significava ainda mais medidas de precaução em seus treinos particulares, então Jeremy tentou não se estressar muito com isso.

Até aquele momento a USC parecia imune à pressão, mas Jeremy não tinha como dizer o mesmo de seu mais novo jogador. A rede de fofocas estava trabalhando a todo vapor para difamar Jean Moreau. Boa parte não passava de mentira deslavada, como críticas ao talento do atleta quando suas estatísticas estavam disponíveis para quem quisesse ver. Outra grande parte dos comentários era um disse-me-disse do tipo "um amigo de um amigo conhece um amigo que ouviu", aquele tipo de maldade que combinaria muito mais com os corredores de uma escola de ensino médio.

Jean havia passado três anos na escalação dos Corvos, mas nunca falou com a imprensa. Isso não era nada de extraordinário, já que a Edgar Allan encarregava Riko e Kevin de lidar com todas as entrevistas e declarações da equipe, mas, por outro lado, significava que não havia nada que sugerisse como era a personalidade de Jean. Sem nada de concreto para servir de base, ele se tornava um alvo fácil para haters anônimos na internet, que tinham um prato cheio para construir o bicho-papão que queriam sem precisar de fontes.

Uma pessoa disse que ele sempre espancava os calouros dos Corvos até a morte, outra, que Jean morria de ciúmes da posição de Riko e vivia o intimidando, e o maior das calúnias era de que Jean transou com as pessoas certas para conseguir entrar na escalação. Ele chegou a ser apontado como o motivo para Kevin ter deixado a Edgar Allan. Uma versão da história dizia que ele havia convencido Kevin a deixar o time só para enfraquecer a autoridade de Riko, já outra versão afirmava que ele havia afugentado Kevin com sua crueldade. E assim por diante, em um ciclo cansativo.

Mas havia um único boato, meio confuso e surgido em Palmetto State, que contrariava completamente toda aquela imagem odiosa que criaram de Jean: pelo visto ele tinha tentado se matar na manhã em que Riko morreu, em solidariedade ao colega. Era um boato vindo diretamente dos atletas que viram os seguranças tirarem Jean, todo ensanguentado e fora de si, dos dormitórios de Exy. Jeremy não sabia até que ponto podia acreditar naquilo, mas naquele mesmo dia o treinador Wymack ligou para ele do celular de Kevin, pedindo que Jeremy se mantivesse distante por um tempo. A culpa era um ratinho inquieto que não parava de roer seu coração.

Era inevitável que os rumores começassem a afetar os Troianos, mas, enquanto tentava tranquilizá-los, Jeremy se agarrou a duas verdades simples: Kevin nunca teria mandado Jean entrar na equipe deles se ele fosse tão desprezível como afirmavam, e o próprio Jean havia pedido alterações no contrato para garantir que estivesse alinhado com a boa índole deles. Não tinha como garantir que o convívio com ele seria fácil, mas será que Jean pensaria em introduzir essas regras se não tivesse a intenção de fazer as coisas darem certo?

Na maioria das vezes isso era o suficiente para acalmar grande parte das dúvidas da equipe, mas Xavier enviou uma mensagem diretamente para ele só para salientar que Kevin e Jean não jogavam juntos havia mais de um ano. Não dava para saber quem Jean se tornara depois que Kevin saiu e ele assumiu a posição ao lado do tal do Rei. Os Troianos estavam preocupados e continuariam assim até poderem avaliar Jean com os próprios olhos. Trazer Jean para a Califórnia no dia seguinte, um mês e meio antes do início dos treinos de verão, era a única oferta de paz que Jeremy tinha para eles.

— Mais drama — adivinhou Annalise, e Jeremy tirou o olho do celular. Sua irmã caçula estava com a bolsa no ombro e as chaves na mão. Ao contrário de Bryson, que sempre voltava para casa no verão, Annalise insistia em manter sua própria casa no outro lado da cidade o ano todo. Estava com uma expressão tranquila, sem sinais de preocupação, mas Jeremy imediatamente guardou o celular no bolso e foi até a porta para falar com ela.

— As pessoas estão arrumando briga com a nova estrela do time — admitiu ele enquanto segurava a porta para a irmã. — A fábrica de boatos está a todo vapor.

— Demorou para surgir um novo escândalo, hein? — comentou ela. — Acabar do jeito que você começou.

Ele não reagiu, mas foi por pouco. Houve um tempo em que ela ia a todos os jogos dele no ensino médio, mas isso foi antes do banquete de outono que dividiu a família deles. Desde então ela havia se esforçado para esquecer tudo o que sabia sobre Exy e nunca o perdoou por continuar jogando. Ele chegou a ensaiar centenas de discussões hipotéticas com seu psicólogo, preparando-se para o dia em que finalmente conseguiria revidar, mas, sempre que surgia a oportunidade, ele a deixava escapar num silêncio frustrado.

Acompanhou a irmã até o carro, mas Annalise o fez esperar enquanto vasculhava a bolsa atrás do protetor labial. Então aplicou uma camada generosa, deu umas batidinhas nos lábios e encarou Jeremy com um olhar sarcástico:

— O que o vovô acha desse seu investimento?

Era uma provocação para lá de óbvia, mas não foi o suficiente para conter a resposta irritada de Jeremy:

— Ele não é nosso avô.

— Cuidado — advertiu Annalise enquanto segurava as chaves. — Você já destruiu a família. Vê se não destrói o meu futuro também. Porta.

Ele abriu a porta do carro para ela enquanto tentava bolar uma resposta que, no fim das contas, sempre soava vazia demais. Annalise sentou-se no banco de motorista e fez um joinha para ele assim que colocou as pernas no carro. Jeremy fechou a porta e deu um passo para trás. Depois de alguns instantes colocando o cinto de segurança e se acomodando, o veículo ganhou vida com um ronco silencioso. Ela se afastou sem nem olhar para trás, e Jeremy ficou observando as lanternas traseiras desaparecerem enquanto a irmã saía da garagem, depois se virou para dar uma olhada na casa.

A tentação de seguir direto para a casa de Cat e Laila era quase irresistível, mas ele não tinha como fazer isso naquela noite. Era o aniversário de namoro das duas e ele não ia estragar o momento com seus dramas familiares.

Em vez disso, ele se sentou na pequena mureta da fonte e começou a dar uma lida nas mensagens que tinha recebido. Como Cat estava ocupada, a maior parte das atualizações da noite ficaram por conta dos outros Troianos fofoqueiros. Jeremy não sabia se tinha ânimo para receber mais notícias ruins, até que recebeu uma mensagem de um número que há meses ele não tinha contato. Era Lucas, com quem não costumava passar muito tempo fora de quadra. O jovem em ascensão era um bom defensor, ainda que na maioria das vezes fosse relegado a jogar como reserva contra os adversários mais fracos dos Troianos.

Podemos conversar?

Era tudo o que a mensagem dizia.

Na mesma hora Jeremy ligou para ele.

— Oi, Lucas. Tá tudo bem?

— O Grayson chegou em casa ontem à noite — respondeu Lucas, a voz desanimada e distante.

Jeremy virou de costas para a casa, como se com menos luz nos olhos pudesse ouvir melhor. O irmão mais velho de Lucas, Grayson, jogava pelos Corvos, mas Lucas fazia de tudo para evitar tocar no nome dele. Uma vez Cody comentou com Jeremy que não era por falta de interesse, mas por mágoa. Diziam que os Corvos eram proibidos de manter contato com a família depois de terem assinado com a Edgar Allan. Parecia papo furado, mas Grayson se recusava a dar atenção a Lucas mesmo depois que ele entrou para a equipe dos Troianos.

— Como ele está? — perguntou Jeremy. — Como você está?

Lucas passou um tempo em silêncio antes de dizer:

— Ele não está bem. Eu não... Não era para eu te dizer isso, sei que não era para te dizer, mas eu... — ele gaguejou, se esforçando para segurar a língua antes de acabar falando mais do que devia. — Ele nem parece mais a mesma pessoa. Não come, não dorme e só fica... espera aí — disse, depois ficou em completo silêncio. Jeremy se esforçou para entender o que quer que estivesse distraindo Lucas, mas não conseguiu ouvir nada. Um minuto de repleto desconforto se passou, depois outro e só quando Jeremy já estava começando a ficar preocupado de verdade, Lucas voltou. — Ele está puto da vida.

— Com você? — perguntou Jeremy, assustado.

— Com tudo — explicou Lucas, evasivo. — Com a gente. Principalmente com o Jean.

Jeremy perguntou:

— Você se sente seguro com ele em casa?

— Ele é meu irmão — retrucou Lucas.

— Não foi o que eu perguntei, Lucas.

Lucas ficou calado por muito tempo. Mas nem o silêncio nem o que veio depois fizeram Jeremy ficar mais tranquilo:

— Acho que sim.

— Se isso mudar, você tem para onde ir?

— Acho que poderia ficar com Cody... — comentou Lucas, parecendo incerto. — Se Cody não voltar para o Tennessee para ver Cameron.

Nem em um milhão de anos, pensou Jeremy, mas se Lucas não sabia o quanto os primos se odiavam, não seria ele que contaria. Tudo o que disse foi:

— Sim, é uma boa. Você sabe que Cody morre de tédio se não tiver alguém para ficar mandando.

Lucas deu uma risada discreta.

— Sim, é verdade. — Mas o bom humor se esvaiu rapidamente. — Acho que eu só... queria desabafar. Estou preocupado com ele, mas também estou preocupado com a gente agora que você enfiou um deles no nosso time. Se você visse como o Grayson está e soubesse como ele era antes, entenderia.

— Eu vou cuidar da gente — falou Jeremy. — Cuida de você e do seu irmão, tá bem? Ele teve um fim de ano difícil. — Era um eufemismo tão grande que chegava a soar insensível, e Jeremy acabou estremecendo. — Ele precisa de você, agora mais do que nunca. Mas se você precisar da gente, não deixa de ligar. Não importa a hora.

— Pode deixar — disse Lucas. — Obrigado.

Lucas se despediu logo, mas Jeremy continuou onde estava por um bom tempo depois que a ligação terminou. Enquanto pressionava o celular na bochecha, seus pensamentos corriam soltos: Lucas abatido e com medo, os boatos maldosos dos Corvos e o apelo sincero de Kevin para dar uma chance à Jean. Pensou na mão quebrada de Kevin, Jean sendo tirado da equipe no meio do campeonato e Riko se matando no Castelo Evermore após a primeira derrota dos Corvos. Jeremy pensou nas pessoas dizendo que Jean foi retirado do dormitório dos atletas envolto em toalhas ensanguentadas após a morte de Riko e guardou o celular.

— Foi a escolha certa — disse a si mesmo.

Ele precisava acreditar nisso, mas sabia que só se tranquilizaria de verdade quando Jean estivesse na Califórnia e Jeremy o encontrasse pessoalmente.

CAPÍTULO SETE

Jean

Se as coisas fossem como Jean queria, ele nunca mais colocaria os pés em um aeroporto.

Com os Corvos isso não era um problema: os funcionários da equipe cuidavam de tudo para os atletas só precisarem ficar de boca fechada e ir para onde eram instruídos, formando uma fila. A única vez em que ele pisou sozinho em um aeroporto foi quando teve de buscar Neil na área de desembarque para as férias de Natal, pois Riko estava ocupado com o mestre. Riko os levou de volta na véspera de Ano-Novo enquanto Neil estava completamente fora de si depois da cruel festa de despedida de Riko. Jean não daria conta de levá-lo até o estacionamento, mas poderia pelo menos carregá-lo do meio-fio até o check-in e a fila de segurança.

Aquela viagem era totalmente diferente. Ele nunca tinha reparado no quanto o processo era complicado ou na quantidade de pessoas dentro de um aeroporto. Jean até tentou resistir quando Wymack se convidou para acompanhá-lo no voo para o oeste, mas era uma birra de fachada, porque quando chegaram à escala em Charlotte ele estava para lá de grato pelo treinador ter ignorado suas reclamações. Os alto-falantes soavam sem parar em vários idiomas, chamando nomes desconhecidos, anunciando últimas chamadas de embarques ou atualizações de portões. Toda vez que Jean via roupas pretas pelo canto do olho, tentava mudar de direção e se endireitar. A única coisa que conseguia levá-lo de volta ao caminho correto era a mão firme de Wymack em seu cotovelo.

O aeroporto internacional de Los Angeles estava lotado quando Wymack saiu do avião, com Jean em seu encalço. Ele se manteve o mais próximo possível do treinador, tomando o cuidado de não pisar nos sapatos dele e tendo a certeza de que, se os dois se separassem, ele nunca mais sairia dali. No meio do terminal havia duas escadas rolantes, e Wymack deu um passo para o lado assim que chegaram lá embaixo. Túneis se estendiam para ambos os lados, e Wymack gesticulou em direção às placas. Um levava ao próximo terminal e, o outro, à esteira de bagagens.

— É só seguir reto — anunciou Wymack. — Consegue se virar daqui?

Wymack o havia acompanhado, mas não tinha intenção alguma de permanecer; conseguiu uma passagem de volta para a costa leste no mesmo dia e provavelmente mataria o restante de tempo em um dos bares do aeroporto. Jean podia até ter perguntado por que ele se deu ao trabalho, mas já tinha engolido essa pergunta centenas ou milhares de vezes naquele dia. Ele sabia o porquê, por mais que se recusasse a confiar nele. Homens como Wymack não existiam. Não tinha como, era impossível.

— Sim, treinador — disse Jean.

Wymack parecia prestes a dizer mais alguma coisa, mas, por fim, acabou só dando um tapinha de leve no ombro de Jean e voltou pelo mesmo cainho que tinham acabado de vir sem mais uma palavra. Jean o observou por alguns instantes antes de se forçar a olhar para a saída. Ele segurou com força a alça da bagagem de mão e seguiu no caminho indicado, com uma sensação de tristeza. Logo estava do outro lado e imediatamente virou à esquerda, caminhando ao longo da parede e observando a multidão.

Localizar Jeremy Knox foi moleza. O capitão do Troianos estava com uma camiseta da universidade: não era o único naquele mar de gente que vestia algo da USC, mas o único trajando tanto vermelho-vivo. Jean diminuiu o passo até parar, aproveitando que Jeremy estava distraído para analisar seu novo capitão. Era meio esquisito vê-lo com roupas tão informais. Em todos os jogos que ele assistiu no mês anterior e em todas as reportagens que Kevin mostrou para ele em Evermore, Jeremy estava sempre de uniforme. Jean chegou a jogar contra a USC algumas vezes, mas não era ele quem marcava Jeremy. Se ele não tivesse sido expulso do time, naquele ano esse teria sido seu trabalho.

Jean percebeu que estava começando a perder o foco, mas não era o momento nem o lugar para pensar em Riko. Ele cravou as unhas na palma, fazendo marcas em forma de meia-lua até que tudo o que viu foi Jeremy. Era um pouco mais magro do que ele esperava, parecia mais feito para a agilidade e a rapidez do que para a violência e a dominação que Jean usava na defesa. De alguma forma o cabelo castanho--claro bagunçado do rapaz conseguia não parecer desgrenhado, e seu short num tom brilhante de dourado fazia as pernas parecerem mais longas do que Jean imaginava. Jean era, se não estivesse enganado, dez centímetros mais alto do que Jeremy.

De todos os itens possíveis, Jeremy veio com um ioiô e estava se enrolando todo nos truques que tentava executar enquanto esperava. Só desistiu quando a corda se enroscou no fone de ouvido, e Jean ficou observando o rapaz dar um suspiro um tanto exagerado enquanto ajeitava aquela confusão.

Jeremy ergueu o olhar ao perceber que a quantidade de pessoas ao redor indicava que um avião havia pousado. Ou talvez por ter sentido que alguém o observava. Num piscar de olhos encontrou a única pessoa parada do outro lado. Na mesma hora Jeremy segurou o ioiô e os fones de ouvido com uma única mão e usou a outra para acenar. Jean se recordou em silêncio que já era tarde demais para mudar de ideia e foi encontrar Jeremy no meio do caminho.

— Oi, oi — cumprimentou Jeremy, todo alegre —, como foi o voo?

Péssimo, pensou Jean, mas se limitou a dizer:

— Conversa fiada é perda de tempo.

— Eu gosto de perder tempo — respondeu Jeremy com um sorriso que deixava suas covinhas à mostra.

As palavras de Kevin ecoavam, brincalhonas, no fundo da mente de Jean: "De alguns deles você gosta". Jean rejeitou esse pensamento tão rápido que ficou tonto. Não importava que Jeremy Knox fosse irritante de tão atraente; Jean sabia que era melhor não ficar olhando para outro cara por muito tempo. Aprendeu essa lição da pior maneira e não sobreviveria a uma nova tentativa.

— As esteiras de bagagem ficam ali — disse Jeremy, já que Jean não se deu ao trabalho de dar uma resposta. Ele começou a ir naquela direção, esperando que Jean o seguisse, e hesitou quando o outro balançou a cabeça em uma recusa silenciosa. — Não tem mala?

— Eu tenho uma mala — retrucou Jean.

Jeremy olhou para ele, depois para a bagagem de mão apoiada em sua perna direita e então passou por ele como se houvesse outra mala faltando.

— E o resto, mandou por correio?

— Não — disse Jean. — Tudo o que preciso está aqui dentro.

— Se você diz — afirmou Jeremy em um tom nada convencido. Jean meio que esperava que ele insistisse no assunto, mas, em vez disso, Jeremy só fez sinal para que ele o seguisse. — Beleza então, vamos sair daqui e te levar para sua nova casa. Não peguei tanto trânsito no caminho para cá, mas agora que está mais perto da hora do almoço deve estar um caos lá fora.

Jeremy tinha deixado o carro três andares acima, mais para o fundo do estacionamento. Apesar de tecnicamente ter um carro, Jean não entendia direito do assunto, mas sabia reconhecer quando alguém tinha dinheiro. Quando entrou no lado do passageiro, esperava que o carro cheirasse a couro quente e cera, mas o cheiro de comida gordurosa era tão forte e recente que ele ficou imaginando que Jeremy tivesse parado para comer no caminho até o aeroporto. Talvez ele estivesse mais desencanado agora que as férias de verão estavam começando, mas um capitão deveria ser o primeiro a resistir às tentações.

— Tá com fome? — perguntou Jeremy. — Podemos parar e pegar algo pra comer no caminho de casa, se for o caso. Se não, hoje é... quinta-feira?

Ele pensou um pouco, verificando seu calendário mental, e assentiu. Jean quase perdeu metade do que ele disse quando Jeremy se inclinou para colocar o bilhete na cancela do estacionamento, mas conseguiu entender o suficiente pelo contexto quando ele se acomodou novamente no banco:

— Quinta-feira é noite do sanduíche e acho que hoje tem algum tipo de molho francês ou algo assim. Uma piadinha para dar boas-vindas ao nosso primeiro francês na equipe.

— Uma comédia para todas as idades — disse Jean. — Estou rindo por dentro.

— Tá com fome? — insistiu Jeremy.

— Não — disse Jean. — O cheiro do carro acabou com meu apetite.

Ele teve apenas alguns segundos de paz depois dessa resposta.

— O que você está estudando?

Dito daquele jeito mais parecia conversa fiada, mas como os estudos eram o mal necessário dos esportes universitários, Jean não podia se dar ao luxo de ignorar a pergunta.

— Administração.

— Mais corajoso do que eu — respondeu Jeremy. — Desculpa, mas parece meio sem graça.

A possibilidade de um problema inesperado deixou Jean nervoso.

— O que escolheram pra você?

Jeremy esperou tanto tempo para responder que Jean pensou que ele estava tentando criar um suspense, até que Jeremy acabou perguntando:

— Quando você diz "escolheram pra mim", seria tipo...?

— O que os Troianos estudam? — perguntou Jean, impaciente por ter que explicar.

Devia ser a pergunta mais fácil do mundo, mas Jeremy estava confuso quando começou a responder:

— Hum? — Ele pensou mais um pouco. — Eu faço Letras, Cat estuda Ciências da Computação, Laila está no curso de Negócios Imobiliários, Nabil faz Arquitetura... — Ele tamborilou os dedos no volante enquanto pensava. — Derek faz Economia. Thompson, não

Allen — disse Jeremy, e Jean demorou um pouco para lembrar que os Troianos tinham um Derek e um Derrick na linha de ataque. — Xavier estuda Comunicação e acho que o Shawn também. Quer mesmo saber o curso de todo mundo ou isso basta por enquanto?

Jean ficou o encarando.

— Isso é impossível.

— Que eu saiba o curso de todos eles? Acho que estou chutando pelo menos metade das respostas.

— Que vocês estudem coisas diferentes — retrucou Jean. — Quem aceitou isso?

— Tô meio perdido — admitiu Jeremy. — Me dá uma ajuda aqui, você quer dizer que todos os Corvos fazem o mesmo curso?

— Fazemos — disse Jean, e o nó dos dedos de Jeremy ficaram pálidos enquanto ele segurava o volante. — Os Corvos são obrigados a fazer todas as aulas juntos.

— Eles fazem — corrigiu Jeremy baixinho. — Eles fazem todas as aulas juntos.

Jean fez uma careta ao perceber seu deslize.

— A maneira mais fácil de garantir que todos os Corvos estejam disponíveis é fazendo com que todos estudem a mesma coisa. Calouros podem ter exceções se dois alunos concordarem em fazer a mesma graduação, mas precisam da aprovação do... treinador Moriyama. E ninguém nunca teve coragem de pedir.

"A não ser o Kevin" Jean se corrigiu. "Ele queria estudar História, então implorou para Riko fazer com ele." Ele concordou, com a condição de que Kevin fizesse toda sua lição de casa. Era por isso que Jean precisou frequentar as aulas de Riko quando Kevin foi embora: ninguém mais na equipe fazia o mesmo curso. Jean não precisava acompanhar, só aparecer e sentar num canto nos fundos. No outono anterior chegou a dormir nas aulas, mas durante alguns meses da primavera anterior havia passado o tempo trocando mensagens com Renee. "Até onde eu sei eles são os únicos que foram por outro caminho."

— Sendo bem sincero? — perguntou Jeremy. — Me parece um tanto exagerado. Quer dizer que você não teve nem a opção de escolher o que ia estudar?

— O que eu estudo é irrelevante — retrucou Jean. — Meu único objetivo é jogar.

— Sim, mas... Você nem teve escolha? — perguntou Jeremy. Como Jean não respondeu, Jeremy passou a mão pelo cabelo em um gesto agitado. — Isso é triste pra cacete. A não ser que você goste de Administração, lógico, mas acho que você devia ter o direito de escolher. Agora, no último ano, deve ser meio tarde para mudar de curso, mas acho que você poderia fazer algumas optativas ou pelo menos assistir algumas aulas diferentes como ouvinte. É o que eu faço, escolho uma aula divertida por semestre para dar uma equilibrada.

— A faculdade é só um meio para chegar a um fim — protestou Jean. — Não importa se eu gosto ou não.

— Então não — concluiu Jeremy. — Você não gosta, quer dizer.

Essa não era a conclusão que importava, então Jean nem perdeu tempo. Jeremy ficou quieto nos quilômetros seguintes, refletindo sobre o que havia descoberto. Jean imaginou que ele fosse mudar de assunto assim que recuperasse a compostura, mas Jeremy disse o seguinte: — Kevin me avisou que você não ia querer fazer as aulas sozinho e que eu teria que encontrar alguém para ir com você. Ele podia ter me dado um pouco mais de contexto.

— Ele não tem o hábito de se explicar — respondeu Jean. — Está acostumado a simplesmente conseguir o que quer.

Isso arrancou uma risada de Jeremy.

— É bem essa a impressão que ele me passa mesmo. Ah, que maravilha fazer parte da elite paparicada.

Jean piscou algumas vezes e viu as cicatrizes pálidas na mão de Kevin. Se lembrou de Kevin ligando para ele um ano antes implorando para que ele desmentisse os rumores de que Edgar Allan mudaria de distrito. Ele sentiu a barriga se contorcer de raiva.

— Ele conquistou o direito de ser arrogante — retrucou Jean com toda a calma que conseguiu.

Jeremy não chegou a reparar no humor instável de Jean, apenas disse:

— Vamos dar um jeito nisso, de um jeito ou de outro. Somos vinte e nove, então com certeza algumas aulas vão coincidir. O treinador Rhemann já deve estar de férias, mas a treinadora Lisinski mora na cidade e sabe as credenciais dele de cor. Posso pedir a ela a lista completa de cursos se você quiser dar uma olhada, mas o período de inscrições é só no final de junho, então não sei se tem como fazer muita coisa sobre isso até lá.

— Jackie Lisinski — disse Jean, testando sua memória. — Preparadora física.

— *Oui!* — respondeu Jeremy, parecendo insuportavelmente satisfeito consigo mesmo por apenas dois segundos. — Na verdade, acho que essa é a única palavra em francês que conheço. Quer me ensinar alguma outra?

— Não — rebateu Jean com tanta grosseria que Jeremy olhou assustado para ele.

Jean nem notou. Ele estava a anos de distância, observando um outro cara atraente se aproximar e dizer, "pode me ensinar quando ele não estiver olhando? Pode ser nosso segredinho".

O peso inesperado de uma mão tocando seu ombro fez Jean reagir de maneira brusca, fazendo o carro desviar ao som de muitas buzinas quando Jeremy perdeu brevemente o controle do volante. Jean voltou a si com um solavanco desagradável enquanto Jeremy tentava voltar para a pista certa. Ele cruzou os braços com força e apertou bem, como se pudesse de alguma maneira esmagar seu coração acelerado até virar pó. Com o canto do olho reparou em Jeremy pedindo desculpas com pressa pela janela para o carro que ele quase havia batido. Só depois de um ou dois quilômetros Jeremy finalmente se arriscou a desviar o olhar novamente para ele, mas Jean manteve o olhar fixo lá fora.

— Desculpa — disse Jeremy por fim. — Acho que eu não devia ter perguntado.

Jean poderia ter dito que ele não teve culpa de nada.

— Nunca mais me pergunte.

O resto do trajeto até o centro da cidade transcorreu num silêncio mortal.

Jean presumiu incorretamente que Jeremy o estava levando para seu dormitório. Ele viu as placas da USC começarem a aparecer ao longo da estrada junto com placas mais detalhadas com direções e distâncias. Em vez disso, Jeremy fez um desvio e entrou em um bairro de prédios baixos e com carros demais. A casa amarelo-clara que ele estava procurando ficava no meio de uma rua estreita. Um carro já estava estacionado numa vaga que mal dava para ele e ainda tinha uma moto parada na frente, então Jeremy parou em fila dupla.

Quando Jean saiu do carro de mãos vazias, Jeremy o chamou:

— Mala?

Jean duvidava que alguém naquela vizinhança arrombasse o carro só por causa de uma mala pequena, mas ele não conhecia a área tão bem para ter certeza. Puxou a bagagem de mão sem questionar e Jeremy trancou o carro assim que a porta do passageiro foi fechada.

Três degraus irregulares levavam a uma varanda que mal cabia duas pessoas. Jeremy vasculhou na bagunça de seu chaveiro a chave de que precisava e abriu a porta com um alegre:

— Chegamos!

Jean achou que ninguém tivesse escutado por causa da música que tocava no fim do corredor. Jeremy tirou os sapatos assim que entrou, e Jean fez o mesmo enquanto fechava a porta, que tinha uma corrente e um ferrolho, mas como ele e Jeremy tinham conseguido entrar, achou que não devia colocar a corrente.

Passaram por uma sala pequena e foram direto para a cozinha. Jean hesitou na porta, observando o caos. A ilha estava coberta de potes. Uma panela de arroz estava aberta, soltando vapor, um liquidificador cheio de alguma coisa roxa vazava em dois lugares, e três tábuas de corte estavam cobertas de restos de comida que Jean imaginou que um dia haviam sido alimentos de verdade.

A música vinha de uma caixa de som no balcão e a única ocupante do recinto — Catalina Alvarez, número 37, defensora titular — usava uma cabeça de couve-flor como microfone para poder cantar. Ela deu um giro ridículo e só então avistou os dois, jogando a couve-flor de lado na mesma hora. Em vez de abaixar o volume da caixa de som para uma altura mais tolerável, ela simplesmente arrancou o aparelho da tomada.

— Meninos! — disse, triunfante, como se tivesse tido algo a ver com a chegada dos dois. — A Laila acabou de sair. Foi comprar mais arroz.

— Você acabou de comprar arroz — frisou Jeremy. — Eu estava lá.

— Sim — disse Catalina —, mas talvez eu tenha me esquecido que o saco já estava aberto quando o joguei na ilha. — Jean e Jeremy olharam para baixo e viram que o chão estava coberto de grãozinhos marrons. Catalina ignorou o olhar exasperado de Jeremy e se inclinou para trás para dar uma olhada em Jean. — Quer dizer que esse é o garoto prodígio? Você é mais alto pessoalmente. Legal. Precisamos de mais gente alta na defesa.

— Jean, Cat, Cat, Jean — apontou Jeremy para cada um. — Se quiser mostrar a casa pra ele, posso tentar dar um jeito... nisso. — Ele lançou um olhar expressivo para o caos.

— Não, não, isso pode esperar — disse Cat. — E ainda tenho algumas tampas na máquina de lavar louça. Já que você está aqui, vamos começar por aqui. Pode ser? Ótimo! — Ela olhou para Jean por apenas um segundo antes de começar a abrir e fechar armários e gavetas rapidamente. — Com a Jillian, nós misturávamos toda a nossa comida, mas se você quiser ter um espaço só seu para guardar suas coisas, reservamos essas prateleiras aqui. Não precisa esquentar a cabeça em comprar as coisas básicas, tá? O espaço é muito limitado pra isso. Temperos, farinha de rosca, o que quer que seja, pegue primeiro do nosso lado.

"Geladeira" disse ela, como se ele não estivesse vendo-a bem ali, abrindo-a para indicar um canto livre. "A mesma coisa aqui. Laila e eu deixamos os cafés da manhã e almoços da semana já prontos, por isso usamos muito espaço. Peço desculpas desde já e boa sorte pra fazer suas coisas caberem. Aqui do lado tem uns "adesivos" ela apontou para uma cestinha de arame presa por ímãs "e um marcador pra você poder acompanhar as datas de validade conforme necessário. Coloque o marcador de volta quando terminar. *Por favor*, coloque o marcador no lugar. Laila sempre esquece e eu nunca consigo encontrar. Já gastei tanto dinheiro com marcadores. Tanto.

"Panelas e frigideiras" acrescentou Cat, passando para os armários embutidos na ilha. "Cuidado quando for usar, porque a panela grande não tem tampa. Não me lembro de ter quebrado, mas já faz dois meses que estou procurando e não acho. Aqui..."

Ela precisou tomar fôlego antes de seguir adiante, e Jean a interrompeu com um olhar incrédulo:

— Você mora aqui.

Cat olhou para ele, depois para Jeremy e novamente para Jean.

— Sim?

— Achei que tivesse te falado — comentou Jeremy. — Você vai morar com a Laila e a Cat.

Jean ficou esperando aquilo fazer sentido, mas a cada segundo que passava ele se sentia um pouco mais desconfortável. Cat só lhe deu alguns segundos para entender antes de falar:

— Mas acho que isso não vai ser um problema, vai? Porque, se for, teria sido mais fácil saber antes de falsificarmos sua assinatura no contrato de aluguel no lugar de Jillian.

Jean virou para Jeremy.

— Tem que ter outro lugar. Não vou morar fora do campus.

— Você não quer, mas vai — avisou Jeremy. — Você está no contrato de aluguel.

— Jeremy — pressionou Cat.

— Está tudo bem — disse Jeremy a ela.

— *Não* está tudo bem — insistiu Jean. — Não posso ficar tão longe da quadra. Não tenho... — *Permissão*. Enquanto estava aos cuidados de Abby, não podia opinar, mas agora ele tinha um time de novo. Não havia qualquer motivo real para ficar tão longe do estádio. Quando os treinos de verão começassem, ele estaria três meses atrasado. Precisava dos equipamentos. Precisava de acesso fácil à quadra. Precisava provar que pertencia à equipe, que o número tatuado em seu rosto tinha algum significado mesmo sem os Corvos. Sua vida dependia disso. — Com o tempo que vou desperdiçar no trânsito, eu poderia treinar mais.

153

— Estamos a um quilômetro e meio do estádio — explicou Jeremy, com uma das mãos estendidas como se estivesse tentando acalmar um animal irritado. Jean queria quebrar os dedos dele. — Assim que você arrumar suas coisas, posso te mostrar o caminho de ida e volta. Desse lado do campus é praticamente uma reta até o centro esportivo, e a Quadra Dourada fica só umas curvas depois. É o caminho mais fácil do mundo, já fiz andando milhares de vezes.

— A questão não é ser perto ou não — disse Jean, dispensando aquela explicação com um gesto impaciente. — Por que os Troianos não são obrigados a morar no campus?

Só então Cat percebeu que o problema não era ela.

— A gente é obrigado a morar lá durante o primeiro ano, mas, depois disso, a decisão é nossa. Se chegarmos nas aulas e nos treinos na hora, o que importa? Os dormitórios são muito barulhentos e têm aquele fedor de suor. Aqui é bem melhor.

Jean a ignorou.

— Knox.

— Agradeceria muito se você não me chamasse pelo sobrenome, só pra constar — disse Jeremy. Pela primeira vez ele não estava sorrindo, embora sua expressão não fosse totalmente indelicada ao analisar seu mais novo jogador. — Eu avisei que teríamos que lidar com alguns contratempos, algumas concessões suas e nossas. Ainda que eu quisesse te colocar no alojamento do campus, coisa que eu *não quero,* não teria como. Não somos como os Corvos ou as Raposas, certo? Não ficamos em um quarto só nosso.

Jean ficou encarando-o.

— Mentira sua.

— Os únicos Troianos que dividem quarto não têm espaço para você. Todos os outros estão misturados com estudantes ou atletas de outras modalidades. Fiquei dias conversando sobre isso com o Kevin, tentando descobrir qual seria o menor dos males para você, e ele votou a favor do time. Isso significa que Cat e Laila são sua única opção. — Jeremy apontou para Cat, mas Jean não conseguia tirar os olhos de Jeremy.

— Por que os Troianos não dividem quarto? — exigiu ele.

— Porque por mais que a gente se ame, também queremos conhecer outras pessoas, talvez?

— Uma distração desnecessária — disse Jean. — Você precisa dar um jeito nisso.

— Vai ser ótimo — insistiu Cat. — Eu sou bem barulhenta, eu sei, e às vezes a Laila fica no mundo da lua, mas somos boas colegas de quarto, se me permite dizer.

Jeremy contou nos dedos.

— Você vai ter o seu sistema próprio de parceiros. Troianos nas aulas e Troianos como colegas de quarto. Três de quatro, dá pra chamar de vitória, não dá?

— Não é vitória nenhuma — reclamou Jean, mas Jeremy só deu de ombros. Jean cruzou os braços com firmeza e cerrou a mandíbula com tanta força que seu pescoço chegou a doer, até que finalmente perguntou: — Quem vai ser meu parceiro?

Jeremy respondeu a uma pergunta com outras duas:

— Você precisa que seja alguém que faça o mesmo curso e jogue na mesma posição? — Ele parou e levantou a mão. — Não, esquece a primeira parte; estamos meio que improvisando nessa. Vou reformular. Você pode ter aulas com alguém que não seja seu parceiro?

Jean não deixou de perceber o olhar curioso que Cat lançou a Jeremy, mas ele ignorou, concentrando-se em analisar as perguntas.

— Quanto às aulas, pode ser mais flexível, desde que tenha pelo menos dois alunos matriculados. Os parceiros quase sempre jogam na mesma posição, mas não é obrigatório. Se um tem uma fraqueza que o outro compensa, os dois podem ser colocados juntos até conseguirem equilibrar um ao outro. Os treinadores avaliam isso a cada semestre.

Jeremy levou as mãos à cintura e ficou mexendo os polegares enquanto pensava no assunto. Quando ele desviou o olhar para Cat, Jean imaginou que seria ela a Troiana sacrificada, mas Jeremy sorriu para Jean e disse:

— Então não tem problema se for eu, certo? No fim das contas, sou o capitão. Não jogo na defesa, mas aposto que vamos aprender muito um com o outro. Você pode me ensinar alguns truques sofisticados dos Corvos e eu te ensino como os Troianos se divertem em quadra.

— Pode me ensinar algo mais relevante, se você conseguir — disse Jean, encarando-o com um olhar de astúcia. — Você não mora no campus?

— Fico aqui de junho até o início do ano letivo, e depois só venho nos fins de semana — respondeu Jeremy. Não passou despercebido para Jean como o olhar de Jeremy foi além dele, perdendo-se na distância, nem o jeito como Cat franziu o canto da boca. Jeremy ainda estava sorrindo, mas sem brilho nenhum. Era uma expressão fácil e prática, mas Jean havia passado anos analisando o humor de Riko e conseguia perceber o vazio na fisionomia do outro. — No resto do tempo eu volto pra casa.

Ou Cat era muito intrometida ou também percebeu a alteração de humor de Jeremy, porque virou para Jean e perguntou:

— Você tem irmãos? Eu chutaria que é filho único. — Jeremy fez uma careta e ela continuou: — O quê? Laila é filha única. É tão óbvio. Mas eu tenho razão, né?

Por um instante Jean sentiu uma mão pequena puxando a sua, mas afastou a lembrança com tanta força que ficou com a vista embaçada. Em seu primeiro ano em Evermore ele ficou tentando se apegar às lembranças de Marselha, querendo acreditar que existia alguma coisa fora do sufocante Ninho e da crueldade de Riko. Com o tempo, acabou deixando a ideia de lado e observou tudo ruir sem o menor arrependimento. O pai o vendera aos Moriyama, mesmo sabendo o tipo de pessoas que eram e o que aconteceria com ele. Por que Jean iria querer se apegar a tudo isso?

Talvez fosse meio injusto que ele esperasse que os pais desafiassem os Moriyama quando ele mesmo não havia feito isso, mas será que precisavam mesmo ter concordado tão depressa? O pai não pediu nem um instante para refletir sobre a oferta do mestre ou para conversar com a esposa. Já a mãe, quando ficou sabendo da notícia, se limitou a dar de ombros e mudar de assunto.

— Minha vida pessoal não é da sua conta — disse Jean, porque Cat continuava esperando uma resposta. — Nem agora nem nunca. Não esqueça disso.

— Seus problemas pessoais são, sim, da minha conta se você está no meu time — retrucou Cat, mas não havia raiva em sua voz. Ela o analisava com uma curiosidade descarada. — Enfim! Não terminamos a visita. Vamos em frente.

Ela saiu da sala e Jeremy fez sinal para que Jean a acompanhasse.

Em vez de voltar para a porta da frente e começar de lá, Cat os levou para um corredor curto onde ficavam os quartos. Depois começou a abrir as portas à medida que passavam para que Jean pudesse ver como eram os cômodos e, enquanto isso, dava uma rápida explicação.

— Este é o nosso. Se a porta estiver aberta, pode entrar e dar um oi. Se estiver fechada, entre por sua própria conta e risco. Este aqui a gente transformou em sala de estudos. Os quartos são muito pequenos para acomodar mesas e camas, e não tem como estudar se os computadores estiverem perto da televisão, né? Aquela escrivaninha ali agora é sua. E este é o seu quarto — anunciou Cat.

Ao abrir a última porta, se apoiou nela e ficou encostada ali. O quarto era maior do que o de Evermore e menor do que o da casa de Abby. Tinha alguns móveis básicos, apesar de não ter lençóis no colchão nem cortinas na janela. Jean sabia que não haveria uma segunda cama, mas mesmo assim ficou procurando.

— Cadê suas malas? — perguntou Cat. — Ainda estão no carro do Jeremy?

— Ele só trouxe uma bagagem de mão — disse Jeremy.

— Ah, é? Vou anotar nosso endereço para você poder pedir para enviarem o resto das coisas.

Jean colocou sua pequena mala no quarto.

— O que mais eu poderia ter? Meus equipamentos se tornaram irrelevantes agora que jogo para vocês.

O olhar de Cat fez ele se questionar o que poderia ter dito de errado dessa vez. Mas não perdeu muito tempo se perguntando, porque Cat começou a enumerar as opções.

— Produtos de higiene pessoal? Roupas? Sapatos? Se me disser que conseguiu dar um jeito de enfiar tudo isso nessa malinha, vou te chamar de mentiroso agora mesmo. — Como Jean só se limitou a desviar o olhar, ela endireitou a postura, indignada. Ele esperava ouvir o xingamento que ela havia prometido, mas o que saiu foi um estridente: — Você não tá dizendo que isso é tudo que você tem, né? Que merda é essa?

Jeremy a puxou para fora do quarto. Ele respondeu ao olhar frio de Jean com um sorriso tranquilo e disse apenas:

— Vamos deixar você se acomodar. Cat, vamos dar uma organizada na cozinha antes que Laila volte e veja a bagunça que você fez.

Jean sabia que os dois estavam indo falar dele, mas não adiantava tentar ouvir. Ele fechou a porta e foi até a janela. A vista não era das mais excepcionais, já que as casas eram todas bem grudadas umas às outras, mas uma cerca baixa de madeira separava aquela da seguinte e alguém havia pichado figuras de palitos e narcisos nos postes.

Foi um erro ter vindo para cá, pensou ele, mas já era tarde demais para fazer qualquer coisa.

Ele desfez as malas em questão de minutos. A foto de Renee que ele havia roubado da Toca das Raposas foi colocada virada para baixo em cima da cômoda, ao lado do notebook que Wymack não o deixou devolver. Escondeu seus cadernos de anotações dos Corvos na gaveta de cima, ao lado dos cartões-postais e ímãs destruídos, e as roupas couberam na segunda gaveta com espaço de sobra. Conferindo os bolsos da bagagem de mão para ter certeza de que não havia perdido nada, ele encontrou um envelope em um dos bolsos externos. Dentro tinha uma pilha de notas de dinheiro e um bilhete que dizia apenas "Não vou lidar com isso de novo. Compre roupas novas, porra. —W".

A presunção daquele cara passava do limite de tão irritante, mas mesmo assim Jean guardou o dinheiro e o bilhete junto com seus cartões-postais. A bagagem de mão ele colocou no armário e pronto, Jean havia terminado. Não tinha motivo nenhum para ficar enfiado ali com seus poucos pertences. Depois de dois meses praticamente isolado na casa de Abby, ele finalmente tinha um lugar só seu. Ainda não sabia bem o que pensar daqueles Troianos, mas sua opinião vinha em segundo lugar. Eles eram seus companheiros de equipe, Jeremy era seu parceiro e, com tanta coisa em jogo, Jean não podia deixar aquilo dar errado.

CAPÍTULO OITO

Jeremy

Cat foi direto para a cozinha. Quando Jeremy percebeu que ela estava indo até a caixa de som, a puxou pela manga para fazê-la parar. Ela fez um gesto rápido com os dedos, simulando o movimento de fala, e ele apontou para a própria orelha e depois na direção do quarto de Jean. A música impediria que Jean escutasse seja lá o que ela dissesse a Jeremy, mas também significava que eles não ouviriam quando Jean saísse do quarto atrás deles. Entendendo ou não o que Jeremy estava dizendo, Cat desistiu da música e virou para ele. Depois abriu a boca, levantou um dedo sinalizando que ele esperasse e depois ficou ali, olhando para o nada.

— Hum? — perguntou Jeremy.

— Ele parece meio fora da casinha.

— A gente sabia que ele seria assim — respondeu Jeremy.

Cat ficou uns instantes tamborilando as unhas no balcão, depois direcionou seu nervosismo para a ilha da cozinha. Ela colocava o arroz dentro do pote num ritmo quase furioso, e, enquanto isso, Jeremy foi procurar a vassoura.

— Acha mesmo que vale a pena se meter nessa história? — Ela apontou com a colher de arroz para a própria cabeça. — Você pode dividir as tarefas de babá com alguns de nós, pra não ficar sobrecarregado.

— Sistema de parceria — corrigiu Jeremy com paciência. — Pelo visto Kevin acha importante. Ele comentou que seria nossa única chance de fazer Jean se adaptar.

Sendo ainda mais específico, Kevin havia confessado o quanto ele mesmo era dependente desse sistema: saiu do lado de Riko para o de Andrew e, em seu primeiro ano em Palmetto State, nunca ficou mais do que a um campus de distância do goleiro baixinho. Jeremy não sabia dizer se se sentia confortável com isso, mas, até conseguir pensar num sistema mais eficiente, o melhor era entrar no jogo.

— Eu posso ajudar — disse Cat.

— Eu sei — respondeu Jeremy, sorrindo enquanto varria —, mas você e Laila já estão ajudando. Deixaram ele ficar aqui e vão cuidar dele durante a semana quando eu tiver que ir pra casa. O resto vai ser moleza. Eu nem tenho muitas aulas, sabe? Ficar de olho nele no campus vai me dar algo pra fazer este ano.

— Moleza — repetiu Cat, sem acreditar. Depois de passar um minuto guardando arroz no pote em silêncio, olhou para ele com malícia. — Vai ser moleza de ficar caidinho, isso sim.

Eles se conheciam havia muito tempo, então não tinha por que negar. Jean fazia exatamente o tipo de Jeremy: tinha cabelo escuro, olhos acinzentados e era alto, sem ser desengonçado. Era óbvio que já havia quebrado o nariz algumas vezes ao longo dos anos e a boca vivia franzida em desaprovação, mas nada disso prejudicava o conjunto da obra. De qualquer forma, era inútil pensar nisso. Entre boatos que não paravam de circular e mensagens enigmáticas de Kevin, Jeremy sabia reconhecer uma furada quando a via.

— Não importa — falou Jeremy, soltando um suspiro meio dramático. — Como você disse, ele está meio fora da casinha. Não seria justo nem com ele nem comigo.

Cat assentiu.

— Melhor ter certeza de que todos os parafusos estejam apertados antes de entrar no brinquedo, né? Segurança em primeiro lugar.

— Meu Deus, Cat — reclamou Jeremy, salvo pelo som de uma porta abrindo no fim do corredor.

Cat voltou a fazer o que estava fazendo com um entusiasmo frenético. Jeremy esperava que Jean os ignorasse o máximo possível, mas, em vez disso, o ex-Corvo olhou para Jeremy enquanto ficava ali, parado no batente da porta. Jeremy desviou o olhar para Cat e fingiu que estavam no meio de uma conversa completamente diferente:

— Então sim, né? Ainda vai comigo amanhã?

— Tá, eu vou — concordou Cat. — Quem sabe vamos todos juntos, e Laila pode ir com Jean na loja que fica do lado. Fox Hills, né? — Ela o esperou assentir antes de olhar para Jean. — Jeremy vai dar um jeitinho no cabelo antes de começar o último ano. A gente pode ligar e ver se eles têm horário pra você, se quiser. Tô vendo que seu cabelo tá todo torto. Cortou sozinho ou...?

Jean fez cara feia.

— Ninguém te perguntou nada.

— Falando nisso, vou terminar de mostrar a casa para o Jean — anunciou Jeremy, esvaziando a pá de lixo. — Dá um grito se quebrar mais alguma coisa.

Jean deu um passo para trás e se afastou da porta quando Jeremy se aproximou e passou por ele guiando-o pelo corredor, mostrando os cômodos que eles não tinham visto quando chegaram: o banheiro simples, a porta que escondia a máquina de lavar e a secadora empilhadas e o armário cheio de produtos de limpeza e papel higiênico. A última parada foi a sala de estar, que era como se fosse a segunda casa de Jeremy. Era um de seus lugares favoritos no mundo, apesar de quase abarrotado demais para ser confortável.

— Maneiro, né? — perguntou enquanto entrava com Jean na sala. Depois começou a olhar as coisas como se estivesse ali pela primeira vez. Laila havia trazido para a casa sua poltrona papasan, adquirida em um bazar de móveis usados, e, para combinar, Cat mandou estofar o

161

sofá. As colchas costuradas pela avó de Cat estavam dispostas em camadas no encosto da poltrona, dando um toque de cor. Três mesinhas de canto estavam espalhadas pela sala, cada uma com um abajur diferente, inclusive um que parecia uma pilha de cogumelos. Jillian chegou a montar uma cesta de basquete infantil na parede, logo acima da lata de lixo, embora os guardanapos e papéis amassados pelo chão mostrassem que todo mundo estava precisando melhorar a pontaria.

Havia uma mesa de hóquei de ar pendurada em um gancho entre uns vasos de plantas. Ao fundo, luzes brancas de Natal davam voltas enormes pela parede enquanto luzes pendentes cor-de-rosa descansavam sobre as cortinas blecaute da janela. No canto mais próximo a eles havia duas máquinas de fliperama compradas dois anos antes numa liquidação: uma era um jogo retrô de tiro espacial e a outra um jogo simples de quebra-cabeça que costumava falhar após o oitavo nível. Entre elas estava um olho grego que Laila comprou quando foi visitar a família em Beirute.

Já próximo à parede do fundo havia duas bicicletas iguais, com as correntes e os capacetes pendurados nos guidões. Encostado na roda traseira da bicicleta de Laila havia um golden retriever de papelão que tinha passado as semanas anteriores na cozinha. Jeremy foi até ele na mesma hora.

— Este aqui é o Au-Au de Lativeira. Pode chamar ele de Au-Au ou seu A, pra abreviar. Mas ainda assim é complicado.

Jean olhou para ele, depois para o cachorro de papelão e de volta para ele.

— É o quê?

— Sempre quis ter um cachorro, mas minha mãe é alérgica. A Cat e a Laila até toparam esconder um aqui pra mim, mas o contrato de aluguel não permite animais de estimação e o tio dela não quer ceder. Então por enquanto isso é o melhor que dá pra fazer — explicou Jeremy, aproximando Au-Au da poltrona papasan. — O irmão da Cat trabalha numa loja de animais de estimação e deixou a gente ficar com esse totem quando ele foi retirado da vitrine. Quem é o bom menino? — perguntou ele, dando um tapinha rápido na cabeça do cachorro e quase derrubando o totem. — E é isso aí, esse foi o tour da casa. Dúvidas?

162

Jean ainda estava olhando de cara feia para o cachorro recortado.

— Qual o propósito disso aí?

— Deixa a gente feliz — respondeu Jeremy, com a sensação de que Jean estava esperando algo um pouco mais consistente, mas isso era tudo o que ele tinha a oferecer. — Não é o suficiente?

A maneira como Jean curvou o lábio foi por si só uma resposta.

— Você não tem uma cama.

— Não — respondeu Jeremy. — Durante o ano letivo só venho pra cá nos fins de semana, então costumo dormir aqui mesmo. — Ele deu um chutezinho na lateral do sofá. — Teoricamente é uma cama retrátil, mas eu teria que reorganizar tudo pra conseguir abrir, então prefiro só deitar em cima.

— E em junho? — perguntou Jean.

Jeremy deu de ombros.

— Antes eu me mudava pro quarto da Jillian depois que ela voltava pra casa no verão. Agora que você está morando aqui, posso ficar no sofá. Eu não ligo, de verdade. Este sofá é bem mais confortável do que parece. — Jean não se surpreendeu com a resposta, mas guardou sua opinião para si. Jeremy olhou em volta para ter certeza de que havia mostrado tudo a Jean, depois perguntou: — Pronto para ver o estádio?

Isso, sim, chamou a atenção de Jean na mesma hora.

— Sim.

— Mas fica o aviso, Davis sabe que você chega hoje e prometi que falaria se déssemos um pulo por lá. Ele quer dar uma olhada em você. É um dos nossos enfermeiros — disse ele alguns instantes depois.

Jean não se deixou abalar.

— Me leva pra quadra.

Jeremy parou na cozinha para avisar a Cat que estavam saindo, mas, enquanto voltava até Jean, ouviu o barulho da porta da frente e o som de Laila entrando. Bastou dar dois passos dentro de casa para ela perceber que havia um estranho na entrada da sala. Mas, como Jean tinha aquele número tatuado no rosto, nem precisou perguntar quem era, apesar de não ter conseguido tirar o olho dele enquanto fechava

163

a porta lentamente com o calcanhar. Ela segurava apenas um saco de arroz, que jogou no corredor, na direção de Jeremy.

— Jean Moreau — disse ela, aproximando-se para analisá-lo de perto. — Eu sou Laila Dermott.

— Goleira — resumiu Jean, assentindo. — Você é muito boa.

O tom de voz dele não exalava simpatia, mas também não havia qualquer rancor ou hesitação. Era um simples fato, um atleta talentoso reconhecendo o talento de outro. Laila estava chocada demais para sorrir, mas, quando se recompôs, respondeu com um sorriso irônico:

— Já tive temporadas melhores.

— Você foi sabotada — rebateu Jean. — Os Troianos vão ser campeões ano que vem.

Ele afirmou aquilo com tanta certeza que o coração de Jeremy disparou.

— Você acha?

— Vai impactar tanto assim na nossa linha de defesa? — perguntou Cat, seguindo o som da voz de Laila até o corredor. Ela parecia mais se divertir do que se ofender com a arrogância de Jean. — Reparei que você não comentou que *eu* era boa.

Ela só estava provocando, mas Jean respondeu:

— Você é, mas seu lado esquerdo é mais fraco e parece que você não sabe onde fica sua cintura. Deixa passar toda e qualquer bola que passa entre seu quadril e o tórax. Seus treinadores deviam ter corrigido esse problema há anos.

Cat riu, toda animada.

— Olha só, o cara é bom. Meio grosseiro, mas gosto dele. Acho que vamos ser bons amigos. — Se ela percebeu o olhar frio de Jean, não fez diferença, porque seu sorriso continuou firme e forte. — Tem mais alguma sacada que vai nos dar vantagem sobre os Corvos no final?

— Vocês não vão ter que se preocupar com eles ano que vem — considerou Jean. — Não tem mais a quadra nem o... treinador principal. Perder o Ninho vai ser o golpe final. É questão de tempo até implodirem, não importa o quanto a Edgar Allan se esforce para salvá-los.

164

A tensão na voz dele não era de arrependimento, mas Jeremy não conseguia identificar o que era. Estava com a cabeça longe pensando em Grayson e Lucas. Ele se perguntou se Jean sabia que um de seus ex-colegas de equipe estava no estado. Pelo tom de Jean e pelos comentários maldosos que circulavam na internet, Jeremy não tinha certeza se aquele era o melhor momento para tocar no assunto.

Laila olhou para Jean e perguntou:

— Você vai aceitar bem isso?

Jean ficou em silêncio por tanto tempo que Jeremy começou a achar que ele tinha desistido da conversa e estava esperando o próximo assunto, até que finalmente virou para Laila com uma expressão firme nos olhos.

— Sim — respondeu ele e, se aparentava não ter certeza, pelo menos parecia estar com raiva. — Que se explodam. Espero mais é que ninguém sobreviva.

— Admiro sua convicção, mas com certeza você não vai ficar encarregado da imprensa — respondeu Laila, seca.

— Quer dizer que o Ninho existe de verdade? — perguntou Cat, com os olhos arregalados. — Dei uma olhada no mapa do campus da Edgar Allan, sabe? Tem duas casas marcadas como alojamentos dos Corvos. Achei que o Ninho fosse só um boato pra vender essa imagem de "somos uma seita assustadora". Que foi? — contestou quando Jeremy dirigiu a ela um olhar angustiado. — Já faz anos que não consigo tirar isso da cabeça! Quero saber de tudo.

— Vou mostrar a Jean como chegar ao campus — apontou Jeremy. — Laila, boa sorte na cozinha. Cat virou tudo de cabeça pra baixo.

Laila fixou os olhos no teto, tentando encontrar paciência.

— Amor, você só ficou vinte minutos sozinha.

— Não está tão ruim assim — protestou Cat. Jeremy riu e ela deu um chutinho de leve na panturrilha dele: — Pelo menos tira a faca das minhas costas antes de sair, né, Jeremy. Caramba.

— Voltamos antes do jantar — disse Jeremy ao se aproximar de Laila.

Em vez de sair da frente, ela abriu a porta para os dois e Jeremy conduziu Jean pelos degraus estreitos da varanda até chegarem à rua.

Depois parou em frente ao carro, esperou que Jean o acompanhasse e tirou o chaveiro do bolso.

A chave de Jillian estava junto da dele, e Jeremy precisou dar uma sacudida para conseguir tirá-la; depois a estendeu para Jean, que após uma leve hesitação a colocou no bolso. Jeremy guardou as chaves e pegou o celular para avisar a Jeffrey Davis que os dois estavam a caminho. A resposta foi quase imediata, então Jeremy guardou o celular para dar atenção ao novo companheiro de equipe.

— Beleza, então aqui é o ponto de partida, certo? — perguntou ele, apontando para a direção que iriam seguir. — A gente vai e volta com você, conforme prometido, mas, por via das dúvidas, o caminho é esse. Na próxima esquina, vira à direita.

Jean acompanhou o ritmo dele com bastante facilidade, então Jeremy aproveitou para quebrar o silêncio com conversas sobre a região: quais casas davam as festas mais barulhentas, onde ficava o supermercado mais próximo caso Jean precisasse de algo e onde ficava a loja mais próxima de Bubble Tea, caso ele curtisse. Jeremy não tinha certeza se ele estava ouvindo, até Jean franzir a testa e perguntar:

— Chá com gás?

— O quê? Não, Bubble Tea — respondeu Jeremy, mas como pelo visto isso não explicou nada, ele disse: — Aqueles chás aromatizados com bolinhas de tapioca? Sério? Se eu contar para a Laila que você nunca tomou, ela vai pirar. Todo café num raio de três quilômetros conhece o nome e o rosto dela. Da próxima vez que estiver na cozinha, dá uma olhada na geladeira. Metade dos ímãs são de lojas de chá.

— A treinadora Lisinski sabe disso? — perguntou Jean.

— Que ela gosta de Bubble Tea? — indagou Jeremy, perdido. — Eu... acho que sim?

— E ela a deixa beber?

— O quê?

— Isso não devia fazer parte do plano alimentar — rebateu Jean, sem nem perceber que estava dizendo algo estranho; continuava observando as casas da região com seus quintais minúsculos e varandas decoradas. Jeremy quase se esqueceu do que eles estavam falando, distraído pela curiosidade explícita no olhar de Jean. — Das duas, uma: ou deram a ela um monte de permissões absurdas só porque está presa no gol ou não estão nem aí pro bem-estar dela. De um jeito ou de outro, é imperdoável.

— Dá pra perceber que os Corvos pegavam pesado com as dietas — disse Jeremy, porque de que outra forma ele poderia responder? — Pode me contar mais um pouco?

Jean pensou no assunto e começou a contar nos dedos. Ele listou cada refeição dos Corvos, até mesmo as proporções exatas que eles deveriam ingerir. Jeremy sentiu um frio na espinha só de escutar. Ele conseguia entender a lógica por trás das decisões tomadas pela equipe dos Corvos, mas isso não tornava nada daquilo aceitável. O fato de os Corvos não poderem escolher seus cursos nem mesmo o que ingeriam indicava um nível de controle que ele não queria nem pensar. Eles deviam ter algum tipo de autonomia, não?

— Certo — disse ele, porque Jean o encarava com um olhar cheio de expectativa. Foi então que Jeremy se deu conta de que ele esperava um resumo da dieta dos Troianos para que conseguisse ajustar suas refeições de acordo. — Em primeiro lugar, não fazemos isso aqui. Uma vez por semestre assistimos a uma palestra sobre alimentação saudável, mas, na maior parte das vezes, os treinadores confiam na gente para tomarmos decisões certas. E daí se de vez em quando a gente perde a mão com Bubble Tea ou um fast food? Vamos queimar tudo no treino mesmo.

— E daí? — repetiu Jean. — Você devia se importar com isso.

— Tá dizendo que você nunca comeu uma coisa gostosa só por comer? Pizza? Torta? Um X-burger? — Jeremy esperou por uma confissão que não veio; na verdade, Jean só ficou incomodado. — Não sei se fico impressionado ou deprimido com seu autocontrole. Só... se lembra que agora você pode comer essas coisas. Se você quiser, quer dizer. Ninguém vai dizer nada se você se permitir de vez em quando, e os treinadores não vão se importar nem perguntar. Beleza?

Jean olhou para o cruzamento onde tinham parado.

— É do outro lado?

Jeremy desistiu da conversa e suspirou.

— Sim, vamos atravessar. — Ele apertou o botão do semáforo para pedestres e apontou para o outro lado da rua. — Se seguir em frente, você vai passar pelo centro esportivo. Vamos voltar para casa dali pra você ver. Agora vamos atravessar e virar à direita. Viramos à direita três vezes até agora, viu? Direita ao sair do apartamento, direita na primeira esquina, direita na Vermont.

Jean não respondeu, só seguiu Jeremy até o outro lado da rua e começou a descer a Vermont.

— Essa é a ponta oeste do campus — comentou Jeremy. — Assim que você estiver matriculado, vou te trazer de novo aqui e mostrar melhor o campus em si, pode ser? A gente faz o tour completo. Olha ali — disse ele, apontando para os portões abertos enquanto passavam —, teoricamente você pode cortar caminho por aqui para chegar à quadra, mas acho que vindo direto é mais fácil de lembrar.

Na esquina da Vermont com a Exposition, Jeremy orientou Jean a atravessar a rua e virar à esquerda. Ele pensou em passar pelo parque, mas, ao ver policiais descansando na entrada mais próxima, decidiu ficar na calçada da Exposition. Era bem improvável que ele conhecesse os policiais e não havia motivo para eles o reconhecerem, mas Jeremy manteve o olhar fixo e a boca fechada até eles passarem.

A rua que eles precisavam chegar não estava longe, e Jeremy apontou assim que chegaram.

— Dinossauros — disse, como se Jean pudesse, de alguma forma, olhar para além das estátuas na esquina. — Quando você os vir, vire à direita. Está conseguindo acompanhar?

Jean pensou um pouco.

— Não.

— A primeira vez é sempre mais complicada — disse Jeremy, apontando novamente assim que viram o Memorial Coliseum. — Nosso estádio de futebol. Os jogos são irados, vale a pena conferir. Vem, é por aqui.

"Você deve ter notado que não temos muito espaço pra expandir por aqui, entre a cidade e os alojamentos estudantis" comentou Jeremy. "A USC foi planejada da forma mais inteligente possível, mas isso significa que, quando quiseram construir um novo estádio, tiveram que roubar espaço de outro lugar. Este foi o melhor e mais perto do campus que encontraram. Antigamente era um estacionamento para os museus e os centros de ciência da região, mas a USC pagou uma fortuna para colocar o estacionamento no subsolo e reaproveitar o terreno.

"Finalmente chegamos" disse ele, o tom de voz afetuoso. "Bem--vindo à Quadra Dourada."

O estádio de Exy da USC não tinha aquela mesma arquitetura impressionante do estádio de futebol, mas se esforçaram para pelo menos fazer com que combinasse, colocando portões em arco na entrada principal. Na metade da parede norte tinha um estacionamento estreito. Metade dele era para vendedores nos dias de jogos, embora vários dos Troianos também o utilizassem durante os treinos de verão. A outra metade era reservada para os funcionários do time e, como havia uma porta para o vestiário, era cercado. Jeremy tinha uma chave para entrar no estacionamento e o código de acesso da porta do estádio, e foi conduzindo Jean para dentro.

Um túnel curto os levou direto para os vestiários da equipe da casa. Quando tinha jogo, fazia um barulho ensurdecedor, pois passava pela área externa onde ficavam os vendedores. Em vez de forçar os Troianos a atravessarem um túnel, eles construíram escadas para que passassem por cima para entrar no estádio, o que causava uma correria constante até todos se ajeitarem para o primeiro saque. Felizmente a porta na extremidade mais distante, que permitia a entrada no vestiário, ajudava a abafar a maior parte do barulho. Jeremy digitou o código e esperou o bipe.

— Até poderia te passar os códigos, mas em meados de junho vamos perder o acesso — ressaltou Jeremy. — Eles vão fazer uma bela de uma limpeza e começar uma reforma. Mas chegamos!

Ele levou Jean para um tour sem pressa pela sede dos Troianos. O time tinha chuveiros separados, mas o vestiário com equipamentos era misto e organizado por posição. Jeremy foi direto para a seção dos defensores e até o armário no meio do caminho. Estava vazio, já que o equipamento de Jean ainda estava sendo encomendado, mas Jeremy deu uma batidinha no número recém colado na frente.

— Vinte e nove — disse ele. — É você!

Jean tocou o número em seu rosto.

— Poderia ser o trinta, pelo menos.

— Não — rebateu Jeremy. — Trinta parece muito com três, dependendo do ângulo. E isso é um recomeço, certo? — Ele gesticulou para o resto dos armários. — Com você, neste outono vamos ter onze defensores, mas dois são calouros e ainda não vão participar dos jogos oficiais.

Diante do olhar afiado de Jean, ele deu de ombros e disse:

— O Exy só entrou como uma exceção às regras da NCAA enquanto ainda estávamos tentando nos estabelecer. Agora não tem mais um motivo válido para o CRE passar cinco temporadas defendendo, então é questão de tempo até que isso seja revogado. A implementação preventiva funciona a nosso favor e é ótimo para os calouros terem um ano para se acostumar com a realidade da vida universitária.

"O mesmo vale para o tamanho, né?" perguntou Jeremy. "Temos todos esses times grandes porque estávamos tentando preencher as ligas principais e profissionais, e agora temos mais atletas do que vagas. Fico me perguntando quanto tempo vai demorar até todas as equipes serem reduzidas a quinze ou vinte jogadores." Jeremy deu uma olhada no vestiário, tentando imaginá-lo sem o caos de sua equipe enorme. "Vem."

Restavam apenas alguns cômodos: salas de reunião para cada divisão da equipe, cada uma equipada com quadros brancos e televisões. Uma sala de pesos usada mais para fisioterapia e aquecimento do que para musculação diária. O corredor onde ficavam os escritórios dos quatro treinadores e, por fim, a ala médica, com um único escritório para os três enfermeiros e duas salas separadas para os jogadores lesionados. Uma era destinada a atendimentos rápidos e exames gerais e a outra tinha o equipamento de radiografia dos Troianos.

Foi lá que eles encontraram Jeffrey Davis. O enfermeiro careca estava sentado num banquinho sem encosto, com uma pasta aberta nas mãos. Assim que os dois entraram ele ergueu a cabeça e olhou para Jean por cima dos óculos em formato meia-lua.

— Jean Moreau, imagino. Obrigado por passar por aqui hoje. Ouvi dizer que temos algumas fraturas para dar uma olhada.

— Algumas o quê? — perguntou Jeremy.

Davis franziu a testa para Jeremy.

— Foi você quem disse aos treinadores que ele estava afastado por causa de lesões. Imaginei que soubesse a gravidade da situação. Erro meu. — Não foi bem um pedido de desculpas, mas Jean não pareceu incomodado por ter seus segredos relevados. Davis fez sinal para que Jean entrasse. — Libero ele assim que conseguir. Feche a porta depois que sair. Agora, por favor — ordenou ele quando Jeremy hesitou.

Jeremy engoliu todas as perguntas que queria fazer e saiu. Sabia que era melhor não ficar ali, então, em vez disso, voltou para o vestiário. Sentou no banco mais próximo e pegou o celular. Tentou ligar para Kevin, que não atendeu. Jeremy deu uma olhada na hora, adicionou mais três horas e decidiu enviar uma mensagem:

> Você não me disse que quebraram os ossos dele.
> Isso não é só zoação!

Ele sabia que Kevin não responderia na mesma hora, já que não havia atendido a ligação, mas mesmo assim ficou encarando a tela do celular desejando que o atleta parasse de fazer o que quer que estivesse fazendo. Não adiantou nada; Jean o encontrou antes que Jeremy conseguisse dar um alô da costa leste.

— E aí — disse Jeremy. — Quer conversar sobre isso?

— Estou de acordo com a estimativa do Winfield — respondeu Jean, como se essa fosse a pergunta. — Davis me permitiu fazer alguns alongamentos mais simples, mas disse que não posso nem chegar perto dos pesos até me recuperar mais um pouco.

— Eu... que bom, mas não foi o que eu perguntei. Eu tinha noção de que você estava machucado e o Kevin comentou que era grave, mas não pensei que... — Jeremy parou antes de tentar de novo. — Eu não devia ter feito você vir a pé até aqui, desculpa. Podíamos ter vindo de carro.

— Minhas pernas já estão boas — ressaltou Jean. — Devo estar 100% assim que os treinos começarem, mas ele insistiu em me avaliar de novo antes de me liberar. — Por um momento sua expressão vacilou; a frustração que contorcia sua boca era de irritação consigo mesmo. — Faz anos que não fico tanto tempo fora de quadra. Chega a ser imperdoável ficar tão para trás assim.

— Estou literalmente te implorando — reclamou Jeremy, erguendo a mão. — Por cinco segundos, esqueça que o Exy existe e se concentre no fato de que seus colegas de equipe realmente te machucaram.

— Acidentes acontecem durante os treinos — rebateu Jean.

Jeremy ficou se perguntando o que Jean diria se soubesse que Kevin havia dito que aquilo não passara de uma espécie de pegadinha. É lógico que havia uma pequena chance de Kevin ter exagerado para despertar sua compaixão, mas Jeremy se recusava a acreditar nisso. Laila já havia dito: a Edgar Allan não deixaria um dos melhores defensores do país ir embora se tivessem como mantê-lo. Algo deve ter dado terrivelmente errado em Evermore.

Jeremy estava indeciso: ou confrontava Jean sobre a mentira e forçava a dizer a verdade, ou deixava Jean se esconder atrás daquela história por mais um tempo. No final acabou optando pela discrição, porque não queria que Jean fosse atrás de Kevin. Ele ainda precisava da ajuda de Kevin se quisesse dar conta do ano e dos problemas cada vez maiores de Jean.

— Nós não treinamos desse jeito por aqui — ressaltou Jeremy, se odiando um pouco por ter deixado aquilo passar. — É lógico que não tem como não bater uns nos outros, mas a gente não faz pra machucar, só pra manter o ritmo do jogo. Contanto que você não faça nada que te atrapalhe até lá, acho difícil te impedirem de participar dos treinos.

Não era bem o que ele queria dizer, mas foi a coisa certa, levando em conta o tom de voz calmo, mas firme, de Jean:

— Eu não sou imprudente.

Não era uma correção, e sim uma promessa: Jean não faria nada que atrasasse ainda mais sua volta às quadras.

— Vamos lá — disse Jeremy, levantando-se do banco. — Vou te mostrar o caminho até o centro esportivo. Na verdade, temos dois no campus, mas nosso time usa o Lyon. A gente podia até voltar pelo caminho que viemos, mas quero ver se a livraria está aberta.

Ele saiu do estádio com Jean e fechou o portão. A caminhada até o campus, ao norte, era bem curta, e Jeremy sorriu enquanto seguiam pelas calçadas arborizadas. A maioria de seus irmãos sonhava em deixar a cidade, mas Jeremy sempre soube que queria estudar na USC. Ele adorava a USC, desde a arquitetura até o espaço bem aproveitado e a forma como a universidade parecia privativa e segura, apesar da cidade enorme ao redor.

Ele tinha comentado que a visita ao campus ficaria para depois, quando pudesse mostrar os prédios mais relevantes a Jean, mas era difícil não apontar os pontos de referência enquanto passavam. Jean até tolerou um desvio rápido para o Alumni Park para ver a fonte e observou sem reclamar as estátuas de Tommy Trojan e Traveler, o cavalo, quando Jeremy deu uma parada ali logo depois. Ele não parecia tão interessado quanto Jeremy havia imaginado, mas também não o mandou ficar quieto. Por enquanto, isso devia bastar.

No fim das contas, a livraria estava mesmo aberta, então Jeremy foi direto para a parte onde vendiam roupas da universidade. Como era de se esperar, Jean tinha ido para a Califórnia vestido de preto da cabeça aos pés, e Jeremy estava focado em acrescentar um pouco de cor ao visual dele, então começou a vasculhar as araras de camisetas em busca de algo legal. Ele queria a peça mais vibrante possível, mas não tinha certeza de como a pele pálida de Jean ficaria num vermelho vivo. Havia muitas camisetas com fundo preto e letras chamativas, mas Jeremy não ia colocar algo preto e vermelho em Jean no seu primeiro dia morando na Califórnia. *Então*, pensou ele, *sobrava o cinza ou o branco.*

— Qual é o seu tamanho? — perguntou ele ao encontrar algumas opções. Jean se limitou a lançar a ele um olhar desconfiado, então Jeremy explicou: — Presente de boas-vindas.

— Eu já tenho camisetas — ressaltou Jean, apontando para a que estava vestindo.

— Lógico que tem — disse Jeremy, lembrando-se da malinha de Jean. Ficou com vontade de perguntar quantas Jean tinha conseguido enfiar lá dentro, mas, em vez disso, optou por uma abordagem mais discreta: — Quantas são pretas?

Sua autocensura não adiantou de nada, porque na mesma hora Jean respondeu:

— As duas.

O cabide de plástico na mão de Jeremy fez um estalo. Jeremy se esforçou para relaxar as mãos. Manter o tom de voz leve era o menor dos desafios após tantos anos como porta-voz dos Troianos.

— Você vai precisar de alguma coisa mais dentro do código de vestimenta. Nos dias de jogos, a gente precisa se vestir com as cores da faculdade. Ainda falta bastante para o primeiro jogo, lógico, mas, se já resolvermos isso agora, não vamos precisar nos preocupar depois, quando o campus estiver mais movimentado. Tamanho?

Jean torceu o lábio de um jeito que deixava na cara que ele não acreditava naquela história de Jeremy, mas mesmo assim puxou a gola da camiseta. Jeremy viu a luz refletir numa corrente de prata, mas decidiu deixar aquilo para outro dia; tinha acabado de perceber o que Jean estava tentando fazer e se mexeu para ajudar. A camiseta de Jean era larga o suficiente para que Jeremy conseguisse puxar a etiqueta e mostrar aos dois. Então ele disse, esperando dar um clima mais descontraído à conversa:

— Você não sabe nem seu tamanho? — Mas o tiro saiu pela culatra quase no mesmo instante.

— Por que eu saberia? Não somos nós que compramos nossas roupas — rebateu Jean, e Jeremy ficou parado ali, com a mão na gola da camiseta dele enquanto o encarava fixamente, assustado demais para conseguir falar. Jean logo notou que havia dito algo estranho e fez cara feia, olhando de lado para Jeremy. — Vocês compram — disse ele, mais como uma afirmação do que como uma pergunta.

— Como assim, vocês não compram suas próprias roupas? — perguntou Jeremy em voz baixa. — É óbvio que a faculdade fornece os uniformes e equipamentos, mas... as roupas pessoais? O que eles fariam se você comprasse uma camisa estilosa enquanto estava resolvendo alguma coisa na rua? Te obrigariam a devolver?

— Que coisa? Não saíamos de Evermore ou do campus a menos que estivéssemos indo para um jogo.

Jeremy precisava se afastar de Jean, mas não conseguia se obrigar a tirar a mão da camiseta dele. Duas horas antes Cat havia acusado os Corvos, no tom de voz mais alegre do mundo, de serem uma seita. Era verdade que eles levavam sua imagem e reputação muito a sério, mas Jeremy nunca deu muita importância a esse boato. Talvez Cat estivesse certa, e Jeremy se sentiu mal.

— Meias — disse ele. — Cadernos, lápis, mochila. Você precisava de tudo isso. E aí?

— Os treinadores nos davam o que precisávamos, desde que fossem coisas realmente necessárias — respondeu Jean. — Só tínhamos que preencher um formulário e enviar antes do fim de semana se quiséssemos as coisas na segunda-feira. Não tínhamos tempo para ficar lidando com esse tipo de distração. O fato de os Troianos conseguirem fazer isso demonstra uma quantidade absurda de tempo livre em suas agendas diárias. Como vocês conseguem ser um dos Três Grandes passando tanto tempo fora da quadra?

— Se eu te perguntar quanto tempo os Corvos passam treinando, vou me arrepender? — perguntou Jeremy.

— Sim — disse Jean. — Eu perguntei primeiro.

Jeremy tinha entendido aquilo como uma forma grosseira de criticar o comprometimento dos Troianos, não como uma pergunta genuína, mas o tom de voz e o olhar frio de Jean mostravam que ele realmente queria saber.

Ele quer entender de que serviu tudo aquilo.

O pensamento surgiu do nada e quase virou seu estômago do avesso. Jeremy se obrigou a soltar a camiseta dele e se afastar. Jean tinha acabado de terminar o terceiro ano, o que significava que os últimos três anos de sua vida foram definidos pelos outros. Ele não tinha controle de nada, desde o que estudava, passando pelo o que comia e indo até as roupas que vestia.

Os Corvos abriram mão de tudo para serem campeões invictos, e tudo isso para no mês anterior serem humilhados por um time pequeno da Carolina do Sul. Agora a Edgar Allan estava reformulando o programa, e Jeremy conseguiu entender por que Jean previa que eles implodiriam. No final, tudo o que eles haviam aguentado tinha sido em vão, e talvez alguns membros do time nem se lembrassem como serem eles mesmos. Jean estava enfim numa posição em que podia ver o quanto havia sacrificado quando ninguém deveria nem ter exigido isso dele.

Jeremy esfregou os braços arrepiados enquanto pensava no melhor jeito de responder. Ele poderia dizer: "Somos selecionados entre os melhores das escolas de ensino médio de todo o país", mas isso valia para todas as equipes da primeira divisão. Poderia dizer: "fomos escolhidos para jogar aqui, então queremos dar tudo de nós", mas, a princípio, aqueles que conseguiram se destacar na Edgar Allan eram motivados pela mesma necessidade de excelência. No final, a única resposta em que ele conseguiu pensar foi uma que sabia que Jean não aceitaria.

— Porque não nos deixamos envolver demais nisso — disse ele. — Se a gente não ficar preso aos números, estamos livres para nos divertir, e nossa diversão é justamente nos esforçar ao máximo. Ainda amamos o que fazemos, de todo coração e com muito entusiasmo.

— Amar não é suficiente — rebateu Jean no mesmo segundo.

— Quando foi a última vez que você se divertiu jogando? — perguntou Jeremy.

— Isso é irrelevante — disse Jean. — Eu sou Jean Moreau. Faço parte da seleção dos sonhos. Não preciso me divertir para ser o melhor defensor da NCAA.

— Isso é muito triste — disse Jeremy. — Você sabe, né?

— Você é ingênuo — retrucou Jean. — Seu time é uma anomalia imperdoável.

O celular de Jeremy tocou no bolso. Agradecido pela distração, ele o pegou para dar uma olhada. Era uma mensagem de Kevin, mas Jeremy não tinha certeza se queria abri-la com Jean ali. Ele olhou de relance para as camisetas em que estava mexendo antes, mas aquela conversa desagradável acabou distorcendo todas suas boas intenções. Jeremy virou a tela do celular e olhou para Jean.

— Preciso resolver isso — anunciou ele, balançando o celular e torcendo para que Jean não questionasse. — Vai escolhendo algumas roupas enquanto isso, pode ser? — Jean se virou obedientemente para a arara em que Jeremy estava dando uma olhada, então Jeremy o segurou com cuidado pelo cotovelo e disse: — Não precisa ser especificamente dessa arara. Pode ser de qualquer lugar da loja, desde que tenha um pouco de vermelho ou dourado. Dá uma olhada em tudo que eles têm.

Talvez fosse meio inevitável que Jean acabasse se interessando pelas camisetas pretas e vermelhas. Dez minutos antes, isso poderia soar como uma derrota, mas, por enquanto, Jeremy estava disposto a ignorar essa combinação de cores. Se assim Jean se sentia mais seguro, Jeremy apoiaria sua decisão de todo o coração. Os modelos mais brilhantes poderiam esperar até o início da temporada.

Jeremy sabia que não estava no clima certo para ler a mensagem de Kevin, mas, com Jean temporariamente distraído, ele precisava saber o que era. Só que logo se arrependeu de ter aberto, porque Kevin havia enviado, tarde demais, um resumo dos ferimentos de Jean:

> Três costelas fraturadas. Ligamento estirado. Tornozelo torcido. Nariz quebrado. Basicamente isso.

Basicamente isso.

Jeremy sentiu uma tristeza tão profunda que o deixou com o coração apertado. Era uma sensação que ele costumava ter em jogos contra adversários mais violentos, uma sensação incômoda de impotência ao ver as pessoas tentando prejudicar um time que só queria se divertir. Jeremy desligou o celular antes que perguntasse a Kevin *por quê?* Uma explicação não faria diferença no estrago que já havia sido feito.

O porquê já havia sido respondido nas confissões involuntárias de Jean e nas nuances por trás dos conselhos vagos e dispersos de Kevin. Os Corvos não tinham controle sobre nada, exceto sobre seu próprio desempenho e sobre a forma como eram percebidos em quadra. Quando enfim perdiam a linha, é óbvio que se voltavam contra seus melhores jogadores: primeiro Kevin, agora Jean. Nem mesmo Riko estava imune: preferiu tirar a própria vida a viver sem Exy.

Jeremy sabia que mais cedo ou mais tarde teria que conversar sobre isso com ele — tanto sobre Riko quanto sobre os rumores que deixaram os Troianos receosos com o novo atleta inesperado. Mas as outras conversas do dia tinham tomado um rumo tão negativo que Jeremy não confiava em si mesmo para conseguir lidar com mais uma.

Seus pensamentos desanimadores se interromperam quando Jean se aproximou. Ele segurava a camiseta escolhida com a ponta dos dedos, mantendo-a longe do corpo, como se o ofendesse. Estava pronto para largá-la num piscar de olhos caso Jeremy não a aprovasse, percebeu Jeremy, mas ele se recusou a analisar demais a situação. Em vez disso, forçou seus pensamentos sombrios a se afastarem e concentrou-se na pequena vitória bem ali, à sua frente. Jeremy teria que avisar Laila o que ela enfrentaria no dia seguinte quando fosse levar Jean para comprar o restante das coisas, mas, por enquanto, só abriu um sorriso e pegou a camiseta da mão de Jean.

— Tá ótimo — disse ele. — Mais alguma coisa?

— Não — respondeu Jean, que seguiu Jeremy até o caixa.

Jeremy pagou e, quando o caixa ofereceu uma sacola, Jean fez que não. Jeremy guardou o recibo, mas entregou a camiseta para Jean carregar, sem deixar de notar que ele a segurava bem apertado enquanto o seguia até a saída.

CAPÍTULO NOVE

Jeremy

A casa ainda cheirava a comida quando eles voltaram, mas dessa vez era um aroma forte de carne, e não aquele caos apimentado de antes. O som da TV ecoava pelo corredor, e quando Jeremy chegou à porta da sala, já tinha entendido qual programa de perguntas elas assistiam. Laila estava sentada de pernas cruzadas na poltrona papasan, penteando o cabelo de Cat distraidamente enquanto olhava para a televisão.

— Esta vila remota na Holanda foi o cenário de *E dançamos até a morte*, de 1991 — disse o apresentador.

— Giethoorn — disse Laila na mesma hora.

Uma das participantes pressionou o botão com força.

— O que é Giethoorn?

— Arrasou — disse Cat com um orgulho meio sonolento.

Jeremy teve alguns segundos preciosos durante a atribuição de pontos para se espremer entre a TV e a mesa de centro; embora o apresentador lesse todas as perguntas, Laila queria vê-las na tela. Havia uma última pergunta antes dos comerciais, pelo menos foi o que o apresentador disse, então Jeremy se acomodou na almofada do sofá mais próxima das amigas enquanto esperava a pergunta. Laila só precisou ouvir metade antes de dizer:

— O Trovão do Duende.

— Quem é O Trovão do Duende? — disse um homem logo depois.

Laila virou de um lado para o outro, procurando embaixo das almofadas ao redor de sua cintura e coxas. Então ela se inclinou para a frente, franzindo a testa e empurrando Cat com o corpo para poder dar uma olhada na mesa de centro. Mesmo assim não encontrou o que procurava, então perguntou:

— Amor?

Cat estendeu a mão para trás sem nem olhar e puxou o controle remoto debaixo da poltrona papasan. Laila pegou o controle, silenciou a TV durante os comerciais e o colocou num lugar onde era bem provável que voltasse a perdê-lo. Então olhou para Jeremy e depois para Jean, que, como era de se esperar, havia parado no batente da porta. Jeremy a observou olhando para o tecido preto na mão de Jean, mas Laila teve a bondade de não fazer qualquer comentário sobre a cor.

— O que achou do campus? — perguntou Cat.

— Verde — disse Jean, sem entrar em detalhes. Depois mexeu na camisa, olhou de relance para Jeremy, como se quisesse se certificar de que ele ficaria quieto, e desapareceu pelo corredor.

Assim que ele sumiu de vista, Laila e Cat olharam cheias de expectativa para Jeremy. Ele fez uma careta e puxou o celular por tempo suficiente para escrever:

> É coisa demais para escrever. Mais tarde, tá?

Jeremy enviou a mensagem no grupo em que estavam somente os três. Laila não conseguiu encontrar o celular, mesmo com o toque persistente, mas Cat percebeu e ergueu seu próprio aparelho para que Laila pudesse ler a mensagem. Laila refletiu por um momento, mas assentiu. Já Cat era mais difícil conter.

> Conta alguma coisa, pelo menos

Foi o que ela disse.

Jeremy apertou o celular com força e ficou se perguntando o que seria suficiente para manter Cat tranquila até mais tarde. Que informação garantiria mais discrição na primeira noite de Jean na Califórnia? Se Jeremy admitisse que talvez ela estivesse certa sobre eles serem uma seita, ela ficaria curiosa demais para conseguir segurar a língua. Então o melhor a fazer era pegar emprestadas as palavras de outra pessoa e encaminhar a elas a última mensagem de Kevin. Cat deu uma olhada na mensagem antes de começar a levantá-la para Laila, mas sua mão não foi tão longe. Enquanto lia ficou completamente imóvel, e Laila teve que arrancar o celular de sua mão para ler a mensagem.

Cat se levantou mais rápido do que Jeremy já a tinha visto se mover fora da quadra, então ele a segurou, contendo-a. Ela o encarou com um olhar impaciente, como quem diz "eu sei", e Jeremy digitou, mas não chegou a enviar, "ele insiste que aconteceu durante os treinos". Então mostrou o celular para ela ler antes de apagar a mensagem. Cat cerrou os punhos, relaxou e voltou a cerrá-los.

Só conseguiu se acalmar na terceira tentativa. Então saiu da sala gritando:

— Jean, estou te recrutando. Me ajuda a preparar o jantar.

— Não sei se ele vai comer — admitiu Jeremy na ausência de Cat.

Laila se levantou da poltrona papasan e foi se sentar ao lado dele, que na mesma hora se recostou nela. Então esperou a música de Cat começar a tocar na cozinha e, em voz baixa, contou o máximo possível do dia. Laila ouviu tudo sem interromper, ciente de que precisavam aproveitar o tempinho que Cat conseguia para eles. Quando ele enfim ficou em silêncio, Laila apertou sua mão com força por um segundo.

— Não me admira eles serem sempre tão desagradáveis — disse ela. — Eles não têm permissão para serem humanos. — Ela refletiu por alguns instantes, depois disse: — Vamos ter que mantê-lo muito ocupado até o início dos treinos. Se os Corvos só podem existir como jogadores, então não tem como a gente prever o que vai acontecer por aqui se ele não puder sequer colocar os equipamentos por mais cinco ou seis semanas. — Ela fez um gesto em direção à própria têmpora.

Jeremy pensou um pouco.

— Talvez o fato de ele ter um número acabe ajudando um pouco, ainda que isso coloque expectativas ainda maiores nele. Vaga garantida na escalação, esse tipo de coisa. Ele pode tirar o tempo que quiser para se recuperar porque sabe que tem uma posição garantida.

Ou talvez ele estivesse acostumado a isso, mas esse pensamento era muito traiçoeiro e impossível. "Faz anos que não fico tanto tempo fora de quadra", foi o que Jean disse após ser avaliado por Davis. Jeremy ficou se perguntando até que ponto esse "fora de quadra" poderia ser literal. Será que tinha sido outra confissão acidental ou ele também estava incluindo lesões normais? Os Corvos não tinham o jogo mais limpo de todos; não era difícil imaginar que de vez em quando eles se tirassem de quadra por um ou dois dias.

— Se eles pegavam pesado assim com um dos jogadores principais do time, não consigo nem imaginar o que o resto da equipe passa — comentou Laila. Ela falava devagar e com cuidado, como se não tivesse certeza se eles realmente queriam ouvir o que ela tinha a dizer. — Estamos descobrindo o que fizeram com ele, mas ainda não sabemos o que ele fez para isso.

— Eu ouvi os boatos.

Jeremy se esforçou para encaixar aquele rancor exagerado ao comportamento de Jean naquele dia. Jean era difícil, briguento e rápido em emitir opiniões implacáveis, mas também... dócil? Jeremy sabia que essa não era a palavra certa, mas não sabia bem como explicar para Laila.

Ele se lembrou do que Kevin dissera nas semifinais: "ele sabe seguir ordens. Se você mandar ele obedecer, ele vai obedecer." Só de lembrar, as palavras soavam extremamente constrangedoras, mas Jeremy achava que tinha entendido. Jean resmungava, mas no final acabava cedendo. Não tinha como colocar a mão no fogo e afirmar que ele não havia se envolvido na violência dos Corvos, mas Jeremy queria acreditar que não era ele quem a provocava. Só que, até ter certeza, Jeremy estava determinado a manter Jean e Lucas bem longe um do outro.

Por fim, ele disse:

— Sei que é cedo pra dizer isso, mas não acho que ele seja capaz de tudo o que dizem por aí. Não vou dizer que ele é inocente, mas... não parece ser o jeito dele. Você se sente segura com ele aqui?

Laila o encarou com um olhar irônico.

— Se ele tentar alguma coisa, pode apostar que a gente acaba com ele.

Jeremy sabia o quanto elas aguentavam no supino, então só deu um sorriso.

— Eu sei disso.

Eles não ouviram Cat se aproximando por causa da música, mas de repente ela apareceu na porta da sala com uma expressão de completo choque. Jeremy sentiu um aperto no coração e o pouco bom humor que tinha recuperado desapareceu na hora, mas tudo o que Cat disse foi:

— Parabéns! Encontrei alguém mais inútil do que você na cozinha. Eu não achava que era possível.

— Ai — disse Jeremy. — Em minha defesa...

— Melhor ficar em silêncio — aconselhou Laila, mas deu um tapinha no joelho dele ao se levantar. — Você não vai ganhar a nossa simpatia ao dizer que tinha um chef particular.

Eles seguiram Cat pelo corredor até a cozinha, onde Jeremy esperava ver uma bagunça semelhante à que tinham acabado de limpar algumas horas atrás. Em vez disso, parecia que Cat jogara toda a sua coleção de utensílios na ilha. Jean lançou a ela um olhar de reprovação quando Cat voltou com uma plateia, mas, em vez de fazê-lo repetir seja lá o que tinha acabado de ensinar, ela pegou um descascador de legumes e o colocou na cara dele.

— Esse aqui — disse ela, e começou a arrumar o restante assim que ele pegou. — Só pra você saber! Eu deixo o Jeremy não fazer nada na cozinha porque ele não mora em tempo integral com a gente. Se você vai ficar por aqui, vou fazer com que se torne um cozinheiro pra valer. Aulas básicas de sobrevivência, ou algo do tipo.

Jean testou a lâmina do descascador com o dedo. Cat colocou uma tábua de cortar e um saco de cenouras na frente dele, depois pegou o descascador de volta para mostrar rapidamente como fazer. Jean começou a trabalhar diligentemente enquanto ela se concentrava no brócolis. Jeremy sabia que era melhor nem se oferecer para ajudar, então se ocupou pegando pratos e talheres. Laila verificou a carne na panela elétrica e foi atrás do molho.

— Enfim, o que estava dizendo? — perguntou Cat.

Levou apenas um momento para perceber que os dois estavam falando sobre os hábitos alimentares dos Corvos. Jean não parecia incomodado por falar disso mais uma vez, mas Jeremy se contentou em permitir que a conversa entrasse por um ouvido e saísse pelo outro. Ele não deixou de notar quando Jean olhou de relance para os pães que Laila servia, nem a maneira como Jean olhou para a geladeira, como se estivesse se lembrando da conversa que tivera com Jeremy mais cedo. Ele não diminuiu o ritmo da conversa, mas seu olhar estava fixo nos vários ímãs na porta.

— Acredito que Jeremy já tenha contado que as coisas são diferentes por aqui — respondeu Cat e olhou para Jeremy em busca de confirmação. — A boa notícia é que, ao que parece, os Corvos basicamente consomem macronutrientes, o que significa que temos como nos adaptar. Laila e eu dominamos essa arte como ninguém. Fazer você se adaptar a algo parecido, mas sem a chatice de ser sempre a mesma coisa, deve ser bem fácil. Vamos fazer compras quando voltarmos do shopping amanhã e eu te mostro como fazer. Fechado?

Laila murmurou enquanto pensava.

— Talvez seja porque eu perdi a primeira parte da conversa, mas a conta não fecha como deveria. Me parece desbalanceado.

— Poderia ser para permitir mais treinos? — Jeremy adivinhou com um olhar na direção de Jean. — Não chegamos a falar direito disso, você só insinuou que eu não ia gostar da resposta.

— Você não vai gostar — concordou Jean.

Ele não entrou em detalhes, mesmo com os três olhando pacientemente para ele, até que Jeremy enfim disse:

— Ainda pode ser considerado segredo industrial se eles estão reformulando o programa?

— O... treinador principal passou um cronograma especial pra gente — respondeu Jean.

184

Laila se recostou na bancada ao lado dele para encará-lo.

— Não sei se você já reparou nisso, mas você tem uma mania engraçada toda vez que fala sobre o treinador Moriyama. Você sempre usa "o..." — Ela levantou as mãos e ficou perfeitamente imóvel, exagerando a pausa. — Fico intrigada para saber o que você quase fala, mas termina se corrigindo. Já notou isso, não é mesmo? — ela perguntou a Jeremy.

— Sim — reconheceu Jeremy. — Achei que era uma conversa para outro dia.

— Agora me parece ser um ótimo momento — comentou Laila, voltando-se novamente para Jean.

Não foi surpresa nenhuma quando Jean escolheu responder o que era mais fácil.

— Os dias dos Corvos têm dezesseis horas úteis.

Cat quase cortou os próprios dedos quando bateu a faca no balcão.

— Como é que é?

Jean continuou concentrado em descascar as cenouras, com energia redobrada.

— Tínhamos duas aulas por dia, em períodos consecutivos, com professores particulares para minimizar o tempo longe de Evermore. Quatro horas e meia para dormir, três horas e meia para as aulas e o transporte até o campus. Segunda, quarta, sexta e domingo eram oito horas em quadra; terça, quinta e sábado eram seis horas, com duas horas para fazer os deveres das aulas e cuidar de coisas pessoais.

"A rotina não era totalmente fixa. As noites de jogo bagunçavam tudo, assim como as aulas. Éramos de anos diferentes, então não tinha como alinhar nossas aulas com exatidão. Por isso, era bem raro que todos os Corvos estivessem em Evermore ao mesmo tempo, com exceção de quando tinha um jogo. Era diferente durante as férias" comentou ele, como se isso tornasse tudo mais razoável. "Quando não tínhamos aulas, fazíamos o esquema dez-seis, com quatro horas para dormir, seis horas para treinar, duas horas para descansar, quatro horas para treinar. Um cronograma ideal que garantia que todos estivéssemos em sincronia.

O canto da boca dele se contorceu com uma irritação ou frustração rapidamente controlada, e Jean acrescentou:

— A seleção dos sonhos precisava de um cronograma diferente, já que tínhamos... estudos extracurriculares. Ainda eram dezesseis horas, mas distribuídas de forma diferente. Depois que o Kevin saiu, eu fui o que teve menos tempo para praticar. Os outros não gostaram, mas aqui vou poder compensar por isso. Não vou ficar para trás.

Laila arrancou o descascador de legumes das mãos dele e o colocou de lado. Ele automaticamente fez menção de pegá-lo de volta, mas Laila o segurou pelos ombros, virando-o para encará-lo. Ela segurou o rosto dele com as mãos. Jeremy não conseguia ver o rosto dela de onde estava, mas o que quer que Jean tenha visto na expressão da goleira fez com que o garoto ficasse perfeitamente imóvel.

— Preciso que me ouça por um momento — disse Laila — e preciso que acredite em mim quando eu disser isso. O treinador Moriyama pode ir pro caralho.

— Então essa pose de bons moços é pura fachada — observou Jean. — Isso deixa vocês um pouquinho menos insuportáveis, mas não explica o motivo de se prejudicarem de propósito.

— Não muda de assunto — advertiu Laila baixinho. — Ele manteve todos vocês isolados e exaustos por anos, e para quê? Nenhum de vocês merecia passar por isso. Está me entendendo?

— Eu sou Jean Moreau — respondeu ele. — Sempre recebi exatamente o que merecia.

— E o que você fez para merecer costelas quebradas? — exigiu Laila.

— Não teria como você entender e não vou tentar explicar.

Cat se intrometeu:

— O que não dá pra entender é como um homem adulto pegou um bando de crianças e as transformou em monstros só porque queria. Com tanto dinheiro e prestígio em jogo, sei por que ninguém foi atrás dele, mas porra. A diferença entre estar em primeiro e segundo lugar não faz toda essa crueldade valer a pena.

— Ser o primeiro é tudo o que importa — retrucou Jean, tirando as mãos de Laila de seu rosto. — Os Corvos entendiam isso.

— Mas eles não são mais os primeiros — comentou Laila. — Você disse que eles iriam implodir quando tirassem tudo o que pudessem de você, e na hora eu até achei que era um exagero seu. Mas eles são todos bombas-relógio, não são? E se perder para Palmetto State não foi o gatilho necessário, então a morte do Riko deu conta do recado.

Jean estremeceu, e Jeremy interveio:

— Já chega. — Laila olhou carrancuda para ele, mas Jeremy apenas balançou a cabeça e disse: — Já chega por hoje. Ele passou a manhã inteira viajando e ainda está três horas à frente no fuso horário. É injusto entrar nessa discussão quando ele deve estar exausto e quase dormindo. — Ele não tinha muita certeza se Laila e Cat deixariam o assunto de lado, então, em vez disso, voltou-se para Jean e mudou o rumo da conversa.

— Lógico que ser um Troiano exige certa encenação, mas não quer dizer que não seja genuíno. Alguns de nós estão aqui para ter uma educação de qualidade e prestígio, então vale a pena andar na linha e fazer o que for preciso. Alguns de nós querem ser bons exemplos para aqueles que virão depois. E alguns de nós só querem mesmo se divertir.

"Eu não nasci com o espírito Troiano, sabe? Meu time do ensino médio era igual ao de todas as outras universidades. Muita competitividade, sempre falando mal dos outros, ofensas para todos os lados... E era... cansativo demais jogar assim. Toda aquela pressão de um lado e todo aquele antagonismo do outro." Ele bateu palmas como se estivesse esmagando seu eu passado entre as duas mãos. "Fazemos de tudo para manter o espírito esportivo, tanto para as pessoas contra quem jogamos e também para quem está assistindo, mas sobretudo por nós mesmos. Para mostrar que ainda podemos nos divertir e nos destacar sem precisarmos virar um bando de escrotos."

— Eu gosto de atirar — opinou Cat. — Em jogos, quero dizer. Adoro mesmo. Gosto de ser a melhor jogadora e a mais rápida no gatilho. Mas é tão tóxico o tempo todo, ainda mais se você for uma garota e tiver a ousadia de ligar o microfone e falar alguma coisa. Isso começa a te corroer, começa a te deixar tóxica também. Aí você acaba agindo igual pra se enturmar, né? Nem tinha percebido o quanto estava me deixando levar até minha irmã mais nova me perguntar por que eu vivia irritada. Isso aqui é bem melhor. E, além disso, nossos adversários saem do sério quando não conseguem nos abalar. Eis a prova bem na minha frente — disse ela, com um sorriso malicioso para Jean.

— Temos um sinal para quando precisamos sair de quadra — explicou Jeremy. — Hoje mais cedo eu te mostrei os vestiários. O saco de pancadas na sala de musculação serve para aliviar o estresse e a irritação até nos sentirmos novamente calmos. A regra não é "não deixar eles afetarem você", lembra? É para manter a calma na quadra e na frente da imprensa. Você pode dizer o que quiser aqui entre a gente. Já ouvimos de tudo.

Cat olhou para Laila para ver se ela tinha algo a acrescentar. O que quer que tenha visto a fez suspirar e balançar a mão para Jean.

— Vamos fazer o seguinte: amanhã voltamos com as aulas de culinária. Agora você pode ir ajudar Jeremy a escolher um filme. De preferência, alguma coisa pra cima. Acho que todos nós estamos precisando nos divertir agora.

Jeremy não ficou surpreso com o fato de Cat ter aumentado um pouco o volume assim que ele e Jean saíram. Sutileza não era exatamente o ponto forte dela, mas se Jean percebeu, não pareceu se importar. Jeremy vasculhou os filmes e deu sugestões, esforçando-se ao máximo para não perceber quantas vezes Cat deixava transparecer sua crescente agitação ao bater a faca com cada vez mais força na tábua de corte. Era bem provável que Laila estivesse transmitindo tudo o que Jeremy havia contado, enquanto Cat repetia a conversa deles na cozinha.

— Ela tem boas intenções — Jeremy se sentiu obrigado a dizer enquanto estendia alguns filmes para Jean avaliar. Ele virou os dois filmes nas mãos com um olhar de relance. — Mas já que começamos essa conversa uns dois dias antes do que eu pretendia, posso admitir que temos ouvido muitos rumores desagradáveis desde que assinamos com você. Estamos tentando entender quem você é para saber como agir daqui pra frente. Não sei dizer se ela estava te pressionando em busca de respostas ou se queria ver sua reação, mas prometo que ela quer que isso dê certo.

— Eu sei o que estão falando de mim por aí — falou Jean — e não me importo.

O tom dele dizia que talvez se importasse, mas Jeremy achou melhor deixar de lado.

— Só para constar, eu não acredito em nada do que falam. Não acreditarei, a menos que você me dê motivos para isso. Eu me recuso a pensar que Kevin teria me procurado para pedir ajuda se você fosse o problema que as pessoas estão fazendo parecer.

— Eu vou ser um problema — retrucou Jean, mais como um fato inegável do que como uma ameaça. — É inevitável.

Jeremy pegou os filmes de volta, mas ficou os encarando.

— Você pode pelo menos me dizer por que acha que mereceu ser espancado até quase morrer?

— Não tenho como explicar de um jeito que você consiga entender — respondeu Jean. — Melhor deixar pra lá.

— Por enquanto — concluiu Jeremy.

Como Jean não parecia ter uma opinião formada sobre o assunto, Jeremy escolheu um filme que achou que agradaria a todos. Quando já estava tudo pronto para assistirem, Cat avisou que eles podiam ir buscar os sanduíches. Ela também estava pronta para ficar batendo papo com Jean durante a refeição, falando números e fatos na velocidade da luz. Jeremy não sabia se Jean estava mesmo acompanhando o que ela dizia ou se só parecia convincente o bastante para não insistir. Mas quando pareceu que Jean ia cortar parte do pão, Jeremy interveio e disse:

— Você sequer almoçou hoje? Pode se dar ao luxo de comer carboidratos.

Cat olhou para o teto e disse algo em um espanhol exasperado. Rogando por paciência, provavelmente.

— Se você não comer até o prato estar limpo, não vou ensiná-lo a cozinhar. Pode viver de frango enlatado pelo resto da vida. — Ela deu um tapinha na mão dele quando a ameaça não se mostrou convincente o suficiente e colocou uma pequena porção de legumes salteados no prato dele. — Certo! Todo mundo pra fora. Depois limpamos.

Cat e Laila aceitaram sem discutir a escolha de filme de Jeremy. Jeremy não se surpreendeu quando Jean se ausentou assim que terminou de comer tudo, nem com o fato de ele não ter voltado. O que nenhum deles esperava era, quando levaram os pratos para a cozinha uma hora e meia depois, descobrirem que o garoto tinha se adiantado e guardado as sobras. Ele até mesmo usara os adesivos que Cat mostrara para colocar as datas nos recipientes antes de colocá-los na geladeira. Cat tocou o marcador em sua cesta de arame com um olhar curioso no rosto.

Jeremy percorreu o corredor em silêncio. A porta de Jean estava aberta, mas o quarto estava às escuras.

— Ei — disse ele baixinho, um aviso antes de abrir a porta alguns centímetros. Jean estava adormecido no colchão sem lençóis, ainda com as mesmas roupas que usara o dia inteiro. Era perturbador que um homem tão alto pudesse parecer tão pequeno ao dormir, mas ali estava Jean, todo curvado no meio da cama. Jeremy o observou por alguns instantes e depois foi até o corredor pegar Au-Au.

Laila estava saindo da cozinha quando ele passou por ela, mas não teceu comentários enquanto Jeremy colocava o cachorro dentro do quarto de Jean e fechava a porta com cuidado.

— Um colega de quarto para quando eu não estiver aqui — explicou Jeremy enquanto voltava até ela. — Obrigado pelo jantar e... — Ele apontou com a mão na direção do quarto de Jean. — Quer que eu encontre vocês direto no shopping ou será que rola uma carona?

— Vamos buscar você por volta das nove — confirmou Laila. — Vá com cuidado.

— Se cuida — respondeu ele.

Laila lançou um olhar pensativo na direção do quarto de Jean.

— De alguma maneira, acho que estamos bem.

Elas o acompanharam até a saída e Jeremy fez a longa viagem de volta para sua casa em Pacific Palisades. Os pais ficavam com a garagem, então ele parou o carro na entrada em forma de semicírculo que contornava a fonte no jardim da frente. Ao olhar para a casa, ficou contente ao ver que a maioria das janelas estava com a luz apagada, mas Jeremy checou a hora no painel do carro antes de desligá-lo. Se Jean já estava dormindo, Bryson também poderia estar.

O celular dele apitou e Jeremy viu que era uma mensagem de William.

Bryson está na sala de estar com o sr. Wilshire.

Jeremy não pôde deixar de rir. Olhou pelo para-brisa, procurando o rosto do mordomo em uma das janelas e nada encontrou. Escreveu uma resposta rápida:

> Você é o melhor!

Tirou as chaves da ignição e saiu do carro. Ele fechou a porta fazendo o mínimo de barulho possível, atravessou o jardim com passos rápidos e não ficou totalmente surpreso quando William abriu a porta da frente. Ele podia ouvir vozes ecoando no corredor, onde seu padrasto e o irmão mais velho debatiam algo com animação, então ele se contentou com um sorriso agradecido na direção de William antes de subir as escadas depressa.

Ele chegou ao quarto sem que ninguém percebesse, colocou o pijama e se deitou na cama com um suspiro de satisfação. Pegou no sono depressa depois de um dia longo e de um belo jantar, mas ao sonhar, o que via eram corvos ensanguentados presos em uma gaiola de ferro.

A julgar pela quantidade de vezes que o celular de Jeremy tocou enquanto ele cortava o cabelo na manhã seguinte, nenhum aviso teria preparado Laila para a ida às compras hoje com Jean. Jeremy não tinha como ler as mensagens, mas, de vez em quando, Cat ia até ele de onde estava esperando para informá-lo quantos copos de Bubble Tea ele precisaria comprar para cair nas graças de Laila de novo. A cada vez que ela aparecia, acrescentava mais oito ou nove à contagem final.

Quando ele finalmente terminou de cortar o cabelo e foi levado até o caixa para pagar, pegou o celular junto com a carteira. Havia cinquenta e sete mensagens não lidas. Jeremy torcia para que a maioria fosse do grupo de fofocas, já que Laila não era muito de mandar mensagens em sequência, mas essa quantidade toda de notificações já era o bastante para fazê-lo suspirar.

— Obrigado — agradeceu ele, pegando o cartão e o recibo e dando uma gorjeta em dinheiro.

Cat saiu do salão antes dele, mas esperou até que Jeremy pudesse anotar a gorjeta que havia dado no canto superior do recibo. Ele guardou o papel na carteira antes de passar o dinheiro restante a Cat para ajudá-la com as compras e o aluguel. Cat parecia descontente ao guardar o dinheiro no bolso, embora já fizesse um ano desde que tinha desistido de protestar contra o que considerava ser uma caridade dele. Não era por causa do dinheiro, então ele não levava para o lado pessoal. Cat se preocupava mais com o que ele tivera que fazer para conseguir aquilo, já que o padrasto estava sempre pegando no pé dele.

Como ela estivera em contato com Laila enquanto ele estava ocupado, sabia exatamente onde levá-lo para se encontrar com os outros. Eles estavam sentados em uma mesa na beirada da praça de alimentação, onde Laila mexia com uma colher o que restara de seu sorvete, fazendo a maior bagunça. Sorvete era o refúgio dela em momentos de estresse, então Jeremy tentou dar seu melhor sorriso de desculpas enquanto se sentava em frente a Jean.

Laila parou de mexer a colher para olhar para ele.

— E as pontas descoloridas?

Cat dedurou Jeremy no mesmo instante:

— Ele amarelou no último segundo e mandou descolorirem tudo. Ficou falando que o estilo caiçara descolado era melhor do que ficar parecendo um cantor fracassado que só emplacou um hit na vida. Bundão — provocou ela, dando ênfase quando Jeremy fez uma careta. — Você está parecendo um Ken.

— E isso é bom, não? — perguntou Jeremy.

— Se o seu objetivo na vida é ser só o namorado de alguém, então beleza — disse Cat. Quando viu o olhar que Laila estava dando, ela suspirou, cansada, e deu um tapinha no ombro de Jeremy. — Tá bom, ficou ótimo, de verdade. — E como ela nunca sabia a hora de parar, acrescentou: — Eu só acho que teria ficado mais maneiro se fizesse só nas pontas. E seria mais fácil de manter também. Você tem ideia de quantas vezes vai ter que retocar isso?

— Então quem sabe no ano que vem eu faço só as pontas — respondeu Jeremy. — Depois que eu me formar e não tiver que lidar com a repercussão, combinado? — Ele olhou de Laila para Jean. O garoto estava com as mãos cruzadas sobre a mesa e a fisionomia impassível, o olhar fixo em algum ponto distante. Jeremy se inclinou para um lado para contar o número de sacolas a seus pés. Mesmo sabendo que nenhum dos dois estava no clima, ele resolveu perguntar: — Saída produtiva?

Jean murmurou algo em francês que soou bastante grosseiro.

— Tudo bem — disse Laila enquanto cutucava o creme com a colher. — Um dia perfeitamente normal.

— Isso não é... — disse Jean, virando-se para ela com um movimento desdenhoso da mão. Sua mão ainda estava parada no ar quando deu uma boa olhada em Jeremy, que supôs que o outro pretendia terminar com "normal", mas o que saiu foi um espantado: — Loiro.

Jeremy não teve tempo de estudar a expressão efêmera que passou pelo rosto de Jean, porque dois estranhos se convidaram para sentar na mesa dos Troianos, perto de Jean. Era um grupo de homens mais velhos, talvez na casa dos trinta e cinco anos, e um deles estava vestido com uma camiseta surrada do Seattle Sasquatch. Os Sasquatches eram um time de verão da liga principal e começariam a temporada naquele fim de semana.

O torcedor do Seattle apontou diretamente para Jean.

— Gene Moore — disse ele, exaltado, apesar de ter deturpado o nome de Jean de todas as formas possíveis. — Não é? Eu te falei que era ele. Vi a tatuagem da nossa mesa. Ouvi dizer que você estava vindo para Los Angeles, mas nunca na minha vida pensei que te encontraria aqui. — Ele olhou em volta da mesa, reparando na camisa de Cat, que ostentava o logo da USC, e ligou os pontos. — Troianos.

— Somos nós — disse Jeremy com entusiasmo.

— Ei, cara — disse o estranho, voltando-se para Jean de novo. — Sinto muito pelo que aconteceu com o Riko e tudo mais. Ele merecia um fim bem melhor do que esse, não?

— Merecia não ter sido sabotado — murmurou o sujeito à direita dele. Ele afastou o cotovelo que o cutucava e manteve os olhos em Jean.

— Teria sido bom ter você na defesa naquela noite, né? Alguém que pudesse fazer a diferença contra o Kevin.

— Ele é um torcedor fanático dos Corvos — afirmou o primeiro, sem se desculpar.

Jean os analisou em um silêncio enervante por alguns instantes, depois desviou o olhar e voltou a encarar o nada. Quando o silêncio se estendeu por tempo suficiente para se tornar incômodo, Cat se inclinou para a frente com um sorriso largo demais e disse:

— Foi mal, foi mal! O inglês dele ainda não é lá grandes coisas. Por isso que ele nunca fala com a imprensa, sabe? — Ela agitou os dedos para Jean a fim de chamar sua atenção e disse em um tom tão sério quanto pôde: — *Voulez-vous coucher avec moi?*

Do outro lado da mesa, Laila engasgou com o sorvete. Jeremy precisou se esforçar para não perder a compostura. Ele não tinha certeza se Jean ia deixar ela se safar dessa, mas então o francês deu uma resposta longa que absolutamente ninguém entendeu. Jeremy nunca tinha pensado em estudar francês antes, mas ouvir Jean estava o fazendo ter ideias perigosas. Ao lado dele, Cat assentia com uma expressão concentrada, ignorando o fato de que ela não tinha a menor ideia do que Jean estava dizendo.

Depois que Jean parou de falar, ela olhou para os dois e comunicou:

— Obrigada pela preocupação. É um pouco cedo para falar sobre esse assunto, mas esperamos que vocês tenham um excelente dia!

Ficou nítido que eles ainda não queriam ir embora, mas seria mais constrangedor continuar ali depois de terem sido dispensados de maneira tão enfática, então os homens voltaram derrotados para a própria mesa. Jean esperou até que eles estivessem longe demais para ouvir antes de se voltar para Cat.

— Sua pronúncia é pavorosa — criticou ele. — Quem ensinou essa frase pra você?

— É de uma música — respondeu ela, sem se deixar abalar. — De nada, a propósito.

— Eu não agradeci.

— Poderia ter agradecido — disse Cat. — Você estava pesando o clima.

— Não tenho permissão para falar com o público — explicou Jean. — O... treinador principal queria que nos concentrássemos em nosso jogo e deixássemos Riko e Kevin lidarem com qualquer interação externa.

Ao dizer o nome de Riko, o canto da boca dele se curvou, mas Jean desviou o olhar antes que Jeremy conseguisse chamar a sua atenção. Sentada em frente à Cat, Laila comentou:

— O... — E parou de falar com a colher pendente no ar, de forma muito incisiva. — Hoje já é outro dia. Por que você fica mudando de ideia quando vai falar dele, como se fosse chamá-lo de outra coisa? — Quando Jean não respondeu, ela olhou de esguelha para ele e disse: — Você realmente não tem costume de falar com os outros se é tão ruim assim em se controlar. Você é tão socializado quanto um cão abandonado.

— Já terminamos aqui? — perguntou Jean.

— Ainda estou comendo — disse Laila, empurrando o sorvete com a colher.

— O desequilibrado — Cat tentou adivinhar, contando nos dedos.

— O chefão. O dom Corleone. O mandachuva. O chefe. O desgra...

— Chega — tentou Jean.

— ... çado que arruinou a sua vida. O mestre.— E estava na cara que ela pretendia continuar, mas Jean estremeceu. Ele tentou disfarçar depressa, levantando-se da mesa para se afastar deles, mas Cat o encarou, horrorizada. — Você não pode estar falando sério. *Eu* não estava falando sério. Que tipo de filme B de terror dos anos 1980...

— Chaves? — perguntou Jeremy. — Vou ajudá-lo a levar as sacolas para o carro.

— Você não pode ficar passando pano para ele — protestou Cat.

Jeremy abriu seu melhor e mais radiante sorriso e disse:

— Não vamos ter essa conversa no meio da praça de alimentação do shopping, Catalina.

Laila usou a mão livre para tirar as chaves da bolsa. Jean e Jeremy dividiram as sacolas entre eles. Mais tarde, Jeremy ficaria frustrado ao perceber quão poucas elas eram. Naquele instante, seus pensamentos estavam em um turbilhão. Conduziu Jean pelas mesas cheias, cortando habilmente as filas diante de cada restaurante. Eles tinham estacionado perto do salão, mas a saída pela praça de alimentação ainda os levaria onde precisavam ir. Jeremy não lembrava em qual fileira tinham parado o carro, então apertou o controle remoto e seguiu o som da buzina até o carro de Laila.

As sacolas de Jean couberam com folga no porta-malas, Jeremy o fechou o e se virou para Jean, mas esqueceu o que ia dizer quando Jean segurou o queixo dele com força.

— Vocês podem perguntar sobre os Corvos — falou Jean, com uma voz baixa e tenebrosa. — Podem perguntar sobre a Edgar Allan se não tiverem nada melhor para fazer com o seu tempo e com a sua curiosidade. Mas não me perguntem do Riko nem do mestre. Eu não vou falar deles, nem com você nem com ninguém. Está me entendendo?

Ouvi-lo dizer *o mestre* com tanta facilidade, agora que Cat havia descoberto, deixou Jeremy arrepiado, mas ele manteve a expressão calma ao dizer:

— Só pra constar, ele parece um megalomaníaco. Você sabe disso, não sabe?

— Pare — advertiu Jean. — Simplesmente pare.

Jeremy calculou que suas chances de conseguir mais alguma coisa de Jean naquele dia seriam muito baixas, então disse:

— Tudo bem. Nada de perguntas sobre Riko ou seu... treinador principal. — Jean respondeu àquela provocação com uma carranca, mas largou Jeremy e recuou, saindo de perto. Jeremy esperou ele se afastar antes de dizer: — Por enquanto.

Jean resmungou algo grosseiro enquanto ia para o banco de trás, e Jeremy se sentou no porta-malas enquanto esperava Cat e Laila chegarem.

196

CAPÍTULO DEZ

Jean

Aparentemente a vida era muito mais complicada quando não se tinha uma equipe para lidar com as pequenas burocracias do dia a dia.

A primeira semana de Jean na Califórnia seguiu um padrão mais ou menos definido. Nas tardes de segunda, Laila e Cat faziam uma faxina pesada no apartamento, precedida de um sermão para Jean sobre os produtos químicos que ele não deveria misturar em circunstância alguma. As quintas-feiras eram reservadas para o preparo das refeições, teoricamente para facilitar as noites de jogos e as viagens de fim de semana durante o ano letivo. Jean aprendeu a separar e lavar a roupa com Laila e conheceu o supermercado de cabo a rabo de tanto ir até lá com Cat.

Todas as manhãs, eles caminhavam até a academia do campus. Como não dava para confiar em Jean para segurar os pesos se fosse necessário, Laila e Cat se ajudavam enquanto ele fazia alongamentos e caminhava em uma das esteiras.

As tardes eram preenchidas com o que quer que as garotas estivessem a fim de fazer naquele dia, seja passear pelo centro da cidade, fazer compras ou garimpar em brechós. Laila os arrastou até a biblioteca uma vez, onde Jean tinha quase certeza que ela tinha olhado cada título na estante, e Cat os levou para passear pela cidade e pelas redondezas. Em um dia ensolarado, Cat saiu para um longo passeio de moto, deixando Laila e Jean aproveitando uma tarde abençoada de silêncio na casa.

Jean ia para onde quer que elas o levassem porque era melhor do que ficar sozinho em casa, respondia às perguntas menos intrusivas e tentava, sem sucesso, não se deixar impressionar com o quanto Los Angeles era grande. Era tão fascinante quanto horrível e, toda noite, quando eles finalmente voltavam para a segurança da casa, seus nervos estavam à flor da pele. Ajudar Cat a cozinhar começou a se tornar uma fonte silenciosa de conforto, uma forma de desacelerar e aliviar o estresse do dia.

Jeremy apareceu para jantar todos os dias daquela semana, aparentemente excluído da mesa da família por causa do estado do seu cabelo. Ele riu ao contar, mas Jean notou a amargura em sua expressão e o olhar carregado que Cat e Laila trocaram no momento em que Jeremy se virou. Não cabia a Jean perguntar, pelo menos até que isso começasse a interferir no desempenho deles em quadra, então ele deixou a informação guardada para depois.

Na sexta-feira, Jeremy chegou à casa bem na hora em que eles estavam prestes a começar a preparar o jantar. Laila e Jeremy se acomodaram em duas das três banquetas para conversar enquanto os outros dois colocavam mãos à obra, Jean cortando pimentões todo desajeitado e Cat selando a carne no fogão. Jean já cortara metade dos pimentões quando o celular de Jeremy tocou, com um som de grasnado de pato.

Jean já tinha ouvido o celular dele tocar o suficiente para saber que era alguém da defesa mandando mensagem. Por motivos que não sabia explicar direito, Jeremy havia atribuído um toque diferente, sempre de sons de animais, para cada parte da equipe. As conversas em grupo tinham sinos em tons variados, e a família dele sempre se destacava como um acorde estridente. Era uma cacofonia constante sempre que Jeremy estava por perto e, por mais irritante que fosse, fazia Jean pensar em Renee, com quem ele ainda não havia entrado em contato desde que chegara à Califórnia.

Jeremy se inclinou para pegar o celular.

— Cody — anunciou ele, parecendo surpreso.

— Deve estar se perguntando por que ainda não foi convidade para conhecer Jean — comentou Laila.

Cat trouxe a panela com a carne e colocou os cubos em papel toalha. Ela cutucou Jean com o cotovelo enquanto dizia:

— Tecnicamente, Cody não tem posição na equipe, mas ele se considera líder da linha de defesa. Está passando o verão na praia, em Carlsbad, com Ananya e Pat, então em algum momento vocês vão se conhecer. Jeremy, pergunte se Cody já criou coragem de...

— É o Lucas — explicou Jeremy, com um tom de voz tenso que fez Cat se calar no mesmo instante. Em vez de explicar, ele ligou e cobriu o outro ouvido com a mão. Cody não demorou para atender, a julgar pela rapidez com que Jeremy perguntou: — Como ele está?

— Ah, merda — disse Cat em voz baixa.

— Não, eu não estava acompanhando. Eu estava... — Em um piscar de olhos, toda a postura de Jeremy mudou. Jean sentiu o sangue se esvair de seu rosto, mesmo quando Jeremy desceu do banco e se afastou deles. Seus ombros estavam tensos enquanto ele ouvia o que Cody tinha a dizer. Depois de um tempo, ele falou, em uma voz que não parecia nem um pouco com a sua: — Obrigado por tê-lo acolhido. Se precisarem de alguma coisa, é só nos avisar. Sim, eu... resolvo isso aqui.

Jeremy desligou, apoiou o celular na ponta da bancada e jogou a cabeça para trás, encarando o teto e parecendo olhar além. Laila e Cat trocaram um olhar demorado enquanto Cat levava a panela para a pia, mas Jean voltou a cortar. Jeremy precisou de alguns minutos para organizar suas ideias antes de se aproximar de Jean. O garoto olhou da mão que Jeremy estendia, aberta, para a única coisa que estava segurando antes de finalmente entregar a faca. Jeremy, por sua vez, colocou-a no balcão, o mais longe possível dos dois.

— Lucas está bem? — perguntou Laila.

Jeremy levantou a mão em um gesto como se pedisse por paciência e manteve os olhos em Jean.

— Houve um acidente — disse ele, e fez uma careta como se essa não fosse a palavra que ele queria usar. Ele mordeu o lábio inferior antes de ir direto ao ponto: — Sinto muito. Wayne Berger está morto.

Jean o encarou enquanto esperava que as palavras fizessem sentido.

— Como?

Jeremy demorou um pouco para encontrar as palavras, mas a verdade que ele tinha para comunicar só poderia ser suavizada até certo ponto:

— Parece que ele nocauteou a terapeuta e roubou o abridor de cartas dela. Ela encontrou o corpo dele quando acordou do desmaio. Sinto muito.

Nenhum dos atacantes dos Corvos poderia preencher o vazio deixado por Kevin, mas Wayne tinha sido o melhor de um grupo que pertencia a um patamar abaixo em termos de habilidade. Ele lutou muito para ser o principal parceiro de Riko na quadra, e seus esforços e deslealdades foram recompensados em seu último ano. Agora Riko não existia mais, o Ninho estava fechado e o futuro glorioso que o mestre prometera estava em ruínas. Jean queria estar surpreso por Wayne ter chegado a esse ponto, mas estava apenas cansado. Os Corvos se formavam; eles não iam embora.

— Vocês eram próximos? — Laila perguntou a Jean.

— Ele era um Corvo — disse Jean, como se qualquer um deles pudesse entender as emoções complicadas por trás dessa afirmação. Eles eram um mundo à parte, cheio de raiva, elos de uma corrente onde compaixão e consideração não tinham lugar. Precisavam uns dos outros. Eram mais fortes juntos. Se odiavam. Mas odiavam as outras pessoas ainda mais. — Mas ele não era meu parceiro e não vou ficar de luto pela morte dele.

Ele tentou pegar a faca para voltar ao trabalho, mas Jeremy a afastou ainda mais. Jean olhou para ele com desaprovação, porém Jeremy não se intimidou.

— Não tem problema ficar triste, mesmo que ele não fosse seu amigo ou parceiro — disse Jeremy. — Ele mesmo assim foi seu companheiro de equipe por alguns anos. É normal se sentir abalado pela perda.

"Só quero ter certeza de que você ficará seguro, certo? Houve rumores no dia em que Riko..." Ele se lembrou tarde demais que não deveria falar sobre o Rei falecido e fez uma careta ao tentar de novo. "Disseram que você estava em péssimo estado quando os seguranças o arrastaram para fora da Torre das Raposas."

Jean levantou a mão e a analisou, lembrando-se dos curativos ensanguentados com os quais acordara no Centro Médico Reddin. Ele ainda não sabia ao certo o que havia feito com o quarto de Neil. Tudo o que tinha como base era o comentário blasé e nada prestativo de Wymack: "você detonou o lugar". Ele não voltara ao dormitório para ver o caos que deixara lá.

— Sua preocupação é infundada — retrucou Jean. — Eu prometi que não iria me matar.

— Só para deixar registrado, pessoas equilibradas não falam esse tipo de coisa — comentou Cat.

Laila analisou o rosto de Jean, talvez procurando um motivo para desconfiar daquela reação calma e, por fim, disse:

— Daqui a pouco a gente volta a falar sobre esse assunto. O que aconteceu com o Lucas? — Ela olhou para Jeremy com uma expressão preocupada.

— Ele apareceu na casa deles todo arrebentado — disse Jeremy, apontando para o lado esquerdo do rosto. — Com hematomas da testa até o queixo e dois dentes faltando. Lucas Johnson — explicou ele, voltando a olhar para Jean. Ele reconheceu o nome da escalação do Troianos, mas não entendeu por que isso deveria significar alguma coisa para ele. O outro jogador estava um ano atrás dele e só entrava em campo contra os adversários mais fracos dos Troianos. Jeremy ligou os pontos para ele um instante depois: — O irmão mais novo de Grayson Johnson.

Jean perdeu o fôlego.

Johnson era um sobrenome tão comum que ele nem tinha pensado em juntar as peças. Corvos eram Corvos; eles pertenciam uns aos outros e a Evermore. Entrar no Ninho significava deixar tudo e todos para trás. Jean sabia que Grayson odiava a USC, mas todos os Corvos odiavam. Nem Grayson nem os treinadores jamais deram indício de que havia uma vingança pessoal envolvida.

— Ele não mora aqui — afirmou Jean, recusando-se a formular como uma pergunta.

O olhar de Jeremy era perscrutador.

— Os Johnson moram a algumas horas ao sul daqui, em San Diego. Lucas me avisou que Grayson voltou para casa furioso na semana passada, mas essa foi a última notícia que tive dele. Infelizmente, ele estava lá quando Grayson soube do que aconteceu com Wayne, e Grayson não lidou nem de longe tão bem quanto você está fingindo lidar. Os pais do Lucas conseguiram trancá-lo por uma noite para se acalmar, e Lucas fugiu.

— Vou chutar e dizer que eles eram amigos? — perguntou Cat. — Quem sabe vocês dois não poderiam conversar e tentar superar isso juntos. Sei que parece meio grosseria sugerir isso, já que ele tentou arrebentar a cara do Lucas, mas Lucas não era um Corvo. Você pelo menos entende o lado do Grayson, e você...

— Não — respondeu Jean, com tanta intensidade que Cat se afastou dele.

Jeremy se apoiou na ilha e encarou Jean, com os braços cruzados. Jean desviou o olhar, movendo a mandíbula, relembrando o gosto de sangue e algodão na boca. Ele verificou a lateral do pescoço, procurando por algum machucado, e ficou um pouco surpreso ao ver que a pele estava intacta. A sensação pegajosa nas costas o alertou sobre estar muito perto de passar mal.

Lembrou-se da primeira vez em que prestou atenção de verdade em Grayson: no dia em que Riko convocou todos os homens da defesa para uma reunião e pediu voluntários para a iniciação de Jean.

"Cinco ou seis devem bastar." Riko havia dito, alegando que Jean queria conhecer melhor seus novos companheiros de equipe. Cinco mãos se ergueram, na esperança de agradar o jovem Rei, e a de Grayson foi uma delas.

Ter que ir até eles foi um pesadelo, mas sobreviver ao depois foi um inferno. Afinal, todos eles eram Corvos e Evermore, sua jaula. Todas as manhãs depois disso, ele acordava ao lado deles. Ele ia às aulas, fazia as refeições, treinava e jogava com eles. Quatro deles nunca mais tentaram nada, satisfeitos em atormentar Jean com piadas cruéis e comentários maliciosos quando perceberam que as feridas não se fechavam. Grayson, por outro lado, deixou bem explícito que não hesitaria em forçar de novo, se conseguisse pegar Jean sozinho.

— Ei — disse Jeremy, e mais alto — *Ei*. Jean, olha pra mim.

Jean direcionou o olhar com esforço para o rosto de Jeremy, mas Jeremy estava olhando para a mão dele. Jean percebeu, distraído, que ainda segurava o próprio pescoço, e só então sentiu o ardor das unhas que tinham rompido a pele. Jean foi relaxando o aperto aos poucos e deixou a mão cair, sem forças, sobre a bancada, e só então Jeremy voltou a olhá-lo.

— Fala comigo — disse Jeremy.

— Não sei o que você quer que eu diga.

— Me fala do Grayson.

— Defensor dos Corvos, número doze — respondeu Jean. — Virou parceiro de Jasmine não faz muito tempo. Um metro e noventa e um, cento e nove quilos, destro, raquete tamanho cinco, segundo turno, entrando no quinto ano no próximo semestre de outono. — *Tem gosto de whey e leite de aveia. Gosta de morder. Me fez ajoelhar e...* — Não me peça para falar com ele.

— Tudo bem — respondeu Jeremy, tão prontamente que Jean foi capaz apenas de olhar para ele. — Se Lucas perguntar, vou dizer que está fora de cogitação. Grayson pode resolver seus problemas com um terapeuta.

— Como o Wayne fez — disse Jean, em ponderação. — Talvez ele também se mate.

— Isso não tem graça — disse Jeremy, com uma ferocidade inesperada.

Cat estremeceu, mas não desviou o olhar de Jean.

— Querido, realmente talvez seja uma boa você pensar em também fazer uma terapia.

— Eu não preciso...

Jean escutou a torneira ser aberta, mas o toque repentino de algo quente e úmido em seu pescoço machucado fez com que ele reagisse por puro instinto. Ele acertou Laila no rosto, fazendo-a recuar e cambalear para longe dele. Cat passou por ele em um piscar de olhos para segurá-la. Jean aproveitou a distração delas para se afastar, esfregando a pele com força para tirar o calor úmido.

Cat murmurava em um espanhol perturbado enquanto pegava o papel toalha dos dedos de Laila. Jean viu o vermelho muito familiar de sangue fresco antes de Cat colocar o papel toalha no nariz de Laila. Jean cruzou os braços para observar e esperar pela inevitável retaliação que viria.

Quando Cat finalmente se certificou de que o sangramento havia cessado, ela empurrou Jeremy para fora do caminho e apontou um dedo na cara de Jean.

— Nunca mais bata nela — disse ela sem um pingo de seu bom humor habitual. — Está entendendo?

— Não posso prometer que não vou fazer isso — retrucou Jean.

Cat esperou um pouco e depois exigiu:

— Você não vai nem pedir desculpas?

Não tinha como ela estar falando sério, mas Jean olhou para o rosto de Cat voltado para cima e não viu nada além de uma frustração contida. Não havia violência nela, apesar da tensão em seus ombros e da rapidez com que ela fora em sua direção. Jean pretendia zombar dela por ser frouxa, mas ao invés disso perguntou:

— Você está insinuando que palavras seriam suficientes para resolver isso? — Seu tom estava mais revestido de curiosidade do que de qualquer outra coisa. — Sangue só pode ser pago com sangue. Palavras não bastam para compensar.

— Você está mesmo falando sério? — exigiu Cat, mas talvez ela já soubesse a resposta, pois continuou com a bronca: — É óbvio que eu tô pra lá de puta, mas até eu sei que você não fez de propósito. Dar um tapa em você não faria nenhuma de nós se sentir melhor, portanto, pode ir tirando isso da cabeça.

— Não consigo entender.

— Você não está bem — disse Cat. — Consegue perceber isso, certo?

Jean olhou para Laila, atrás dela. Ela, pelo menos, deveria estar pronta para se vingar, mas manteve distância. Sua expressão era intensa e curiosa. Jean não sabia o que pensar daquilo, mas ofereceu uma resposta obediente:

— Me desculpe.

— Não quis te assustar — respondeu ela. Ela deu a ele tempo para elaborar desculpas ou justificativas, mas não fazia sentido mentir quando todos ali podiam ver a verdade. Laila relaxou um pouco quando ele não ofereceu nenhuma desculpa e disse: — Você vai explicar o que rolou?

— Não — retrucou Jean.

— Ele também bateu em você— atestou Cat, e apontou para o peito de Jean — Foi ele quem fez isso?

— Eu me machuquei durante os treinos.

— Porra nenhuma. O que ele fez com você?

— Não vou falar sobre ele com vocês.

— Você disse que eu poderia perguntar sobre os Corvos — Jeremy o lembrou. — Estou perguntando.

— Não do Grayson — Jean enfatizou, e não deixou de acrescentar um desesperado: — Por favor.

Implorar nunca o salvara da crueldade de Riko, mas ainda assim, Riko gostava de ouvir. A lembrança do sorriso ávido de Riko era tão nítida que Jean quase o sentiu contra a pele. À sua frente, a expressão de Jeremy se transformou em algo triste e sincero. Jean se recusava a acreditar que deixariam a coisa por aquilo mesmo com tanta facilidade, mas quando Jeremy falou, foi apenas para dizer:

— Não falaremos do Grayson, então. Desculpe se o deixamos chateado.

Jean esperou que ele demonstrasse irritação, mas Jeremy apenas deu um passo para trás, saindo do espaço pessoal de Jean. Alguns instantes depois, Cat voltou a cozinhar e Laila retornou à banqueta ao lado de Jeremy. Foi ela quem devolveu a faca para Jean, que deixou os dedos repousarem sobre a lâmina enquanto esperava que aquilo tudo fizesse sentido.

No time dos Corvos, não havia espaço para fraqueza ou vulnerabilidade. Eles eram tão fortes quanto o seu jogador mais fraco. Qualquer um que falhasse ou demonstrasse insegurança precisava ser corrigido no mesmo instante. Era uma fraqueza imperdoável que ele se deixasse abalar daquela forma por causa de apenas um nome, e eles tinham todo o direito de atacá-lo até que ele aprendesse a esconder melhor suas feridas. Em vez disso, eles voltaram calmamente ao que estavam fazendo antes da ligação.

Por fim, Jeremy perguntou:

— Você quer falar do Wayne?

Ao menos Wayne era um assunto neutro, algo que poderia afastar seus pensamentos de quartos escuros e de sangue. Jean cortou lentamente os pimentões enquanto contava para eles do atacante irritadiço. Falar das estatísticas eram um ponto de partida óbvio, embora fosse bem provável que eles tivessem uma ideia dos números dele, por terem jogado contra os Corvos. A partir daí, foi assustadoramente fácil compartilhar lembranças mais subjetivas de Wayne. Jean sabia que não deveria. O que acontecia no Ninho deveria ficar no Ninho. Mas Jean não era um Corvo, e Wayne estava morto.

O problema era o seguinte: quando Jean começou a falar de Wayne, tornou-se fácil falar de Sergio, Brayden e Louis. Talvez fosse para preencher o silêncio e impedir que seus novos colegas de equipe pedissem mais do que ele estava disposto a fornecer, mas se ele falasse sobre os Corvos, não pensaria em Grayson. Os Troianos ouviam com um intenso e aguçado interesse que era bastante perturbador, pois Jean havia aprendido anos antes que nada do que ele dizia tinha qualquer importância. Jean quase ficou aliviado quando acabou de picar e cortar tudo, finalmente tendo uma desculpa para deixá-los.

Ele chegou à porta da cozinha antes que a voz calma de Jeremy o detivesse:

— Você se importa mesmo com eles.

Jean ficou quieto, mas não olhou para trás. Jeremy demorou um pouco para encontrar as palavras e, mesmo assim, tudo o que saiu foi um hesitante:

— Apesar de todas as coisas maldosas que eles disseram a seu respeito essa primavera, você ainda se importa com eles, não é?

— Eu odeio eles — respondeu Jean, e saiu. Era a verdade nua e crua; era uma mentira descarada. Como ele poderia fazer com que essas crianças tão despreocupadas entendessem?

Ele quase foi para o seu quarto, mas pensar em ficar naquele espaço silencioso com a cama de solteiro era tão repugnante que resolveu ir para a sala de estar. Era desorganizada e caótica, mas parecia que alguém realmente vivia ali. Ele podia sentir a presença dos outros, mesmo que não estivessem por perto para incomodá-lo, e isso foi o suficiente para aliviar a solidão que corroía seu coração.

Foi direto até a janela e abriu a cortina blecaute com força. Ele queria luz, mas, ainda assim, se assustou ao ver como estava claro lá fora. Jean se acomodou no recanto almofadado da janela, satisfeito em observar o mundo lá fora por alguns instantes, e então tirou o celular do bolso.

Ele procurou pela breve lista de contatos até encontrar Renee. Sua cabeça estava a mil, mas não fez questão de externar nada do que estava pensando. Em vez disso, ele digitou a mesma mensagem que havia enviado a ela mais vezes do que podia se lembrar no semestre anterior, quando precisava das palavras dela para não perder a cabeça.

> Me conta alguma coisa.

Ela levou apenas um minuto para responder, e Jean ficou sentado observando a enxurrada de mensagens. Ela contou da casa nova de Stephanie, cuja lateral do terreno dava para um parque arborizado. Ela tinha visto cervos no quintal de vez em quando, mas ainda não tinha conseguido tirar uma boa foto deles. Aparentemente, os esquilos e os pássaros estavam em pé de guerra pelos comedouros no quintal, por mais que Stephanie e Renee tivessem instalado vários outros, tentando apaziguá-los. Ela continuou a contar detalhes de sua vida, e ele os usava como uma tábua de salvação para fugir dos próprios pensamentos.

Quando Renee ficou sem ter o que contar, ela não fez a mesma pergunta para ele. Sabia que ele enviara aquela mensagem para não ter que pensar e, por isso, não iria levá-lo de volta para onde estava tentando sair. Tudo o que ela disse foi:

> É sexta-feira, 18 de maio. Onde você está agora?

Jean sabia que ela aceitaria qualquer resposta: no que ele estava pensando ou onde ele estava literalmente, no sentido físico. Jean optou por um pouco de verdade e enviou de volta:

> Wayne Berger se matou na terapia hoje.

Ele olhou pela janela de novo, observando como o sol da tarde brilhava nas janelas e nos carros. De onde estava, não conseguia ver ninguém, mas podia ouvir gritos distantes e empolgados de uma festa em algum lugar por perto. Provavelmente vinha da casa azul a duas portas de distância; quando ele e Cat iam e voltavam do supermercado, aquela pareceu a residência mais animada.

Los Angeles era um monstro, grande demais, barulhenta demais e agitada demais. Os Troianos eram estranhos e insensatos. Havia um cachorro de papelão em seu quarto que Jeremy tratava como se realmente fosse um membro da casa. Jean não entendia as coisas direito, mas lá no fundo, sabia que era melhor do que tudo que ele já tivera. Era muito mais do que ele merecia. Ele temia isso tanto quanto desejava; era aterrorizante pensar que essa era sua vida agora.

Ele se perguntou onde Wayne morava e para onde tinha ido. Ele perdera sua posição na escalação, seu mestre e seu Rei, mas será que não tivera luz do sol onde ele morava, nem o céu enorme para contemplar em deslumbramento? Estaria Wayne fugindo do que havia se tornado ou será que o que o levou a se matar foi a ideia de voltar para Evermore após de sentir o gosto da liberdade? Jean não sabia. Ele nunca saberia. Não importava. Isso não o traria de volta.

Jean enviou uma mensagem para Renee:

> Ele só tinha mais um ano pela frente e não conseguiu terminar.

Covarde perdedor traidor vendido rejeitado puta
Por que ele deveria se importar se os Corvos desmoronassem?

Dez dias depois, Jeremy enfim foi liberado das obrigações que o mantiveram afastado e apareceu na casa com uma mala de roupas e o maior sorriso no rosto em semanas. Jean ainda tinha duas gavetas vazias em sua cômoda e mais da metade do armário sobrando, então Jeremy se mudou com facilidade e eficiência enquanto Jean observava. Finalmente, Jeremy colocou sua mala vazia no canto de trás do armário e lançou um olhar triunfante para Jean.

— Valeu! Vou tentar não ficar no caminho.

— Você é meu parceiro — Jean o lembrou. — É mesmo pra ficar no caminho.

Jeremy pensou a respeito por alguns instantes.

— Quem era seu parceiro nos Corvos?

Jean desviou o olhar e fez uma careta quando viu Au-Au. Jeremy tinha adquirido o hábito de levar o cachorro para o quarto dele em todas as visitas, sem se importar que Jean sempre o devolvesse para a sala. Ele atravessou o cômodo e virou o cachorro para que seu olhar fixo apontasse para a parede. Era fácil se irritar com a decoração ridícula, o que, por consequência, tornava um pouco mais fácil responder à pergunta de Jeremy.

— Depois que Kevin foi embora, eu assumi o lugar dele ao lado de Riko.

Uma bênção e uma maldição: Riko foi forçado a moderar sua violência quando o desempenho fragilizado de Jean significava uma punição para os dois, mas aceitou o desafio de se ater a crueldades mais sutis. Era um talento antes reservado a Kevin, que não podia ter machucados visíveis, já que vivia rodeado por câmeras.

Jeremy assentiu.

— Imagino que para manter a seleção dos sonhos unida. Mas vocês eram só três... se não contarmos aquela breve palhaçada com o Neil que causou aquele bafafá todo no Natal. Quem era seu parceiro antes de Riko, ou é difícil de responder essa? Você disse que os Corvos eram avaliados a cada semestre, certo?

Jean se virou para encará-lo.

— Eu só tive mais um.

Não por falta de tentativas, é claro. Apesar do atrito entre ele e o resto dos defensores, Jean era da seleção dos sonhos, o 3 em busca de seu 4. Até mesmo Jasmine tentou conquistar um lugar ao seu lado, com a intenção de passar por cima dele para conquistar a aprovação de Riko. Mas de todos os Corvos que tentaram, apenas dois tinham chances reais de se tornarem parceiros permanentes de Jean a longo prazo, e Jean só poderia sobreviver a um deles.

Zane deveria ter sido uma solução temporária, mas os dois tinham muito a perder se fossem transferidos para outros parceiros. Zane queria ser o melhor e jogar com os melhores, e prometera ficar entre Jean e Grayson, não importava o que acontecesse, desde que Jean o ajudasse a ganhar um dos cobiçados números de Riko. Eles haviam se dedicado um ao outro durante anos, brigando, discutindo e se esforçando cada vez mais, e Jean acreditava de verdade que Riko mudaria de opinião e marcaria Zane para a seleção antes da formatura.

Não tinha contado com Riko encontrando Neil. Quando Neil roubou o número que Zane acreditava ser seu por direito, não havia como voltar atrás. Jean olhou para a porta, quase que esperando ver Grayson encostado no batente da porta com aquele sorrisinho de merda no rosto. Lembrar de Zane virando de costas para os dois, dizendo, impaciente "pelo menos não faça tanto barulho, preciso estar em quadra daqui a duas horas" ainda era devastador o bastante para deixá-lo nauseado quatro meses depois.

— Jean? — perguntou Jeremy.

Jean percebeu que não havia respondido à pergunta. Ele engoliu em seco, o estômago embrulhado e disse:

— Zane Reacher. Em geral os calouros são colocados primeiro com pessoas do quinto ano, para que possam se adaptar ao Ninho, mas eu era tão jovem que eles tinham medo que eu atrapalhasse. Na época, Zane estava no terceiro ano, então a diferença era menor.

— Reacher — disse Jeremy, com angústia ao reconhecer o nome. — Ele é ótimo. Muito violento, também.

— Corvo — Jean o lembrou enquanto procurava por uma segunda cama — É como éramos ensinados.

— Imagino que vai ser uma merda precisar a desaprender isso — comentou Jeremy.

— Se vocês aprendessem a praticar o esporte como ele deveria ser praticado — disse Jean, deixando o resto da advertência pairar no ar.

Não havia sentido em retomar a discussão; o sorriso de Jeremy era largo e obstinado. No fim das contas, não importava que eles fossem tolos. Eles ainda eram a segunda melhor equipe, a caminho de se tornar a primeira colocada este ano e, para o bem ou para o mal, Jean concordara em se submeter às suas limitações ridículas.

— Falando em praticar alguma coisa — disse Jeremy —, que tal vermos em que encrenca a gente consegue se meter?

Seria esperar demais que ele estivesse se referindo ao Exy, sobretudo com Jean ainda em recuperação, mas Jean teria preferido algo mais interessante do que o jogo de tabuleiro escolhido por Jeremy. Cat o ajudou a colocá-lo na mesa de centro da sala, enquanto Laila ia até a cozinha pegar bebidas para todos. Por mais que Jean analisasse, o jogo não fazia sentido. Não tinha nada que exigisse reflexos ou decisões rápidas; ele nem precisava decorar as regras, já que cada jogador tinha um cartão de referência para as jogadas.

Eles já estavam na metade do jogo quando o celular de Jeremy apitou e ele leu rapidamente a mensagem.

— Parece que Lucas enfim vai voltar pra casa esta semana — relatou ele, e cutucou Jean com o pé. — Cody quer saber se podem vir aqui um dia antes para que Lucas possa te conhecer. Ele está um pouco preocupado em ter um Corvo no time depois de ver como o irmão ficou, e Cody diz que vai fazer um escândalo se mais alguém te encontrar antes. O que acha?

— São meus companheiros de equipe — respondeu Jean. — Preciso conhecê-los.

Laila refletiu a respeito.

— Se Lucas está nesse nível de ansiedade, seria melhor nos encontrarmos em algum lugar neutro e público, algum lugar onde ele ache que Jean seja obrigado a se comportar.

— Na praia? — sugeriu Cat, examinando o tabuleiro com seriedade antes de mover sua ficha alguns espaços. — Vocês compraram sunga, não foi?

— Não chegamos tão longe na lista — respondeu Laila. — Amanhã um de vocês pode levá-lo para fazer compras. Ainda estou cansada da última vez que precisei ir.

— Não — protestou Jean. — Eu não nado.

Eles o olharam chocados. Jeremy foi o primeiro a conseguir falar, ainda incrédulo:

— Não nada ou não sabe nadar? — Quando Jean se limitou a encará-lo em silêncio, Jeremy tentou de novo. — É uma diferença importante... A treinadora Lisinski enfia a gente na piscina do Lyon duas vezes por semana durante o treino matinal, para fazermos hidroginástica, nadar em voltas e coisa do tipo.

Jean sentiu um frio na barriga.

— O quê?

Cat concordou entusiasmada.

— É um treino excelente.

O fantasma da mão de Riko na garganta dele, segurando sua cabeça firme no lugar enquanto derramava água, era tão vívido que Jean quase esperava ouvir a voz de Riko em seu ouvido. Ele enterrou o rosto na curva do braço e forçou uma tosse, precisando se assegurar que seus pulmões ainda funcionavam.

Eu sou Jean Moreau. Não sou um Corvo. Não estou em Evermore.

Não adiantou. Ele se sentia esfolado, com dores que só sentia depois que Riko o cortava. Cada centímetro de seu corpo estava exposto e sensível. Suas lembranças oscilavam entre Riko e Neil, panos molhados, pisos de banheiro escorregadios e a corda apertando seus braços enquanto ele lutava com todas as forças. A vontade de rasgar a própria garganta apenas para abrir um caminho melhor até os pulmões era tão intensa que ele precisou agarrar os próprios tornozelos para se conter. As correntes rangiam; a caixa sacudia. Se ele não conseguisse respirar direito, seu peito ia ceder.

afogando estou me afogando estou

— Jean? — perguntou Jeremy. — Ei, você está bem?

Como poderia estar bem? Ele estava a um quilômetro de distância de uma quadra de Exy, sem equipamento e com três costelas em processo de recuperação. Não havia válvula de escape para a violência em suas lembranças e nem para o medo em seu corpo. Ele sucumbiria sob o peso dessas duas coisas se não conseguisse tirá-lo de dentro de si.

— Quero sair para correr — anunciou ele, pensando *como posso correr com os pulmões cheios de água?*

Jeremy se levantou e ofereceu a mão. Jean demorou uma eternidade para conseguir soltar o aperto no tornozelo o suficiente para pegá-la, e Jeremy o ergueu com uma facilidade que o surpreendeu. Enquanto Jeremy calçava os sapatos, Jean foi até o quarto pegar uma camiseta mais larga do que a que usava. Cat e Laila estavam empoleiradas na porta da sala quando Jean voltou, mas ele ignorou os olhares das duas e se concentrou em calçar os tênis e amarrar os cadarços.

Ele e Jeremy correram uma volta ao redor do campus, depois deram uma segunda volta incluindo os estádios. Jean diminuiu a velocidade, surpreso, quando viu um avião posicionado na fronteira leste do Exposition Park. Jeremy seguiu seu olhar confuso e começou a explicar, mas Jean ainda não estava com vontade de conversar. Ele dispensou Jeremy com um aceno e voltou a acelerar, e Jeremy o seguiu em silêncio.

Quando voltaram para Vermont e Jefferson, eles finalmente pararam para se alongar, e Jeremy aproveitou o intervalo para falar.

— Se isso vai ser uma questão, podemos falar com a treinadora — disse ele.

Jean limpou o suor do rosto com a manga da camiseta.

— Não vai ser uma questão.

— Os oito quilômetros que acabamos de correr sugerem o contrário.

— Não vai ser uma questão — repetiu Jean. — Não vou deixar que seja.

Jeremy o avaliou com uma intensidade inquietante.

— Eu quero te ajudar, Jean, mas preciso que me deixe te ajudar. Eu não consigo ler a mente alheia, sabe? — Ele esperou, como se, de alguma forma, achasse que aquelas palavras fariam Jean mudar de ideia, e suspirou quando Jean apenas encarou o nada em um silêncio taciturno. Em vez de insistir no assunto, ele ofereceu: — Não precisamos marcar o encontro na praia. Há vários lugares.

— Na praia está bom — retrucou Jean.

— Certo — respondeu Jeremy, em um tom que dizia que ele não estava nada convencido, mas deixou de lado.

Eles caminharam para casa em silêncio. Jeremy deixou que Jean tomasse banho primeiro para que ele pudesse combinar tudo com Cody. Jean ligou o chuveiro antes de se despir, mas ficou em silêncio por dois minutos enquanto observava a água escorrer pelo ralo.

Na maioria das vezes, Jean entrava e saía do banho tão depressa quanto podia. Nos piores momentos em Evermore, quando apanhava tanto que achava que ia morrer e precisava sentir o calor nos músculos doloridos, ele conseguia tolerar banhos mais longos, mantendo a cabeça fora do jato de água pelo maior tempo possível. Era sempre uma incógnita se ele conseguiria manter o controle, mas ter os Corvos por perto ajudava. Havia limites que Riko não ultrapassava com testemunhas presentes. Agora Jean não tinha ninguém e, quanto mais ele enrolava, mais seus pensamentos se voltavam para o que o aguardava em junho.

Ele cravou os dedos nas costelas, procurando algum resquício de dor que o ajudasse a se centrar, mas não encontrou nada. Por fim, não teve escolha a não ser entrar no chuveiro e se lavou tão rápido que ainda se sentia sujo depois. Quase não foi rápido o suficiente, e Jean cedeu à fraqueza por tempo suficiente para se ajoelhar na banheira depois de desligar a água. Ficou ali até seus joelhos doerem e ficarem dormentes, ouvindo o coração bater em um ritmo estrondoso nos ouvidos, tentando afastar seus pensamentos para o mais longe que conseguia.

CAPÍTULO ONZE

Jean

Na manhã seguinte, Jean deu dois passos para dentro da cozinha até suas pernas pararem de funcionar. Jeremy e Laila estavam perto da ilha em seus trajes de banho: Laila com um maiô preto com decotes estrategicamente posicionados na altura da cintura e das costas e Jeremy com um short azul-claro que pendia perigosamente baixo em seus quadris. Ficar encarando Laila seria absurdamente inadequado, considerando tudo, mas ficar olhando para Jeremy era perigoso demais em diversos níveis.

Maldito fosse ele por ficar tão bem loiro quanto moreno. Jean sabia qual era o seu lugar; sabia qual era o próprio propósito. Ele sabia que, como um Moreau, seu destino na vida era suportar qualquer sadismo e degradação que os Moriyama julgassem adequado aplicar nele. O que não conseguia suportar era a crueldade por trás dessas tentações incessantes, desde Kevin se aproximando demais com um sussurro conspiratório aos lábios de Renee em sua têmpora ou Jeremy com sua facilidade de sorrir e dar risada.

— Pois não? — perguntou Laila quando ele ficou olhando por mais tempo do que deveria.

Ele teve a nítida sensação de que ela estava rindo dele, mas Jean se deu por vencido e foi embora.

Pelo menos eles se cobriram para a viagem de carro, as garotas com shorts e blusas transparentes e Jeremy com uma camiseta larga da USC. Os três estavam de ótimo humor quando pegaram a estrada. Se perceberam que Jean escolheu ficar em silêncio, não tentaram forçá-lo a falar. Ele deixou que as palavras entrassem por um ouvido e saíssem pelo outro, contentando-se, por enquanto, em olhar pela janela e ver a cidade passar. Não havia nenhuma nuvem no céu, o calor quase beirava o desconfortável. Todas as vitrines pelas quais passavam ameaçavam refletir o sol da manhã de volta para eles, e Jean ficou grato pelos óculos escuros que Laila o forçara a comprar.

Eles precisaram dar algumas voltas para encontrar uma vaga que coubesse o carro, mas terminaram estacionando a uma quadra de distância, e seguiram até a praia. Jean parou ao primeiro toque da areia suave sob seu sapato, tão surpreso com as lembranças que ficou paralisado. Cat e Laila continuaram avançando de braços dados, com Cat cantando o resto de uma música que estivera tocando no rádio. Jeremy estava mais perto de Jean e percebeu no mesmo instante quando ele parou.

— Tudo bem? — perguntou ele.

— Marselha ficava no litoral — respondeu Jean. — No Mediterrâneo.

— É mesmo? — perguntou Jeremy, parecendo inesperadamente satisfeito com essa pequena informação. — Eu fui à Europa. Meu pai já foi alocado para lá algumas vezes, mas... — Ele deu de ombros e não se deu ao trabalho de elaborar. — Pode me contar sobre a França?

— Não — respondeu Jean, e expressão de decepção que passou pelo rosto de Jeremy fez com que Jean sentisse uma pontada de tristeza. Ele deveria ter parado por aí; precisava ter parado por aí. Em vez disso, ele disse: — Não quero falar de casa. De qualquer forma, eu não confiaria na minha memória. Tinha catorze anos quando vim para os Estados Unidos, mas cinco anos no tempo dos Corvos são uma vida inteira.

Na cabeça dele mais pareciam sete anos e meio, mas se falasse isso, Jean sabia qual seria a resposta de Jeremy. A expressão de Jeremy deixava nítido que ter falado pouco não fora o suficiente para que se safasse, e Jean deu um passo à frente, tentando deixar a conversa para trás.

Jeremy o acompanhou.

— É isso que não entendo sobre você — admitiu ele calmamente. — Cometeram um crime hediondo contra você, contra todos vocês, mas você não sente raiva. Quer dizer, sente raiva das pequenas coisas, mas não do que de fato importa. O treinador Moriyama nunca deveria te ter feito passar por isso.

— Tudo o que aconteceu comigo aconteceu por um motivo — disse Jean. *Eu sou Jean Moreau. Eu sou da seleção dos sonhos.* — Não tenho motivo para ter raiva do que me levou a isso.

— Se você disser que mereceu, vou te dar uma rasteira — advertiu Jeremy.

— Não faria uma coisa dessas — respondeu Jean.

— Talvez não — concordou Jeremy. — Mas pensarei com carinho em fazer.

Eles alcançaram Laila e Cat em uma torre de salva-vidas que era listrada como um arco-íris. Jean ficou olhando para a torre para não ter que assistir enquanto os três tiravam as roupas. Haviam trazido uma sacola de compras para guardar seus pertences, mas Cat tirou de lá um frasco de protetor solar antes de inserir as roupas. O protetor era frio na palma da mão de Jean e borduroso em sua pele, com um aroma frutado artificial que o fez franzir o nariz de desgosto enquanto espalhava o creme nos braços e nas pernas.

— Pescoço — aconselhou Jeremy, enquanto Cat e Laila passavam protetor no rosto e no couro cabeludo uma da outra.

Jean suspirou e obedeceu. Não sabia por que Jeremy precisava ficar de olho nele; Jean mantinha o olhar grudado nas costas de Cat, um ponto focal mais seguro. Ele não percebera, até aquele momento, que ela era tatuada, mas a parte de trás do biquíni com laço deixava à mostra as flores vibrantes ao longo da parte superior das costas e da coluna. Jean queria perguntar por que ela tinha permissão para ter tantas tatuagens, mas Jeremy interveio:

— Faltou passar em alguns lugares. Quer uma mãozinha?

Jean foi poupado de ter que responder quando alguém gritou:

— Jeremy!

Jean agradeceu em silêncio, pois Jeremy se distraiu no mesmo instante.

Cody era mais baixe do que Jean, mas seus ombros eram largos e o corpo robusto, como convém a quem joga na defesa. Tinha os cabelos ruivos raspados e Jean se surpreendeu ao ver a quantidade de piercings nas orelhas e no rosto. Elu com certeza teria que retirá-los nos dias de jogo, porque se alguém fizesse uma falta mais violenta em Cody, seus lábios estariam ferrados. Jean quase exigiu uma explicação para tamanha imprudência, mas então Lucas se aproximou de Cody e Jean perdeu o fio da meada.

Lucas Johnson era tão parecido com Grayson que Jean sentiu seu sangue gelar. Ele não era tão grande, tinha cabelos descoloridos e pele bronzeada típica de alguém que passava muito tempo ao ar livre, mas tudo, desde os olhos até a linha do maxilar e a maneira como se portava era um espelho do irmão. Jean tivera anos para aprender todos os tiques de Grayson; precisou conhecer Grayson de cabo a rabo para garantir que Zane estivesse sempre dois passos à frente.

Jean se perguntou o que Grayson teria contado ao irmão, se é que havia contado alguma coisa. Jeremy o avisara, algumas semanas antes, que os Troianos estavam atentos a qualquer boato sobre Jean e os Corvos. Jean estava esperando que eles o confrontassem para saber o que era verdade e o que não passava de calúnia, mas até agora ninguém o abordara sobre nada. O olhar no rosto de Lucas fez Jean pensar que essa paz chegara ao fim.

Jeremy deu um passo como se fosse encontrá-los no meio do caminho, mas Laila o agarrou pelos cabelos para passar o protetor solar em suas costas. Jeremy ficou parado e esperou que os recém-chegados viessem até eles.

— Cody e Lucas — disse ele, olhando para Jean. — Este é o Jean.

— Aí sim, porra — falou Cody. — Ele é alto.

Cat riu.

— Foi o que eu falei. Alguém precisa compensar a sua falta de altura.

— Fiz o que pude com o que me foi dado — brincou Cody, dando de ombros exageradamente. — Você já viu a minha mãe. Eu fui um caso perdido desde o começo. Jeremy! O cabelo, cara, ficou ótimo.

— Valeu! — agradeceu Jeremy, todo contente.

— E aí, moleque — disse Cat, dando um puxão de leve no cabelo de Lucas. — Como você está?

Lucas desviou o olhar de Jean com um esforço óbvio.

— Eu não sei — admitiu ele e perguntou sem rodeios: — Como *você* está? Você também está morando com um deles.

— Estou com mais dentes do que você, caso não tenha notado — disse Cat. Seu tom era bem-humorado e ela estava sorrindo, mas até Jean notou a repreensão. Lucas a encarou e Jean precisou desviar o olhar daquela expressão tão familiar. Ele tinha uma vaga noção de que Laila o observava, mas se recusou a retribuir o olhar calmo dela. Cat se acalmou um pouco e disse: — Ele é meio bruto e imagino que vá ficar pior quando finalmente conseguirmos colocá-lo em uma quadra, mas eu gosto dele.

— Vamos ver — falou Lucas, olhando desconfiado para Jean.

— Mal posso esperar pra ver suas contribuições ao time — disse Cody para Jean —, contanto que você saiba se comportar, e tudo o mais.

— Só sou obrigado a me comportar em público e durante os jogos — lembrou Jean.

— E o que te faz pensar que deveríamos ouvir o que você tem a dizer? — perguntou Lucas.

— Você já viu as estatísticas dele — lembrou Cat. — Todos nós vimos.

— Sim, mas também ouvimos como ele se tornou titular — respondeu Lucas.

Cody fez uma careta.

— Esquece isso, Lucas. Já falamos disso.

— Concordamos que não acreditaríamos em tudo que ouvíssemos — retrucou Lucas —, mas o Grayson também afirmou a mesma coisa.

Não precisamos desse tipo de drama na nossa equipe agora. Já estão falando mal de nós por termos tirado o Jean no meio do campeonato e depois entregado a vitória para as Raposas sem motivo nenhum. Precisamos de um ano impecável se queremos nos redimir.

— Eu confio nele — ressaltou Jeremy. — Não basta?

— Desta vez não — insistiu Lucas, parecendo pelo menos um pouco envergonhado com suas palavras. — Não quando você... — Ele foi esperto o suficiente para não terminar, ou talvez tenha sido porque Cody o agarrou pelo ombro com força.

— Quando eu o quê? — indagou Jeremy. Lucas desviou o olhar e ficou em silêncio, mas Jeremy só tolerou isso por alguns instantes. — Eu fiz uma pergunta.

— Me desculpe — respondeu Lucas, constrangido. — Passei dos limites.

Jeremy exibia aquele sorriso tenso que Jean só vira uma vez antes. Laila estava observando Jeremy; Cat olhava para Lucas. Nenhuma das duas parecia contente, mas não iam intervir para ajudar qualquer um dos dois. Jean não sabia exatamente o que Lucas deixara de falar no último instante, mas não precisava saber disso para captar o argumento implícito por trás de suas palavras.

Era uma conversa que ele preferia não ter agora, mas não tinha mais como ficar adiando.

— Eu já tinha esse número antes de entrar para a escalação porque minha posição sempre esteve garantida — falou Jean. — O inútil do seu irmão passou três anos tentando chegar no meu nível, sem conseguir. Se eu quisesse, poderia passar o dia inteiro apontando as falhas dele e as suas na quadra para comprovar o que estou falando. Ele pode mentir à vontade sobre o que aconteceu. Isso não muda os fatos.

Lucas ergueu a cabeça em sinal de desafio.

— Não vou me desculpar por estar preocupado.

— Suas desculpas são tão inúteis quanto a sua opinião.

— Dê uma trégua — ordenou Cody a Lucas. — Agora.

Lucas olhou irritado, mas disse de mau humor:

— Uma trégua até você foder... com a nossa vida.

Jean não deixou de notar aquela pausa proposital na resposta. Os outros podem não ter percebido, ansiosos para deixar o momento constrangedor para trás. Cat se aproximou assim que Lucas se acalmou, passando um braço em volta dos ombros de Cody para guiar os defensores na direção da água. Laila e Jeremy trocaram um olhar demorado, mas não disseram nada. Por fim, Laila balançou a cabeça e os seguiu. Jeremy ficou para trás para aplicar mais protetor solar, mas Jean notou a tensão nas mãos dele enquanto espalhava o produto na nuca.

— Sinto muito — disse Jeremy por fim. — Ele não costuma ser tão amargo.

— Ele é uma criancinha birrenta — retrucou Jean. — Eu não me importo.

— Lucas não deveria ter dito aquilo.

— Todos vocês já ouviram esses boatos — disse Jean, em um tom que não chegava a ser acusatório.

Jeremy não respondeu, mas encarou Jean por um instante. Se houvesse um caráter calculista ou faminto no olhar dele, Jean poderia ter aceitado, mas tudo o que viu foi arrependimento. Jeremy tinha ouvido os rumores sobre até onde Jean teoricamente estaria disposto a ir por uma chance de jogar, mas não esperava nada dele.

A segurança era uma ilusão perigosa, mas Jean ainda sentia o peso suave dela. Ele olhou para o oceano em busca de equilíbrio, esperando que as ondas, o calor e o céu incrivelmente desanuviado queimassem esse sentimento imprudente.

— Não era pela escalação — disse ele sem querer.

— Em geral eu falaria alguma coisa sobre como todo mundo é livre para experimentar — disse Jeremy — Ou algum clichê sobre adultos podendo fazer as próprias escolhas. Mas Jean, você tem dezenove anos. Se estou fazendo a conta certa, você tinha dezesseis quando entrou para o time. Isso é estupro de vulnerável, e ponto final. Eles nunca deveriam ter aceitado quando você pediu.

— Eu não pedi.

As palavras escaparam antes que ele percebesse, ásperas com uma raiva que deixou sua garganta doendo. Jean ergueu a mão como se pudesse pegar as palavras de volta. Jeremy quase o segurou, mas pensou melhor e passou os dedos pelo próprio cabelo. Jean se afastou imediatamente, saindo do alcance de Jeremy o mais rápido que pôde.

— Não — disse ele. — Não diz nada.

— Jean, você... o quê...

Jean levantou um dedo para ele, em advertência.

— Eu não falei isso. Você não ouviu.

— Por que está protegendo eles? — perguntou Jeremy, incrédulo. O celular dele começou a apitar com notificações uma atrás da outra. Jean desejou que ele se distraísse e esquecesse essa conversa, mas Jeremy nem sequer deu atenção ao aparelho. — Você não é mais um Corvo, não está ligado a Edgar Allan. Me dê um bom motivo para que eles continuem impunes, e não *ouse* dizer que você mereceu.

— Eu mereci — respondeu Jean, e Jeremy estremeceu como se tivesse levado um tapa. — Não dá pra você entender.

— Você está se ouvindo? — perguntou Jeremy, angustiado.

— Deixa isso pra lá — advertiu Jean. — Não tem nada a ver com você. Essa conversa era inevitável quando todos nós sabemos o que estão falando a meu respeito. Não vou tratar você que nem um ignorante e mentir quando tem tantas pessoas dizendo o contrário. As circunstâncias não são da sua conta. Tudo o que precisa saber são duas coisas: não preciso foder nenhum de vocês para ser melhor do que qualquer um na sua escalação e, se algum Troiano tentar me tocar, corto a garganta da pessoa na hora. Você me entendeu?

— ... emy! Jeremy! — Cody estava correndo de volta à praia em direção a eles, agitando freneticamente o celular acima da cabeça. Cody parou, parecendo ter visto um fantasma, e lançou um olhar incisivo para Jean. — É a Colleen Jenkins. Ela se foi.

Jean sentiu o estômago revirar. Jeremy se virou para ele, com a angústia e a preocupação estampadas no rosto, mas Jean não o viu. A única coisa que importava era seu celular, ele o tirou do bolso e digitou de memória um número que não estava nos contatos.

Jean nunca precisou memorizar as informações de contato dos Corvos, já que eles nunca saíam de perto dele, todos os dias, mas tinha ligado para Josiah tantas vezes que nunca esqueceria seu número. Não sabia se Josiah atenderia uma ligação de um número desconhecido, mas o enfermeiro-chefe dos Corvos atendeu no segundo toque com um tom brusco:

— Josiah Smalls.

— Jean Moreau — respondeu Jean. Ele quase esperava que Josiah fosse desligar na cara dele, mas quando recebeu um grunhido irritado como resposta, perguntou: — O que aconteceu com a Colleen?

— Se jogou nos trilhos do metrô — disse Josiah e, se não parecia aflito com isso, pelo menos parecia cansado. — Imagino que exista televisão na Califórnia. Você poderia ter assistido ao noticiário em vez de vir torrar a minha paciência.

— Encontre o Zane — disse Jean. — Quando ele souber de Colleen, vai tentar fazer o mesmo.

Josiah desligou sem mais preâmbulos, e Jean só podia torcer para que ele o tivesse deixado de lado para lidar com algo mais urgente. Jean reprimiu o impulso de ligar de volta, não querendo distraí-lo caso ele estivesse indo atrás do arquivo de Zane. Jean fechou o celular e o apertou entre as mãos. Cody e Jeremy o observavam atentamente, esperando por uma explicação ou uma explosão.

— Ele a amava — disse Jean por fim. Ele não deveria estar tão frio diante de um dia quente como aquele; havia gelo em seu coração e suor escorrendo por suas costas. — Não era permitido, e Zane sabia, mas amava mesmo assim.

Jean duvidava que tivesse percebido isso se não dividisse o quarto com ele. Com Zane se esforçando tanto para chamar a atenção de Riko, ser pego com uma namorada teria sido desastroso. A agenda de Jean sempre esteve desalinhada com a do restante dos Corvos devido ao seu status como parte da seleção dos sonhos, mas ele os pegara no flagra mais de uma vez. Em troca de sua discrição, Colleen fazia faltas bastante violentas em Grayson durante os treinos.

Ela estivera ausente do quarto deles desde janeiro. Zane não conseguia encará-la, não depois do que ele fizera com Jean, não depois do que Riko o obrigou a fazer com Grayson. A ausência dela havia feito mais mal do que bem a longo prazo, deixando Zane completamente desmotivado. Se ela de fato tivesse morrido...

Jean guardou o celular antes que o jogasse longe e esfregou os braços arrepiados.

A voz de Cody o afastou de seus pensamentos sombrios:

— E agora você está tentando salvá-lo. Eu achava que você e os Corvos se odiavam.

— Nós nos odiamos — respondeu Jean. — Nós não nos odiamos. Somos Corvos.

— Você não é um Corvo — retrucou Jeremy, um lembrete sutil, mas firme. Ele deu um olhar demorado a Cody antes de perguntar: — Cameron?

Cody cerrou os dentes com teimosia.

— Não vou perguntar. Não é problema meu.

Jeremy assentiu, e Cody correu de volta para onde os outros ainda estavam chutando areia molhada uns nos outros. Jean ficou olhando para Cody, esperando que as peças se encaixassem.

— Winter. Cody e Cameron Winter.

— Primos — confirmou Jeremy —, mas que não se falam. A família de Cody tem algumas opiniões bastante incisivas sobre o estilo de vida delu que Cody se recusa a tolerar.

Fazia sentido; Cameron era um babaca preconceituoso sempre disposto a dar sua opinião. Jean guardou isso para refletir mais tarde. Ele não queria ficar ali com seus pensamentos e a conversa inacabada entre ele e Jeremy, então pegou a sacola de roupas e saiu pela praia. Esperava que Jeremy continuasse de onde haviam parado, mas a notícia do suicídio de Colleen fora como um balde de água fria.

— Sinto muito pela Colleen — disse Jeremy por fim, tão baixinho que Jean mal conseguia ouvi-lo com o vento. Quando Jean não respondeu, Jeremy tentou de novo: — Zane era seu parceiro. Você quer falar sobre isso?

Se Jean pensasse em Zane, enlouqueceria.

— Não há nada que eu queira menos. Me deixa em paz.

Ele não esperava que Jeremy fosse respeitar isso, mas o capitão ficou em silêncio por uns bons dez minutos. Quando não conseguiu mais ficar sem falar nada, Jeremy começou a falar sobre as redondezas. Jean queria dizer a ele que não se importava, mas ouvir Jeremy era melhor do que ouvir seus pensamentos caóticos e conflitantes, então ele manteve a boca fechada e deixou que Jeremy o distraísse dos seus Corvos.

De vez em quando, Jeremy saía em disparada em direção a água, em busca de um alívio para o sol forte do meio-dia, mas sempre voltava para perto de Jean. Ele não sabia o que era pior: ver a cabeça dele mergulhar por tempo demais ou vê-lo emergir de novo com o short molhado colado às coxas bem definidas.

O resto do grupo voltou duas vezes com ele para que pudessem reaplicar o protetor solar. Cat afastou as mãos de Jean para ajudá-lo a espalhar o produto no pescoço e nas têmporas. Ela se inclinou para trás para ver como tinha ficado, fez um sinal de positivo para ele e voltou para o mar com um grito que fez os ouvidos de Jean zunirem,

Quando faltavam quinze minutos para as cinco horas, eles finalmente foram embora, Cody e Lucas voltaram para Carlsbad e os outros quatro se dirigiram para o carro de Laila. Quando chegaram em casa, Jeremy recebera um aviso em um de seus grupos que não parava de apitar de tantas mensagens: Zane Reacher fora encontrado inconsciente no chão do banheiro. A família pedia por privacidade naquele momento, mas os rumores falavam sobre overdose. Ele foi hospitalizado, mas, segundo informações, estava estável.

— Você salvou a vida dele — disse Laila para Jean enquanto abria a porta da frente. — Pode se sentir orgulhoso.

— Eles estão caindo um atrás do outro — disse Cat, com um olhar distante. — É bem provável que o treinador mande um psiquiatra pra te ver assim que ele encontrar um.

— Eu não preciso de um — disse Jean. — Vou recusar.

Cat olhou com pena para ele.

— Não consigo pensar em alguém que precise mais de um. Sem querer julgar, sério. O terapeuta certo pode mudar vidas, de verdade. É só ver o Jeremy, ele é prova viva disso. — Ela indicou Jeremy com o polegar, que não parecia nem um pouco preocupado por estar sendo citado. — Eu diria para você pedir o número dela, já que sabemos que ela é boa, mas duvido que algum de nós possa pagar.

Jeremy deu de ombros.

— Foi minha mãe quem escolheu. E falando no Diabo — acrescentou ele enquanto seu celular fazia um barulho horrível. Jean observou a expressão de Jeremy ficar tensa e distante enquanto ele lia a nova mensagem no celular. Jeremy digitou depressa uma resposta e enfiou o aparelho na sacola que Jean ainda estava carregando. Quando percebeu que Jean o observava, Jeremy esboçou um sorriso forçado e disse: — Nada pra se preocupar.

Jean se afastou, mas Laila esticou uma mão na frente dele e perguntou:

— Você quer conversar?

— Quero que me deixem em paz — disse Jean.

— Até eu? — perguntou Jeremy. Quando Jean olhou para ele, Jeremy deu de ombros e disse: — Você disse que eu tinha que ficar no seu caminho. Não precisamos conversar se você não quiser, mas sinto que seria melhor se você não ficasse sozinho hoje.

— Depois que você se trocar — retrucou Jean e Laila tirou a mão.

Jeremy o seguiu pelo corredor até o quarto, para pegar algumas roupas no armário. Era inevitável que Jean precisasse ir até a cômoda, mas ele esperou para mexer nela até que Jeremy saísse para um banho rápido. Jean abriu a primeira gaveta e deixou seus dedos compridos passarem sobre os ímãs e cartões postais destruídos.

Ele puxou um de seus cadernos aleatoriamente e o folheou devagar, examinando as ofensas rabiscadas em tinta preta em cada página ímpar. Ele verificou as cartas à medida que as encontrava, procurando por nomes ou números de camisa, mas Jeremy voltou antes que Jean encontrasse uma carta de Colleen ou Wayne. Jean fechou o caderno antes que Jeremy pudesse ver o que os Corvos haviam feito com as páginas.

Jeremy virou Au-Au de volta para a frente antes de se sentar de pernas cruzadas no meio da cama de Jean. Ele analisou Jean sem dizer nada, que por sua vez examinou o quarto com um olhar demorado: os lençóis brancos e cinza pálidos na única cama, as cortinas cinza-escuras que ajudavam a filtrar a maior parte do sol que se findava e o armário com roupas da moda em cores neutras. Jean olhou para as próprias mãos, sem hematomas, mas levemente marcadas com pequenas cicatrizes de anos de violência.

Ele pensou na ambição e na determinação incansável de Wayne, e em como Colleen se movia com violência implacável na quadra. Pensou nos três anos como colega de quarto de Zane, nos dois anos de parceria, e naquele pequeno e miserável fugitivo que finalmente fez esgotar a paciência já tênue de Zane. Lembrou-se do olhar firme de Zane na nuca de Colleen enquanto ela se vestia, da maneira como ele estendia a mão para o cabelo dela quando a garota estava de costas e de como sempre a recuava antes de se trair com um toque afetuoso.

Eu sou um Moreau, pensou ele. Ele tinha seu lugar. Ele tinha seu propósito. Seu trabalho era submeter-se aos Moriyama, ser tudo o que eles exigissem dele e aceitar as punições que escolhessem aplicar. Não tivera escolha ao ser vendido para isso e não havia escapatória. Mas e quanto aos seus detestáveis e detestados Corvos? Decerto eles tinham ouvido os rumores de doutrinação antes de assinarem contratos com a Edgar Allan, mas nenhuma fofoca poderia tê-los preparado para a terrível realidade do Ninho. Vinham em busca de fama e dinheiro sem saber o preço que pagariam.

As palavras de Cat o assombravam: "O que não dá para entender é como um homem adulto pegou um bando de crianças e as transformou em monstros só porque queria."

O mestre sabia o que estava fazendo. Esse era o seu esporte; esse era o seu legado. Tudo o que ele fez com eles, fez por um motivo. Tudo o que exigiu deles foi com o objetivo de torná-los lendas. O mestre sabia o que era melhor.

Será que ele sabia?

Era uma blasfêmia, mesmo que apenas articulada em pensamento, e Jean encolheu os ombros, esperando um golpe que nunca veio. Passou uma mão nervosa pelas costelas, mas a dor tinha desaparecido. Estava fora de Evermore há tempo demais para encontrar até mesmo um hematoma para apertar. Em poucas semanas ele estaria de volta à quadra, e a vida voltaria a fazer sentido, mas no momento ele estava preso entre quem ele era e quem os Troianos estavam pedindo que ele fosse.

Jean não sabia dizer ao certo de onde as palavras vieram.

— Eles não mereciam isso.

— Não — concordou Jeremy em voz baixa. — Eu sinto muito.

Sentir muito não era o suficiente para trazê-los de volta. Não apagaria o que foi feito a eles nem apagaria o que fizeram uns aos outros. Mas o que mais poderiam dizer? Jean guardou o caderno e foi se sentar ao lado de Jeremy. No silêncio, ele conseguia ouvir a respiração do garoto, e isso era quase tão reconfortante quanto o calor de outro corpo tão próximo do seu. Aquecia as partes dele que o sol não fora capaz de alcançar, apesar de ter passado o dia na praia.

Jean fechou os olhos e se permitiu divagar. O som de panelas e frigideiras o despertou de um quase cochilo algum tempo depois, e Jeremy percebeu que ele estivera longe dali.

— Ela consegue fazer sozinha — disse ele antes que Jean pudesse se levantar. — Fique aqui comigo.

Jean não se importava em cozinhar, mas ele não disse nada. Aquela era a primeira vez que seu quarto parecia de fato seguro e certo, e estava contente em se agarrar a isso pelo tempo que pudesse. Fechou os olhos de novo, mas agora seus pensamentos foram parar em Jeremy. Por fim, ele quebrou o silêncio para dizer:

— Caberiam duas camas aqui.

Jeremy levou um momento para pensar em como responder.

— Duas camas de solteiro, talvez — disse ele com calma. — Porém não é bom ter um espaço só seu? Depois de ter um colega de quarto por tanto tempo, quer dizer, e depois de... — Ele não terminou a frase, mas não precisava. Jean sabia, pelo tom dele, o que Jeremy estivera prestes a dizer. Jean se odiou por ter sido tão descuidado antes, mas era tarde demais para voltar atrás.

Mas isso não queria dizer que ele precisava reconhecer o fato. Tudo o que disse foi:

— Você é meu parceiro e meu capitão. Não precisa ficar dormindo no sofá.

Jeremy não deixou passar.

— Essa não é a questão e você sabe bem. Eu não quero te sufocar.

— Você não é como eles — disse Jean. — Kevin não teria me mandado para cá se fosse.

Jeremy ficou em silêncio por tanto tempo que Jean finalmente ergueu o rosto para encará-lo. Ele não sabia como interpretar a expressão no rosto de Jeremy, que não parecia magoado, mas havia uma angústia ali. Jean não sabia como entender aquilo; nenhum Corvo jamais parecera tão devastado. Ele inclinou a cabeça em uma pergunta silenciosa, mas Jeremy apenas desviou o olhar.

Jean procurou qualquer outra coisa para dizer que fosse dar a ele a resposta que precisava, mas se conformou em afirmar:

— Corvos não foram feitos para ficarem sozinhos.

— Você não é um Corvo — disse Jeremy no mesmo instante.

Jean resistiu ao impulso de empurrá-lo da cama, mas foi por pouco.

— Até eu sair de Evermore, nunca tive um quarto só pra mim. Eu dividia o quarto com Kevin e Riko até o meu primeiro ano e com Zane depois disso. É silencioso demais ficar sozinho.

— E antes? — perguntou Jeremy. — Na sua casa, quero dizer?

Jean deslizou o polegar sobre a palma da mão, tentando capturar a memória fragmentada de uma pequena mão na sua. Ele se lembrava do peso e do calor dela aninhada ao seu lado; lembrava-se do olhar arregalado e atento enquanto ele lia histórias para ela até tarde da noite. Quase conseguia se lembrar do som da voz dela implorando por mais um capítulo, porém o estalo do cinto de sua mãe contra sua pele nua quando ela os pegava conversando era ainda mais alto. Jean sentiu o estômago revirar e o coração se partir, e enterrou Marselha o mais fundo que pôde.

— Não quero falar de casa — disse ele. — Nem agora, nem nunca.

Jeremy não protestou, e o silêncio voltou a pairar entre eles. Foi só quando do corredor Cat os chamou para o jantar que Jeremy enfim disse:

— Vou ver se consigo arranjar outra cama.

Na manhã seguinte, um desconhecido de terno estava na porta da casa. Jean mal escutou a apresentação do sujeito e se recusou a pegar o cartão de visita que lhe foi oferecido. O homem era um dos psiquiatras do campus, enviado pela diretoria da universidade para avaliar seu mais novo jogador devido às tragédias recentes envolvendo os Corvos. Jean queria bater a porta na cara dele, mas se os treinadores haviam concordado com isso, ele não tinha o direito de recusar a presença do sujeito.

Terminaram indo para o escritório, à portas fechadas. Alguém — provavelmente Cat — colocou uma música alta no corredor para ajudar a encobrir suas vozes e dar a eles um pouco de privacidade. Jean poderia ter dito a ela que não havia a menor necessidade. Só porque ele tinha que se encontrar com aquele homem não significava que ele tinha que falar com ele. Passou os próximos trinta minutos encarando o médico em um silêncio impassível, resistindo pacientemente a todas as tentativas de conversa. Quando deu quinze minutos, ele já podia sentir a impaciência do sujeito, mas de alguma forma o médico aguentou a sessão inteira sem desistir.

— Você teve a chance de fazer isso do jeito mais fácil — falou o médico quando enfim pegou suas coisas para ir embora. Ele deixou o cartão de visitas na mesa em frente de Jean. — Sua hostilidade e falta de cooperação me obrigaram a tomar uma decisão. Estou recomendando aconselhamento terapêutico obrigatório duas vezes por semana. Decida quais dias e horários funcionam melhor com os treinos de verão e me avise até o final do dia de amanhã. O endereço do meu consultório e meus horários estão no meu cartão.

— Não vou fazer — rebateu Jean.

— Vai sim, ou farei com que seus treinadores tomem uma decisão por você.

Jean rasgou o cartão em pedaços enquanto o médico se dirigia à porta. Isso lhe rendeu um olhar avaliador, mas nenhum comentário. Jean se recusou a erguer o olhar para vê-lo ir embora, mas seus pensamentos davam voltas ansiosas enquanto ele procurava uma saída para isso. Não existia a menor chance de ele desafiar os treinadores, mas como poderia suportar ter que se reunir duas vezes por semana com esse desgraçado que não sabia de nada?

Ainda não tinha encontrado uma saída quando Jeremy surgiu na porta para ver como ele estava. Ainda assim, Jean disse:

— Eu não vou fazer.

— Não consigo te ajudar nessa — respondeu Jeremy —, mas se você não gostar dele, podemos encontrar outro médico para você. Devem ter outros no rol da USC. Tenho certeza de que você vai se dar bem com algum deles. Pode ser necessário tentar algumas vezes.

— Não há nada que eu possa dizer a eles — disse Jean. Ele não podia falar sobre os Moriyama; ele não falaria sobre o que havia sofrido. Talvez pudesse preencher o silêncio falando sobre seus colegas de equipe, mas por quanto tempo os médicos tolerariam essa tangente antes de envolverem os treinadores? — Nenhum deles vai entender.

— Alguém vai— prometeu Jeremy.

Ninguém no mundo, Jean pensou mal-humorado, e isso assombrou seus pensamentos pelo resto do dia. Foi só no final da tarde, quando o celular dele apitou com uma mensagem, que sua ficha caiu. Em um momento, ele estava olhando para a mensagem de Renee e para a foto que ela enviara do cervo em seu quintal; no momento seguinte, ele teve uma ideia que o deixou quase zonzo com uma esperança desesperada. Não era nem de longe uma solução perfeita, mas ainda assim era a melhor que ele conseguia pensar.

Jean escreveu uma mensagem rápida para Renee:

> Você tem o número da Dobson?

Ele o havia excluído do celular há semanas, certo de que nunca teria uso para ele.

Renee não perguntou o motivo, mas encaminhou o cartão de contato de Dobson para que ele o salvasse. Jean ficou na dúvida entre ligar para o celular ou para o número do escritório, mas concluiu que não queria ouvir a voz dela para ter essa conversa. Mandar uma mensagem parecia ser um meio mais seguro para começar, mas, depois de meia dúzia de tentativas, ainda não sabia o que dizer. Colocou o celular de lado, frustrado, e só tentou de novo mais tarde naquela noite, quando o jantar já estava no forno.

> A USC exigiu que eu procurasse um psiquiatra.

Foi o melhor que conseguiu articular, e enviou a mensagem antes que pudesse ficar novamente em dúvida. Só foi perceber que não colocara o nome na mensagem minutos depois. Talvez Wymack tivesse dado o número dele para a psiquiatra quando programou o dela no celular de Jean, porque Dobson retornou com uma resposta firme:

> Oi, Jean! Ficaria feliz em marcar uma sessão com você.

Ele não podia dizer o mesmo, mas ela era sua única opção. Se Kevin havia contado às Raposas sobre Evermore e os Moriyama, então ele devia ter estendido sua indiscrição à psiquiatra. Jean não conseguia se imaginar contando essas coisas a ela — ou qualquer coisa, na verdade —, mas ela tinha a base necessária para entender a desonestidade e as reservas dele. Isso era mais do que conseguiria de qualquer outra pessoa.

Não foi escolha minha.

Ele respondeu em tom de advertência.

Não preciso de terapia.

Faremos o melhor que pudermos.

Prometeu ela.

Obrigada por confiar seu tempo a mim.

Ele não confiava nela de jeito nenhum, mas não havia por que apontar isso. Levou pouco tempo para elaborarem o cronograma, já que ela estava com a agenda de compromissos em casa e Jeremy podia fornecer os horários de início e término dos treinos de verão dos Troianos. A única questão foi levar em conta a diferença de fuso horário.

Jean teve que ir falar com Jeremy no meio da conversa para pegar o contato do treinador Rhemann, já que Dobson se ofereceu para entrar em contato com ele em nome de Jean e resolver entre eles as coisas, mas, por fim, ele conseguiu definir os dias e horários. Jean não se sentia melhor em relação a precisar fazer aquilo, mas pelo menos nunca mais teria que ver aquele homem irritante de novo.

Dos males, o menor, ele pensou cansado, e desligou o celular pelo resto da noite.

CAPÍTULO DOZE

Jeremy

O mês de junho passou em clima de tensão. Depois de dois suicídios e uma tentativa, os pais dos Corvos e a diretoria da universidade colocaram o que restara do time sob vigilância. O que eles estavam passando não era da conta de ninguém, mas a imprensa, obviamente, não parava de tentar noticiar a queda dos Corvos. De acordo com o último levantamento, pelo menos dezesseis dos Corvos tinham sido internados, e Lucas confirmou que Grayson fora um deles.

A atenção das pessoas enfim foi desviada das Raposas e dos Troianos e se voltou para os problemáticos Corvos. As chances de os jogadores da Edgar Allan se recuperarem a tempo para os treinos de verão pareciam mínimas, mas era algo tão insensível de se dizer que Jeremy se sentia mal só de pensar. A equipe de Exy da Edgar Allan também estava sendo investigada, mas ninguém conseguia localizar Tetsuji Moriyama para pedir alguma declaração. A última vez que alguém se lembrava de tê-lo visto foi na coletiva de imprensa que se seguiu à morte de Riko. Segundo os boatos ele havia retornado ao Japão, mas ninguém sabia dizer para onde tinha ido.

Pela primeira vez na história, alguém conseguiu colocar um microfone na cara de Ichirou Moriyama. Jeremy quase se esquecera de que

Riko tinha um irmão mais velho. Saiu uma pequena notícia a respeito dele quando Kengo Moriyama morreu, mas Ichirou era bom em se manter o mais longe possível da imprensa e do grande público. Jeremy estudou seu rosto jovem enquanto ele olhava os jornalistas com calma e desdém. Ele era incrivelmente bonito e estava vestido à perfeição em um terno que exalava riqueza absurda. Pelo visto, os negócios iam bem, apesar da recente perda trágica do CEO da empresa.

Ele percebeu que, em algum momento, Jean tinha entrado na sala. O garoto encarava a televisão como se tivesse visto uma assombração e Jeremy se perguntou se Jean conseguia ver Riko nos traços de Ichirou de uma maneira que ele próprio não era capaz.

Jeremy queria dizer alguma coisa, mas ele estava tentando ouvir. Ichirou não respondeu a nenhuma das perguntas que foram feitas; a mulher ao seu lado se encarregava de tudo em seu nome. Não importava de quantas maneiras o assunto fosse abordado, a resposta era a mesma: o paradeiro atual de Tetsuji não era da conta nem do interesse de Ichirou. O empresário não tinha informações que pudessem ajudar nas investigações em andamento e não estava disposto a tal. Tudo o que queria era administrar sua empresa e aproveitar o seu recém-noivado. Jean deu uma risada sem muita animação ao ouvir a última parte e saiu da sala.

Já fazia mais de um ano que Kevin não era mais um Corvo, mas ainda assim Jeremy entrou em contato para ver como ele estava ao ver a antiga equipe desmoronar. Kevin, no entanto, estava menos interessado nos problemas deles do que nos seus próprios: os torcedores dos Corvos haviam infernizado a vida dele durante o verão. Agora que estavam em frenesi por causa do que estava acontecendo com os Corvos, ele finalmente podia trabalhar em paz.

Aquela obsessão de Kevin era algo que Jeremy conhecia bem e até achava reconfortante, mas ele se perguntava se deveria insistir para ver se conseguia uma reação mais genuína. Se Kevin ainda se recusava a dar entrevistas, devia haver algum motivo. Kevin sabia o tamanho de sua influência e de seu poder, mas não tinha capacidade nem energia para ostentar sua persona pública naquele momento. Jeremy se sentia mal por ele, mas sabia que não tinha muito o que pudesse fazer do outro lado do país. No final, decidiu confiar Kevin aos cuidados das Raposas.

Era um sacrifício necessário, já que Jean exigia muito mais da sua atenção. Jean já não era a pessoa mais animada do mundo, mas ficou visivelmente ainda mais retraído nas semanas após a morte de Colleen. Jeremy ficou contente pelos treinadores o terem forçado a entrar na terapia, por mais que ele tenha escolhido uma psiquiatra distante, mas não havia solução rápida para aquilo com que Jean estava lidando.

Jeremy se perguntava se algum dia entenderia de fato o relacionamento de Jean com os Corvos, mas a cada vez que pensava na equipe arruinada, sentia o estômago embrulhar. Era muita coisa para entender, e ainda faltavam peças demais.

Jeremy, Cat e Laila faziam o possível para manter Jean longe dos próprios pensamentos, mas sentiam que não conseguiam fazer muito. O momento em que Jean pareceu mais presente foi quando conseguiram substituir a antiga cama de casal de Jillian por duas camas de solteiro. Jean ficou tão satisfeito com a nova arrumação que até aceitou fazer compras de roupas de cama sem hesitar ou reclamar.

Jeremy não sabia o que pensar daquela nova organização, já que não estava acostumado a dividir o quarto para algo além de uma pegação rápida, mas era melhor dormir na cama do que no sofá e Jean ficava assustadoramente quieto durante o sono. Silencioso, mas não tranquilo. Foi só quando se mudou para o quarto que Jeremy percebeu a frequência com que Jean acordava por causa de pesadelos. Na primeira vez que isso aconteceu, ele perguntou algo, ainda trôpego de sono, e Jean o ignorou por completo. Depois disso, Jeremy se resignou a observar enquanto Jean se virava na cama e tentava voltar a respirar.

No fim das contas, Jeremy não podia ver a hora para o início dos treinos de verão, que serviriam de distração para todos. Os Troianos voltariam a treinar no dia 25 de junho, portanto, no domingo, dia 17, a maioria dos funcionários estava de volta à cidade para começar a organizar o trabalho. Na segunda-feira, dia 18, Jeremy e Jean foram convocados ao estádio. Davis estava fora da cidade em uma viagem de última hora, mas a treinadora Lisinski e a enfermeira Binh Nguyen estavam presentes para fazer a consulta de acompanhamento de Jean.

Jeremy deixou os três a sós e foi verificar o armário de Jean. Estava repleto de equipamentos em vermelho e dourado e Jeremy aguardou ali até que Jean aparecesse.

Quando Jean surgiu, exibia uma postura determinada que Jeremy nunca tinha visto nele, e já sabia o que o garoto ia dizer antes mesmo de ouvir as palavras:

— Estou liberado para treinar, mas usando o colete de "contato proibido" durante a primeira semana.

— Isso é ótimo — disse Jeremy, animado com o raro bom humor de Jean. — Dá uma olhada!

Jean seguiu mão que apontava em direção ao armário e foi na mesma hora inspecionar seu equipamento. Para alguém que dizia não se divertir jogando Exy, não demonstrou desgosto ou aborrecimento em seu rosto ao segurar a nova camisa contra a luz. Ele traçou seu novo número com a ponta de dois dedos e levou a mão ao número 3 em seu rosto.

— Que cores horrorosas — protestou Jean — Quem escolheu isso com certeza não batia bem da cabeça.

— Vão combinar com você agora que pegou um bronze — respondeu Jeremy — Quer experimentar? Posso ver se a treinadora Lisinski está com as chaves do armário de equipamento, se quiser testar as raquetes. — O olhar de Jean foi resposta o suficiente, e Jeremy desceu do banco com uma risada. Ele encontrou Lisinski em seu escritório com o arquivo de Jean aberto na mesa à sua frente. — Olá, treinadora. Se importa se eu levar Jean até a quadra?

— Só vou estar aqui por mais uma ou duas horas — avisou ela enquanto pegava as chaves e as jogava com delicadeza para Jeremy. — Fique de olho nele.

— Pode deixar.

No caminho de volta, ele passou pela sala de equipamentos. Havia três baldes de bolas nas prateleiras ao lado da porta, e ele levou um deles para o corredor para pegá-lo mais tarde. Havia prateleiras de raquetes separadas de acordo com as posições, com adesivos identificando as fileiras por nome e número do jogador. Ele pegou uma das dele e uma das de Jean, assobiando ao sentir o peso da raquete de Jean. Jeremy tentara jogar com raquetes mais pesadas no último ano do ensino médio e como calouro na faculdade, mas voltara a usar as mais leves assim que conseguiu a aprovação do treinador White. Isso o deixava em desvantagem quando sua raquete se chocava contra a de outro jogador, já que grande parte dos defensores que enfrentava usava raquetes mais pesadas, mas ele abria mão disso para ter maior controle de seus passes.

— Trago boas notícias — anunciou ele, entrando no vestiário com as raquetes no ar.

O que quer que ele estivesse prestes a dizer foi imediatamente deixado de lado, pois Jean estava sentado sem camisa no banco. Alguns meses afastado por lesão tinha feito com que perdesse um pouco de seus músculos, mas ainda assim ele era pura força contida e seu corpo era esguio, exibindo braços e pernas compridos. Ele se levantou quando Jeremy entrou, estendendo a mão, um pedido silencioso pela raquete. Jeremy teve um instante para notar o colar com uma cruz prateada que Jean usava antes que as cicatrizes em sua pele fizessem todo o resto desaparecer de sua mente.

Dizer que eram muitas era um eufemismo terrível. Foi só ao olhar pela segunda vez que ele percebeu o que o alarmara: quase todas as cicatrizes de Jean estavam nas partes mais brancas de seu corpo, onde a camisa larga sempre as esconderia de olhares alheios. A maioria eram linhas sobrepostas de diferentes espessuras, mas aqui e ali havia pequenos agrupamentos de queimaduras, não maiores que a cabeça de um fósforo.

Não eram lesões causadas em treinos ou machucados ganhos na infância; eram variadas e precisas demais. Cada uma delas era intencional.

Jeremy não sabia de onde conseguiu tirar forças para falar. Tudo o que saiu foi um fraco:

— Jean?

— Isso é um problema para as enfermeiras, não para você — disse Jean com desdém. Estava distraído demais com sua raquete para se importar com o que seu corpo revelava.

Jeremy tentou observar como os dedos de Jean se entrelaçavam nas cordas da cabeça da raquete ou apreciar o olhar frio e aprovador enquanto ele testava o peso do bastão, mas como isso poderia importar se alguém havia literalmente esculpido espirais sobre o coração de Jean?

Uma mão em seu queixo fez com que ele erguesse o olhar. Quando ele encontrou os olhos de Jean, o garoto disse apenas:

— Se concentre no que importa.

— É o que estou fazendo — respondeu Jeremy. Jean abriu a boca, voltou a fechá-la e soltou Jeremy sem dizer uma palavra. Jeremy o agarrou pelo braço quando ele começou a se afastar. — Quem fez isso com você?

Jean não respondeu nada, parecendo satisfeito em apenas fitá-lo em silêncio. Talvez ele tenha percebido a teimosia no rosto de Jeremy, porque finalmente disse:

— Meu pai.

A sensação foi a de levar um chute. Jeremy largou o braço de Jean, chocado:

— Ah.

Era uma resposta patética para uma confissão tão terrível, mas Jeremy não conseguiu pensar em nada melhor. A família dele tinha alguns problemas — imaginava que todas as famílias tivessem — mas nunca, na vida, sua mãe havia levantado a mão para os filhos bagunceiros. Era impensável para ele a ideia de ser agredido pelos pais; como poderia compreender a maldade por trás de algo assim?

— Não liga pra isso — disse Jean, deixando a raquete de lado para que pudesse terminar de se vestir. — Não afetará meu desempenho em quadra.

— O problema não é esse. Seus pais deveriam te amar e proteger, não... — Jeremy fez um gesto desamparado para Jean. — Eu sinto muito. Não consigo nem imaginar como deve ter sido para você.

— Imagine trocar de roupa para podermos treinar — retrucou Jean.

Jeremy ponderou todas as coisas que poderia dizer, todas as perguntas que sabia que Jean deixaria sem resposta, e suspirou enquanto ia até o próprio armário. Jean o alcançou quando ele já estava quase pronto. Jeremy pegou as bolas quando eles passaram pela sala de equipamentos e os dois seguiram juntos para a quadra.

Jeremy destrancou o portão, mas fez sinal para Jean ir na frente. Ele quase esperou que Jean fosse até o meio da quadra, para dar uma olhada em tudo, mas, sem titubear, ele foi se posicionar na área da defesa. Dando uma volta lenta no lugar, estudando o piso recém-reformado antes de inclinar a cabeça para trás e observar o placar pendurado no alto.

Jeremy fechou o portão e foi para o lado dele. Colocou o balde a seus pés por tempo suficiente para vestir as luvas e sorriu para Jean.

— O que achou da quadra?

— Brega — respondeu Jean, olhando para as arquibancadas através das paredes enquanto vestia as próprias luvas. — Menor do que achei que seria, considerando o ranking da universidade.

— Nosso espaço era bastante limitado aqui — explicou Jeremy, dando de ombros —, mas o que importa não é o tamanho, de todo modo.

— Na defensiva — observou Jean, puxando as tiras das luvas com os dentes.

Jeremy se endireitou, indignado.

— Não tenho por que ficar na defensiva. — Jean perdeu a tira e terminou mordendo o lábio, e Jeremy se apressou em continuar antes que qualquer um deles pudesse pensar demais naquele duplo sentido. — Vamos começar dando algumas voltas e a partir daí aumentamos o ritmo. Você tem que me avisar se sentir alguma dor, tudo bem? Eu prometi à treinadora Lisinski que ficaria de olho em você. — Ele esperou um momento, já prevendo o silêncio, e acrescentou: — Diga "sim, Jeremy".

Ele teve a nítida impressão de que Jean queria revirar os olhos.

— Sim, Jeremy.

Jeremy esqueceu tudo o mais que poderia dizer e apenas o encarou, sem palavras. Era a primeira vez que ouvia Jean dizer seu nome. Ouvir ele com o sotaque de Jean provocou um frio na sua barriga. Ficou olhando por um instante a mais, e Jean arqueou uma sobrancelha como se questionasse a reação.

— Nada — disse Jeremy, e se inclinou para colocar o capacete ao lado do balde de bolas. Ele mudou de ideia um segundo depois. — Jean, se eu... — começou, mas hesitou quando Jean se virou para ele. — Se eu te deixar incomodado ou fizer com que não se sinta seguro, promete que vai me contar? Se não confia em mim o suficiente para me dizer o que está errado e por quê, pelo menos confie em mim o suficiente para me dizer que *tem* algo errado. Não posso consertar as coisas se não souber que há um problema. Como seu capitão e seu parceiro, eu não mereço pelo menos a chance de não ser um vilão na sua história?

Jean o encarou com um olhar de pena.

— Você é o capitão da quadra raio de sol. Não existe a menor possibilidade de você ser o vilão da história de ninguém.

Aquela confiança inabalável o aqueceu por dentro, mas tudo que Jeremy disse foi:

— Tecnicamente, é a Quadra Dourada.

— Não finja que você não gosta do apelido.

— Eu gosto — admitiu Jeremy com um sorriso. — Pronto?

Ele manteve um ritmo leve, já que era o primeiro dia de Jean na quadra após três meses. Eles alternaram entre exercícios e treinos de aquecimento, como passes rápidos, movimentação curta e finalizações de canto. Quase todos os treinos tinham duas variantes: uma estática e a outra que envolvia marcar o jogador que tentava finalizar o gol. Como Jean ainda precisava esperar um tempo até estar liberado para contato corpo a corpo, Jeremy eliminou a segunda parte. Ele pensou que Jean reclamaria de não poder fazer tudo, mas ele obedeceu sem hesitar ou reclamar.

Ele percebeu quando Lisinski se sentou no banco para observá-los, mas como ela não foi até o portão chamar a atenção deles, ele arriscou e continuou a fazer os exercícios com Jean. Finalmente, ela se levantou e deu uma batidinha na parede transparente da quadra, e Jeremy começou a recolher as bolas espalhadas. Jean tirou o capacete e as luvas antes de ajudar Jeremy a organizar tudo. Juntos, foi fácil terminar o trabalho, e Jean o seguiu para fora da quadra.

Como Lisinski ainda estava ali, Jeremy levou Jean até ela. A treinadora deu uma olhada em Jean antes de assentir em sinal de aprovação.

— Parece estar em boa forma. Como está se sentindo?

— Totalmente enferrujado, treinadora — respondeu Jean.

— Vai recuperar o ritmo rapidinho — prometeu Lisinski. — Vocês têm alguns minutos para ir até Lyon comigo? Quero conferir como você está agora para ver se preciso fazer ajustes na sua rotina. — Jean olhou para Jeremy, que concordou no mesmo instante, e Lisinski fez menção para que eles a acompanhassem de volta ao vestiário. — Tudo bem, então. Coloquem roupas mais leves e eu posso dar uma carona até lá.

Eles guardaram as bolas e as raquetes primeiro para que Lisinski pudesse pegar as chaves de volta, depois tiraram os uniformes e os colocaram nos cestos para serem recolhidos e lavados. O vestiário com os chuveiros era grande demais apenas para eles dois, que tomaram banho virados para paredes opostas. Jean entrou e saiu do banho antes mesmo de Jeremy terminar de esfregar o corpo, e Jeremy olhou perplexo para a porta. Desde que se mudara, ele percebera que Jean tomava banhos absurdamente rápidos, mas imaginou que fosse levar um pouco mais de tempo para lavar o suor pós treino. Deduziu que a pressa tinha a ver com a agenda apertada dos Corvos e suspirou enquanto acelerava o passo.

Lyon ficava a uma curta caminhada, mas de carro era ainda mais rápido, e Jeremy acompanhou os dois enquanto Lisinski colocava

Jean em várias máquinas. Ele seguia as instruções dela e levantava tudo o que ela pedia, testando tanto o esforço em seu corpo ainda em recuperação quanto os efeitos de três meses afastado das quadras. Jean não era grosseiro ao ponto de reclamar do próprio desempenho para a treinadora, mas Jeremy viu a frustração velada em seu olhar ao lidar com suas novas limitações. Lisinski também devia ter percebido, pois seus comentários foram mais otimistas do que suas avaliações costumam ser.

No geral, não foi tão ruim até Lisinski levá-los ao centro aquático. Ela estava de costas para eles, falando animadamente sobre o programa de hidroginástica e seus benefícios e, por isso, não percebeu quando Jean se deu conta de onde estava e congelou. Jeremy quase colocou a mão no ombro dele, mas decidiu no último segundo que preferia não levar um soco, então optou por um discreto:

— Ei, tudo bem?

— Tudo bem — respondeu Jean, baixo e não convencendo ninguém, e se apressou para alcançar Lisinski, que estava esperando por eles. Ela deu meia-volta quando eles pararam perto dela, mas não demorou muito para perceber que Jean não estava mais prestando atenção no que dizia. Ele nem sequer reagiu quando ela deixou de falar para observá-lo; Jean olhava para a piscina como se achasse que ela o morderia se desviasse o olhar.

— Estou entediando você, Moreau? — perguntou ela.

— Não, treinadora — respondeu Jean.

Jeremy se perguntou se ultrapassaria algum limite ao falar em seguida:

— Acho que Jean não sabe nadar.

Lisinski arqueou uma sobrancelha para Jean.

— Um pouco velho para não saber.

— Não, eu... eu sei nadar, treinadora. — Jean ergueu a mão para apertar o próprio pescoço, mas se deteve no meio do movimento e optou por segurar o colar. Sua boca se estreitou em uma linha pálida enquanto ele assistia à luz do sol refletida na superfície da água, e ele puxou a corrente, agitado, antes de continuar: — Já tem muitos anos, mas acho que ainda me lembro.

Lisinski o observou por um longo minuto, então o agarrou pelo ombro e o empurrou com força em direção à borda da piscina. Ele estava longe demais da borda para que a ameaça fosse real, mas a reação dele foi imediata. Jeremy não fazia ideia como ele tinha conseguido se soltar do aperto dela e chegar até a parede mais próxima tão rápido, mas Jean se agarrou à parede para manter o equilíbrio quando suas pernas ameaçaram fraquejar, e fechou os olhos.

— Desculpe — ele conseguiu dizer, a voz tênue e falhando. — Desculpe, eu...

Se ele precisava dizer algo mais, esqueceu totalmente quando agarrou o próprio pescoço com tanta força que os nós dos dedos ficaram brancos. Jeremy se lançou em sua direção e o segurou pelo pulso. Os batimentos de Jean estavam tão acelerados quanto os de um beija-flor e ele tremia tanto que Jeremy conseguia sentir em seu próprio corpo.

— Jean, pare — tentou ele. — Jean, você tem que soltar.

As unhas de Jean deixaram marcas de sangue quando Jeremy enfim conseguiu puxar a mão do garoto. Jean afastou a mão de Jeremy e cravou a palma da mão na testa. A cada vez que respirava, parecia que seus pulmões estavam rasgando ao meio, rápido demais, intenso demais e curto demais para que pudessem ajudá-lo. Mantinha os olhos fechados, mas virou o rosto para o outro lado, como se pudesse sentir o peso do olhar insistente de Jeremy.

Lisinski colocou uma mão em seu ombro e Jean deixou que ela o empurrasse até se ajoelhar. Ele apoiou as mãos no chão e abaixou a cabeça enquanto ofegava. Jeremy sentou-se de pernas cruzadas ao lado dele, enquanto Lisinski estava de pé, perto dos dois. Jeremy não sabia ao certo o que fazer, então segurou o pulso de Jean e ficou apenas murmurando "está tudo bem, está tudo bem" até que Jean se acalmasse. Por fim, Jean se sentou apoiado nos calcanhares e olhou, derrotado, para o chão à sua frente. Seu coração ainda estava mais acelerado do que Jeremy gostaria, mas o capitão o soltou devagar.

Lisinski se agachou na frente deles.

— Aceito uma explicação agora.

— Me desculpe, treinadora.

— Não me peça desculpas — disse Lisinski, irritada, e Jean fez uma careta. — Já conheci pessoas que não sabiam nadar e já conheci pessoas que tinham medo de tentar, mas nunca na vida vi alguém reagir dessa maneira. Quero saber o que foi isso.

Jeremy esperava alguma história envolvendo traumas de infância. Jean dissera, algumas semanas antes, que Marselha ficava no litoral. Devia haver alguma história sobre uma criança imprudente que foi longe demais na água e quase se afogou, ou uma tragédia local que fez com que tivesse pesadelos durante anos. Cogitava todas as alternativas possíveis quando Jean respondesse, e a feiura da verdade era algo que nunca teria passado pela cabeça de Jeremy:

— A água era usada como punição em Evermore, tanto em relação a desempenho quanto a atitude — explicou Jean, soando completamente exausto. — Ainda tenho alguns traumas remanescentes, mas vou dar um jeito nisso, treinadora. Prometo que não vou ficar para trás.

— Fique quieto — advertiu Lisinski, e Jean obedeceu. Lisinski tamborilava os dedos nos joelhos enquanto o contemplava. Por fim, ela balançou a cabeça e disse: — Vou encontrar outra coisa para você fazer enquanto estivermos na água. Se os Troianos perguntarem, a história oficial é que você não sabe nadar.

— Treinadora, eu consigo. Não vou fracassar.

— Eu disse que não — retrucou ela, e Jean não teve escolha a não ser acatar. — James disse que você encontrou um médico, certo? — Quando Jean assentiu, tenso, ela acrescentou: — Então converse sobre isso com ele ou ela, entendeu? Podemos retomar essa conversa quando você tiver feito algum progresso, e não antes.

Ela olhou entre para os dois, então Jeremy acrescentou um rápido:

— Sim, treinadora — disse ele, já que Jean ficou em silêncio.

— Por hoje é só — disse ela, levantando-se. — Posso dar uma carona pra vocês.

Jeremy olhou de relance para Jean.

— Acho que prefiro ir a pé. Um pouco de ar fresco vai nos fazer bem. — Quando Jean murmurou, concordando baixinho, Jeremy olhou para Lisinski e disse: — Obrigado, treinadora. E obrigado por nos deixar ficar um pouco na quadra hoje.

Lisinski lançou um olhar severo para Jeremy, que ele interpretou como um *fique de olho nele*. Quando Jeremy assentiu em sinal de compreensão, Lisinski retribuiu e disse:

— Vejo vocês dois na segunda-feira.

Ela se virou e os deixou ali. Jeremy esperou até que ela saísse antes de se arrastar pelo chão e se encostar na parede ao lado de Jean. O garoto deve ter sentido que estava por vir um interrogatório, pois abraçou os joelhos sem força e olhou melancólico na direção oposta. Jeremy cogitou não falar nada, mas então se inclinou cuidadosamente para o lado, pressionando seu ombro contra o de Jean. O garoto ainda tremia, mas agora os espasmos eram leves e mais esparsos.

— Você ia mesmo seguir em frente com isso, não ia? — perguntou Jeremy. — Ia mesmo entrar na piscina com a gente na semana que vem, sabendo o que isso faria com você.

— Meus problemas não são da conta de mais ninguém — retrucou Jean. — Não vou pedir por concessões e atrapalhar o time. Vou dar um jeito.

— Isso não é justo — respondeu Jeremy, e quando Jean abriu a boca para argumentar, acrescentou: — Nem com você, nem com a gente. Para alguém que parece ter tanta certeza daquilo que merece, você parece não se importar com o que os outros fazem. Você está nos forçando a machucá-lo sem nos dar a chance de opinar.

— Já estou atrasado demais — respondeu Jean, e o desprezo por si mesmo que transparecia em sua voz era terrível de ouvir. — Você não faz ideia de tudo o que está em jogo. Não posso me dar ao luxo de ter desvantagens ou tratamento especial, e você não deveria perder tempo me mimando. Você é meu capitão e meu parceiro. Sabe o que significa? Seu sucesso é o meu sucesso; seu fracasso é o meu fracasso. É essa a base de toda dupla.

— Mimando — repetiu Jeremy, e foi por puro milagre que não se engasgou ao dizer. — Eles machucaram demais você. Eu não consigo nem começar a imaginar o que você está passando. Consegue ver isso?

— Eu ainda consigo jogar.

— Eu não me importo — retrucou Jeremy, e foi triste ver a confusão estampada no rosto de Jean. Ele balançou a mão, frustrado, e disse: — Quero dizer... eu *me importo*. Quero que você jogue com a gente e quero que você volte a se divertir. Quero ver o que pode fazer na quadra e o que trará para a nossa defesa. Quero que a gente finalmente ganhe esse ano, depois de tantas vezes morrendo na praia. Mas é só um jogo, Jean. Sua segurança e sua felicidade sempre serão mais importantes do que a nossa temporada.

— Você é ingênuo.

— Você pode definir o sucesso pelo nosso desempenho nesta temporada, mas eu não sou obrigado a fazer o mesmo. Você será a minha história de sucesso: Jean Moreau, a pessoa, não o Jean Moreau da seleção dos sonhos. Você cuida de um, e eu cuidarei do outro.

— Não é assim que as coisas funcionam.

— Tem alguma regra que proíba isso?

— Não tem nenhum mérito. Isso é tudo o que eu sou.

Jeremy ignorou a resposta e perguntou de novo:

— Tem alguma regra que proíba isso?

Jean abriu a boca, voltou a fechá-la e fez um gesto impaciente.

— Teoricamente não, mas...

— Ótimo — disse Jeremy, erguendo o queixo em sinal de desafio. Ele sabia qual seria a resposta, mas mesmo assim tinha que tentar: — Você quer conversar a respeito disso?

— Não tem nada a ser dito.

— Tem certeza?

— Para de perguntar — implorou Jean. — Você acha que quer essas respostas, mas não quer.

E aquilo podia não ser muito, mas Jeremy ainda sentiu uma centelha de esperança. Jean sabia que seus segredos eram horríveis e cruéis;

250

ele sabia que ninguém fora dos Corvos jamais conseguiria justificá-los. O que significava que, lá no fundo, Jean era capaz de compreender que o que acontecera com ele fora um crime monstruoso, mesmo que tentasse diminuir e ignorar tudo como tendo sido algo necessário e merecido. Ele poderia não conseguir ainda encarar essa verdade e, até que o fizesse, não iria estar completamente curado, mas a semente fora plantada. Jean estava apenas sufocando-a com todas as suas forças para conseguir sobreviver.

O que vai acontecer quando ele perder o controle? Jeremy se perguntou. Quando Jean enfim tivesse que aceitar que a desumanidade que lhe fora infligida durante anos tinha sido em vão, será que ele se enfureceria contra a injustiça ou desmoronaria sob um peso que carregara por tempo demais?

Por motivos que ele mesmo não conseguia compreender, Jeremy não contou o que acontecera em Lyon na segunda-feira para Cat e Laila. Manter um segredo desses o deixava um pouco ansioso, mas Jean se provou ser uma boa distração para essa culpa. Ter acesso novamente à quadra após três meses fora acalmou os nervos de Jean como nada mais havia conseguido. Ele parecia mais consciente de si mesmo e de onde se encontrava do que estivera desde a morte de Wayne. Talvez fosse só impressão de Jeremy, mas Laila e Cat também comentaram sobre a melhora no humor dele.

Laila estava bastante otimista em relação à recuperação de Jean. Tão otimista que ela até se sujeitou a mais um dia de compras para terminar o guarda-roupa de Jean na sexta-feira. Jeremy e Cat foram ignorados antes mesmo de se oferecerem para ir junto, então Jeremy passou a tarde conversando com seus outros amigos próximos. Jean teria a chance de conhecer todos os Troianos na segunda-feira, mas enfiar mais de vinte rostos novos ao mesmo tempo na cara dele não parecia ser a melhor das ideias. Se Jeremy pudesse pelo menos reunir seus amigos para um encontro prévio e mostrar a eles que Jean não era uma ameaça, seria um bom começo.

Ele tinha um grupo criado há bastante tempo com oito deles, mas como Laila estava ocupada com Jean, Jeremy não queria ficar enchendo-a de notificações. Ele rolou a tela até o grupo dos capitães, que incluía apenas ele, Cody e Xavier. Xavier poderia responder por Min e Cody provavelmente estava perto de Pat e Ananya, então Jeremy poderia propor a ideia para todo o grupo apenas falando com os dois. Ele planejava os detalhes enquanto Cat colocava a cobertura em dois tipos diferentes de muffins.

Jeremy tirou uma selfie rápida para mostrar seu cabelo antes de perguntar a Cat:

— Restaurante ou aqui?

— Nove pessoas aqui pode ser demais — respondeu ela. — A gente poderia ir para aquele restaurante havaiano no outro lado do campus? Fica bem perto de onde eles vão ter que deixar os carros, e deve ter algo que até Jean vai aceitar comer.

Jeremy só tinha escrito metade da mensagem quando uma notificação de Laila o interrompeu. Cat não podia checar o celular, já que estava com uma fôrma de muffin em uma mão e uma espátula na outra, então Jeremy fez uma careta e repassou a notícia de Laila:

— Alguém reconheceu o Jean. Parece que fizeram várias perguntas babacas sobre Wayne e Colleen, então eles estão vindo para casa mais cedo.

— Que beleza — comentou Cat, cansada. — Logo agora que ele estava se animando. — Ela olhou para o teto, ponderando as opções. — Acho então que o melhor vai ser todo mundo vir para cá. Não sei se Jean vai querer sair de novo depois de lidar com uns enxeridos aleatórios. Assim que eu decidir o que vou preparar pra gente comer, dou um pulo no supermercado.

Jeremy apagou a mensagem original e começou de novo. Foram necessárias apenas mais algumas mensagens para definir o horário do encontro e obter algumas sugestões de comida para o jantar, e então restou apenas provar os muffins de Cat e lavar a louça.

Eles estavam descansando juntos na sala de estar quando ouviram Laila estacionar o carro, e Cat se levantou no mesmo instante para abrir a porta. Jeremy aguardou a chegada deles no corredor. A expressão de Jean era indecifrável quando ele passou, mas Jeremy notou que Laila o observava se afastar. Ele pegou as sacolas para que ela pudesse ficar com Cat e se afastou enquanto Cat a beijava para aliviar a tensão.

Jean colocou as sacolas na cama e colocou mãos à obra, arrancando adesivos e etiquetas de suas roupas novas. Jeremy fez o mesmo, indo mais devagar para analisar as roupas conforme avançava, sentindo-se contente pelo sacrifício de Laila hoje. Ela tinha um bom senso de estilo e sabia o que fazer com as poucas cores que Jean aceitava usar. Uma camisa de um tom inédito para ele, um azul-escuro que fazia Jeremy se lembrar do oceano ao entardecer.

Jean pegou a manga da camisa e a inclinou para poder ver a frente. Ele havia percebido Jeremy olhando, procurando algum defeito, Jeremy supôs. Jeremy não poderia revelar que estava imaginando como Jean ficaria vestido nela, com o decote descendo abaixo do pescoço, então disse apenas:

— Essa cor é bonita.

Jean deixou passar sem dizer nada e voltou a organizar a própria pilha. Ele terminou primeiro e levou tudo para o cesto de roupa suja. Ficou por ali por alguns momentos antes de lançar um olhar especulativo para a pequena pilha ao lado de Jeremy. Jeremy arqueou uma sobrancelha em uma pergunta silenciosa, mas Jean apenas suspirou e foi até a própria cômoda. Jeremy não teve muito tempo para se perguntar o que estava acontecendo, pois Jean abriu a primeira gaveta e começou a esvaziá-la. Jeremy esperava ver meias e roupas íntimas, mas Jean tirou dali meia dúzia de cadernos espiralados.

— Você poderia ter guardado na escrivaninha — lembrou Jeremy, achando graça.

Jean não se dignou a responder, mas carregou a pilha para fora do quarto em direção ao escritório. Jeremy terminou a sua parte das roupas, jogou-as no cesto de Jean e observou com interesse renovado quando Jean voltou. Dessa vez, o garoto pegou vários objetos que pareciam ímãs, e a vontade de dar uma fuxicada neles para descobrir quais eram os interesses de Jean fez Jeremy se balançar na ponta dos pés.

— Podemos abrir espaço na geladeira — sugeriu ele.

— Elas não grudam mais — explicou Jean.

Bastante usados e com valor sentimental, deduziu Jeremy, e seguiu Jean pelo corredor até o escritório. Jean deve ter percebido a curiosidade intensa dele, pois colocou todos os ímãs na única gaveta da escrivaninha e a fechou com uma mão firme. Jeremy sentou-se obedientemente na mesa de Cat para observar. Jean só precisou de mais uma viagem. Os cartões postais foram colocados na gaveta com os ímãs, enquanto o notebook e uma fotografia foram colocados em cima da mesa. Como a foto estava virada para cima, Jeremy se sentiu livre para dar uma espiada.

Ele ficou mais surpreso do que deveria ao ver que a foto era de uma garota. Os cabelos eram peculiares o bastante para parecerem familiares, um branco brilhante com pontas em tons pastel, mas Jeremy não conseguia se lembrar de quem era ela. Ele já a tinha visto antes, mas...

— Goleira — disse ele quando a ficha enfim caiu. — Das Raposas de Palmetto State.

— Renee Walker — concordou Jean, sem entrar em mais detalhes.

— Ela é bonita — comentou Jeremy. Soou bastante convincente, considerando que Jeremy não tinha sentimentos fortes em relação ao assunto.

Ele foi logo traído por Cat, que entrou no escritório no final da conversa e disse:

— Quem vê até pensa que você sabe enxergar diferenças em garotas. Deixa eu ver, sou bem melhor para julgar isso. — Ela foi direto para a mesa de Jean e pegou a foto de Renee. — Ah, mas dessa vez você tem razão.

Jean olhou para Cat como se não tivesse entendido o que ela dissera antes de lançar um olhar curioso para Jeremy.

— Você gosta de homens.

Não era bem uma pergunta, mas também não houve convicção durante a fala. A melhor resposta seria um simples *sim*, mas Jeremy hesitou. Ele tinha notado os olhares demorados que Jean lançava para Cat e Laila, e não deixou de perceber como o olhar de Jean o seguia quando ele se preparava para dormir. Como Jean desviou o olhar no instante em que fora flagrado, Jeremy prometera a si mesmo que não perguntaria. Mas essa era uma oportunidade boa demais para deixar passar, então disse, por fim:

— Com mais exclusividade do que você, acho. Isso te incomoda?

Jean ficou em silêncio por tanto tempo que Jeremy achou que ele estava se recusando a responder. Então:

— Lucas.

Jeremy olhou para ele, confuso, e Jean balançou os dedos impaciente enquanto explicava.

— Ele disse que não confia no seu julgamento a meu respeito. O irmão disse a ele que eu sou uma puta, e ele sabe que você gosta de homens. Ele insultou sua integridade ao sugerir que foi esse o motivo de você ter me contratado.

— Ele insultou a nós dois — retrucou Jeremy —, mas confio que mais cedo ou mais tarde ele vai mudar de ideia em relação a isso.

Jean emitiu um murmúrio de desdém e apontou para Cat. Ela devolveu a foto de Renee com um animado:

— Mandou bem, Jean.

— Não teve nada disso. — Jean colocou a foto virada de cabeça para baixo na mesa.

Cat cutucou o pé de Jeremy com o dela e perguntou:

— Uma amiga que por acaso é uma garota? — perguntou ela, com uma inocência exagerada.

— Talvez — respondeu Jean.

Ele parecia quase melancólico, e Jeremy preferiu direcionar sua atenção a isso e não ao sorrisinho triunfante que surgiu no canto da boca de Cat. Ele esperava que Jean deixasse por isso mesmo, mas depois de um minuto olhando para a parte de trás da fotografia, Jean acrescentou:

— Foi ela quem me tirou da Edgar Allan quando eu estava machucado.

— Tirou — repetiu Jeremy.

— Não escolhi ser transferido — complementou Jean. — Os Corvos não saem de Evermore.

Era uma confissão tardia que fez o sangue de Jeremy gelar nas veias.

— Depois de tudo o que eles fizeram com você, você teria ficado? — perguntou, mas é óbvio que Jean teria ficado. Entre Jean dizendo que merecia o que aconteceu e os Corvos se destroçando sem o Ninho, era uma verdade deprimente e inegável. — Mesmo depois de quebrarem suas costelas?

E como previsto:

— As pessoas se machucam durante os treinos.

Laila entrou no cômodo bem a tempo de ouvir essa frase e apontou o Bubble Tea para ele.

— Toda vez que você diz isso, eu perco um ano de vida. Gostaria muito de viver até os noventa, então faça o favor de parar.

— Fica difícil de te levar a sério enquanto está bebendo essa porcaria — disse Jean, com um olhar de desaprovação para a bebida dela. Laila o encarou dando um longo gole pelo canudo, e Jean se virou para Jeremy. — Me leve para a quadra.

— Tenha paciência, gato, os treinos começam segunda — lembrou Cat. — Quer me ajudar a pensar no jantar de amanhã? Estou pensando em fazer pernil assado, mas se optarmos por isso, vamos precisar de algo saboroso para a Ananya. Vegetariana — explicou ela, apoiando a mão na testa como se estivesse prestes a desmaiar. — Tentei uma vez, mas só aguentei três semanas. Não sei como ela ainda não jogou a toalha, mas que bom pra ela.

Jean pensou por alguns instantes, mas seu foco não estava na comida.

— Ananya Deshmukh.

— A própria. Chegamos a falar com você sobre quem vem? — perguntou Cat. — Você finalmente vai conhecer a ala das periguetes do time.

Jeremy olhou para o céu em busca de paciência.

— Você sabe que a treinadora odeia esse apelido.

— Diz o cara que colocou periguetes como nome no grupo assim que sugeri — retrucou Cat, dando de ombros.

Jean franziu a testa.

— Não conheço essa palavra.

— Ah, foi mal. Às vezes esqueço que essa é sua segunda língua — respondeu Cat.

— É a terceira — corrigiu Jean.

Todos se viraram para encará-lo, mas Jean apenas desviou o olhar. Quando Cat se cansou de esperar por uma explicação, perguntou:

— Qual era a segunda? — Jean fingiu não ouvir. Ela aguardou mais alguns segundos antes de decidir deixar o assunto para outro dia. — Periguete é tipo... — Ela olhou para Laila em busca de ajuda antes de completar: — Meio vadia? Vagabunda? Meu Deus, eu sabia até precisar definir. Não leve ao pé da letra, tá? Foi por causa de um draminha que rolou no meu primeiro ano.

Cat contou os integrantes do time nos dedos.

— Primeiro, temos o Xavier e a Min. Xavier é o nosso vice-capitão, e Min deve substituir Jillian como meia titular no segundo tempo. Eles são fofos do pior jeito possível. Você vai entender assim que os vir. Não vejo a hora de eles se casarem. Vai ser tão lindo e tão brega.

— Lembra de Cody, de Venice Beach? — perguntou Jeremy. — Também vem, junto com Ananya e Pat.

— Muito corajoso da parte do Pat aparecer aqui, sabendo que eu vou acabar com ele — disse Cat, mais exasperada do que realmente frustrada. Quando Jean a olhou de soslaio, Cat ergueu as mãos e explicou. — Pat e Ananya estão tentando dar uns pegas em Cody há quase um ano. Eu achei de verdade que, com Cody se mudando para a casa deles neste verão, isso finalmente ia rolar, mas *pelo visto, não*. Já está ficando patético.

— Pat e Ananya estão noivos há quase tanto tempo quanto Cody os conhece — comentou Laila enquanto se encostava ao lado de Cat. — Não se pode culpar Cody por não saber como lidar com uma situação dessas.

— Ficar assistindo eles suspirarem um pelo outro é um saco — reclamou Cat. — Em algum momento, um deles vai ter que tomar uma atitude.

Laila mexeu no cabelo dela.

— Nem todo mundo é tão corajoso e impulsivo quanto você.

— Eu estava apavorada — disse Cat, dando de ombros. Ela fez aspas no ar enquanto citava as palavras de outra pessoa para ela: — "Se você não quer algo o bastante para lutar por ele, então não merece tê-lo." — Ela passou o braço em volta dos ombros de Laila e deu um beijo na bochecha da garota: — Você fez o risco valer a pena. Naquela época e sempre.

— Gay — brincou Laila, mas ela estava com aquele sorriso radiante que só Cat conseguia colocar em seu rosto.

Cat roubou outro beijo, e Laila correspondeu. Cat murmurou uma aprovação satisfeita contra os lábios pintados de batom de Laila antes de dizer:

— Mudei de ideia. Você devia levar o Jean para a quadra, Jeremy. Não voltem antes do jantar.

Jeremy riu e foi em direção à porta.

— Saindo agora mesmo.

258

CAPÍTULO TREZE

Jean

A manhã de sábado se arrastou por uma eternidade. Cat começara a preparar o jantar na noite anterior, o que significava que não havia muito que Jean pudesse fazer hoje para ajudar na cozinha. Além de arrumar algumas coisas básicas, não havia o que fazer em casa. Ele conseguiu convencer Jeremy a sair para uma corrida demorada, mas não conseguiu convencê-lo a ir ao estádio de novo e, depois de um banho rápido, foi até o escritório assistir a jogos no computador e trocar mensagens com Renee. Ele não havia percebido quanto tempo se passara até Jeremy vir chamá-lo para almoçar.

— Ah — disse Jeremy ao parar ao lado de Jean.

Jean notou o olhar de Jeremy passar por seu rosto e descer até sua camisa: aquela azul-escura que Jeremy parecia ter apreciado tanto no dia anterior. Não era a primeira vez que Jeremy o avaliava, mas até então Jean havia presumido que era por curiosidade. A conversa de ontem deu um novo significado àquela distração, mas se Riko colocasse uma faca na garganta de Jean agora, ele não seria capaz de explicar por que estava testando esse limite entre eles. Ele não tinha permissão para olhar; a orientação sexual de Jeremy não deveria nem mesmo importar.

Avaliando a ameaça, repetiu ele para si mesmo, e era quase verdade. Ele precisava observar como Jeremy concedia o espaço de Jean de forma tão fácil. Jean não conseguia se lembrar da última vez que alguém tinha respeitado os seus limites, e a sensação era tão nova quanto viciante.

— Pois não? — perguntou Jean.

— Nada — respondeu Jeremy, rápido demais, e ofereceu o prato de Jean. — Está com fome?

Ele se retirou depressa assim que Jean pegou o prato, e Jean voltou sua atenção ao jogo com uma satisfação que ele se recusou a pensar demais sobre.

Jeremy o deixou em paz pelo resto da tarde, mas, às cinco e meia, os primeiros convidados dos Troianos começaram a chegar. Jean fechou o computador e o colocou de lado quando ouviu a campainha tocar. Escolheu esperar na porta do escritório enquanto Cat abria a porta da entrada, e ela cumprimentou o trio com um entusiasmo tão estrondoso que ele ficou grato pela distância entre eles.

Quando viu Cody, Jean deduziu que os outros dois eram Patrick Toppings e Ananya. A garota foi a primeira a conseguir passar por Cat, mas acabou sendo envolvida em um abraço apertado de Jeremy assim que atravessou o vão da porta. Ela riu quando ele a fez dar uma voltinha e então, Jeremy abriu um sorriso radiante na direção de Jean.

— Jean, essa é a Ananya — disse ele. — Ela é titular comigo no segundo tempo.

Ananya se moveu para apertar a mão de Jean.

— É um prazer finalmente conhecer você. O que está achando de Los Angeles?

— É mais lotada e agitada do que o necessário — respondeu Jean.

— Ainda mais depois de Charleston — adivinhou ela, e virou para trás para ver se seus colegas de equipe (amantes?) se juntariam a ela.

Cat os havia encurralado na porta e estava falando sem parar sobre um novo jogo que comprara no início da semana. Laila estava com a mão no braço dela e tentava guiá-la pelo corredor para que os convidados pudessem pelo menos se sentar em algum lugar, mas nenhum dos defensores parecia ter pressa em se mexer. Pelo que parecia, Cody estava jogando o mesmo jogo e elu estava tão entusiasmade quanto Cat. Jean estava menos interessado na conversa e mais na forma como Pat olhava para Cody com um carinho evidente.

— Meu bem — Ananya chamou, e tanto Cody quanto Pat olharam em sua direção. O sorriso de Cat era provocador e descarado, e Cody deu um chute discreto no tornozelo da garota enquanto rapidamente desviava o olhar. — Quem sabe vocês possam debater sobre os melhores equipamentos depois de terem conhecido o seu mais novo colega de equipe?

Pat não precisava tocar em Cody para contorná-le, mas foi o que fez, virando Cody pelos ombros para que desbloqueasse o caminho. Assim que Pat ficou de costas para eles, Cat deu uma cutucada rápida no ombro de Cody, que a empurrou de leve com uma careta de desagrado. Então Pat se posicionou entre a dupla na porta e Jean, que obedientemente voltou sua atenção para o garoto de cabelos escuros e ombros largos. Jean se perguntou por que a USC era contra assinar com jogadores altos; Pat era apenas um pouco mais alto do que Jeremy.

— Olá — disse Pat ao apertar a mão de Jean com firmeza. — É Jean, então? Pode me chamar de Pat ou Patty. Prometo não levar para o lado pessoal se você roubar minha vaga de defensor titular. Quero dizer, vou ter que levar para o pessoal, mas vou entender. Não tem muito a ser feito quando se está competindo com alguém da seleção dos sonhos.

— Não seria você — retrucou Jean. — Anderson é seu titular menos consistente. A única coisa a favor dele é que meu estilo de jogo é mais violento. Se seus treinadores não puderem confiar em mim na linha, ele vai automaticamente ficar com a vaga.

— *Nossos* treinadores — murmurou Jeremy.

— O famoso charme dos Corvos — disse Ananya com um sorriso discreto. — Eu quero saber o que você pensa de mim, ou nossa futura amizade depende de um pouco de tato?

— Você deveria estar jogando com uma raquete pesada — comentou Jean. Era frustrante ver a confusão estampada na fisionomia dela;

ela já deveria ter percebido isso, não? — Você joga como se estivesse à beira de um precipício, cheia de precisão e força contida, mas sem vontade de usá-la. Se você não quer trair a imagem dos Troianos ou se transferir para um time mais agressivo, precisa pelo menos se fortalecer onde puder.

— Já tentei jogar com raquetes pesadas — respondeu Ananya —, mas não gostei da sensação.

— Supere — retrucou Jean.

O som da campainha poupou Ananya de precisar dar uma resposta. Cat tinha finalmente arrastado Cody para mais perto da sala de estar, mas agora dava meia-volta para abrir a porta. Os dois últimos convidados a chegarem eram os meias titulares dos Troianos. Jean teve meio segundo para se decepcionar com a altura deles — Min Cai era dez centímetros mais baixa do que Cat, e Xavier Morgan não devia ser mais alto do que Laila — antes de ser distraído pelo resto do cenário. Eles chegaram de mãos dadas e vestidos com roupas combinando em creme e verde-água. Até os óculos de sol com armação dourada e os tênis verde-água eram idênticos.

— Ridículo — disse Cat, com a voz carinhosa. — É sério. Quando vocês dois finalmente tiverem bebês para vestir, vou morrer de pena deles.

— Também senti sua falta — retrucou Xavier. — Cadê meu abraço?

— É seguro abraçar você? — perguntou Cat, já se agarrando a ele. — Não está doendo?

— Estou bem — prometeu Xavier.

Jean olhou para Jeremy.

— Existe alguma regra de equipe que impeça a contratação de pessoas com mais de 1,80 metro?

Jeremy riu, mas Pat respondeu:

— Temos alguns grandalhões no time. Derek tem o quê, 1,91 metro?

— É 1,88 metro na ficha — corrigiu Jeremy. — Não acredite nas mentiras dele.

— Eu sabia — disse Pat, vitorioso. Para Jean, ele acrescentou: — Esse é o Thompson, não o Allen. E o Shane tem pelo menos cinco centímetros a mais que ele, talvez até sete. Sou capaz de jurar que ele usa palmilhas, mas nunca consigo pegar os sapatos dele para confirmar.

— Sebastian e Travis — completou Jeremy —, e quem sabe o Jesus. Ouvi dizer que temos pelo menos dois calouros altos chegando, mas ainda não os conheci.

Oito de vinte e nove era trágico, anda mais com pelo menos um deles sendo o goleiro, mas já era tarde demais para fazer qualquer coisa a respeito. Jean deixou passar com um suspiro de insatisfação.

Pat passou um braço em torno dos ombros de Ananya enquanto seguiam pelo corredor em direção aos últimos que chegaram. Em questão de segundos, havia três conversas diferentes acontecendo no corredor, com a risada de Cat rompendo o caos de vez em quando. Ao lado de Jean, Jeremy estava sorrindo, animado e cheio de energia.

Quando percebeu que Jean o olhava, ele admitiu:

— Senti falta de ter todo mundo junto. Mas se for coisa demais...

— Estou acostumado a estar cercado de gente — lembrou Jean. — Nós sempre estávamos juntos. Isso parece... normal.

E, de certa maneira, era verdade e mentira ao mesmo tempo; ele já tinha visto os Corvos rindo e provocando uns aos outros, mas nunca com esse clima. Jean analisou o rosto dos Troianos, procurando a palavra certa para descrever o ambiente, e a melhor que encontrou foi *alegre*. Não era a mesma sensação de sincronia que ele tinha presenciado com as Raposas antes de sair da Carolina do Sul, mas era algo leve e contagiante. Jeremy abriu aquele sorriso largo para Jean.

— Bora lá, então.

Jean não tinha certeza se caberiam nove pessoas na sala de estar, mas conseguiram dar um jeito. Cat ocupou o chão em frente à poltrona papasan de Laila, enquanto Min praticamente sentou no colo de Xavier em uma das almofadas do sofá. Ananya e Cody ficaram com as outras duas almofadas, com Pat no chão em frente à dupla. Jeremy e Jean sentaram-se no chão em frente ao sofá.

Os Troianos tentaram trazer Jean para a conversa mais de uma vez, mas ele se esquivou até que eles enfim se tocaram de seu desinteresse.

Ele se contentou em avaliar seus novos colegas de equipe, acompanhando cada interação deles e analisando os traços de personalidades com as quais teria que lidar nos próximos dois anos.

Xavier e Min chegaram a terminar as frases um do outro com uma frequência assustadora e Cat sempre reagia de forma dramática quando isso acontecia. Ananya passou a noite pressionando Cody ainda mais para o canto do sofá, tão lenta e suavemente que Jean mal percebia quando ela se movia. Pat mantinha uma mão no tornozelo de Ananya e outra no de Cody e, sempre que não estava falando, traçava os polegares em círculos lentos contra a pele deles. Cada vez que Jean via isso acontecer, ele sentia um pouco mais de tensão se infiltrar em sua calma.

Cat se levantou para dar uma olhada no andamento do jantar, e Jean imediatamente ficou de pé para segui-la. Ela tentou dispensá-lo com um gesto descontraído:

— Pode ficar aqui se quiser!

Mas Cat não recusou a companhia quando Jean balançou a cabeça. Ela foi até a cozinha sem dizer mais nada, mas passou um braço pela cintura dele assim que ficaram sozinhos.

— O que rolou, Jean? Você está começando a parecer um pouco tenso. Está ficando barulhento demais para você?

Não importava, e não era da conta dele, mas Jean precisava perguntar. Ver Pat e Ananya invadindo o espaço de Cody sem que Cody estivesse correspondendo estava deixando-o desconfortável. Laila tinha insinuado que era recíproco, mas...

— Cody está a salvo? — perguntou ele.

Cat o encarou com surpresa por um momento antes de sua expressão se suavizar. Seu "ah" dito baixinho foi o único indício necessário para Jean saber que Jeremy tinha contado a verdade por trás dos rumores de quando ele fora calouro. Ele quase se soltou do abraço dela, mas Cat apertou mais o braço ao redor dele. Ela deu um leve beijo em seu ombro e disse:

— Pat e Ananya começaram sendo amigos do Jeremy, mas Cody sempre foi minhe amigue. Pode confiar em mim quando digo que

Cody está interessade. Se não estivesse, eu não seria insensível ao ponto de provocá-le a respeito disso.

"Como Laila disse, é puro medo" prometeu Cat. "Cody não quer segurar vela e morre de medo de se comprometer e depois ficar para trás se os dois mudarem de ideia. É por isso que elu está em um impasse, entende? Pat e Ananya estão tentando convencer Cody de que é para sempre. Só que está levando mais tempo do que eu pensava para que elu se convença. Não sei se você notou, mas eu não sou a pessoa mais paciente do mundo, e adoro um final feliz."

Jean confiou nela porque precisava, e quando ele assentiu, Cat finalmente permitiu que ele se afastasse. Ela segurou o pulso dele e esperou que Jean olhasse em sua direção antes de dizer:

— Obrigada por se preocupar com Cody. Você é um bom homem, Jean Moreau.

— Que coisa ridícula de se dizer — retrucou ele.

— É sério — insistiu ela, depois o liberou para que ele pudesse pegar pratos para todos.

Ele teve que juntar pratos de três conjuntos diferentes para ter o suficiente. Foi ainda mais difícil encontrar o número necessário de copos, mas Cat e Cody estavam bebendo cerveja e podiam tomar direto da lata. Antes de precisar ir atrás da chateação que seria juntar os talheres necessários, Jean foi até a pia pegar água.

Ele jamais saberia por que Cat esperou até que ele estivesse bebendo para soltar a próxima bomba, mas não havia dúvida de que foi absolutamente intencional:

— Por falar em finais felizes, Laila já comprou algum brinquedinho sexual pra você?

Metade da água foi parar nos pulmões dele; o resto desceu ralo abaixo quando o copo escorregou de seus dedos e se espatifou na pia. Jean bateu com o punho no peito, tossindo e arfando, enquanto Cat se apoiava no balcão ao seu lado. Ele não precisava olhar para ela para saber o quanto estava satisfeita consigo mesma.

— Mas que *porra* — foi tudo o que ele conseguiu dizer antes de começar a tossir de novo.

— Um papo de se sentir confortável com a própria intimidade em um ambiente seguro e controlado — explicou Cat. — Parecia bonito e lógico quando ela falou, mas eu estava tão distraída pensando no que queria que ela comprasse pra mim se fosse na loja, que não consegui escutar tudo o que ela falou. Ainda não? Hum. Acho que vai ser um pouco mais difícil agora que o Jeremy está no seu quarto, se bem que têm alguns modelos com controle remo... ah, oi Jeremy, beleza?

— Ouvimos um barulho de vidro quebrando — anunciou Jeremy do outro lado da cozinha. — Vocês estão bem?

— Sim, lógico que sim. — Cat o dispensou com a mão e deu um tapa forte nas costas de Jean. — Fiz Jean experimentar meu molho de pimenta, só isso. Eu sabia que os franceses curtiam um drama, mas *caramba*, esse aqui ganha de todos. Minha teoria de que os Corvos acham que sal e pimenta são temperos exóticos está começando a se confirmar.

— Nem todo mundo gosta de morrer — retrucou Jeremy. — Essa coisa é horrível.

— Quieto, branquelo — disse Cat. — Espere, retiro o que disse. Diga aos outros que podem vir pegar a comida e *então* fique quieto. — Ela esperou até que Jeremy saísse antes de dar um último tapa nas costas de Jean. — De qualquer forma, se ela seguir em frente com essa ideia e trouxer um pra você, tente parecer surpreso.

Jean a afastou de si.

— Não se atreva.

— E controla esse vermelho de vergonha na sua cara antes que eles cheguem aqui — acrescentou Cat.

— Eu *não* estou vermelho.

— Está muito — disse Cat, adorando a situação. — É fofo. Às vezes eu me esqueço que você não passa de um garoto.

— Vou te dar um tranco tão forte no treino que você vai sentir por um mês — alertou Jean.

— Só daqui uma semana — lembrou Cat. — Colete de "contato proibido". Certo! — gritou ela, pulando do balcão enquanto os Troianos chegavam na cozinha. — Quem está pronto para comer?

Jean demorou todo o tempo do mundo para tirar os cacos de vidro da pia, tomando o cuidado de não pensar na piada grosseira de Cat. Era uma piada; só podia ser. Resolveu que não ia ficar pensando no assunto. Contava os cacos de vidro enquanto os colocava na palma da mão esquerda. Sete, oito, nove. Viu um pouco de sangue na ponta dos dedos onde se cortou, mas ainda não sentia a dor, então não importava.

— É mais seguro usar papel toalha — sugeriu Jeremy ao seu lado, e Jean precisou de todas suas forças para não fechar a mão, surpreso. Jeremy o afastou e usou um maço de papel toalha úmido para recolher a maior parte do que restava. Jeremy mostrou o papel cheio do brilho dos cacos para Jean antes de ir até a lata de lixo, e Jean ficou sem motivos para evitar o restante dos Troianos. Ele seguiu Jeremy até o outro lado da cozinha, jogou os cacos no lixo e voltou para lavar as mãos com o máximo de cuidado possível.

O lado bom é que os Troianos haviam trazido o barulho com eles, e o papo preencheu o espaço com uma animação contagiante. Jean pegou o que Cat lhe serviu, fez uma careta quando viu o sorriso malicioso dela e encontrou um lugar para comer em pé, observando a equipe. Cody acabou se juntando a ele para comentar sobre os defensores que não estavam presentes. Em algum momento, a conversa se desviou para o último confronto entre os Corvos e os Troianos e, como era de se esperar, eles acabaram falando de estilos de jogo e a quantidade de faltas.

— Deixava você satisfeito? — Cody enfim perguntou. — Saber que estava irritando seus adversários, quero dizer. Quando mexia com eles e conseguia tirá-los do sério?

— Com certeza — respondeu Jean.

— Eu também — concordou Cody, e Jean se limitou a olhar para elu. — Imagine que você está fazendo de tudo para me tirar do sério. Me derrubando, empurrando, fazendo faltas feias quando os árbitros não estão olhando, me insultando, insultando minha mãe e a porra toda, e eu só fico fazendo isso o tempo todo. — Cody apontou para o próprio rosto e abriu um sorriso enorme. — Qual de nós dois você acha que vai perder a cabeça primeiro?

— Você tem permissão para usar a minha frase favorita se alguém tentar te irritar — disse Cat enquanto se acomodava ao lado de Jean. Ela levantou os dois polegares e disse com um tom sério — "Tenha um dia maravilhoso!" — Ela não conseguiu segurar a expressão inocente por muito tempo, e cutucou Jean. — Se você usar isso no momento certo, tem uma chance de oitenta por cento de começar uma briga. Aí é só tomar uns golpes, *bum-bum-pá*, e consegue um gol de pênalti.

— Achei que os Troianos eram idiotas — disse Jean. — Agora acho que vocês são todos loucos.

— É um avanço — respondeu Cody. — Eu aceito.

Os Troianos ficaram por mais quase uma hora antes de irem embora juntos. Tinham vindo em dois carros que estacionaram no campus, então Cat e Laila os acompanharam até a saída, enquanto Jean ficou para arrumar a cozinha. Jeremy se juntou a ele, limpando os balcões e a ilha enquanto Jean lavava a louça. Cat e Laila se ofereceram para assumir o controle na metade da tarefa, mas acabaram comendo doces na ilha quando Jeremy as dispensou.

— O que achou? — perguntou Jeremy.

Jean ponderou a respeito.

— Vai dar pro gasto.

— Seu entusiasmo é contagiante — disse Laila secamente.

— Ainda faremos dele um Troiano — concordou Cat.

Os treinos de verão seriam divididos entre o estádio e a academia, mas os Troianos sempre começavam na quadra para que pudessem se trocar e estacionar ali. O primeiro dia começou com uma reunião barulhenta, quando os colegas de equipe se encontraram após quase dois meses longe. Os sete calouros da equipe tentaram se enturmar e causar uma primeira impressão positiva, mas Jean viu mais de um deles olhando para os amplos vestiários com admiração e espanto.

Os treinadores permitiram que a equipe tivesse alguns minutos para extravasar antes de fazer com que todos se sentassem para as apresentações. Quando chegou a vez de Jean falar, ele falou o mínimo necessário:

— Jean Moreau, defesa.

— *O* Jean Moreau. — Ele ouviu Lucas murmurar de algum lugar na roda.

O treinador Rhemann pareceu não ouvir, pois estava ocupado demais observando Jean.

— Só isso?

Todos que falaram antes dele acrescentaram fatos irrelevantes: de onde vieram, que curso estavam fazendo e, mais de uma vez, comentaram sobre o que gostavam de fazer no tempo livre. Fora cansativo ouvir tudo aquilo, e Jean se recusava a repetir aquela ladainha. No entanto, falar com um treinador exigia um pouco de tato, então Jean acrescentou:

— É tudo o que eu sou, treinador.

Ele esperava que Rhemann insistisse na questão, mas o sujeito apenas assentiu e passou para o próximo. Terminaram por fim e os quatro treinadores deram suas palavras finais. Em seguida, veio a papelada, e Jean se perguntou por que os Troianos tinham que assinar suas próprias autorizações. Os treinadores dos Corvos cuidavam de toda a burocracia. Isso era tedioso e uma perda de tempo, ele poderia estar treinando.

Por fim, eles foram dispensados para os vestiários para colocarem os uniformes de treino. Cada seção da equipe tinha recebido uma fileira diferente de armários, mas os jogadores não estavam em ordem numérica. Jean comparou essa organização com as apresentações do time antes de concluir que eles estavam separados por ano. Shawn Anderson, Pat e Cody tinham os três primeiros lugares como veteranos do quinto ano. Jean era o único veterano de fato na linha, seguido pelos três alunos do terceiro ano. O armário de Cat ficava ao lado do dele e ela batia um papo animado com Haoyu Liu enquanto arrumava o rabo de cavalo.

— Xavier! — Um dos defensores mais jovens, Travis, quem sabe?, chamou, e Jean virou para olhar e se deparou com o vice-capitão em pé, sem camisa, no armário de Shawn. Travis quase derrubou Jean em sua pressa de passar, mas Jean nem se deu conta. Ele estava distraído com as duas cicatrizes horizontais no peito de Xavier. — Caramba, cara! Como está se sentindo? Se sente bem para voltar?

— Nunca estive melhor — disse Xavier com um grande sorriso. — Tenho caminhado desde o dia em que recebi alta. Comecei a malhar um pouco lá pela quinta semana, com pesos leves. Eu acho que já estou pronto para treinar com contato, mas a Lisinski vai me manter sem contato até estarmos mais perto do início do semestre, só por precaução. Estou começando agora a pegar mais pesado e voltar para a rotina, mas isso significa que posso ficar de olho nos novatos enquanto o resto de vocês nos deixa comendo poeira.

— Maneiro — disse Travis entusiasmado. — Parabéns!

Jean olhou para Cat para ver se ela sabia o que estava acontecendo. Ela percebeu o olhar dele e explicou:

— Xavier precisou fazer uma cirurgia logo depois das finais. Recebemos as boas notícias no nosso chat das periguetes antes de você se mudar para cá, então você perdeu esse momento feliz. Falando nisso... *que porra é essa* — gritou Cat, tão alto que o vestiário ficou momentaneamente em silêncio.

Jean a encarou, mas ela não estava mais olhando para o rosto dele. Ele acabara de tirar a camisa, e Cat estava olhando para as cicatrizes que se cruzavam e se curvavam sobre sua pele. Jean não se surpreendeu com o fato de Xavier ter se apressado para ver o que estava acontecendo. Ele ficou menos surpreso ainda quando Jeremy apareceu alguns momentos depois no final da fila, com uma expressão preocupada.

— Ei, hã — disse Cody, olhando para a pele nua de Jean. — Você, hã. Você está bem?

— Por que não estaria? — Jean tirou sua camiseta branca de malhar da prateleira. Cat agarrou o cotovelo dele como se pudesse impedi-lo de se vestir, mas Jean se soltou com pouco esforço. Ela não fez uma nova tentativa, mas também não tirou os olhos do tronco dele, mesmo depois de ele ter colocado uma nova camiseta. — Logo você se acostuma, e elas não interferem na minha capacidade de jogar.

— Você se acostuma — repetiu Cat, incrédula. — Jeremy comentou que era ruim, mas...

— Eu não sou a única pessoa aqui com cicatrizes — retrucou Jean, apontando para Xavier.

Xavier ergueu uma sobrancelha.

— As minhas vieram de uma cirurgia, e tenho bastante certeza que as suas não. — Ele ergueu a mão quando Cat fez menção de abrir a boca, esperou um pouco para ter certeza de que ela havia entendido e manteve o olhar em Jean. — Eu só tenho uma pergunta a fazer: você quer falar a respeito disso?

— Não tem nada a ser dito — retrucou Jean.

Xavier pensou em silêncio por alguns instantes antes de dizer:

— Está bem, então. — Ele lançou um olhar duro para além de Jean quando Cat soltou um murmúrio de incredulidade. — Não é da nossa conta até que você queira que seja. Só fique sabendo que essa porta está sempre aberta. Cody?

— Vou ficar de olho — disse Cody.

Xavier saiu para se vestir. As palavras dele pairaram pesadas no ar para os defensores, e Jean não conseguia se livrar do escrutínio dos colegas de equipe enquanto terminava de se trocar. A boca de Cat estava estreitada em uma linha pálida quando ela finalmente se virou e se concentrou em ficar pronta. As outras fileiras já tinham voltado a conversar, já que não tinham presenciado nada, mas os defensores dos Troianos se vestiram em um silêncio tenso. Jean não se importou; ele estava acostumado com a tensão, e o silêncio era melhor do que perguntas invasivas.

271

Lisinski chegou para apressá-los quando achou que estavam demorando demais, e os Troianos saíram do estádio em uma fila comprida. Eles deram uma volta lenta pelo campus antes de se dirigirem à academia. Lisinski chamou todos para conversar sobre o treino do dia antes de dividi-los em grupos para revezarem os aparelhos. Como Xavier já tinha adivinhado, ele ficou com Jean e os calouros. Lisinski passou rapidamente pelo grupo deles para olhar Xavier e Jean.

— Se vocês sentirem qualquer coisa, deem uma segurada e me avisem — disse ela.

— Pode deixar, treinadora — respondeu Xavier. Assim que ela se afastou, o vice-capitão lançou um olhar conspiratório para Jean. — Nada. Estamos ótimos, né? Estou mais do que pronto para voltar com tudo.

Quando Jean concordou, sério, Xavier chamou os calouros para perto. Jean notou que eles passaram mais tempo olhando para ele do que ouvindo Xavier, mas como todos eles deveriam estar familiarizados com os aparelhos que usariam, ele não perdeu tempo redirecionando a atenção deles.

Levou pouco mais de duas horas para completarem a série, e então voltaram para a Quadra Dourada. Já era meio-dia, então eles fizeram uma pausa de uma hora para se secarem e comer. Metade dos Troianos debandou para pegar algo no campus ou por perto, mas Cat e Jean tinham feito marmitas para o almoço da semana para os quatro. Algumas horas longe dele pareciam ter restaurado o bom humor de Cat, que rompeu o silêncio gélido para falar sobre alguns trailers de filmes que tinha visto.

Quando todos estavam de volta, era hora de se preparar para entrar em quadra. Cat jogou seu colete armadura no chão em frente ao seu armário, resmungando o tempo todo sobre a ausência dos assistentes dos Troianos.

— Não tem como justificar a presença deles aqui no verão — disse Cat. — Eu sei, eu sei. Mas eles tornam a temporada dez vezes mais fácil.

— Vocês têm quatro treinadores — comentou Jean. — Por que precisam de assistentes?

— Aquaminos — disse Cat. — Aquaminas. Aquajovens?

— Isso não é uma palavra — interveio Haoyu.

— A partir de hoje, vai ser — foi a resposta de Cat. — De qualquer forma, você só percebe o quanto eles são uma dádiva quando não estão aqui. Vai me dizer que os Corvos não tinham ajudantes que corriam atrás de você com garrafas de água e toalhas limpas? Nós temos algo que vocês não tinham?

— Não queríamos pessoas de fora em Evermore.

— A não ser o Neil — respondeu Cat.

— Neil foi um caso especial — concedeu Jean.

— Não é de se admirar que os Corvos fossem tentar recrutar o filho de um gângster — disse Lucas.

— Essa notícia saiu alguns meses depois da ida de Neil para a Edgar Allan — apontou Cody, enquanto removia com cuidado todos os piercings do rosto. — Acho difícil de acreditar que os Corvos teriam aceitado ele se soubessem, ainda mais depois de gastarem tanto tempo e dinheiro promovendo um possível embate entre Riko e Kevin. Foi uma puta de uma distração para o duelo de egos deles.

Lucas teve que admitir, resmungando:

— Pode ser.

Jamais seria Jean a pessoa a corrigi-los, então se concentrou em ficar pronto. Xavier não demorou a chegar com um colete de malha preta para ele, que indicava que ele não poderia ser tocado no treino. Jean o vestiu por cima da camiseta e olhou de relance para ver que Cody o contemplava com uma careta discreta. Cody entendeu esse olhar como uma permissão para falar e perguntou:

— Não é possível que você ainda esteja machucado, né? Estamos quase em julho.

— Estou liberado — disse Jean. — Isso é uma precaução.

Cody parecia não ter se convencido, mas não insistiu, e o grupo terminou de se vestir em silêncio. Lisinski levara as raquetes para a área técnica enquanto eles se trocavam, e os quatro treinadores estavam à disposição para colocar a enorme equipe em forma.

A divisão entre ataque e defesa não era exatamente igual, já que os atacantes e meias eram catorze contra os onze defensores, mas era um número próximo. Dois meias foram colocados um contra o outro, e Cody marcou dois jogadores. Jeremy estava ao lado de Jean antes mesmo de Rhemann dizer seu nome. Foram todos conduzidos à quadra e divididos em dois times, com dois goleiros designados para cada lado.

Eles passaram horas treinando. Jean conhecia todos os exercícios, embora um ou dois tivessem nomes diferentes. Alguns tinham sido modificados, e ele não sabia dizer se era coisa dos Troianos ou dos Corvos. Jeremy parecia fascinado toda vez que Jean tentava executar algo de um jeito diferente do esperado, mas tudo o que Jean sentia era impaciência. O colete de "contato proibido" era como uma coleira que o restringia. Ele queria jogar Jeremy contra a parede só para provar que podia; queria que Jeremy trombasse com ele para poder dizer à Lisinski que não tinha machucado.

Ele conseguiu se controlar até que finalmente começaram os jogos-treino, e então o instinto falou mais alto do que o bom senso. Na primeira vez que Jeremy tentou passar por ele, Jean enfiou o pé na frente dele e o fez tropeçar. Jeremy não esperava por essa atitude, e Jean conseguiu arrancar a raquete das mãos dele com um movimento rápido. Ele roubou a bola e a lançou para a frente, mas Jeremy agarrou sua manga antes que ele pudesse seguir em frente.

— Para longe — advertiu Jeremy. — Você tem que jogar o corpo para longe, não na minha direção.

A maioria dos jogadores se movimentava dessa forma, em parte por segurança e sobretudo porque ficava mais fácil de roubar a raquete. Era mais complicado quando se ia na direção do jogador, mas valia a pena, já que desse jeito, forçava os pulsos do outro jogador a fazerem um movimento que não era instintivo do corpo. Nem é preciso dizer que os Corvos sempre escolhiam o que causaria mais lesões. Jean fez uma careta de irritação, mas assentiu para mostrar que tinha entendido, e ainda assim esqueceu seis passes depois.

Jeremy esfregou os pulsos e insistiu:

— Para longe.

— Para longe — concordou Jean.

Na terceira vez que ele repetiu o movimento, Jeremy agarrou sua raquete para que ele parasse.

— *Para longe,* Jean. Você está me machucando.

— Já faz cinco anos que jogo desse jeito — respondeu Jean, olhando para além de Jeremy, para a partida que ainda estava acontecendo sem eles. — Não é tão fácil assim de mudar da noite para o dia.

Jeremy franziu a testa e repetiu:

— Cinco? Você jogou com os Corvos por três anos.

— Eu me mudei para Evermore dois anos antes de ser matriculado — respondeu Jean, e puxou Jeremy para o lado. A bola perdida que vinha na direção deles bateu no peito de Jean em vez de acertar as costas de Jeremy, e Jean a pegou no rebote com um movimento veloz do pulso. Ele a lançou com uma mão só para Cody do outro lado da quadra antes de finalmente soltar Jeremy. — Vou me esforçar mais.

Na vez seguinte, ele se lembrou. Na próxima, ele se lembrou meio segundo tarde demais e salvou os dois ao se chocar contra Jeremy. O garoto não estava esperando aquele contato, mas, por instinto, se protegeu e afastou o corpo. Eles se debateram por um momento, a bola presa entre as redes de suas raquetes. Seus colegas de equipe gritavam palavras de incentivo e indicavam posições para quem conseguisse ganhar e passar. Jeremy fez um movimento rápido de abaixar e desviar, conquistando a vantagem, e Jean roubou sua raquete assim que ele lançou a bola.

— Para longe — concordou ele, e jogou a raquete de Jeremy o mais longe que pôde na quadra.

Jeremy riu enquanto ia atrás dela, e Jean foi atrás de quem poderia marcar.

Eles jogaram duas partidas, misturando as equipes na segunda. Jean e Xavier foram colocados na reserva dessa vez, para que Lisinski pudesse dar uma olhada neles. Xavier a tranquilizou com uma familiaridade descontraída que fez os ombros de Jean se contraírem em alerta, mas se Lisinski se ofendeu com a abordagem casual dele, não demonstrou. Nenhum Corvo teria coragem de fazer uma coisa dessas, a não ser que estivesse desesperado por uma punição.

Lisinski se virou para Jean a seguir.

— Sem contato quer dizer uma coisa diferente de onde você vem?

— Não, treinadora — respondeu Jean. Quando ela continuou a encará-lo, ele baixou o olhar e disse: — Os únicos Corvos que tinham permissão para jogar sem contato eram Kevin e o Rei, quando iam sair para turnês publicitárias e eventos. Não estou acostumado com isso. Vou melhorar.

— Falar não adianta nada — retrucou Lisinski. — Prove em quadra.

Ela os dispensou e os dois retornaram para perto dos outros reservas na parede da quadra.

Xavier olhou para Jean por alguns instantes antes de dizer:

— Meio mansinho demais para um Corvo. Achamos que você ia vir cheio de raiva e grosseria.

— Minha raiva está aqui — respondeu Jean, apontando para a parede da quadra. — Os Corvos sabem que os treinadores não devem ser questionados. Não somos nada sem a orientação deles. A falta de formalidade e o desrespeito dos Troianos é revoltante.

Xavier deu de ombros.

— Sabe que eles não são deuses, né? Eles confiam que a gente vai dar o nosso melhor, e nós confiamos que eles vão nos ajudar a nos tornarmos ainda melhores. Não precisamos nos humilhar para mostrar respeito.

Jean olhou para além dele, em direção aos treinadores. White e Jimenez andavam de um lado para o outro enquanto analisavam seus jogadores, com pranchetas nas mãos e fazendo anotações. Rhemann estava sentado no banco, de braços cruzados enquanto observava o fluxo do jogo. O olhar de Jean mal tinha pousado sobre ele quando Rhemann o olhou e fez um sinal para que ele se aproximasse. Jean foi de maneira obediente até ele e ficou de pé à sua frente, mas Rhemann apontou para o banco ao seu lado. Se o treinador tivesse que se levantar para desferir um golpe, seria mais forte do que se ele precisasse apenas esticar o braço, então Jean se sentou mais perto.

— Jean Moreau — disse Rhemann. — Acho que já estava na hora de nos encontrarmos, não? Fui informado do seu progresso pela minha equipe e pelo capitão, mas achei melhor ficar longe até que as coisas se acalmassem um pouco. Acredito que já esteja ciente que a faculdade quer te colocar diante de uma câmera.

Jean mordeu os lábios, reprimindo as recusas que não ousava expressar.

— Sim, treinador.

— Tenho adiado isso o máximo que posso — comentou Rhemann. — O infeliz colapso dos Corvos acabou jogando a seu favor, tornando mais fácil justificar o seu silêncio enquanto seus ex-companheiros estavam com problemas tão noticiados. Mas a Edgar Allan tem uma coletiva de imprensa marcada para esta quarta-feira para apresentar formalmente sua nova equipe técnica, e os treinos de verão deles começarão na próxima semana, a não ser que um novo desastre ocorra. Com isso, haverá um novo interesse em sua versão da história.

Não vou, pensou Jean. *Não vou, não vou, não posso.*

— Sim, treinador.

— O treinador Wymack se ofereceu para nos emprestar Kevin por um dia — avisou Rhemann, e Jean prendeu o fôlego. — Não me lembro se a ideia foi dele ou de Kevin, mas ele está disposto a voar até aqui para uma entrevista conjunta em agosto. Não sei o quanto vocês dois se dão bem, então disse a ele que antes perguntaria a você. É algo que te interessaria?

— Sim, treinador — respondeu ele, tão rápido que Rhemann o olhou achando graça. — Obrigado, treinador.

Jean não sabia como eles conseguiriam sobreviver a uma entrevista quando não conseguiam nem falar um com o outro, mas isso era um problema para outra hora. Kevin sabia que Jean não tinha permissão para falar com a imprensa e que ele poderia conduzir a entrevista sem ajuda.

— Vou organizar tudo — prometeu Rhemann. — Pode ir agora.

Jean se levantou, mas só conseguiu se afastar alguns passos antes que Rhemann o chamasse outra vez:

— E Moreau... pelo amor de Deus, vire o corpo *para longe*.

Jean deu um suspiro cansado.

— Sim, treinador.

CAPÍTULO CATORZE

Jeremy

Antes de sair do treino na segunda-feira, cinco Troianos pararam no armário de Jeremy para entregar cópias impressas do horário de cada um: os cinco Troianos que provavelmente teriam aulas em comum com Jean. Assim que Jeremy recebeu do treinador Rhemann a lista de possíveis colegas de classe, ele ligou para todos eles, um por um, para explicar o sistema de apoio dos Corvos e por que estava permitindo que Jean fizesse uso dele aqui. Mencionar o nome de Kevin deu conta do recado. Os Troianos não sabiam bem o que pensar do mais novo defensor da equipe, que já chegava com o nome envolvido em escândalos, mas Kevin era um torcedor dos Troianos há anos e alguém que valia a pena ser ouvido.

— Valeu, valeu — disse ele enquanto os recolhia em uma pilha organizada. — Bem-vindo de volta! Que o treino seja tão empolgante amanhã quanto hoje!

Jean alcançou Jeremy antes que Cat e Laila chegassem e sentou-se ao lado dele no banco. Jeremy levantou os papéis para mostrar a Jean e disse:

— O período para se matricular nas suas aulas deve ter aberto esta manhã, então isso vai te dar algo para se preocupar hoje à noite. Parece que sete de nós estão em cursos de administração ou áreas relacionadas, mas dois são calouros e estão muito atrás de você. Shane deve ser a melhor das opções, já que ele também é veterano em administração. Já teve tempo de dar uma olhada no catálogo?

— Sim — respondeu Jean, pegando os papéis. — Os créditos das matérias das nossas universidades são bem parecidos.

Jeremy fez que sim com a cabeça.

— Se, por algum motivo, não conseguirmos alinhar alguma das aulas com os outros, posso conversar com os professores e participar. Estou quase terminando a minha graduação, então minha agenda está bem livre este ano. Das matérias que vou fazer, metade é para me formar e a outra metade vou cursar só porque parece interessante, e assim eu consigo fechar a grade curricular do ano. Você já pensou nisso? Em se inscrever em uma matéria por ela ser divertida.

— Essa obsessão dos Troianos por diversão não ficou mais fácil de engolir — disse Jean.

— Você pode só responder que não — retrucou Jeremy, seco. — Que tal assim: se eu assistir a pelo menos uma das suas aulas, você vem assistir a uma das minhas em troca. Parece justo, não?

— É uma troca honesta — concordou Jean.

— Mais aulas de teatro este ano? — perguntou Cat quando ela e Laila se aproximaram.

— Cerâmica para iniciantes — respondeu Jeremy com um sorriso, fazendo um movimento de mímica de moldar uma tigela. — Introdução ao torno, ou coisa parecida. Sua sala de estar vai ficar cheia de xícaras e potes tortos. Já me desculpando por isso.

Jean o encarou.

— E qual o propósito disso?

Jeremy olhou para o teto, respirando fundo.

— É *divertido*.

Jean suspirou como se fosse Jeremy quem estivesse sendo irracional. Cat riu e perguntou.

— Vamos jantar?

O caminho a pé até em casa não era muito longo, mas o calor do dia pesava depois de um treino tão longo. Jeremy não via a hora de o outono chegar com temperaturas mais frescas. Cat também estava incomodada com o calor e começou a falar em voz alta sobre algo leve e fácil de comer, enquanto Laila perguntava a Jean o que ele achou dos colegas de time. No geral, Jean ficou satisfeito, mas achou o time inteiro enferrujado e reclamou de novo sobre os times da primeira divisão terem folga no verão.

— Uhum, tá bom, então — respondeu Laila com paciência.

Assim que Cat conseguiu entrar na cozinha e verificar o pé de alface na geladeira, ela colocou uma panela de frango no forno.

— *Wrap* de alface — anunciou ela, antes que Jean pudesse se acomodar na ilha para ajudar na preparação. — Anda, vamos organizar esse cronograma pra termos certeza de que vai dar certo.

Jean acabou sentado no chão do escritório para poder espalhar tudo melhor: as cópias impressas dos horários dos colegas de time e o catálogo com as disciplinas e horários do semestre. Ele já tinha marcado as páginas certas e estava folheando o material para ver se algo encaixava. Laila olhava, sentada na cadeira da escrivaninha, enquanto Jeremy se sentou em frente a Jean, e Cat tomou conta da mesa de Jean, que estava mais próxima de onde ele havia se acomodado. Ela observou por cima do ombro de Jeremy por alguns minutos antes de dizer:

— Uma folha de rascunho não tornaria isso mais fácil? — Ela olhou para a própria mesa, mas elas finalmente tinham dado um jeito na bagunça do ano passado. Cat fez menção de se levantar, provavelmente para procurar algum papel no quarto, quando notou os cadernos espirais ocupando espaço na mesa de Jean.

— Ah, Jean, você não se importa, né?

Jean ergueu a cabeça ao ouvir seu nome. Assim que percebeu o que ela estava pegando, ele se levantou depressa para impedi-la, mas ela não esperou por permissão. Cat pegou um dos cadernos da pilha e jogou para ele, e passou de raspão pelas mãos de Jean enquanto o caderno voava por ele. Ele caiu aberto no chão, ao lado do joelho de Jeremy, e o aposento ficou em silêncio total enquanto os quatro olhavam para as letras grandes escritas na página.

TRAIDOR

Laila foi a primeira a conseguir falar, mas tudo o que saiu foi:

— Oi?

Jean ficou imobilizado no lugar, olhando para o caderno com a mão ainda estendida à sua frente. Jeremy virou lentamente o caderno para que ficasse do lado certo e virou a página. O verso estava rabiscado com tinta preta e a página oposta tinha outra mensagem raivosa: PUTA.

Jeremy tentou olhar para Jean, mas não conseguiu.

— Jean, o que é isso?

Ele não conseguia parar de folhear, mas a situação não melhorava. Página após página, os insultos continuavam, apesar de se repetirem depois de várias páginas. A única coisa nova que surgiu foi um pedaço de papel de carta, cuidadosamente colocado entre algumas páginas, que estava recoberto por uma escrita inclinada. Jeremy fez menção de pegar o papel, mas Jean se abaixou o mais rápido que pôde para arrancá-lo das mãos dele. Jeremy o segurou pelo braço antes que ele pudesse recuar, e Jean o encarou com um olhar sombrio.

— Você se importa de explicar isso? — perguntou Jeremy.

— São minhas anotações da faculdade — respondeu Jean. — Eu precisava delas para as provas finais.

— As provas finais foram meses atrás — ressaltou Laila enquanto se levantava e ia para o lado de Cat. A garota estava folheando um segundo caderno e o olhar lívido em seu rosto sugeria que fora igualmente rasurado. — Você tem algum bom motivo para guardar isso? Ou para ter trazido pra cá? Você terminou o ano letivo na Carolina do Sul. Eles deveriam estar no lixo quando fez as malas para se mudar.

— Se você me disser que consegue ler uma única palavra — começou Jeremy.

— Algumas delas eu consigo ler muito bem — rebateu Jean, soltando-se do aperto de Jeremy. Ele se levantou e foi pegar o segundo caderno de Cat. Pareceu decidir na mesma hora que não daria para confiar que não fuçariam nos cadernos de novo, então pegou o restante e se virou, na intenção de sair do cômodo. Laila se colocou entre ele e a porta com uma expressão nada amigável.

— Sai da frente — advertiu Jean.

Laila não se mexeu.

— Por quê?

Jeremy tinha certeza de que ela queria dizer *por que você ficou com eles*, e não *por que eles fizeram isso*, mas Jean disse:

— Eu saí dos Corvos no meio do campeonato. Eles estavam com raiva, e com razão.

— Com razão... — Cat estava furiosa demais para terminar a frase; Jeremy sentiu o restante do desabafo entalado na garganta da garota.

— A derrota deles na primavera não teve nada a ver com a sua saída — retrucou Jeremy. — Mesmo se você tivesse ficado, não poderia ter ajudado. Você ficou fora das quadras por doze semanas por causa das lesões.

— Três costelas fraturadas — acrescentou Cat, como se Jean tivesse de alguma forma se esquecido. Ela e Jean ficaram se encarando, com a raiva de um lado e a resistência hostil do outro, enquanto ela recitava de cor a mensagem de Kevin. — Ligamento estirado. Tornozelo torcido. Nariz quebrado. Eles que se fodam. Eles que se *fodam* — repetiu ela quando Jean fez um gesto rápido de desprezo.

— Você não entende — disse Jean. — Nunca vai entender.

— Entendo que eles te espancaram quase até a morte e depois se revoltaram quando você foi embora — respondeu Cat. — Eu venho lendo e rastreando os boatos há *meses*, e convivi com você por tempo suficiente para saber que muitos deles só podem ser mentira. Estão acabando com o seu nome, mas você nem sequer tenta se defender.

— Cat — Jeremy tentou, levantando-se para o caso de precisar separá-los. — Gritar com ele não vai resolver nada.

Cat o ignorou e apontou um dedo para Jean.

— Como eles se atrevem a te culpar por qualquer coisa depois do que fizeram com você? E como você se atreve a ficar triste por eles?

Foi como um soco no estômago, mas a resposta frustrada de Jean foi ainda pior:

— Eles não sabem.

Não era isso o que ele pretendia dizer. Jeremy viu a expressão horrorizada que passou pelo rosto de Jean e a mão que ele levou à boca, um instante tarde demais. O silêncio que tomou conta da sala foi absoluto, até que tudo o que Jeremy conseguia ouvir era seu próprio coração batendo com força. Toda a raiva de Cat desapareceu; ela só conseguia encarar Jean com incredulidade e incompreensão.

Laila se moveu com a rapidez de uma cobra para segurar Jean pelo pulso. Jeremy não fazia ideia de como ela conseguiu manter o gesto firme quando Jean se encolheu com o toque; ele próprio deu um passo para trás, involuntariamente, para dar mais espaço a Jean.

— O que isso quer dizer? — exigiu Laila, mas Jean nem sequer olhou para ela.

Um segundo depois, ele ia acabar se machucando, com as unhas cravadas na bochecha, e Jeremy teve a impressão de que Jean queria arrancar o próprio rosto para retirar o que havia dito. Quis falar algo sobre isso, mas estava sem palavras. Laila pode ter também percebido, porque os nós dos dedos dela ficaram brancos enquanto segurava Jean.

— Como eles poderiam não saber? — insistiu ela.

— Não — disse Jean, a voz saindo abafada pela mão. — Esqueça.

— Jean, por favor. — Cat juntou seus dedos aos dele em uma tentativa vã de fazê-lo baixar a mão. — Fala com a gente, tá? É só falar com a gente.

A mente de Jeremy estava a mil, revendo cada conversa interrompida e descartada que teve com Jean nas últimas semanas. Ele pensou na dor de Jean e em sua raiva, que era tão rara. Se os Corvos não sabiam o quanto ele tinha sido machucado, então não poderiam ter sido eles a fazerem isso com ele. Mas os Corvos viviam em Evermore, então quem mais poderia ser responsável? Quem mais tinha acesso à mentalidade de seita? Quem mais poderia causar tanta violência sem ser punido pelos treinadores?

— O treinador Moriyama? — tentou adivinhar ele, mas descartou a ideia na hora em que falou.

Kevin fora transferido com uma mão quebrada; Jean foi transferido com costelas fraturadas. Era impensável imaginar um motivo que fizesse um treinador machucar daquela maneira os seus principais jogadores durante o campeonato, sobretudo depois de ele ter se esforçado tanto para organizar uma revanche espetacular entre Riko e Kevin. Mas se os Corvos não eram os culpados, e o tal mestre era inocente, sobrava apenas uma pessoa. Uma pessoa improvável, impossível, que as Raposas odiavam com uma ferocidade nada sutil e inexplicável.

Ele não tinha certeza do que transparecia em seu rosto, mas Jean se soltou de repente do aperto de Laila. Ela tentou segurá-lo de novo, mas Jean jogou os cadernos nela e saiu da sala em um piscar de olhos. Jeremy foi lento demais para impedi-lo, então foi atrás dele pelo corredor. Jean tentou bater a porta do quarto na cara dele, mas Jeremy conseguiu abri-la. Cat e Laila ficaram paradas do lado de fora da porta, observando, mas Jeremy atravessou o quarto junto de Jean e esperou, ficando a uma distância segura.

Jeremy o olhou nos olhos e questionou:

— Foi o Riko?

De um jeito automático, agressivo e falso, Jean respondeu:

— Ele nunca me machucaria.

— Fale a verdade.

— Essa é a verdade — retrucou Jean.

— Vou ligar para o Kevin — avisou Jeremy — e vou perguntar como ele quebrou a mão. Vou perguntar quem fez isso com ele. O que ele vai dizer?

Quando Jean demorou demais para responder, Jeremy pegou o celular. Jean foi na mesma hora para cima dele, e Jeremy precisou pressionar o aparelho contra as costas para tirá-lo do alcance de Jean, que o empurrou com toda a força, e Jeremy perdeu o equilíbrio. Ele deu alguns passos cambaleantes para trás antes de se estatelar no chão.

Por um momento, ele esperou que Jean fosse atrás dele, mas mesmo enquanto se preparava para a violência, Jeremy sabia que não iria acontecer. Uma pessoa capaz de ignorar toda a crueldade infligida a ele e considerar como algo merecido não era alguém a ser temido. Jean era um cachorro faminto em uma coleira curta, que aprendera anos atrás a não morder de volta. Jean nunca o machucaria. Jeremy sabia e acreditava nisso em seu âmago, então se levantou com dificuldade e se aproximou mais uma vez de Jean.

— Nós dois sabemos o que Kevin vai dizer — disse Jeremy —, mas não quero ouvir isso dele. Quero que você me diga.

— Para de me perguntar.

— Riko está morto — insistiu Jeremy, em voz alta, e ficou magoado ao ver como Jean recuou. — Do que você tem tanto medo? Ele não pode mais te machucar. — Jean deu uma risada curta e estridente e o coração de Jeremy se partiu com o som. — Jean, por favor

Jean cravou os dedos trêmulos nas têmporas e fechou os olhos enquanto se afastava de Jeremy.

— Liga pra ele, então — gritou Jean — porque eu não vou dizer. *Não vou.* Eu sou Jean Moreau. Sei qual é meu lugar. Eu sou...

Ele reprimiu o que quer que estivesse prestes a dizer, mas a força necessária para sufocá-lo fez com que seus lábios se curvassem em uma careta feroz. Jeremy apenas observou em um silêncio entristecido enquanto Jean tentava se afastar da beira do abismo. Ele jogou o celular de lado e segurou o rosto de Jean com as mãos, e a maneira como Jean se retraiu ao toque quase fez Jeremy desmoronar.

— Ei — disse ele baixinho. — Ei, Jean. Olha pra mim.

Jean se recusou, e Jeremy tentou desesperadamente encontrar algo que trouxesse Jean de volta para ele. Então agarrou-se à única coisa que encontrou e devolveu as palavras de Jean:

— Você é Jean Moreau. Seu lugar é aqui comigo, com a gente. Eu sou o seu capitão. Você é meu parceiro. Era para fazermos isso juntos, não? Para de ficar me deixando para trás. Olha para mim.

Não funcionaria, mas funcionou. Jean abriu os olhos para encontrar o olhar de Jeremy.

— Eu pedi para você não perguntar dele.

Jeremy levou as mãos até onde Jean estava sangrando nas têmporas e juntou os dedos.

— Então me responde assim, onde ninguém mais pode ouvir. Se foi ele quem te machucou, aperta minha mão. É tudo o que precisa fazer. Eu não vou te obrigar a dizer isso em voz alta, prometo.

Ele sentiu as mãos de Jean tremerem, e por um breve momento teve certeza de que Jean se renderia à segurança dessa confissão silenciosa. Mas Jean apenas respirou fundo e disse:

— Agora eu não estou seguro com você, capitão.

Soltar Jean foi a coisa mais difícil que Jeremy já havia feito. Tudo nele se opunha a isso e, por um momento, se arrependeu de ter dado a Jean uma saída. Eles estavam tão perto da verdade que Jeremy podia quase sentir o gosto dela, ou talvez fosse seu estômago inquieto ameaçando se revirar. Jeremy deu um passo com cuidado para se afastar de Jean, depois outro para ficar fora do alcance antes que perdesse o controle.

— Tudo bem — disse ele em voz baixa e foi pegar o celular.

Jean se virou para olhar pela janela, com os braços cruzados e pressionados contra o corpo, enquanto Jeremy se sentava na beira da cama. Ele rolou pela lista de contatos até encontrar o número de Kevin e verificou a hora antes de ligar. Levou alguns toques, mas Kevin atendeu antes que a ligação caísse na caixa postal.

— Alô — disse ele, tranquilo.

— Me desculpa... — disse Jeremy, porque não tinha forças para uma conversa fiada ou uma abordagem menos direta no momento — ... mas foi o Riko quem quebrou a sua mão?

O silêncio que se seguiu foi carregado. Jeremy teve vontade de se certificar de que a ligação não tinha caído, mas tinha medo de afastar o celular do ouvido e perder a resposta de Kevin.

— Isso é inesperado — disse Kevin, por fim. — E ousado, vindo de você.

— Não foi uma resposta — retrucou Jeremy.

— Responde uma coisa antes — pediu Kevin. — Foi o Jean quem contou?

— Não — disse Jeremy. Aquilo era uma confirmação implícita? Jeremy lançou um olhar para as costas de Jean, os ombros tensos. — Ele se recusa a falar sobre o que aconteceu na Edgar Allan, então eu fico juntando as peças das coisas que ele não quer dizer. Quando ele revelou que os Corvos não sabiam por que ele havia sido retirado da escalação, juntei os únicos pontos que eu tinha. Mas não quero que você me conte do Jean. Quero que ele me conte, quando se sentir pronto.

— Se algum dia ele se sentir pronto — corrigiu Kevin, e Jeremy não achava que o silêncio era culpa da distância. — Jean era da seleção dos sonhos, mas ele não nasceu dentro do jogo e não pôde aproveitar da mesma... decência e liberdade que eu e Riko. Ele não está acostumado a poder se expressar e nunca teve poder. Não posso prometer que ele um dia vai falar com você.

— Vou esperar o tempo que for necessário — prometeu Jeremy. — Foi o Riko quem quebrou a sua mão?

— Devem ter cerca de uma dúzia de pessoas que sabem a resposta para essa pergunta — respondeu Kevin. — Decidimos ocultar boa parte dos detalhes do ano passado até mesmo dos nossos calouros agora que tudo está praticamente resolvido. Vocês entenderam?

Jeremy olhou para Cat e Laila.

— A informação não vai sair dessa sala.

Cat fez um gesto de fechar os próprios lábios e cruzou os dedos no peito.

— Então, sim — afirmou Kevin. Jeremy já temia a confirmação, mas ao ouvir aquilo, sentiu um embrulho no estômago. Ele apoiou o cotovelo no joelho para poder enterrar o rosto na mão. Kevin ainda estava falando e, por mais que Jeremy precisasse escutar, preferia não ter que ouvir: — Houve um debate no CRE de que eu era o melhor atacante e que estava me segurando para não ofuscar Riko. O mestre nos colocou um contra o outro para determinar a verdade.

Ouvir Jean dizer o *mestre* já tinha sido difícil; ouvir de seu brilhante e inigualável amigo era mil vezes pior.

— Eu o deixei ganhar, mas ele descobriu — prosseguiu Kevin. — E revidou.

— Meu Deus — disse Jeremy, porque o que mais ele poderia dizer? Riko Moriyama havia sido aclamado como o futuro do Exy a vida inteira. Jeremy cresceu vendo inúmeras entrevistas com o "Rei" e seu grande braço direito. Riko tinha um ar malicioso que às vezes beirava a frieza e a grosseria, mas ele nunca parecera cruel fora das quadras.

Há meses, Riko vinha sendo retratado como mais uma das vítimas nas notícias, uma estrela que desmoronou sob o peso da própria lenda. E, talvez, de certa forma, ele ainda fosse, mas um mártir ainda podia ser um monstro quando as câmeras não estavam ligadas.

— Me desculpe — disse ele. — Desculpe, eu não sabia... fico feliz por eles terem deixado você ir.

— Ah, eles não queriam — explicou Kevin —, mas foram idiotas o bastante para me dar um carro no meu primeiro ano, e só combustível o suficiente no tanque para chegar a um posto de gasolina. Uma torcedora pagou para encher meu tanque quando viu a tatuagem. Eu estava na rodovia interestadual antes que eles se dessem conta de que eu tinha ido embora.

Nada disso tinha a menor graça, mas aquela fuga audaciosa arrancou uma risada rouca de Jeremy.

— Que coragem — comentou ele. — Curti.

— Jeremy — disse Kevin, parecendo ter se afastado do celular. Jeremy ouviu uma voz abafada ao fundo. — Não, Jean está bem. Dentro do possível, pelo menos. Sim, eu sei. — Ele suspirou antes de voltar à ligação. — Estamos indo para a quadra agora. Precisa de mais alguma coisa?

Jeremy afastou o celular para verificar as horas.

— Você mudou de fuso horário?

— Treinos noturnos com Andrew e Neil — explicou Kevin.

— Viciados — comentou Jeremy, sem muito ânimo. — Não, acho que por agora é isso. Valeu, Kevin. Estou falando sério. Obrigado por confiar em mim para contar a verdade.

— Cuide bem dessa informação — disse Kevin. — Cuide bem dele.

— Estou tentando — prometeu Jeremy, e Kevin desligou.

Jeremy deixou o celular de lado e parou por um instante para tentar organizar as ideias. Ele percebeu vagamente que Cat e Laila tinham entrado no quarto. Quando levantou a cabeça, porém, foi para Jean que olhou, ainda de pé, de costas para todos eles.

Um cachorro faminto, pensara ele poucos minutos antes, e as palavras de Kevin apenas confirmaram essa avaliação cruel. Jeremy pensou em Evermore, com seus vestiários sufocantes, um time que era forçado a viver, jogar e ter aulas juntos, treinadores que se encarregavam de toda interação com o mundo exterior e a brutalidade agressiva que esse confinamento inevitavelmente geraria. Jeremy sabia que eles tinham machucado Jean de maneira brutal em seu primeiro ano, mas Jean ainda sofria por eles. Aquela maldita confissão começara porque Cat atacou seu amor por eles.

Jeremy pensou em um Rei que não podia se dar ao luxo de ser nada além do melhor, criado por um treinador que fazia com que seus Corvos o chamassem de "mestre". O fato de Riko ter machucado as pessoas mais próximas a ele não era uma surpresa, mas o nível da sua depravação e crueldade era imperdoável. Toda vez que ele piscava os olhos, Jeremy via as cicatrizes sobre a pele de Jean e ouvia seu comentário "eu sempre recebi o que merecia".

— Jean — chamou ele. — Você não vai olhar pra mim?

— Não — disse Jean. — Vá embora.

Jeremy olhou para as amigas. Laila deu um leve empurrão no ombro de Cat, e elas fecharam a porta atrás de si ao saírem. Jeremy esperou um minuto antes de atravessar o quarto e se postar ao lado de Jean. O garoto continuou olhando para fora como se reconhecer a presença de Jeremy ali fosse a última coisa que faria. Jeremy também olhou pela janela, observando os narcisos que Cat pintou com spray na cerca e para além deles, enquanto organizava as ideias. Ele considerou todas as coisas que poderia dizer, todas as coisas que não deveria, e se perguntou se não seria melhor deixar Jean se recompor sozinho.

— Olha pra mim — insistiu ele. Quando Jean finalmente se virou para encará-lo, Jeremy passou o braço em volta do pescoço dele a fim de trazê-lo para perto em um abraço forte. — Eu sinto muito. Sinto muito que ele tenha machucado você, sinto muito que você ainda tenha medo de falar disso e sinto muito que você ache que eu nunca vou entender. Sinto muito que ele tenha manipulado você a achar que merecia tudo isso. Mas não sinto muito por ele ter morrido. Não tenho como lamentar.

Depois de um tempo, ele sentiu os dedos de Jean se enroscarem na parte da frente de sua camisa. Ele esperava ser empurrado para longe, mas Jean poderia estar procurando por força, porque depois de um minuto tenso de silêncio, Jean por fim admitiu:

— Eu também não.

Ele disse isso como se achasse que os dois seriam entreouvidos, mas o fato de ter se expressado encheu Jeremy de esperança, então ele se segurou por mais um tempo antes de relaxar aos poucos o aperto.

— O que você precisa da gente?

— Que finjam que não sabem — respondeu Jean.

— Você está protegendo ele ou você? — perguntou Jeremy.

— Sim — foi a resposta direta. — As consequências seriam catastróficas.

Jeremy pensou seriamente nisso enquanto se afastava de Jean. Kevin já o obrigara a não contar sobre a mão dele, então manter os segredos de Jean seria apenas mais uma coisa a fazer. Não era algo fácil para ele. Não por causa de Jean, mas porque toda vez que via Riko sendo reverenciado nas notícias como um mártir, ele sentia vontade de matar um. Mas não devia ser a pessoa a se intrometer no trauma ou na recuperação de Jean.

— Tudo bem — acatou Jeremy por fim, torcendo para que não se arrependesse. — Vamos fingir, mas *você* sabe que nós sabemos, então, se estiver pronto para falar sobre isso ou qualquer outra coisa, lembre-se de nós. Somos seus amigos e só queremos o melhor para você.

— Sim — disse Jean, e depois: — Vou ficar aqui mais um pouco.

Jeremy percebeu no tom de Jean o pedido para que saísse, mas esperou Jean soltar sua camisa antes de sair do quarto. Ele fechou a porta atrás de si o mais silenciosamente que pôde e foi procurar Cat e Laila. Elas estavam abraçadas no sofá, com uma expressão séria. Jeremy se sentou no lugar que estava desocupado e encostou em Laila em busca de apoio.

— Foi ele, não foi? — perguntou Laila.

— Com Jean e com Kevin — contou Jeremy. Cat soltou um palavrão, baixinho, e Jeremy esperou que ela recuperasse o fôlego antes de continuar. — Mas Jean ainda está apavorado, mesmo com Riko permanentemente fora de cena. Não sei se ele está se escondendo do treinador Moriyama, se a Edgar Allan estava envolvida em jogar tudo para debaixo do tapete, mas é importante para ele que não acusemos Riko de nada.

— Você não pode concordar com isso — reclamou Cat. — Não é justo.

— Não é só pelo Jean — lembrou Jeremy. — O próprio Kevin tem medo de botar a boca no trombone. A decisão não é nossa, Cat. Se ir atrás de justiça coloca em risco a confiança e a segurança deles, não vale a pena.

Eles trocaram um olhar demorado antes que Laila cutucasse Cat com o ombro. Cat fez uma careta para a parede, mas disse a contragosto:

— Não gosto disso, mas não vou falar nada se você achar que é melhor assim.

— Eu também não gosto — admitiu Jeremy —, mas é o que ele precisa da gente.

Laila murmurou algo por um instante antes de dizer:

— Isso explica muita coisa, né? Tudo, desde a briga das Raposas com Riko e os Corvos no ano passado até porque a Edgar Allan deixou Kevin e Jean irem embora sem falar nada no meio do campeonato. Eles estavam comprando o silêncio e protegendo o Rei precioso deles.

"Eu não perdoo os Corvos" acrescentou ela. "Não depois do que rolou no primeiro ano do Jean, e não depois da maldade que fizeram

292

com ele na primavera. Não dá pra acreditar que eles não faziam ideia do que estava acontecendo. Mas até que ele esteja disposto a contar tudo, vou pegar leve. Mas você…" ela apontou para Jeremy "… precisa convencê-lo a se livrar daqueles cadernos. Ele não precisa ficar com esse tipo de veneno guardado."

— Vou tentar — afirmou Jeremy.

Cat balançou as pernas um pouco enquanto encarava o teto. Jeremy não conseguia saber o que estava passando na cabeça dela, mas pela expressão em seu rosto não era nada agradável. Por fim, ela bateu as mãos com tanta força que ele teve certeza de que a palma das mãos dela ficou dormente, e em seguida se levantou do sofá.

— Vou dar uma olhada no frango — disse ela.

Jeremy também se levantou, mas se dirigiu ao escritório para voltar à tarefa que Jean tinha abandonado. Voltar a isso com a conversa que acontecera naquela noite ecoando em sua cabeça parecia extremamente injusto, mas ele procurou na gaveta de Cat por uma caneta para depois pegar um dos cadernos espalhados de Jean. Desta vez, ele não o abriu, apenas o colocou virado para baixo no carpete para usar o papelão fino da contracapa como papel de rascunho. Pouco a pouco, ele desceu pela lista, passando os olhos pelos títulos entediantes das matérias, comparando o que seus colegas de equipe tinham ao que Jean precisava cursar.

Como Jeremy esperava, Shane tinha duas aulas com Jean, e Cody faria uma que Jean poderia se inscrever como suplente. Isso fazia com que faltasse uma, que parecia ser um saco, mas Jeremy anotou o número e o horário da aula na mão para que pudesse entrar em contato com o professor e pedir permissão para frequentar. Ele acabara de largar a caneta quando Jean apareceu na porta.

Jeremy o cumprimentou, dando um sorriso caloroso que sentia não ser genuíno, e bateu no chão ao lado dele.

— Acho que demos um jeito em tudo.

Jean se sentou e ouviu enquanto Jeremy explicava o esquema. Jean pegaria cinco matérias naquele semestre, uma a mais do que as quatro recomendadas para os atletas, mas já que uma delas seria a aula de cerâmica, Jeremy achou que seria tranquilo, considerando a carga de Jean.

— Obrigado — disse Jean.

— Pra que servem os amigos? — perguntou Jeremy, enquanto um pouco da sensação de angústia em seu corpo se dissipava. — Aqui, se você pegar o computador, posso mostrar como navegar no portal.

Jean se esticou para pegá-lo e o colocou onde os dois pudessem ver. O link para o site que ele precisava estava impresso na frente do catálogo, e Jean tinha um e-mail com suas informações de login. Adicionar aulas ao cronograma era coisa fácil, e ele tinha acabado de fechar a última aula quando Cat chegou. Ela atravessou o escritório e se inclinou, segurando a cabeça de Jean com as mãos para poder beijar o topo dela.

— O jantar está pronto — anunciou ela. — Vamos comer até dizer chega e assistir alguma coisa bem barulhenta pra ninguém ter que pensar em mais nada hoje. Que tal?

O jantar foi fácil de preparar, e escolher um filme só levou um pouco mais de tempo. Jeremy já tinha visto aquele filme umas seis vezes antes, e ele gostava, mas era difícil se concentrar no filme com Jean sentado a dois lugares de distância. Jean levou metade do filme para parar de remexer a comida no prato, e Jeremy se perguntou se deveria acompanhar Jean quando ele terminasse e inevitavelmente saísse de fininho. Mas, por mais que esperasse, Jean não se levantou.

Jeremy deu uma olhada discreta para ele. Jean parecia estar olhando mais para a janela saliente do que para a TV, mas seu prato estava limpo, e ele ainda estava lá. Era a primeira vez em seis semanas que ele não os deixava assim que podia, e Jeremy rapidamente voltou a prestar atenção no filme antes que Jean percebesse que estava sendo observado.

Talvez Jean precisasse da companhia deles para distraí-lo do que se passava em sua cabeça, ou talvez esse fosse seu jeito de agradecer por eles terem concordado em não se intrometer mais. Jeremy não tinha certeza, mas ainda assim parecia uma grande vitória quando todo o restante estava se desintegrando ao redor deles.

CAPÍTULO QUINZE

Jean

Derek tinha acabado de cair no chão quando um dos treinadores bateu na parede em advertência. Jean deduziu que fosse novamente o treinador White, puto com a frequência com que Jean estava derrubando os atacantes. Jean sabia que a indignação era uma perda de tempo para todos. Os adversários deles neste outono não fariam um jogo limpo. Não era culpa dele que os Troianos estivessem tão despreparados para um jogo sujo durante os treinos da equipe. Ele bufou, irritado, enquanto se afastava de Derek. Do outro lado da quadra, Derrick pegou a bola e a segurou a fim de parar o jogo, e Jean demorou para perceber que não era White entrando em quadra.

Rhemann empurrou Jesus para que saísse da frente e ergueu o braço.
— Moreau, venha comigo.
— Graças a Deus — disse Derek ao se levantar.
— Covarde — respondeu Jean enquanto se dirigia para o portão.

Rhemann o fechou assim que Jean entrou na área técnica, e Jean olhou fixamente para o banco do time enquanto aguardava pela repreensão. Os substitutos e os outros treinadores estavam perto o suficiente para ouvir cada palavra de Rhemann, mas a humilhação era uma parte essencial do processo de correção. Em vez de brigar, porém, Rhemann saiu de perto. Jean levou um momento para decidir se era para segui-lo, e seus ombros ficaram tensos quando percebeu que estavam voltando para o vestiário. Se ele precisava de privacidade para dar uma bronca, queria dizer que seria necessário mais do que palavras para transmitir a mensagem.

Rhemann o levou para a sala de reunião da linha de defesa, onde a televisão já estava ligada e sintonizada em um canal de notícias. Rhemann se sentou em uma cadeira perto da frente do aparelho e voltou a atenção para a tela. Jean olhou dele para a TV e de volta para o treinador, confuso, mas como não fora autorizado a falar, ficou em silêncio.

— Sente-se — ordenou Rhemann por fim, e Jean se sentou em uma cadeira ao fundo.

Ele demorou muito para entender; foi só quando Louis Andritch surgiu para falar no microfone que Jean se lembrou que a coletiva de imprensa da Edgar Allan seria naquele dia. O sangue martelava em seus ouvidos, tornando difícil se concentrar em seja lá o que o reitor estivesse dizendo, e ele teve que cruzar os braços para tentar acalmar os batimentos do coração.

— Sem mais delongas, deixo com vocês o treinador principal dos Corvos da Edgar Allan desse ano, Federico Rossi.

Andritch estendeu o braço para um lado para dar as boas-vindas ao homem no palco, e a quantidade absurda de flashes provavelmente ofuscou os dois homens conforme Rossi se aproximava para um aperto de mão e uma foto. Andritch se inclinou para sussurrar algo no ouvido de Rossi que nenhum microfone conseguiu captar, e Rossi assentiu estoicamente quando foi deixado sozinho no palco.

Jean já tinha se levantado da cadeira antes de perceber que estava se movendo. Quando ouviu Rhemann dizer "Moreau", já estava a meio caminho da porta. Jean puxou a camisa para forçar o ar de volta aos pulmões, enquanto voltava obedientemente para perto de Rhemann.

— Achei que fosse gostar de assistir — comentou Rhemann. — Esse é um passo na direção do que é melhor para todo mundo. Sem querer ofender o treinador Moriyama; ele é um homem brilhante e metade da razão pela qual esse esporte sequer existe. Mas, na minha opinião, ele não tem o temperamento ou a abordagem adequados para ser treinador. Ele deveria ter ficado no CRE em uma posição de consultor.

Na televisão, Rossi discursava sobre os feitos históricos da Edgar Allan e as inegáveis tragédias desencadeadas pela perda de dois de seus jogadores mais geniais na primavera. Jean se esforçou para não prestar atenção. Não importava o que Rossi dissesse ou pensasse. Ele não era o treinador dos Corvos. Ele nunca seria o treinador deles. Os Corvos pertenciam ao mestre. Evermore pertencia ao mestre.

— Tá bem, então — continuou Rhemann, ainda que Jean não tivesse dito nada. — Se prefere não assistir, pode voltar para a área técnica.

Jean estava saindo pela porta enquanto dizia:

— Sim, treinador.

Mas ele se encaminhou para o banheiro quando sentiu que estava prestes a passar mal. Tudo o que saiu dele foi um jorro de bile que deixou sua boca e seu nariz ardendo, e Jean apoiou as luvas na parede atrás do boxe enquanto respirava ofegante. Ele sabia que o mestre tinha sido afastado do esporte; sabia que a Edgar Allan precisaria substituí--lo. Mas saber que isso estava acontecendo e ter que acompanhar eram dois monstros completamente diferentes, e Jean cerrou os dentes para conter uma segunda onda de náusea.

Sem mestre, sem seleção dos sonhos, sem Ninho.

Jean bateu as mãos na parede com força o suficiente para sentir o impacto nos cotovelos e deu descarga ao sair do banheiro. Antes de descer para a área técnica de novo, ele fez bochecho e cuspiu na pia, em uma tentativa inútil de se livrar da acidez na garganta.

— Já de volta? — perguntou o treinador Jimenez. — Não estava esperando.

— Eu não sou um Corvo — retrucou Jean. Dizer aquilo em voz alta era tão difícil quanto ouvir em seus pensamentos. — O que acontece agora na Edgar Allan não é da minha conta, treinador.

— Claro — disse Jimenez, em um tom que dizia que ele não estava convencido. — Mantenha-se aquecido que vou te colocar de volta daqui a uns quinze minutos.

Era muito tempo sem fazer nada. Depois de tantos anos se alongando e fazendo exercícios na área técnica, não era preciso concentração para executá-los. Jean assistia ao jogo em andamento para evitar que divagasse, mas de vez em quando os pensamentos se infiltravam. Quantos treinadores os Corvos teriam? Tinham trazido alguém que já fora dos Corvos e que já tinha se formado para ajudar ou estavam optando por começar do zero? A equipe médica ficou? Os Corvos estavam prontos para voltar, ou estavam sendo liberados do acompanhamento terapêutico mais cedo para não atrasar a temporada?

Esse último pensamento foi o estopim para sua paciência acabar, por fim, bem na hora em que Jimenez o mandou para a quadra. Por um instante, Jean achou que conseguiria se concentrar no treino e deixar aquilo tudo para depois, mas para o azar de todos, ele estava entrando no lugar de Lucas. O defensor fez questão de esbarrar o ombro no dele enquanto Jean passava pelo portão, e, quando ouviu Lucas sussurrar com raiva "puta", foi a gota d'água. Jean o agarrou pela garganta em um movimento fácil e o jogou no chão da quadra.

Jimenez o seguira até o portão para que ele pudesse chamar Lucas para sair, e naquele momento puxava Jean de volta com um aperto firme em seu braço.

— Já deu, Moreau!

Lucas começou a se levantar, os olhos brilhando de raiva. Jean não precisou se soltar de Jimenez para alcançá-lo; suas pernas eram longas o suficiente para chutar o colete armadura de Lucas e derrubá-lo de volta. Jimenez o tirou da quadra um segundo antes dos outros Troianos conseguirem alcançá-los, e Jean empurrou os reservas parados na área técnica.

Levou apenas dois segundos para White e Lisinski chegarem ali. Ficar preso entre três treinadores e um banco de reservas era a pior coisa em que Jean conseguia pensar, até que Jimenez empurrou Lucas para o espaço apertado ao lado de Jean.

— Querem se explicar? — exigiu Jimenez, olhando para os dois defensores.

— Seu quarto reserva tem uma língua que não cabe na boca, treinador — respondeu Jean. — Eu estava torcendo para ele morder a própria língua na queda e melhorar a vida de todo mundo.

— Vai se foder — rebateu Lucas. — Quarto reserva o caralho.

— Você devia agradecer só de fazer parte do time — desafiou Jean. — Dá pra ver o quanto cagavam para os adversários só por terem deixado você entrar duas vezes na última temporada. Eu teria parado depois do seu desempenho no primeiro jogo.

White percebeu que isso não seria resolvido de um jeito rápido ou tranquilo e mandou os reservas correrem uma volta pela área técnica, a fim de conseguir mais espaço para quem ficou ali.

— Chega — alertou Lisinski, olhando de cara fechada para os dois. — Ficar jogando acusações e ofensas um para o outro não vai resolver nada. Digam logo qual é o problema para que possamos encontrar uma solução, porque não vamos passar o ano com esse tipo de rixa. Você — ela apontou o dedo para Jean — explique o que levou a isso hoje.

— Não serei insultado por uma criança sem noção, treinadora — retrucou Jean.

— Você vai brigar com todo mundo que o insultar? — perguntou Lisinski.

— Corvo — lembrou White.

Jimenez interrompeu como se pudesse dar um fim àquela explicação fácil antes que Jean a ouvisse.

— Isso não é desculpa. Você vai ter que lidar com muitas atitudes agressivas na quadra. Se for deixar que elas o afetem, isso vai se tornar um problema para todos nós. Você concordou em jogar de acordo com nossos padrões quando se transferiu pra cá. Se não consegue controlar seu temperamento nem mesmo quando joga contra seu próprio time, como podemos confiar em você na quadra?

Ele não esperou por uma resposta, mas foi na direção de Lucas.

— E você — acrescentou ele, apontando um dedo para o rosto de Lucas — sabe muito bem que não deve arrumar briga aqui. Quantas vezes precisamos ter essa conversa antes que você leve a sério? Eu sei que essa não é a primeira vez que vocês dois discutem. Você acha que Winter já não me alertou que isso seria um problema?

— Cody é ume xis-nove — reclamou Lucas.

— Cody está tentando cuidar dos outros defensores, e isso inclui vocês dois — retrucou Jimenez. — O que está acontecendo com você?

— Acho que contratá-lo foi um erro — respondeu Lucas categoricamente. A opinião dele não surpreendeu Jean, mas o fato de ele ter dito isso na cara dura para os seus treinadores era incompreensível. Jean recuou um pouco caso alguém resolvesse desferir um golpe, mas não tinha como se afastar mais do que aquilo. Lucas notou o movimento e lançou um olhar irritado para ele. — Kevin nos enganou para que o contratássemos e sabotássemos os Corvos para ele, nos transformando nos vilões nesse processo todo. Somos cúmplices de tudo o que aconteceu durante o campeonato. Não somos mais o pessoal gente fina com espírito esportivo, somos trapaceiros dissimulados. Não entrei na equipe para isso!

Jean franziu a boca para Lucas em desgosto.

— Foi o Grayson quem disse isso. Reconheço o jeito dele de falar.

— Então me fala que ele está errado — acusou Lucas.

— A única coisa que aquele merda faz bem é jogar Exy.

— Não se atreva a falar assim do meu irmão.

— Ele não é seu irmão — rebateu Jean. — Ele é um Corvo. Ele deixou de ser seu no dia em que assinou com a Edgar Allan. Ainda bem pra você que ele deixou de ser a sua família.

Foram necessários os três treinadores para separá-los quando Lucas avançou sobre ele. Jean passou a língua no canto da boca e sentiu o gosto de sangue. Sua mandíbula estava dormente, mas provavelmente começaria a latejar em breve. White o segurava com mãos tensas, como se esperasse violência, mas Jean nunca, jamais tocaria em um treinador. Ele manteve as mãos enluvadas ao lado do corpo e esperou que Lucas parasse de se debater.

— Não vou acreditar mais em você do que nele — disse Lucas quando os treinadores finalmente o fizeram recuar.

— Então acredite nele — retrucou Jean, e Lucas o olhou desconfiado por trás do ombro de Lisinski. Jean queria ter o bom senso de ficar calado, mas as palavras já escapavam, desafiadoras, frias e cheias de raiva. — Pergunte a ele por que tem tanta certeza de que os rumores são verdadeiros. Pergunte qual foi a participação dele nisso. Se você vai acreditar nele só porque ele é do seu sangue, então pelo menos faça com que ele conte a verdade inteira.

— O que isso quer dizer? — exigiu Lucas.

— E tira o nome do Kevin dessa sua matraca ignorante —continuou Jean. — Minha transferência não teve nada a ver com o campeonato. Você acha que eu teria vindo pra cá se eu tivesse o poder de escolher? *Pra cá?*

— Valeu — comentou White com sarcasmo. — Tinha que falar desse jeito?

— Não vem ao caso — interveio Lisinski, exasperada. Para Lucas, ela disse: — Isso é verdade, Lucas. Não poderíamos ter contratado Jean se a Edgar Allan não estivesse disposta a negociar a bolsa de estudos dele com a gente. Confirmamos o status dele com o reitor Andritch e o treinador Moriyama antes de enviarmos a papelada por fax para a Carolina do Sul. Jean foi retirado da equipe dos Corvos em março devido a lesões execráveis.

Jean não sabia o que aquela palavra queria dizer, mas como Lucas já estava abrindo a boca de novo, ele não teve a chance de perguntar.

— Isso não me tranquiliza em nada — disse Lucas, inclinando-se sobre Lisinski para encarar Jean. — Todo mundo sabe que você estirou o ligamento no treino. Se foi cortado por uma coisa tão insignificante, quer dizer que eles só estavam procurando por uma desculpa para se livrar de você. Eu estou certo — insistiu ele quando Jimenez balançou a cabeça. — Por que outro motivo eles só se livrariam de dois jogadores da seleção dos sonhos? Eles sabiam que era um erro ficar com Jean e estavam com medo demais para encarar os fatos.

— Permissão para quebrar a cara dele, treinador? — perguntou Jean.

— Negada — respondeu White.

— Não foi só o ligamento — disse Jimenez. Ele olhou para Jean, hesitante, que levou um momento para perceber que o treinador estava avaliando como ele se sentia com essa conversa. Jean desviou o olhar, deixando que Jimenez decidisse o quanto queria revelar. Quando ficou em silêncio, o treinador da defesa virou-se para Lucas e acrescentou: — Você reparou que ele está com o colete de "contato proibido", não é? Os Corvos chutaram as costelas dele até quebrar.

Isso fez com que Lucas fechasse a boca por um momento, e Jean achou interessante que a primeira resposta hesitante dele a isso foi:

— O Grayson...?

Por mais puto que estivesse, Jean não mentiria.

— Isso não.

Lucas se acalmou por um momento, e Jimenez finalmente se arriscou a soltá-lo. Lucas traiu essa confiança um mero segundo depois, quando perguntou:

— O que você fez? O quê? — perguntou ele ao receber um olhar furioso de Lisinski. — Se você consegue quebrar costelas mesmo através de um colete armadura, deve querer mesmo machucar alguém. Não acho que seja demais perguntar por que fizeram isso.

Por quê? pensou Jean e, por um momento miserável e patético, tudo o que conseguiu ouvir foi a voz de Jeremy em sua cabeça: "Sinto muito que ele tenha manipulado você a achar que merecia tudo isso." Jean fez um gesto com a mão, como se pudesse se livrar de um sentimento tão inútil. Jean era um Moreau. Ele pertencia aos Moriyama agora e para sempre. A vida dele era ser o que quer que eles precisassem. Para Ichirou, ele era uma fonte confiável de renda; para Riko, ele foi um escape para a crueldade e a violência que consumiam seu coração. Talvez "merecer" não fosse o melhor termo, mas também não estava errado.

— Acidentes acontecem nos treinos — retrucou Jean.

— Porra nenhuma — reagiu Lucas.

— Chega — disse Jimenez, perdendo a paciência com os dois. Ele se voltou primeiro para Jean, com uma expressão severa. — Sei que isso não é o ideal para você, mas já está decidido. Estamos dispostos a te acolher aqui, mas você precisa colaborar. Dá um jeito nesse seu temperamento e comece a agir como um Troiano se quiser ter chance de estar em quadra. Entendido?

Ele esperou que Jean concordasse, tenso, antes de lançar um olhar igualmente frustrado para Lucas.

— E você — adicionou ele, e Lucas desviou o olhar. — Você sabe ser melhor do que isso, então seja melhor. Esqueça tudo que viu nas notícias e o que seu irmão te contou. É óbvio que tem muito mais nessa história do que qualquer um de nós saiba até agora, então pare de tirar conclusões precipitadas e comece do zero. Preocupe-se com o seu desempenho em quadra e com o seu ano letivo. Deixe que a gente se preocupe com a reputação do time. Entendido?

— Sim, treinador — disse Lucas, com uma rigidez que Jean não acreditava.

— Se eu pegar vocês dois brigando de novo, vão ficar no banco até outubro. Agora, podem ir correr até que eu mande parar.

Os defensores tiraram as luvas e os capacetes antes de começarem a correr ao redor da área técnica em um ritmo lento. Jean começou primeiro, então Lucas esperou alguns segundos antes de seguir a uma distância segura. Jean contou os passos, depois as batidas do coração, tentando esvaziar a mente. Quando aquilo não foi o suficiente para distraí-lo, acabou listando e revisando exercícios mentalmente. Tinha enfim encontrado um bom ritmo de não pensar em nada quando Lucas se aproximou dele.

— Me diga por que você o odeia.

Jean o olhou com frieza.

— Teríamos que dormir aqui para isso.

Lucas fez uma careta para as arquibancadas vazias. Ele levou meia volta antes de responder, e Jean percebeu que os treinadores os observavam como falcões enquanto corriam lado a lado. Quando viraram na curva e colocaram uma distância segura entre eles e as arquibancadas, Lucas finalmente encontrou as palavras.

— Eu não consigo mais reconhecê-lo — admitiu. Parecia não gostar de dizer aquilo, a julgar pela expressão em seu rosto, mas Lucas desviou o olhar quando sentiu que Jean o observava. — Ele sumiu da face da Terra por quatro anos. No primeiro dia de volta, percebemos que nem teria voltado para casa se não tivesse sido obrigado pelos treinadores. Ele não pediu desculpas por ter sumido sem falar com a gente, não perguntou o que tínhamos feito na ausência dele, nem sequer perguntou como estavam as coisas com os Troianos. Eu nem conseguia fazer com que ele olhasse para mim até que perguntei sobre você.

"Não sei como era ser um Corvo ou como ele se sentia ao aprender com o treinador Moriyama em pessoa. Não sei se ele tinha amigos ou namoradas. Não sei nem mais que tipo de música ele gosta." Lucas parou de falar enquanto eles passavam pelo banco dos treinadores e depois continuou. "Eu nem sei que porra ele tá estudando. Você está entendendo? A única coisa que sei sobre meu próprio irmão, meu único irmão, é que ele odeia você. Ele me odeia por estar no time que roubou você.

— Então você me odeia por tabela — concluiu Jean. — Talvez você devesse ter sido um Corvo, se bem que jamais teria entrado na equipe jogando como joga.

— Vai se foder.

— Administração.

— Quê?

Jean falou alto e devagar:

— Todos os Corvos precisam se formar em administração.

Ele conseguiu dar uma volta em paz antes que Lucas pedisse novamente:

— Me diga por que você o odeia.

— Você pode não conhecê-lo, mas eu conheço — respondeu Jean.

— Isso não é uma resposta — retrucou Lucas, mas Jean não tinha mais nada a dizer. Lucas tentou manter o silêncio por mais tempo antes de perguntar: — Você transou com o meu irmão?

Dentes, pensou Jean. Dedos em seu cabelo; um aperto forte em seu queixo. Por um momento, ele sentiu o calor pegajoso de uma respiração em seu rosto, e tentou bloquear a memória com toda a força. Levar a mão ao pescoço foi instintivo, mas suas unhas encontraram o protetor de pescoço primeiro. Ele passou a língua pela parte de trás dos dentes, tentando apagar o gosto da pele de Grayson, e mordeu o interior da bochecha até sangrar.

— Eu fiz uma pergunta — insistiu Lucas.

— E eu estou ignorando você — retrucou Jean, como se isso não fosse óbvio.

— Então você quer que eu acredite na palavra dele... — lembrou Lucas. — Se eu tenho que pensar melhor no que ele falou, me diga algo para comparar. Eu já sei ou acho que sei a resposta, com base no que você falou na frente dos treinadores, mas preciso que você diga.

— Eu não tô nem aí para o que você precisa — observou Jean, tirando o protetor de pescoço. Seus dedos encontraram o local onde Grayson gostava de morder e cravar as unhas. Ele queria arrancar essa lembrança de si, mas o máximo que conseguiu foi fazer sangrar.

Eles viraram mais uma curva e encontraram Jeremy fora da quadra, bem no caminho deles, e ambos diminuíram o passo até parar na frente do capitão. Jeremy nem olhou para Lucas, mas seguiu direto até Jean e segurou seu pulso. Jean percebeu, surpreso, que foi isso que tinha tirado Jeremy do treino. Pensar que Jeremy estava mais concentrado nele do que no treino o deixava sem saber o que pensar.

Jeremy puxou a mão dele com cuidado. Quando Jean se manteve firme, Jeremy olhou para Lucas e disse:

— Vai ver se o treinador quer te colocar de volta na quadra.

Lucas deu um passo para trás, depois mais um, e finalmente se virou para ir embora. Jean preferia nunca mais ter que falar com ele, mas não pôde evitar perguntar:

— Ele está em casa?

Lucas poderia tê-lo ignorado, mas parou abruptamente. Jean usou a outra mão para empurrar o ombro de Jeremy que, obedientemente, se virou para que Jean pudesse ver além dele. Lucas ficou em silêncio por um tempo, como se estivesse debatendo se queria responder.

— Ele foi liberado ontem e o voo de volta para a Virgínia Ocidental é no sábado. Ele nem sequer me ligou para dizer que tinha sido liberado. Tive que descobrir pela minha mãe.

Ele não esperou por uma resposta antes de ir embora de vez. Jeremy olhou preocupado para Jean e deu outro puxão em sua mão. Dessa vez, Jean afrouxou o aperto e deixou que Jeremy a soltasse, e então que tocasse seu queixo, tentando fazer com que ele virasse a cabeça para ver melhor o estrago. Porém, Jean encaixou o protetor de pescoço de volta no lugar. A ferida ardia, e ele a sentiria latejando durante o treino inteiro, mas não parecia com uma mordida, e isso já era suficiente para ele.

— Fale comigo — pediu Jeremy, quase baixinho demais para que Jean o ouvisse.

Era difícil ganhar qualquer argumento com Jeremy, então Jean optou pela saída que tinha mais chance de lhe dar um pouco de sossego:

— Hoje não.

Jean não tinha a menor intenção de explicar qualquer dia que fosse, mas quando não respondia diretamente com "não", Jeremy nutria falsas esperanças e o deixava em paz por um tempo. O capitão suspirou, derrotado, ao se afastar de Jean.

— Quem sabe outro dia.

Parecia que aquele dia de treino nunca iria acabar. Quando finalmente o deixaram entrar em quadra de novo, ele colocou toda a sua concentração no que estava fazendo e em como jogava. Quando foi substituído para que outra pessoa tivesse tempo de quadra, nada acontecia na área dos reservas que servisse para distraí-lo. Ele pensou em Grayson, Federico Rossi, Evermore e Riko e correu pelos degraus do estádio, tentando manter esses pensamentos longe.

Finalmente chegou a hora de ir embora. Os treinadores dividiram os setores da equipe entre as salas de reunião para revisar o desempenho do dia antes de liberá-los para o banho. Jean já estava limpo e pronto para ir embora antes que metade dos jogadores tivesse terminado de se ensaboar, e esperou no setor dos atacantes até Jeremy aparecer.

O final do treino era uma mistura de caos e preguiça, com os Troianos andando de um lado para o outro em busca de suas roupas e chaves. Eles estavam exaustos e prontos para ir embora, mas ainda conversando animadamente uns com os outros. Jean fechou os olhos e permitiu que o ruído de fundo o distraísse. O banco se mexia de vez em quando, conforme os atacantes se sentavam para amarrar os sapatos, mas Jean só abriu os olhos quando ouviu a voz de Jeremy.

Como de costume, eles foram os últimos a sair, já que Cat e Laila não conseguiam tomar banho rápido nem se suas vidas dependessem disso. Os olhares avaliadores que as garotas lançaram a Jean enquanto se aproximavam fizeram Jean se perguntar o que Jeremy tinha dito a elas, mas ele já estava acostumado com esse grau de honestidade. Ele não as culpava por isso; os Corvos também não eram muito bons em guardar segredos, já que estavam permanentemente envolvidos na vida uns dos outros.

— Vamos? — perguntou Laila.

A caminhada para casa foi silenciosa, porém de uma maneira carregada. Cat foi a primeira a chegar à porta, mas agarrou Jean pela manga quando ele passava para impedi-lo de entrar.

— Ei — disse ela, não para Jean, mas para os outros dois. — Vocês dois podem pedir comida hoje? Tudo bem?

— Claro — respondeu Laila.

Cat deu um beijo rápido nela em agradecimento e gesticulou para Jean.

— Espere aqui.

Laila e Jeremy trocaram olhares curiosos enquanto Cat ia até o quarto. Jean ouviu o barulho da porta do armário dela sendo aberta e depois fechada. Cat estava de volta um minuto depois, com uma jaqueta que ele só a via vestir quando estava prestes a sair de moto. As luvas estavam enfiadas dentro do capacete, pendurado em seus dedos, e ela segurou Jean pelo ombro para empurrá-lo pela porta à sua frente. Jean não sabia ao certo o motivo de ela querer que ele a acompanhasse, mas ficou de lado observando enquanto ela levava a moto até a entrada da garagem.

— Vamos — disse ela.

Jean olhou dela para a moto e de volta para Cat. A moto tinha dois assentos, mas parecia impossível que aquela coisa fina fosse aguentar dois corpos.

— Nem pensar.

Ela colocou o capacete e as luvas, sentou-se no banco da frente e olhou para ele com expectativa.

— Deixa de ser cagão.

— É uma recusa absolutamente compreensível — ressaltou Jean. — Acabei de ser liberado para treinar de novo.

— A gente não vai bater. — Cat deu uma batidinha impaciente no banco atrás dela. — Não dou PT numa moto desde que tinha dezesseis anos.

— Me sinto zero tranquilizado com essa informação.

Era uma péssima ideia por um milhão de motivos diferentes, mas Jean acabou subindo atrás dela. Ela colocou os braços dele ao redor da sua cintura e instruiu:

— Não resista, tá? — E saiu pela estrada antes que ele tivesse a chance de mudar de ideia.

Jean se arrependeu profundamente no mesmo instante. A ausência de cintos de segurança e de uma estrutura sólida para protegê-los era alarmante, e os carros por entre os quais Cat serpenteava pareciam gigantescos daquele ponto de vista vulnerável. Jean pensou seriamente em descer na próxima vez em que ela parasse em um sinal vermelho, mas ainda estava tomando coragem para fazer isso quando ela chegou em uma concessionária e estacionou no meio-fio.

— Meu tio que é dono daqui — anunciou ela com orgulho, e entrou na frente dele. — Ele está de folga hoje, senão eu o apresentaria a você, mas eu te trago aqui outra hora para um encontro de verdade. Tomás!

Ela saiu em disparada, falando a mil por hora em espanhol com um dos vendedores. Jean a seguiu porque não tinha certeza do que deveria fazer, e eventualmente os dois o levaram até uma seção de roupas. Cat pegou duas jaquetas da prateleira, colocou-as na frente dele para comparar e arrancou a etiqueta de uma delas. A etiqueta foi entregue a Tomás para guardar, e Cat saiu correndo para procurar um capacete e luvas. Dez minutos depois, eles estavam na rua de novo, e Cat empurrou o capacete nas mãos de Jean.

— Vamos lá!

Estar mais equipado fez com que Jean se sentisse só um pouco mais seguro. Ele nutriu a breve esperança de que Cat estivesse voltando para casa, mas lógico que ela estava apenas começando. Jean tinha uma forte suspeita de que ela escolhia as ruas mais movimentadas de propósito. Na terceira vez que um carro mudou de faixa bem na frente deles, como se eles nem estivessem lá, Jean decidiu que era melhor fechar os olhos e esperar pela batida inevitável. Ele não os abriu de novo até que Cat deu um grito de triunfo à sua frente, e Jean olhou para cima enquanto eles faziam uma última curva para entrar na Pacific Coast Highway.

O oceano surgiu à esquerda deles, tão próximo e tão vasto que Jean não sabia como os carros não estavam deslizando para fora da estrada em direção a ele. À sua direita, os prédios e as vitrines foram substituídos por colinas rochosas cobertas por tufos de vegetação rasteira. Poderia ser a cor do seu visor, mas o céu sem nuvens parecia profundo o suficiente para se perder nele. Quanto mais ao norte eles iam, menos trânsito tinham que enfrentar, e Jean podia se preocupar um pouco menos com a possibilidade de ser mutilado em um acidente e poder se concentrar no mundo que se descortinava ao seu redor.

Ah, pensou ele. *É tão grande.*

Era uma observação tão mundana que ele mordeu a própria língua em sinal de irritação, mas aquela sensação incômoda de admiração permaneceu. Em seguida, veio a constatação vertiginosa de que ele vira mais de Los Angeles do que de qualquer outro lugar em que havia morado. Em Marselha, ele estudava em casa para que os pais pudessem ficar de olho, e sua equipe juvenil de Exy ficava a apenas dez minutos de distância. Os Corvos viajavam por toda a região nordeste para jogar, mas entravam e saíam de ônibus, aviões e estádios sem terem tempo para ver a paisagem. Os cartões postais que Kevin enviava eram a única forma de Jean enxergar o mundo fora de Evermore.

Ele e Cat pararam para jantar em uma cafeteria na praia, com mesas ao ar livre cobertas por guarda-sóis de palha e onde metade dos clientes tomava coquetéis com frutinhas na beirada do copo. Eles foram avisados que a espera por uma mesa do lado de fora seria de cerca de meia hora, mas Cat afirmou que valeria a pena colocar o nome na lista.

Se não fosse pela hora e pela brisa que vinha do oceano, o calor seria insuportável com aquelas jaquetas. Jean carregava os capacetes e as luvas de ambos enquanto andavam pela praia, para que Cat pudesse desenterrar conchas e bolachas-da-praia rachadas. Quando enfim encontrou uma que estava intacta, ela correu até o mar para enxaguá-la com uma alegria quase infantil. Jean deu uma olhada obediente quando ela trouxe de volta e guardou no bolso do peito dele com um sorriso animado.

— Pra você!

Foram enfim chamados de volta para ocupar a mesa. Quase tudo no cardápio teria sido reprovado pelos enfermeiros dos Corvos, mas Jean conseguiu por fim encontrar uma salada inofensiva. Cat pediu peixe com chips e lhe ofereceu um pedaço assim que o prato foi entregue. Jean recusou com um gesto, e Cat aceitou isso com um dar de ombros exagerado. Ela cantarolava enquanto comia, como costumava fazer quando estava feliz, e Jean a observava enquanto ela olhava para o oceano. Já que estavam sentados, ele esperava uma interrogatório ou uma explicação para o passeio surpresa.

Quando percebeu que ela não iria falar nada, Jean finalmente perguntou:

— Por que estamos aqui?

— Eu adoro este lugar — respondeu Cat, lambendo a gordura dos dedos até que se lembrou de que tinha um guardanapo. Antes que Jean voltasse a insistir no assunto, ela o olhou com uma expressão séria. — Sei lá. Só achei que um pouco de ar fresco poderia te fazer bem. Nada como um passeio para arear a cabeça e trazer você para o presente, não é?

Jean pensou por alguns instantes.

— Obrigado.

— Não é tão ruim quanto você achou que seria, né? — perguntou Cat. — Se quiser, posso ensiná-lo nos finais de semana. Temos uma moto antiga na minha casa que usávamos para treinar, mas agora que cada filho tem a sua, ela só está pegando poeira. Certeza de que eles não se importariam se eu pegasse emprestado. Talvez eu até consiga convencer a Vivi a vir com a gente.

Jean não sabia ao certo o que responder a isso, então perguntou:

— Em quantos vocês são?

Pega de surpresa, ela o encarou em silêncio contemplativo por um momento.

— Acho que essa é a primeira pergunta pessoal que você me faz — observou ela, e respondeu antes que ele pudesse mudar de ideia. — Somos sete no total. Mas eu não conheço muito bem os dois mais velhos. Eles são do primeiro casamento do meu pai e têm uns dez anos a mais do que eu, então saíram de casa quando eu ainda era pequena.

"Laila é filha única" continuou ela, apesar de já ter comentado isso antes com ele. "Jeremy tem... três. Uma irmã e dois irmãos. O irmão mais velho é um babaca, mas é normal que haja um ou dois idiotas quando se passa de quatro filhos." Jean se perguntou vagamente o que ela iria dizer sobre Jeremy, mas mudara de última hora, e queria saber o motivo, mas ao vê-la empurrando nervosamente as chips no prato, decidiu não perguntar. Um momento depois, Cat continuou: "E você? Eu estava certa em dizer que é só você?"

Seria fácil deixar que ela acreditasse nisso e o poupasse de qualquer pergunta incômoda, mas Jean tentou oferecer um pouco de honestidade.

— Uma irmã, quatro anos mais nova. Não falo com ela desde que saí de casa — revelou ele quando Cat se voltou para ele com uma curiosidade renovada. — Os Corvos não têm permissão para ter família.

311

— Foi o que ouvi dizer — respondeu Cat, e ele imaginou que ela estava se referindo a Lucas. — Mas você não é mais um Corvo, certo? Deveria tentar se reconectar.

Pensar que na possibilidade era, ao mesmo tempo, confuso e sem sentido. Ela só tinha dez anos quando ele saiu de casa, só dez quando ele parou de protegê-la do temperamento da mãe e dos negócios violentos do pai. Será que a irmã sabia que ele não tinha ido embora por vontade própria? Será que ela o culpava ou o perdoava? Jean não tinha certeza se queria saber o que o tempo tinha feito com ela. Enquanto ela existisse como memórias fragmentadas, ela estava segura, pequena e protegida.

— Talvez — respondeu ele, porque tinha a sensação que, se rejeitasse a ideia, Cat protestaria.

Assim como Jeremy, ela se deixava enganar facilmente por aquela falsa sensação de progresso, e comeu o resto do jantar em silêncio, satisfeita. Depois que Cat pagou a conta, eles retornaram para a moto.

Fizeram uma última parada na estrada em Point Dume, um penhasco com vista para as trilhas de areia e o litoral montanhoso. Cat abriu os braços enquanto se inclinava contra o vento forte. Jean observou o horizonte infinito, sentindo-se pequeno e imensurável, de um momento para o outro.

Ele bateu os dedos com a luva. *A brisa fresca da noite. Arco-íris. Estradas abertas.*

CAPÍTULO DEZESSEIS

Jean

Como nenhum dos dois queria ficar no banco pelos próximos quatro meses, Jean e Lucas decidiram, em um acordo silencioso, simplesmente não se falarem no dia seguinte. Jean ainda estava no grupo de Xavier na academia e os dois jogavam na mesma posição em quadra, então foi relativamente fácil fazer isso sem atrapalhar o restante do time. Lucas mantinha a boca fechada, Jean passava a bola para ele quando era a melhor jogada nos treinos, e eles se trocavam no vestiário sempre com duas pessoas ou mais entre eles.

No fim das contas, o impasse fez com que os treinadores prestassem mais atenção em Jean: ou melhor, nos problemas que tinham com o desempenho dele em quadra. Na tarde de quinta-feira, o treinador Rhemann entrou em quadra para treinar com a equipe. Ele usava um capacete de proteção, sem qualquer outro equipamento, e andava pelas laterais da quadra observando Jean como um falcão. Toda vez que Jean fazia algo que Rhemann não aprovava — ganchos violentos, investidas exageradas e mais contato do que um colete de "contato proibido" permitia, ele soprava o apito prateado. O treinador interrompia a jogada sem se preocupar, confiante de que Jean entenderia o som como um sinal de que precisava se corrigir.

No início, foi só um pouco irritante, mas conforme a tarde avançava, os atacantes se divertiam cada vez mais com os apitos constantes do treinador, enquanto Jean se divertia cada vez menos. Os gritos debochados de "Opa!" e "Você consegue!" dos colegas de equipe não melhoravam em nada o humor de Jean. Ele estava sendo obrigado a tomar cuidado com cada movimento, mas sempre que parava para pensar no que estava fazendo, corria o risco de ficar para trás e perder o controle da jogada. Era fácil confiar na memória muscular, o que, como o esperado, fazia Rhemann apitar de novo, repreendendo-o.

Jeremy era inteligente o bastante para não falar nada, mas teve a infelicidade de ser a quarta marcação de Jean no dia. O "ai" assustado de Jeremy não era como as provocações que Jean ouvira durante toda a tarde, ainda assim, foi a gota d'água. Jean enganchou o ombro e a raquete no braço de Jeremy para fazê-lo cair de costas. Jeremy gemeu ao bater com força no chão, e a partida foi interrompida quando os Troianos reagiram ao barulho do impacto. Jean se ajoelhou ao lado de Jeremy para esperar e apoiou a raquete no chão.

Jeremy se apoiou nos braços enquanto Rhemann vinha na direção deles. Jean sentiu o olhar indagativo do treinador, mas não se deu ao trabalho de se virar, preferiu manter o olhar calmo fixo em um ponto seguro do outro lado da quadra. Rhemann se agachou do outro lado da raquete de Jean e se dirigiu a Jeremy primeiro.

— Tudo bem aí? — perguntou ele. Quando Jeremy fez que sim com a cabeça, o treinador olhou para Jean, pensativo. — É justamente o oposto do que eu esperava de você.

— Desculpe, treinador — falou Jean.

— Você está realmente arrependido, ou está dizendo isso porque acha que é o que eu quero ouvir?

— Eu não gosto de falhar, treinador.

— Isso vai levar tempo — explicou Rhemann, tocando o apito que estava pendurado em seu pescoço. — Isso aqui não é para te fazer passar vergonha. É para te ajudar. Acho que você ainda não entendeu o quanto estamos desalinhados. Agora que nós dois temos uma ideia melhor do quanto há para corrigir, podemos resolver uma coisa de cada vez. Pelo visto, é muita coisa para ajustar de uma vez só. Está pronto para continuar, ou precisa de uma pausa para esfriar a cabeça?

— Jogarei enquanto você permitir, treinador.

— Então bora levantar e continuar — disse Rhemann ao se levantar.

Jean pegou a raquete ao se levantar e a estendeu para o treinador. Rhemann a aceitou e a virou em suas mãos enquanto Jeremy também se levantava. Jean esperou pacientemente, mas tudo o que Rhemann fez foi fitar a raquete, sério. Ele pressionou a rede para testar a tensão e apertou o aro em busca de rachaduras antes de arquear uma sobrancelha para Jean.

— Acho que perdi alguma coisa — comentou ele. — Por que estou com a sua raquete?

Ele não era o único treinador que gostava de fazer seus jogadores se sujeitarem, mas Jean não esperava que alguém tão reverenciado na NCAA tivesse essa veia sádica. Na verdade, era mais um alívio do que uma angústia poder enxergar através daquela máscara; melhor descobrir com o que estava lidando logo, já que ainda teria mais dois anos sob a orientação de Rhemann.

Jean continuou olhando para o outro lado da quadra e respondeu, obediente:

— Penitência, treinador.

Rhemann não disse nada, saboreando a espera, mas Jeremy percebeu o que estava acontecendo e exclamou, incrédulo:

— Meu Deus, Jean! — Jeremy arrancou a raquete de Jean das mãos de Rhemann com tanta ousadia que Jean deu dois passos rápidos para trás. Jeremy estendeu a mão em direção a Jean, tomando cuidado para não tocá-lo, e enfatizou: — Ele não vai te bater, está me entendendo? Não fazemos isso aqui. Você disse que tentaria melhorar, e isso já é o suficiente para nós.

A expressão de Rhemann era tão severa que Jean mal conseguia respirar, mas ele arriscou um olhar frio para Jeremy.

— Mais uma vez você acha que as palavras são suficientes, quando obviamente não são. Assinei um contrato concordando em seguir seus padrões e prometi a semana toda me comportar, mas tenho traído continuamente essa confiança e me recusado a melhorar. Cometi hoje os mesmos erros de segunda-feira.

— Não me diga que seus treinadores costumavam bater em você com a raquete — disse Rhemann. Era uma deixa perigosa para se seguir, então Jean levou o "não me diga" ao pé da letra e manteve a boca fechada. Rhemann tolerou o silêncio por apenas alguns segundos antes de exigir: — Olhe para mim agora mesmo. Eu fiz uma pergunta.

Não tinha sido uma pergunta, mas Jean sabia que não deveria corrigi-lo. Ele se forçou a encarar o olhar de Rhemann e manteve o tom o mais neutro possível.

— Eles fizeram tudo o que era necessário para garantir nosso melhor desempenho, treinador.

— O que era necessário... — repetiu Rhemann. Depois de interromper a frase, ele começou a se virar, batendo no apito de forma agitada.

Jean nunca tinha visto um treinador inquieto antes e não sabia como reagir a essa demonstração de fraqueza. Ele olhou para Jeremy novamente, mas a expressão fechada dele não ajudava em nada, e então voltou a olhar para Rhemann antes que o treinador percebesse que havia se distraído. Levou quase um minuto até que Rhemann conseguisse se acalmar e parar, fazendo um gesto para Jeremy. Em silêncio, o capitão estendeu a raquete de Jean, que a pegou devagar.

— Vamos tentar de novo — disse Rhemann, e se afastou.

Jean esperou o treinador se afastar o suficiente para que não conseguisse ouvi-los.

— Não estou entendendo.

— Confie em nós — disse Jeremy, cansado —, a gente também não entende.

Jean teve a sensação de que eles estavam falando sobre dois problemas diferentes, mas estava cansado demais para perguntar. Em vez de mandar os dois times para as posições de falta pelo comportamento antidesportivo de Jean, Rhemann recomeçou o jogo e mandou todos de volta aos pontos de partida. Jean aguentou mais do que alguns olhares curiosos enquanto atravessava a quadra para se posicionar. Ele não sabia se alguém tinha escutado a conversa ou se estavam longe o bastante para que ninguém ouvisse o que fora dito. De qualquer maneira, todos tiveram o bom senso de não perguntar nada, visto que levou meia hora para que o tom de Rhemann voltasse ao normal.

Com o treinador focando numa área problemática por vez, os apitos se tornaram mais espaçados. O problema de hoje era o hábito de Jean de colocar o pé entre os de Jeremy toda vez que paravam para observar os companheiros de equipe. Era uma maneira fácil de fazer o adversário tropeçar e tirá-lo da quadra com lesões. Essa era uma das primeiras técnicas que os Corvos aprendiam. Se livrar desse hábito exigiria um esforço consciente, mas se essa era a única coisa que Jean precisava mudar hoje, ele podia se dedicar a corrigir isso sem comprometer o restante do seu jogo.

Finalmente, o treino havia terminado. Rhemann chamou Jean enquanto o resto dos Troianos ia para os chuveiros. Lisinski não estava por perto, mas Jimenez e White estavam comparando anotações enquanto seguiam os jogadores em direção ao vestiário. Rhemann sentou-se no banco de reservas e esperou que Jean se aproximasse. Jean só se sentou quando Rhemann fez sinal para que ele o fizesse.

Rhemann levou apenas um minuto para organizar seus pensamentos e analisou Jean com um olhar distante.

— Só para você saber, pedimos a Edgar Allan que enviasse seus registros médicos completos em abril. Eles concordaram e até nos deram um código de rastreio, mas, por algum motivo, o pacote nunca chegou. Algo me diz que isso não foi um acidente. O que você acha?

— Não estou familiarizado com o sistema de correio daqui, treinador — disse Jean.

— Um de seus treinadores quebrou suas costelas?

— Eu me machuquei durante o treino, treinador.

— É engraçado que você continue dizendo isso depois de Kevin ter dito ao Jeremy que foi uma pegadinha — rebateu Rhemann, e Jean desejou mil mortes dolorosas à Rainha da Quadra. Rhemann deixou que Jean absorvesse a informação antes de perguntar: — Eu vou perguntar mais uma vez e quero acreditar que agora você vai responder a verdade. Foram seus treinadores que quebraram suas costelas na primavera?

— Não, treinador — respondeu Jean.

Rhemann continuou a analisá-lo, como se estivesse avaliando a veracidade daquela resposta.

— Quero que saiba que Jackie ligou para Edgar Allan para perguntar sobre o programa de treinamento deles. Ela se certificou de pedir exemplos de ações disciplinares eficazes. E, pelo que foi informada, não tem uma piscina sequer no campus de Edgar Allan. Gostaria de me explicar isso?

Por um momento, Jean sentiu o gosto de pano molhado. Ele quase perdeu o controle, mas pressionou os dedos com mais força e falou:

— Não, treinador.

— O negócio é o seguinte — começou Rhemann —: não quero pressioná-lo a contar mais do que está disposto, só que, mais cedo ou mais tarde, terei de fazer algumas perguntas bastante desagradáveis. Espero que possamos chegar a algum tipo de acordo antes de chegarmos a esse ponto, porque preciso que você entenda que eu não me intrometeria se não achasse necessário. Você é um dos meus agora. Estou tentando fazer o melhor por você, mas isso requer um pouco de colaboração mútua. Entendeu?

Jean não entendeu, mas disse obedientemente:

— Sim, treinador.

— Pode ir agora. Já te segurei aqui tempo demais. Bom trabalho hoje.

Mesmo sendo o último a ir para o banho, Jean foi o primeiro a terminar, ainda que por pouco. Ele se secou e se vestiu o mais rápido possível e foi para a fileira dos atacantes enquanto os primeiros colegas de equipe começavam a aparecer no vestiário. Jeremy sempre estava umas seis pessoas atrás de Jean, porque ficava conversando com todo mundo quando deveria estar no banho, mas Jean não via problema em esperar e revisar os erros do dia.

Lucas foi até Jean antes de Jeremy, e a expressão fechada em seu rosto só deixou Jean mais tenso. Ele percebeu que Nabil ficou atento, caso precisasse intervir; e pelo olhar impaciente que Lucas lançou, também tinha percebido. Se ele notou ou não os olhares especulativos de Derek e Derrick em suas costas é outra história, mas Jean manteve o olhar fixo no rosto de Lucas e esperou para entender o motivo dessa abordagem indesejada.

— Eu preciso falar com você. Sem... — Lucas fez um gesto para indicar os colegas de equipe intrometidos. — Você pode ficar alguns minutos até mais tarde hoje?

Seu primeiro impulso foi recusar, mas Jean percebeu a tensão na boca e nos ombros de Lucas. Não era raiva, mas uma expectativa cheia de ansiedade. Jean teria preferido a raiva, mas ele mesmo se colocou nessa situação ao desafiar Lucas a buscar respostas de Grayson. Jean olhou para o celular na mão de Lucas, cujos dedos estavam brancos de tanto apertar, e já ficou cansado pela conversa que o esperava.

— Ei, Lucas — chamou Jeremy, em um tom animado, enquanto entrava na fila e se dirigia ao seu armário. — Mandou bem hoje.

Jean sabia, de forma bem vaga, que Lucas havia feito uma pergunta, mas seus pensamentos se perderam em algum ponto da linha úmida nas costas cheias de sardas de Jeremy. A raiz do cabelo de Jeremy estava começando a aparecer, o que ficava ainda mais evidente agora que seu cabelo estava grudado na cabeça por causa do banho. Jean observou um filete de água escorrer pela coluna de Jeremy em direção à toalha enrolada em sua cintura, até que o grunhido de desgosto de Lucas o lembrou de que havia coisas mais importantes para se preocupar. Ele se forçou a prestar atenção no detestável colega de time enquanto Jeremy começava a esfregar as mãos pelo cabelo.

— E aí? — exigiu Lucas.

— Sim — disse Jean, embora o desprezo no rosto de Lucas o fizesse querer recusar só de maldade. — Posso esperar.

Lucas saiu bufando, os atacantes voltaram ao que estavam fazendo, e Jeremy olhou para Jean com curiosidade.

— Está tudo bem?

— É o que vamos descobrir — respondeu Jean.

Grande parte da equipe e dois dos treinadores já tinham ido embora quando Lucas voltou a procurá-lo. Ele parecia ainda mais nervoso do que estava há dez minutos, e Jean deduziu que as chances da conversa acabar bem beiravam a um exaustivo zero. Ele se levantou quando Lucas não se aproximou e colocou a mão no ombro de Jeremy quando este se moveu para segui-lo. Lucas enfiou as mãos nos bolsos e lançou um olhar desconfiado para Jeremy.

— Só o Jean — disse ele. — Me dê alguns minutos.

— Tudo bem? — perguntou Jeremy a Jean.

— Cinco minutos — prometeu Jean, andando na direção de Lucas.

Ele esperava que Lucas os levasse para o outro lado do vestiário, ou talvez para uma das salas de reunião, mas Lucas foi até a porta e desceu o túnel até a saída; passou por entre os carros de Rhemann e Lisinski para chegar ao portão externo, e Jean, que até então o seguia sem hesitar, se recusou a passar dali. O próprio Lucas parecia satisfeito em parar na entrada, com uma mão no portão e a outra na cerca, enquanto olhava para os poucos carros ainda espalhados pelo estacionamento.

— Eu falei com o Grayson — disse Lucas. — Tentei, pelo menos. Ele ainda não queria falar comigo.

— Não esperava essa discrição vinda dele — rebateu Jean —, mas não é problema meu.

— Ele não queria falar *comigo* — disse Lucas novamente.

Jean o encarou, ouvindo as palavras, mas se recusando a interpretá--las. A negação só o salvaria por algum tempo, e ele seguiu o olhar de Lucas até o carro estacionado ao lado da cerca. Ele sabia o que estava por vir quando a porta do motorista se abriu, mas não havia nada que pudesse fazer a não ser ficar parado enquanto Grayson saía e vinha na direção dele.

A liberdade não havia acalmado a fúria dentro dele; meses separados não haviam aplacado sua raiva. Jean estava diante de um homem que queria machucá-lo com todas suas forças e que conhecia intimamente cada uma de suas cicatrizes. Ele não conseguia sentir o asfalto sob seus sapatos nem o vento quente bagunçando seu cabelo. Tudo o que sentia era frieza, e uma sensação de mal-estar rastejando pelo peito como um verme.

O portão rangeu quando Lucas voltou a fechá-lo. Jean podia ter dito a ele que portão nenhum seria capaz de impedir Grayson de entrar, mas ele estava sufocado em suas lembranças e não conseguia falar. Grayson reduziu a velocidade até estacionar do lado de fora, mas não foi por obediência ou restrição. A julgar pela expressão em seu rosto, ele estava apreciando o impacto que sua presença causava em Jean, que, por sua vez, tentou se lembrar de como Grayson havia ficado em janeiro: machucado, ensanguentado e derrotado. Mas isso não ajudou em nada a acalmar seus nervos.

— Você disse que só queria conversar — lembrou Lucas a Grayson. — Pode falar com ele aí de fora.

Grayson segurou a cerca.

— Você me deve um número, Johnny.

O apelido dado por Zane vindo dos lábios de Grayson fez Jean engolir em seco.

— Vai se foder. Zane ganhou a competição, não você.

— Ele não está aqui para reivindicá-lo — retrucou Grayson. — Mas eu estou. Daqui a dois dias eu volto para o Ninho e você vai se certificar de que vou receber o respeito que mereço.

— Não vou mentir por você.

— Você vai dizer pra todo mundo que prometeram me colocar na seleção dos sonhos ou eu vou entrar lá, arrancar a pele do seu rosto e te foder até explodir a porra do seu crânio. Tá me entendendo? Eu sei onde você joga. Sei onde você mora. Quem vai te proteger agora?

— Meu Deus, Grayson... — Lucas começou, mas Grayson já estava avançando.

Ele jogou todo o peso do corpo contra o portão, mas Lucas não estava pronto para segurá-lo, então gritou quando foi jogado para trás, mas Jean não ficou para ajudá-lo. Ele correu para a porta do estádio, sabendo que não seria rápido o suficiente. Seus dedos alcançaram a fechadura digital, mas uma mão o segurou pelo ombro e o fez virar.

O primeiro soco o atingiu na boca, jogando-o na parede do estádio, e Jean reagiu como uma fera enjaulada. Grayson conseguiu passar a mão pela defesa de Jean e agarrar seu rosto para bater a cabeça dele na parede. Tudo girava, e Jean já sentia a náusea. Quando Grayson mordeu com força a junção entre seu pescoço e ombro, ele só conseguia ver um clarão. O grito que escapou de Jean foi mais animalesco do que humano, e ele foi com tudo para alcançar o rosto e a garganta de Grayson.

Lucas surgiu de repente, agarrando o braço do irmão para puxá-lo.

— Pare com isso — tentou ele, desesperado. — Grayson, pare!

Grayson soltou Jean só para atacar o irmão. Apenas três socos foram necessários para derrubar Lucas, e Grayson já estava de volta antes que Jean se afastasse mais de dois passos da parede. Grayson segurou o rosto de Jean com as duas mãos e cravou linhas ferozes em suas bochechas com os polegares enquanto o batia na parede mais uma vez.

Jean o agarrou pelos pulsos antes que ele pudesse continuar, dando uma cabeçada em Grayson com toda a força que tinha. O corpo de Jean foi para frente enquanto Grayson cambaleava para trás, mas Grayson se recuperou antes que Jean conseguisse se soltar. Grayson cravou as unhas nele enquanto o empurrava para trás de novo. Jean chutou seu tornozelo o mais forte que pôde, mas seus corpos estavam perto demais um do outro para surtir algum efeito, e Grayson respondeu batendo a cabeça de Jean contra a parede com tanta força que ele sentiu os dentes doerem.

— Me dê a porra do meu número — gritou Grayson.

— Ele não é seu. — Jean conseguiu responder. — *Vai se foder.*

Foi a resposta errada. Grayson mordeu o pulso esquerdo de Jean, tentando quebrá-lo. Jean tentou puxar a mão, e a unha de Grayson cortou a pele delicada da sua pálpebra quando a mão de Jean escorregou.

A porta do estádio se abriu, mas parou bruscamente ao bater no corpo caído de Lucas, e Grayson recuou no mesmo instante. Jean se curvou para abraçar os joelhos antes de cair de cara no asfalto. Alguém tinha começado a gritar, e ele reconhecia a voz, mas seus ouvidos zumbiam tão alto que ele não conseguia entender as palavras. Não conseguia olhar para ver quem o salvara inadvertidamente; não conseguia tirar os olhos do sangue que escorria lentamente de sua mão até os dedos.

Jean alcançou o pescoço com a mão que não estava ferida, e a sensação da pele rasgada e úmida sob seus dedos quase o fez perder a cabeça. Ele respirou fundo, se forçando a entender que não estava sufocando contra um travesseiro, mas seus pulmões estavam tão comprimidos que ele sentia o peito queimar.

Mãos agarraram seus ombros, e Jean reagiu por puro instinto. O agressor não esperava tamanha força e ele conseguiu jogar Lisinski contra o carro dela antes que ele percebesse quem havia atingido. O pânico de atingir uma treinadora apagou todo o restante, e Jean se afastou dela o mais rápido que pôde. O primeiro choque das suas costas contra a parede do estádio arrancou dez anos de sua vida, e Jean abaixou o olhar imediatamente.

— Me desculpe — ele conseguiu dizer. — Me desculpe, treinadora, eu não...

— Chega — ela o advertiu, e Jean silenciou o resto de suas desculpas. Os pneus rangeram quando Grayson saiu do estacionamento. Lisinski lançou um olhar furioso para o carro, mas com Lucas sentado gemendo a seus pés e Jean mal conseguindo ficar de pé, ela teve que deixá-lo ir. Um segundo depois, ela estava com o celular na mão e se ajoelhou para examinar os olhos de Lucas. — James, precisamos de você aqui fora imediatamente — disse ela, e fechou o celular sem dar explicações.

Rhemann saiu do estádio em tempo recorde e não chegou sozinho. Ele foi até Lucas primeiro, já que Lucas e Lisinski estavam em seu campo de visão, mas Jeremy estava logo atrás dele e foi direto até Jean. Parecia errado que um rosto que nascera para sorrir estampasse tamanho choque, e Jean desviou o olhar antes que o pânico de Jeremy o fizesse perder as estribeiras. Jeremy chegou até ele, mas Jean se afastou da parede e empurrou Jeremy para fora de seu caminho.

Ele finalmente chegou à porta do estádio sem impedimentos, mas ninguém havia dado a ele o código daquela fechadura. Com dedos trêmulos, ele digitava a senha dos Corvos repetidas vezes. Sabia que estava errado. Não sabia por que não funcionava. Não conseguia parar de tentar.

— Jean, deixa comigo — disse Jeremy ao afastar a mão de Jean dos botões.

Jean observou em silêncio entorpecido enquanto Jeremy digitava o código certo. Jean mal abriu a porta e passou se espremendo, foi para o vestiário o mais rápido que pôde, sem correr. Ele quase atropelou dois Troianos que perambulavam por ali ao passar pela segunda porta, mas ignorou os gritos de reclamação deles e continuou andando. Ele pensou ter ouvido a voz de Cat, mas ela podia esperar. Ela tinha que esperar. Jean tinha cerca de trinta segundos para tirar o toque de Grayson de seu corpo antes de passar muito, muito mal.

Os chuveiros estavam vazios quando Jean entrou correndo, e ele só desacelerou quando precisou chutar os sapatos para longe. Ele foi direto para o chuveiro mais próximo e o abriu toda a força. O primeiro jato de água em seu rosto quase o despedaçou, e Jean enterrou o rosto na curva do cotovelo enquanto lutava para respirar. *Dentes*, pensou ele, e *afogamento*, e *eu sei onde você mora*.

Jean esfregou desesperadamente o pescoço com a mão livre, tentando lavar o cuspe e o sangue o mais rápido possível. Ele havia lidado com a violência de Riko por anos; ele havia sobrevivido a Grayson em seu pior momento. Ele só precisava de um momento para superar aquilo. Um momento, ou dois, ou dez, para esquecer o peso das mãos de Grayson em seu rosto e dos dentes em sua pele. Mas o braço que protegia seu rosto da água também dificultava a respiração, e Jean oscilava entre os chuveiros dos Troianos e seu quarto sombrio em Evermore.

— Jean. — Era Jeremy de novo, em algum lugar à sua direita. Jean não tinha tempo para isso. — Olhe para mim.

Eu sou Jean Moreau. Pertenço aos Moriyama. Eu vou aguentar. Eu vou aguentar. Eu vou aguentar.

Aos poucos, ele se blindou novamente, empurrando seu medo e sofrimento para um lugar tão fundo que se sentiu entorpecido. A tensão foi saindo de seus ombros, e Jean abriu os olhos devagar para encontrar o registro do chuveiro. Um giro rápido fez o jato parar, e Jean passou as mãos pelo rosto para tirar o máximo de água que pôde. Só então ele se virou para encarar Jeremy, que estava tão perto que tinha molhado a camisa e os shorts com os respingos. Jean se sentia mais calmo, ou tão calmo quanto podia estar depois de se desligar à força daquele momento, mas Jeremy ainda parecia angustiado.

— Vou precisar me trocar antes de sairmos — disse Jean. — Só um minuto.

Jeremy se colocou no caminho dele quando Jean fez menção de sair.

— Jean, pare.

— Me deixe passar — pediu Jean. — Estou com frio.

— Por favor, fale comigo.

— Não tenho nada para dizer.

— Ele machucou você — insistiu Jeremy e, por alguns instantes, Jean ficou grato por Jeremy não ter mencionado o nome de Grayson. Jean fez um gesto de desdém e tentou passar por ele, mas Jeremy, obstinado, entrou na frente dele de novo. — É bem óbvio que você não está bem, então, por favor, pare de fingir que podemos ignorar o que está acontecendo com você.

— Pare de olhar se você se incomoda — rebateu Jean. Ele não tinha certeza se aquilo era desaprovação ou mágoa no canto da boca de Jeremy, e Jean se forçou a reformular a frase. — Os Corvos sabiam que isso não era da conta deles e sabiam que não deviam se preocupar. Seria melhor para todos nós se você fizesse o mesmo.

A resposta de Jeremy saiu baixa, mas firme:

— Não vou parar de olhar.

— Não quero que você veja.

Ele se assustou com o fato de que aquilo soava como uma mentira, mas não teve tempo de pensar nisso antes que a porta se abrisse e Rhemann entrasse. O treinador estava prestes a falar, mas hesitou quando percebeu que Jean estava encharcado. Alguns instantes depois, ele fez sinal para que eles o seguissem, mas chamou a atenção de Jeremy ao se virar.

— Pegue uma toalha para ele. Nós estaremos no setor médico.

Eles tiveram que passar pelos Troianos restantes no caminho: Cat e Laila, é óbvio, e depois Travis e Haoyu. Jean achava que eram eles a quem quase havia atropelado antes; eles eram colegas de quarto de Lucas no dormitório de verão e estavam presos ali, esperando uma solução, assim como as meninas. Um gesto brusco de Rhemann advertiu o grupo, exigindo silêncio enquanto passava. Jean manteve o olhar fixo nas costas de Rhemann enquanto o seguia.

Lucas e Lisinski estavam no primeiro escritório, então Rhemann acenou para Jean entrar no segundo. Jeremy devia ter corrido, porque ele os alcançou antes que Rhemann tivesse fechado a porta até a metade. Jeremy entregou uma toalha, mas segurou a maçaneta, e Rhemann sabia o que aquele olhar tenso em seu rosto significava. Ele olhou para Jean e disse:

— A decisão é sua. Ele pode entrar?

Jean respondeu imediatamente:

— Não.

Jeremy não teve escolha a não ser recuar, e Rhemann fechou a porta. Jean pegou a toalha oferecida a ele e se sentou onde Rhemann havia indicado. Jean nem tinha se dado conta de que tinha um relógio ali, mas agora ele podia ouvir o tique-taque ao fundo. Talvez fosse um relógio. Ele não tinha um havia anos, mas checou seus pulsos mesmo assim. Tudo o que encontrou foram as marcas irregulares dos dentes de Grayson. Ele enrolou a toalha no braço para não ter que ver.

Rhemann inspecionou a sala, abrindo e fechando gavetas em busca das bandagens e dos antissépticos de que precisaria. Quando os encontrou, Jean tentou pegá-los, mas o olhar fixo do treinador fez com que ele baixasse a mão e ficasse em silêncio. Rhemann arrastou um banquinho e se concentrou nos curativos, começando pelas feridas do pulso. Depois de terminar de limpá-lo e enfaixá-lo, ele fez Jean testar sua mobilidade. Doía, mas Jean conseguia girar o pulso e flexionar os dedos, e isso foi o suficiente para derreter um pouco do gelo que ainda restava no peito dele.

— Fale comigo — disse Rhemann enquanto enxugava o rosto de Jean.

— Não sei o que você quer que eu diga, treinador.

— Você está bem?

— Sim, treinador — disse Jean. — Eu ainda consigo jogar.

— Não foi o que eu perguntei.

Ele deu a Jean um minuto para pensar em uma resposta melhor, e o silêncio foi pior do que suas perguntas. Jean sacudiu a perna na tentativa de pôr a cabeça em ordem, sabendo que toda aquela agitação o entregaria, mas era incapaz de parar. Por fim, teve que cobrir os curativos com a mão livre para que conseguisse parar de olhá-los.

— Treinador, por favor, me diga o que tenho que dizer. Prometo que farei tudo certo.

— Não quero que você faça tudo certo — retrucou Rhemann, recostando-se um pouco para fitá-lo. — Quero saber se você está bem.

Era fácil responder àquilo.

— Estou bem, treinador.

Talvez não tão fácil, porque Rhemann parecia estar preso em algum lugar entre a incredulidade e a pena. Jean se forçou a ficar quieto. Sua melhor tentativa de manter uma expressão tranquila foi o que o salvou quando Rhemann balançou a cabeça e começou a cuidar de seu pescoço.

Jean olhou para a parede mais distante, onde uma das enfermeiras havia pendurado uma foto emoldurada e em preto e branco de um barco solitário em um porto, e, com isso, projetou sua mente para o mais longe possível dali. Ele pensou na viagem com Cat pela costa. Pensou na parede de fotografias na Toca das Raposas. Pensou em cartões postais e ímãs destruídos por colegas de equipe furiosos. Sentia que estava prestes a perder o equilíbrio de novo. Ele engoliu em seco, tentando se livrar da náusea que aumentava.

Talvez Rhemann o tenha ouvido engasgar, porque ele tentou de novo, com um tom calmo, mas firme:

— Jean.

— Vou ligar para a dra. Dobson. — Foi o suficiente para fazer Rhemann parar, e Jean se jogou de corpo e alma na mentira. — Vou ligar para ela assim que chegar em casa, treinador.

Bateram à porta. Rhemann finalizou os curativos antes de rolar seu banquinho pela sala para abrir a porta. Era Lisinski, com Lucas ao seu lado. Bastou olhar para ele para que Jean percebesse que seu nariz estava quebrado; Grayson não se conteve em nenhum dos socos que havia desferido no irmão. Jean queria sentir algum prazer por Lucas ter recebido o que merecia depois de ter organizado aquele derradeiro encontro, mas só conseguia sentir cansaço e frio. Rhemann saiu do caminho para que eles pudessem entrar e fechar a porta de novo.

Jean ignorou as perguntas preocupadas de Rhemann e a avaliação de Lisinski sobre os ferimentos de Lucas. Depois que Rhemann se certificou de que Lucas não ia desmaiar a qualquer momento, ele ordenou:

— Conta tudo. Do começo.

Lucas narrou os fatos numa versão cheia de hesitações, carregada de autocensura e arrependimento. Como não conseguiu que Jean explicasse o que dera início à rixa entre ele e o irmão, Lucas fez o que Jean o desafiou a fazer e cobrou a verdade de Grayson. Só que ele se recusou a conversar a respeito, mas mandou uma mensagem para Lucas na hora do almoço pedindo informações sobre os horários dos treinos dos Troianos. Ele não tinha nada a dizer para Lucas, mas queria falar com Jean, se Lucas pudesse arranjar um encontro a sós entre eles.

— Foi a segunda vez que ele falou comigo durante o verão inteiro. — Lucas olhou para os sapatos, o mais puro retrato da comiseração. — Ele se afastou de mim há quatro anos e esqueceu que eu existia, e nas duas vezes em que ele se deu ao trabalho de falar comigo desde que voltou para casa, foi sempre sobre o Jean. Ele vai embora para a Virgínia Ocidental esse fim de semana. Era minha última chance de vê-lo antes que ele fosse, e eu não... não soube dizer não. Desculpe. Eu ferrei com tudo.

Rhemann olhou para Jean, que não sabia se ele estava esperando a versão dele ou uma explosão de raiva. Jean manteve o olhar fixo no rosto de Lucas e disse:

— Da próxima vez, só deixa ele se mudar. E troque todas as fechaduras quando ele partir.

— Ele é meu irmão — disse Lucas, mas seu protesto foi fraco.

— Eu já tinha te falado — rebateu Jean, com a voz firme. — Ele deixou de ser seu irmão no dia em que foi para o Ninho.

Lucas fez uma careta para o chão, mas não argumentou de imediato.

— Ele machucou você. Em Edgar Allan, quero dizer — ressaltou ele quando Jean, por reflexo, apertou o pulso enfaixado. Jean não respondeu, mas Lucas não estava esperando por uma confirmação quando ambos sabiam qual era a resposta. — Eu ouvi o que ele te disse.

— Não vou falar disso com você.

— Ele...

Jean se recusou a ouvir o restante.

— Não vou falar disso com você — repetiu ele, mais alto. Dessa vez, Lucas entendeu o recado. Jean cravou as unhas no curativo, tentando fazer com que a dor aplacasse a raiva contida em seu tom de voz. Quando teve certeza de que não usaria um tom desrespeitoso com seu treinador, ele olhou para Rhemann com calma e perguntou: — Treinador, posso ir?

— Tem certeza de que quer deixar por isso mesmo? — perguntou Rhemann. — Temos câmeras de segurança. Podemos chamar a polícia.

Jean sentiu o estômago se revirar.

— Não, treinador.

— Jean. — Lucas teve a coragem de contestar, mas Jean se recusou a olhar para ele.

— Vou mandar o Jeremy embora primeiro — disse Rhemann, como se isso fosse convencer Jean.

— Os Corvos não... — começou Jean. Ao ver a expressão de Rhemann, ele reformulou a frase: — Não posso falar com a polícia, treinador.

Rhemann esperou um pouco para ver se ele mudaria de ideia, depois desistiu, balançando a cabeça.

— Vou acreditar que você é capaz de decidir o que é melhor para você, mas não permitirei que ele invada nosso estádio de novo. Vou entrar em contato com a segurança do campus e enviar uma foto dele — disse ele, olhando de relance para Lucas — e informá-los de que ele não é bem-vindo na propriedade. Lucas, se você ouvir mais alguma ameaça dele hoje à noite, eu agradeceria se me avisasse. Obrigado — ele acrescentou quando Lucas assentiu bruscamente. — Jackie vai te dar uma carona de volta para o dormitório.

— Haoyu e Travis estão me esperando — disse Lucas, ainda parecendo derrotado. — Eu vou ficar bem.

— E você? — Rhemann perguntou a Jean, mas se antecipou antes que Jean pudesse responder. — Você mora com a Laila. Vou dar uma carona para vocês quatro.

Rhemann se levantou do banco. Lisinski não parecia nada satisfeita com aquela resolução, mas saiu do escritório primeiro. Lucas não se moveu, mesmo quando Rhemann passou por ele. Jean viu Jeremy andando de um lado para o outro corredor como uma galinha ansiosa atrás de seus pintinhos, mas então Lucas segurou a maçaneta da porta. Ele inclinou a cabeça para Rhemann, mas manteve os olhos em Jean enquanto pedia:

— Dois minutos. Por favor?

Jean olhou para Rhemann, mas ele o estava observando, e a expressão do treinador quase o destruiu. Era a expressão voraz de um homem disposto a tirar Lucas dali à força se Jean desse qualquer sinal de que não queria ficar sozinho com ele. Jean tentou dizer a si mesmo que estava vendo coisa onde não tinha. Desconforto e segurança eram como dois venenos corroendo seu coração. Ele se forçou a desviar o olhar de seu treinador antes que pudesse se deixar levar por aquele teatro.

— Um minuto — respondeu Jean em um tom hesitante.

Lucas fechou a porta no mesmo instante, mas depois gastou vinte segundos olhando para ela em vez de se virar para Jean.

— Me desculpe. — Aos vinte e um segundos, foi o melhor que ele conseguiu dizer.

— Suas desculpas são tão úteis quanto dar murro em ponta de faca — disse Jean. Quando Lucas parecia prestes a protestar, Jean o interrompeu com um leve movimento da mão e disse: — Não me importa o que você pensou que conseguiria com isso ou que lição você acha que aprendeu. Eu mandei você falar com o Grayson exatamente para não precisar ter essa conversa com você. A única coisa que importa é se você está disposto a cooperar comigo em quadra.

— Ele mordeu você — disse Lucas.

— Tô sabendo — disse Jean com frieza.

— Eu vi você olhando para o Jeremy. Ouvi os boatos. Tenho certeza de que você é gay. — Lucas o encarou com um olhar obstinado que foi traído pelo nervosismo em sua voz. — Isso é tipo... foi um término que não acabou bem?

Por um momento, Jean se sentiu tentado a mentir, nem que fosse para encerrar logo aquela conversa. Mas também se sentiu tentado a dizer a verdade só para piorar tudo. A única alternativa real era fugir da resposta, e Jean fez de tudo para driblar a sensação de enjoo que se agitou em seu estômago.

— Não ouse tentar jogar as merdas do seu irmão para cima de mim. Você não vai aliviar sua culpa acreditando que eu queria me envolver nisso.

— Eu não... Meu Deus, eu só... — Lucas não conseguia descobrir aonde queria chegar com isso, e Jean não estava disposto a esperar. Ele se levantou e se dirigiu para a porta; se Lucas fosse um pouco mais lento, não conseguiria impedi-lo.

Assim que Jean encostou na maçaneta, Lucas colocou uma mão e um pé contra a porta para mantê-la fechada, encarando-o com uma expressão fechada. Jean tinha quase certeza de que conseguiria tirar Lucas do caminho se fosse preciso, fez uma expressão de desdém e deu a ele uma última chance de esfriar a cabeça.

Por fim, Lucas disse:

— Me desculpe.

— Não preciso da porra da...

— Me desculpe por ter dito isso — explicou Lucas enquanto se afastava da porta. — Não foi certo. Eu vi seu rosto quando ele saiu do carro, então sei que não deveria nem ter... — Ele gesticulou, desnorteado e infeliz, mais uma vez falhando em encontrar as palavras. — O Grayson com quem eu cresci era uma pessoa totalmente diferente. Não consigo assimilar quem ele se tornou.

— Isso é problema seu, não meu. — Apesar dessa fácil rejeição, Jean não conseguia girar a maçaneta. Ele olhava fixamente para a própria mão, querendo que ela se movesse, mas o pavor se sobrepôs ao bom senso e ele precisava saber. — Ele disse que sabe onde eu moro. Você contou pra ele?

Lucas balançou a cabeça brevemente.

— Eu falei para ele onde ficam os dormitórios de verão, caso ele quisesse vir me visitar antes de ir embora. Ele não sabe que você mora fora do campus.

Aquilo não chegou perto de acalmar o aperto no peito de Jean, mas ia ter que servir. Jean puxou a porta e encontrou os treinadores e Jeremy esperando um pouco mais à frente no corredor. Jean olhou apenas para Jeremy e disse:

— Preciso me trocar antes de irmos.

— Certo — concordou Jeremy, com um sorriso breve e desanimado. Jean sabia que os treinadores o chamariam se precisassem de mais alguma coisa e foi para o seu armário. Passou por Cat e Laila primeiro, depois por Haoyu e Travis de novo, e conseguiu chegar ao seu armário sem ser interrompido. Mas essa era só parte do problema, porque ele já tinha trocado de roupa antes de seguir Lucas para fora. Sem outra opção, ele tirou a roupa encharcada e vestiu a roupa que usaria para treinar no dia seguinte. Usou a camiseta que havia tirado para embrulhar as roupas molhadas e, quando terminou, encontrou todos esperando por ele na saída.

Haoyu, Travis e Lucas saíram do estacionamento em direção ao campus e os outros quatro Troianos foram na caminhonete de Rhemann. O caminho para casa durou o bastante para ser desorientador. Por fim, Rhemann os deixou na entrada da garagem. Ele abaixou a janela enquanto eles se afastavam e disse:

— Avisem se precisarem de alguma coisa, tá?

— Sim, treinador — respondeu Laila, guiando Jean para os degraus à sua frente.

Jean destrancou a porta e entrou, mas ficou de lado até que os outros três entrassem. Assim que a porta foi fechada, Jean colocou a fechadura e a corrente no lugar. Cada segundo que passava tornava as garantias de Lucas menos reconfortantes. Jean deu um puxão nervoso na corrente. Se Grayson encontrasse o seu endereço, uma corrente o impediria de entrar? Portas nunca o haviam impedido antes. Mas, na verdade, a última tinha sido deixada aberta para ele. As lembranças provocaram um calor febril no peito de Jean, e ele deu outro puxão forte na corrente.

— Tenho algo que pode ajudar — anunciou Laila —, esperem aqui.

Jean a ouviu revirar as coisas em seu quarto durante alguns instantes. E então ela voltou com um bastão curto. Um dos lados tinha uma base de borracha plana, e o outro um gancho raso. Ela fez sinal para ele sair do caminho e colocou a barra embaixo da maçaneta. Um último chute na base o deixou firme no lugar, e Laila assentiu, satisfeita.

— Minha mãe comprou pra mim quando me mudei— explicou ela. — Nunca me deixou na mão, e já foi posto à prova mais de uma vez. Ajuda?

Não era o suficiente, mas teria que servir.

— Sim.

— Podemos conversar? — perguntou Jeremy.

— Preciso me trocar e ligar para a Dobson — respondeu Jean e Jeremy saiu do caminho com relutância.

Jean foi direto para o quarto e jogou as roupas molhadas no cesto de roupa suja. Ele trocou a roupa de treino por algo mais confortável e se sentou de pernas cruzadas no meio da cama, olhando para os curativos. Não queria ver as mordidas, mas acabou levantando a mão e tirando os esparadrapos e a gaze. Em volta de sua mão estava ficando roxo por causa da força dos dentes do Grayson. E lá estava a náusea de novo.

Por um breve e insensato instante, ele pensou em ligar para a Dobson. Ela tinha sido a terapeuta de Andrew quando Riko mandou o Drake atrás dele. O que será que ela tinha dito para ele? Será que tinha feito alguma diferença? Será que um falso reconforto era melhor do que nenhum reconforto? Jean ficou virando o celular nas mãos, brigando com seus pensamentos.

No final, a repulsa foi mais forte. Ele não podia se expor assim. Só de pensar em colocar tudo em palavras, ele já ficava tonto. Ele estava prestes a jogar o celular longe quando o aparelho vibrou em sua mão, e, de tão surpreso, quase o deixou cair.

O código de área era familiar, mas o número não. Jean tinha apenas uns doze contatos salvos no celular, e metade deles tinha o mesmo prefixo, da Carolina do Sul. A primeira coisa que Jean pensou, com raiva, foi que Rhemann tinha ligado para Dobson, sem acreditar que Jean seguiria a promessa de buscar ajuda, mas Jean já tinha o contato dela salvo, e a mensagem que recebera não tinha nome. Ele tamborilou os dedos nas teclas por alguns segundos, nervoso, antes de abrir a mensagem.

Estava em francês:

> Onde você está?

Não era o número de Kevin, o que deixava apenas um suspeito. Mesmo assim, Jean respondeu um:

> Quem é?

> Só para ter certeza.

> Neil

Foi a resposta rápida, e depois:

> Estou em Los Angeles. Temos que conversar.

Jean olhou a hora no celular, e o pavor pesou em seu corpo. Ele sabia que as Raposas já tinham começado os treinos de verão, e sabia quanto tempo levava o voo da Carolina do Sul até ali. Se Neil tinha faltado ao treino para ir atrás dele, coisa boa não devia ser. Jean apertou o dorso do nariz e decidiu que odiava dias de vinte e quatro horas. Com certeza, deveria haver um limite para quantas coisas podiam dar errado em um único dia.

Ele respondeu a mensagem com seu endereço. Depois, como ainda não estava com vontade de se levantar, enviou uma mensagem para Jeremy:

> Temos visita

Ele supôs que Jeremy tivesse checado a entrada antes de chegar ao quarto, porque ele exibia uma careta discreta quando abriu a porta.

— Não vi ninguém.

— Neil Josten está em Los Angeles — comentou Jean, verificando a resposta de Neil. — Ele está vindo do aeroporto em um carro alugado.

— Você quer encontrar com ele? — perguntou Jeremy, sentando-se aos pés da cama de Jean. — Qual é o problema em pedir para ele esperar até amanhã? A gente pode colocá-lo para passar a noite em um hotel ou algo do tipo.

— Ele não viria até aqui se não fosse importante — disse Jean. — Tenho que me encontrar com ele.

Se Jean sobreviveria ao encontro era outra história, mas não havia motivo para mencionar isso a Jeremy.

CAPÍTULO DEZESSETE

Jean

Jean estava sentado no parapeito da janela quando um carro parou do lado de fora. Neil tinha mandado uma mensagem com o modelo e a cor do carro alugado, mas ainda assim, Jean ficou tenso com a chegada de um veículo estranho. Ele esperou até ver Neil sair do lado do motorista antes de fazer um sinal de joinha para Jeremy, e seu capitão foi destrancar a porta da frente. Jean se aproximou quando ele estava tirando a barra, e Jeremy abriu a porta bem na hora que Neil bateu.

— Oi, Neil. — Jeremy se virou de lado para que Neil pudesse entrar, mas Neil apenas deu um passo para trás, saindo do tapete da entrada. — Que surpresa agradável.

— Uma surpresa e tanto — concordou Neil enquanto olhava para além de Jeremy. Neil olhou para Jean por tanto tempo que Jean se perguntou se ele deveria falar primeiro, mas então Neil apontou para o rosto dele e disse em francês: — Eu pensei que esse time fosse de pacifistas. O que aconteceu com você?

— Você podia ter escolhido um dia melhor para vir — disse Jean.

— Não foi escolha minha. — Neil deu de ombros, mas Jean não foi ingênuo a ponto de interpretar isso como um pedido de desculpas. — Vai colocar os sapatos?

Jean calçou os sapatos sem discutir. Quando Jeremy percebeu que ele estava saindo, colocou a mão no peito de Jean, parando-o para perguntar:

— Você tem certeza? Eu preferia que você permanecesse onde posso cuidar de você.

Jean nunca esteve tão incerto de algo.

— Tranque a porta depois que sairmos.

Jeremy não parecia feliz com a decisão dele, mas abaixou a mão e deixou Jean sair. Neil começou a descer as escadas até perceber que Jean não estava seguindo, então ficou observando enquanto Jean esperava Jeremy fechar a porta. Ele ouviu o clique da tranca, um som mais distante que devia ter sido a corrente, e finalmente o baque do bastão voltando ao lugar. Convicto de que eles estariam seguros na sua ausência, Jean se virou e seguiu Neil.

O banco do passageiro estava coberto de papéis amassados e grampeados juntos. Jean deu uma olhada neles antes de colocar o cinto de segurança, mas eram apenas anotações de trajeto: do aeroporto de Los Angeles para a Quadra Dourada e da Quadra Dourada para um endereço que ele não reconheceu. Jean os entregou a Neil, que já estava com a mão esticada e analisou as anotações por alguns instantes antes de enfiá-las no meio das coxas e girar a chave na ignição.

— Alguém te mordeu — disse Neil.

Jean tocou a ferida no pescoço antes de perceber que Neil estava se referindo ao pulso, agora exposto. Pela expressão fechada de Neil, o gesto não tinha passado despercebido.

— Isso não é problema seu — respondeu Jean, se recusando a encará-lo.

— Problema é o que vamos ter hoje — argumentou Neil enquanto se afastava do meio-fio e pegava a rua. — Temos que encontrar algumas pessoas, a primeira delas é o meu tio. Mesmo que ele não faça perguntas, o próximo grupo fará. Preciso ter uma explicação pronta para quando isso acontecer.

Era bem possível que Neil estivesse mentindo para matar sua curiosidade, mas Jean não podia arriscar.

— Grayson Johnson veio me ver depois do treino.

— Eu conheço esse nome — respondeu Neil, mas demorou um momento para lembrar. — Defensor dos Corvos. Ele veio até aqui só para arrumar briga?

— Ele quer que eu o declare parte da seleção dos sonhos — explicou Jean. — Quer que eu conte que o número foi prometido a ele depois dos campeonatos. Ele acha que isso vai garantir que ele se torne capitão este ano e solidificar o valor dele no futuro.

— É verdade?

Jean riu. O som soou vazio até para ele, que pressionou os dedos trêmulos contra os lábios.

— Era de Zane por direito, mesmo depois que você ferrou com tudo de forma espetacular quando foi encontrado. — Essa não era uma conversa que ele queria ter tão cedo, ainda mais tão perto da visita inesperada de Grayson. Jean engoliu em seco para desfazer o nó em seu estômago. — Zane desmoronou quando foi deixado por conta própria neste verão, então Grayson acha que é o próximo na fila por consequência. Eu sou o único que pode falar por ele, mas não vou fazer isso. Eu me recuso.

— Ele parece desequilibrado — comentou Neil. — Que tipo de pessoa morde alguém numa briga?

— Drake não era de morder, então.

Foi, sem dúvida, a pior coisa que Jean poderia ter dito naquele momento, mas enquanto esperava por Neil, ele passara o tempo olhando as informações de contato de Dobson para não ter que falar com Jeremy. Ele ainda estava pensando nela, e em Andrew, Drake e Riko. Jean ouviu o rangido do volante sob os dedos de Neil. Por um instante, parecia o som de molas de cama. Ele lembrou de uma porta deixada destrancada de propósito e de Zane virando as costas enquanto

Grayson o jogava na sua própria cama. Ele cravou as unhas no lábio inferior e rezou por coragem para calar a boca antes de dizer algo que não devia.

— Dentre todas as pessoas com quem você poderia fazer essa comparação — disse Neil, e Jean nunca o ouvira falar tão baixo —, você escolheu Drake.

Jean pressionou o braço machucado na barriga, tanto para esconder as marcas das feridas quanto para tentar arrancar aquela dor que o perturbava.

— Isso não importa. Ele vai voltar para Edgar Allan neste fim de semana.

— Você não teria feito uma barricada na própria porta se ele não fosse um problema.

— Ele acha que eu moro no campus. Isso é só... precaução — concluiu Jean, mesmo enquanto sua mente dizia *medo, pânico, pavor*. Ele engoliu em seco, tentando conter a náusea. Se continuasse nessa linha de pensamento, ia perder o controle, então forçou Neil a ter um pouco de humanidade e disse:

— Pare de se meter na minha vida e me diga por que veio.

Neil tamborilou inquieto no volante por alguns instantes, depois aceitou a mudança de assunto sem discutir. Ele apontou para a lateral da cabeça enquanto dizia:

— Dizem que alguém do FBI finalmente perguntou por que e quando eu mudei minha aparência quando não queria ser encontrado, e conseguiram descobrir que foi enquanto eu fiquei em Evermore. Estão começando a fazer perguntas e precisamos nos antecipar e explicar tudo.

— Não podemos fazer isso — disse Jean quando Neil entrou em um estacionamento.

Neil não respondeu até receber um ticket na cancela e fechar a janela do carro.

— Não podemos dizer o nome *dele*.

Ele deixou o assunto de lado, esperando que Jean o compreendesse. Jean ficou olhando para ele enquanto Neil procurava uma vaga para estacionar. Estava analisando todos os possíveis significados por trás da fala de Neil. Quando tudo se encaixou, ele sentiu seu estômago se contrair. Se eles não podiam apontar o dedo para Riko, e toda a defesa de Neil dependia do medo de ser pego, só restava uma pessoa para assumir a culpa.

— Eles estão eliminando minha família — disse ele.

Não era uma pergunta, mas Neil confirmou:

— Sim. — Ele encontrou uma vaga e desligou o carro, mas em vez de sair, acrescentou: — Jean... — continuou ele, com uma urgência que forçou Jean a encará-lo — sinto muito.

Eu sou Jean Moreau. Pertenço aos Moriyama.

— Eu sou um Moreau — respondeu Jean. — Sei qual é meu lugar. Eu vou cumprir meu papel.

Neil parecia querer dizer mais alguma coisa, mas saiu do carro em silêncio. Jean o acompanhou enquanto saíam da garagem e começavam a caminhar pela calçada. Neil ia em direção a uma loja de conveniência, mas avistou um caixa eletrônico, de onde sacou dinheiro e enfiou no bolso de trás logo em seguida.

Jean não perguntou nada, mas Neil explicou:

— Meu tio e eu viemos para a cidade com nossos passaportes. Por causa do caso aberto contra meu pai, isso provavelmente acionou alguns alertas no escritório local do FBI. Agora só precisamos deixar rastro para forçar um confronto.

Jean não precisava dar nenhuma resposta, então apenas acenou sem muita convicção e seguiu Neil até um restaurante tailandês numa esquina meio caindo aos pedaços. Neil ignorou a recepcionista, preferindo olhar em volta. O lugar estava lotado, mas Neil só precisou de alguns momentos para encontrar o restante do grupo. Quando ele andou, Jean o seguiu. O homem para quem eles se dirigiram não se parecia em nada com Neil, mas Neil se acomodou no sofá do canto, em frente a ele, e fez sinal para que Jean fizesse o mesmo.

Neil entregou um cardápio assim que Jean se sentou, mas Jean o empurrou de volta.

— Não.

— É melhor você comer alguma coisa — disse o homem à sua frente. — Você tem uma noite longa pela frente, e duvido que seus próximos anfitriões façam a gentileza de te alimentar. — Stuart Hatford se recostou no sofá para observar Jean. Não havia bondade nele, e quase nenhum interesse, mas ele conseguiu soar vagamente educado ao dizer: — Jean-Yves Moreau. Um prazer, tenho certeza.

Isso chamou a atenção de Neil, que olhou do tio para Jean, enquanto Jean dizia:

— Não me chame assim.

A garçonete chegou antes que Stuart pudesse responder. Jean tentou dispensá-la, mas Neil pediu duas porções de um prato que Jean não sabia o que era. Assim que ela se afastou, Neil perguntou:

— Jean-Yves?

— Não. Não tenho permissão para usar esse nome — alertou Jean.

— E quem foi que disse isso? — perguntou Stuart. — O pirralho que morreu? Seu nome de registro é mais importante agora do que nunca, portanto, acostume-se a ouvi-lo. — Ele não esperou Jean responder e olhou para Neil, apontando para o próprio rosto. — Você o trouxe aqui à força, ou isso é outro problema?

Neil deu de ombros.

— Você tem alguém que possa cuidar de um trabalho na cidade?

— Depende de quanto você pode pagar. Não é um momento muito favorável, então o preço fica mais alto.

— Não tenho como mudar as circunstâncias, então não me importo com o preço. Ele não confiscou nada de mim — lembrou Neil. — Eu não trouxe comigo, mas você sabe que sou de confiança. Apenas me diga como posso te entregar.

A garçonete voltou com bebidas alaranjadas para Neil e Jean, e Neil abriu um sorriso desarmante que nunca parecia natural em seu rosto.

— Você tem uma caneta que eu possa pegar emprestada? Obrigado, eu devolvo assim que puder.

Neil rabiscou no verso de um guardanapo por um tempo e empurrou os rabiscos na direção do tio. Stuart analisou por alguns minutos antes de passar o papel por cima do ombro para uma mulher no sofá ao lado. Ela se levantou e foi embora sem dizer nada.

Eles ficaram em silêncio até que a garçonete voltasse com os pratos. Neil devolveu a caneta e entregou um cartão para pagar a conta. Jean olhou para o macarrão enquanto Neil assinava e devolvia a conta. Ele não tinha visto nenhuma informação nutricional no cardápio, mas já tinha cozinhado com Cat por tempo suficiente para adivinhar que esse prato violaria quase todas as regras do pequeno livro de alimentos considerados aceitáveis para os Corvos. Ele o afastou em uma recusa silenciosa e ignorou o olhar de Neil ao fazê-lo.

Por sorte — ou não —, eles tinham problemas maiores para se preocuparem, porque, depois de a garçonete ter se certificado de que estava tudo certo, eles tiveram privacidade para conversar. Stuart se recostou em seu assento e disse a Jean:

— Toda a operação vai ser desmantelada. Me avise agora se você pretende resistir.

Jean não tinha o direito de recusar quando essas ordens vinham de cima, mas ele já tinha sobrevivido a muita coisa para ficar calado daquela vez. Nada que Stuart pudesse fazer com ele por sua insolência seria pior do que se omitir de tentar salvar a própria irmã.

— Se é isso que esperam de mim, não vou resistir — respondeu Jean —, mas o que esse plano significa para minha irmã?

Stuart o observou em silêncio pelo o que pareceu uma eternidade. Jean contou os segundos para não pensar demais, mas chegou aos trinta e seis antes de Stuart finalmente perguntar:

— Você achou que era especial?

Jean se preparou para a inevitável retaliação violenta, mas o que Stuart disse a seguir foi pior do que qualquer coisa que Riko já tivesse feito:

— Ela foi vendida apenas dois anos depois de você. Um dos contatos da sua mãe, se me lembro bem, um traficante de armas em Argel. — Ele olhou por cima do ombro para confirmar e recebeu um aceno de um dos homens sentados ali. — Tenho o nome guardado em algum lugar, mas imagino que isso signifique mais para mim do que para você.

Jean não queria perguntar, mas precisava saber. As palavras saíram com dificuldade, rasgando sua garganta:

— Ela está morta, não está?

— Uma forma gentil de se dizer.

Jean estava dissociando daquele momento e de seu corpo, mas a vontade de vomitar era tão intensa que ele sentia todos os pelos do corpo se arrepiando. Ele olhava para a mesa, mas parecia olhar através dela, enquanto seu coração batia tão forte que parecia prestes a explodir. Ele precisava responder, mas onde estava sua voz? Não havia mais palavras dentro dele; aquela dor crescente no peito era o prenúncio de um grito rasgado e violento.

O peso repentino de outro pé pressionando o seu o fez recobrar os sentidos, e o suave "Jean" de Neil foi o que o trouxe de volta à realidade. Jean engoliu em seco, segurando tudo o que sabia que não deveria dizer, e conseguiu murmurar:

— Eu vou tacar fogo em tudo.

— Eu não tinha dúvida — disse Stuart. — Vamos começar por aqui.

Ele esboçou rapidamente uma história básica para que eles adaptassem. Ao que parece, Neil havia se recusado a entregar quaisquer contatos europeus para o FBI na última vez que fora interrogado. Ele tinha a intenção de proteger os interesses do tio, mas agora podiam dizer que isso tinha sido apenas uma tentativa de proteger Jean.

O esquema era simples: o Açougueiro e seu filho tinham feito algumas viagens para a França, procurando mais alianças europeias do que Mary poderia oferecer, e os meninos tinham desenvolvido uma amizade por causa do amor compartilhado por um esporte em ascensão. Neil complementou os detalhes com uma facilidade que, em qualquer outra situação, seria impressionante de ouvir, e Stuart interrogou os dois para ter certeza de que suas respostas eram complementares sem serem idênticas demais, o que levantaria suspeitas.

Jean concentrou todas as suas forças no exercício, agarrando-se desesperadamente a qualquer coisa que pudesse mantê-lo inteiro por mais tempo, mas não havia mais nada a ser dito. Stuart se levantou e foi embora, confiando que o FBI o deixaria sair da cidade sem contestar, preferindo focar nos alvos mais vulneráveis que ele estava deixando para trás. Os dois sofás ao lado do deles também ficaram vazios, com o grupo de Stuart indo atrás dele. O silêncio que pairou sobre a mesa na ausência dele era profundo demais, e os pensamentos de Jean começaram a girar em espiral, preenchendo o espaço como uma tempestade violenta.

Ele não se lembrava de ter tirado o celular do bolso nem de ter decidido ligar, mas a chamada foi atendida no segundo toque com um breve:

— Wymack.

— Por que você o aceitou? — perguntou Jean e, alguns segundos depois, completou: — O Kevin.

— Ele precisava da gente — respondeu Wymack.

— Não é tão simples assim — disse Jean, pensando *eles nos venderam para monstros e fecharam a porta para abafar nossos gritos. Por quê? Por quê? Por quê?* — Você nem sabia que ele era seu filho.

— Eu não precisava saber — disse Wymack.

Jean riu e percebeu que estava com a voz embargada.

— Você acredita nisso, de verdade?

— Acredito que todos nós temos a chance de sermos melhores do que as mãos que nos moldaram. Se eu tive a chance de fazer o que era certo para outra pessoa, por que não a aproveitaria? — Wymack deu a ele um minuto para pensar a respeito, depois disse: — Fale comigo. O que está acontecendo?

Ela era uma criança. Ela era minha irmã mais nova e eu deveria tê-la protegido, mas eu...

Eu também era uma criança.

Era como se uma das facas de Riko estivesse traçando uma linha entre as costelas de Jean. Seu pulmão estava apertado demais; seu coração parecia perfurado e rasgado. Jean pressionou a mão contra o esterno, procurando por sangue, mas o calor úmido que sentiu foi apenas uma lágrima que caiu em um de seus dedos. Seu rosto coçou quando uma segunda lágrima escorreu. Essa tocou de leve seu polegar ao pingar do queixo, e Jean levou os dedos trêmulos à bochecha.

Neil pegou o celular com cuidado e verificou o identificador de chamadas.

— Estou com ele, treinador — prometeu Neil, antes de desligar e colocar o celular na mesa entre eles.

— Não — disse Jean. Ele não sabia se estava falando com Neil, *não olhe para mim, não diga nada,* ou se falava consigo mesmo *não se descontrole.* — Não, não.

— Eu não sabia que você tinha uma irmã — disse Neil, tão baixinho que Jean quase não ouviu por causa de seu coração partido.

— Elodie — respondeu Jean, e falar o nome dela em voz alta quase o quebrou ao meio. Ele cerrou uma das mãos para não aranhar o próprio rosto e mordeu os próprios dedos até sangrar. Mas isso não foi suficiente para conter suas palavras. Cada uma era como um dos fósforos de Riko, queimando-o de novo: — Ela tinha só dez anos quando eu saí de casa. Dez! Por que não a amaram o suficiente para mantê-la segura? Por que eles... — *não me amaram?*

Jean se levantou bruscamente do sofá.

Neil o segurou pelo pulso e olhou para ele com uma expressão indecifrável.

— Jean — disse Neil, calmo, mas firme. — Temos que lidar com isso hoje, mas talvez não tenhamos que lidar com isso agora. Do que você precisa?

Um milhão de coisas que ele não podia ter, um milhão de coisas que ele já havia perdido muito tempo atrás. A única coisa que restava para pedir era algo que ele mal entendia:

— Eu quero ir para casa.

— Certo. Certo. Vamos... — Neil se distraiu com algo à distância e xingou furiosamente em uma língua que Jean não conhecia. Jean seguiu seu olhar e viu dois homens de terno na entrada. Eles exibiam suas credenciais enquanto conversavam com a recepcionista. Neil soltou Jean e deu um leve empurrão em seu quadril. — Dá para ver a cozinha daqui. Deve ter alguma porta que leve até as lixeiras. Podemos voltar para o estacionamento por ali.

346

— Não — disse Jean, pressionando as palmas das mãos em seus olhos. Ele pegou seu coração despedaçado e o empurrou para o fundo. Era demais para enterrar; seu estômago se revirou e se agitou e ameaçou se esvaziar por toda a mesa. Jean engoliu tudo de volta com a força do desespero, como se estivesse trancando e fechando tudo o que sentia com correntes. Mais tarde ele poderia sucumbir, talvez. Por enquanto, a única saída era seguir em frente.

Eu sou Jean Moreau. Sei qual é meu lugar. Eu vou aguentar.

Neil saiu do caminho para que Jean voltasse a se sentar, e os dois esperaram que os cães do governo os alcançassem. Não demorou muito, e os dois agentes olharam Neil com frieza enquanto se acomodavam no banco desocupado por Stuart.

— Neil Josten — disse um deles quando ambos apresentaram seus crachás —, gostaríamos de falar com você.

— Que chatice — disse Neil —, estou tentando comer.

O agente jogou duas caixas de comida para viagem na mesa, quase derrubando a bebida de Neil ao fazer isso.

— Não foi um pedido. Vamos.

Neil suspirou, mas começou a guardar sua refeição. Quando Jean não se moveu para fazer o mesmo, o homem mais próximo a ele fez um gesto imperioso e disse:

— Isso vale para você também. Temos algumas perguntas.

— Ele não tem nada a ver com isso — protestou Neil.

— Tem certeza? — retrucou o agente.

Jean não teria se importado em jogar sua refeição no lixo, mas raspá-la em uma caixa de isopor permitiria que ele ganhasse um pouco de tempo. Neil esperou até que ele terminasse antes de decidir que queria terminar sua bebida. Nenhum dos agentes se deixou levar pela falta de pressa deles, mas, por fim, nenhum dos dois tinha mais desculpas para continuar na mesa. Eles foram escoltados para fora do restaurante com um agente na frente e o outro atrás.

Um SUV preto com vidros fumê e placas do governo estava estacionado na calçada em frente. Neil, sendo quem era, apontou para o hidrante ao lado do para-choque dianteiro e disse:

— Isso é ilegal, só pra você saber.

— Cala a boca e entra no carro.

A viagem até o escritório local ocorreu em completo silêncio. Neil parecia totalmente à vontade, mesmo quando passaram por um processo de segurança de várias etapas, mas Jean observou enquanto Neil analisava todas as saídas e guardas no caminho. Ele não olhou para nada nem ninguém, exceto Neil. Era bem provável que o FBI presumisse que ele estava nervoso, mas estariam enganados se pensassem que ele tinha medo deles. Ele não tinha medo de um governo que era tão facilmente infiltrado e manipulado. Só tinha medo dos erros que poderia cometer e das consequências sangrentas que enfrentaria se falhasse com seu mestre naquele momento.

Quando finalmente chegaram aos elevadores, Neil perguntou em francês:

— Qual é a chance de eles entenderem francês?

— Nenhuma. Eles são americanos — respondeu Jean.

— Ei — protestou Neil.

— Você não conta. Não perca tempo se fazendo de ofendido.

— Já chega disso — disse o agente mais próximo de Neil. — Só inglês ou vamos separar vocês até conseguirmos intérpretes.

Eles foram levados para uma sala de conferências. Caixas estavam empilhadas em uma das pontas da mesa, alguns arquivos fechados estavam no meio, e uma filmadora já estava montada em um tripé para gravar a conversa. Ao lado da câmera, havia um suporte com rodinhas com um monitor, que transmitia o vídeo de outra pessoa de terno curvada sobre sua mesa. Ao som da porta se fechando e das cadeiras arrastando no chão, o homem ergueu os olhos e franziu a testa.

Neil o cumprimentou sem qualquer cordialidade:

— Agente Browning. Achei que nunca mais teria que vê-lo.

— Não me provoque — disse Browning. — Quer me explicar o que está fazendo em Los Angeles?

Neil abriu sua caixa de comida e começou a comer.

— Tenho permissão para visitar pessoas.

— Pessoas — repetiu Browning. Antes que Jean pudesse decidir se isso o classificava como uma não pessoa, Browning explicou: — Mas Stuart Hatford não é qualquer um, e, até onde sabíamos, ele não tinha contatos em Los Angeles para ir tão longe de casa. Mas talvez ele tenha — disse ele, lançando um olhar afiado para Jean.

Um dos agentes que os levara até ali abriu um arquivo e o jogou no meio da mesa. Jean olhou instintivamente, e a fotografia grampeada na parte superior o deixou sem fôlego. Ele reconheceu a varanda dos fundos da casa em que cresceu. Seu pai estava de pé no meio, parecendo animado ao falar com um homem desconhecido. Sua mãe estava sentada em uma cadeira de madeira ao lado, com uma garrafa de vinho em uma mão e uma pilha de papéis na outra.

Essas pessoas não eram importantes. Tudo o que importava eram as duas crianças sentadas no quintal: Jean, com nove ou dez anos, ao lado de Elodie, ainda bem pequena. Ele se lembrava daquele vestido dela, cheio de patos amarelos pequeninos. Ele havia remendado desajeitadamente a bainha várias vezes, sempre que ela o rasgava nos arbustos de amora espalhados pelo quintal.

As correntes rangeram, fazendo com que Jean mal conseguisse respirar. Debaixo da mesa, ele cravou as unhas na mordida em seu pulso. *Aguentar. Aguentar. Aguentar.*

— De onde veio isso? — perguntou em uma voz que não parecia ser a dele.

— A Interpol enviou por fax faz alguns minutos a partir de seus registros — respondeu o agente. — De onde veio *isso*?

Jean sabia que ele estava perguntando sobre os arranhões no rosto dele, mas respondeu:

— Eu puxei a minha mãe.

— Jean é francês — disse Neil. — Ele desperta a violência nas pessoas a cada vez que abre a boca. Até os Troianos têm um limite.

— Logo você acusando os outros de atitudes intoleráveis — rebateu Browning, e Neil apenas deu de ombros com indiferença. Jean não perdeu tempo se incomodando com o insulto meia-boca de Neil, porque os agentes deixaram o assunto de lado e seguiram em frente. — Hora de um de vocês começar a falar. Vamos repassar desde o início e, ao menos uma vez, me poupem das suas palhaçadas de sempre.

Neil olhou para Jean, que não conseguia fazer nada além de encarar a fotografia. Por fim, Neil deixou o jantar de lado com um suspiro cansado e disse:

— Tudo bem. O que você quer saber?

A versão dos fatos que Neil apresentou foi bastante direta. Ele e Jean haviam se reencontrado pela primeira vez em anos no banquete de outono. Se o FBI quisesse fazer perguntas, encontraria testemunhas que confirmariam que os dois tinham discutido em francês. Eles se reconheceram e, com medo de serem pegos, tentaram desesperadamente resolver qual era a relação que ainda tinham, se a amizade ainda era forte o bastante para mantê-los seguros. Sem querer, eles se revelaram para Kevin, que entrou em pânico e teve de deixar o banquete para lidar com seus segredos assustadores.

Neil concordou em visitar Evermore no Natal, mais para se reconectar com Jean do que por qualquer interesse real nos Corvos. Colocando as coisas dessa forma, era fácil justificar a opinião antagônica de Neil sobre o restante do time e seu capitão. A mudança ousada em sua aparência foi inevitavelmente atribuída a Jean e ao desejo deles de jogarem juntos na seleção dos sonhos depois da formatura. Neil tinha medo de ser descoberto caso chamasse mais atenção, então Jean tentou provar que ninguém se lembraria dele ou o reconheceria tantos anos depois. Uma aposta idiota, se pensassem bem, mas como eles poderiam saber que o tiro sairia pela culatra dessa forma?

Quando o FBI terminou de tentar cavar buracos na história de Neil, a conversa se voltou para a família de Jean. Nesse momento, eles estavam infinitamente mais interessados no que Jean tinha a dizer, mas ele não tinha tantas respostas para dar. Ele havia passado a maior parte de sua infância na quadra, não assistindo às reuniões do pai. Ele tinha informações vagas sobre os negócios em que seu pai investia, mas nada sobre seus sócios.

A sorte dele era que Hervé Moreau não tinha nem metade da importância de Nathan Wesninski. Rastrear seus interesses e negócios seria mais fácil e não exigiria os conhecimentos de Jean para juntar as peças. A maior preocupação do FBI parecia ser apenas determinar como as duas famílias estavam ligadas e se Jean seria um problema para eles. Eles não podiam se dar ao luxo de ter contratempos quando já estavam tão enrolados com o caso de Nathan. Jean teve que acreditar nas garantias de Stuart de que as evidências que ligavam as famílias Moreau e Wesninski estavam estabelecidas, e ele não cedeu às perguntas invasivas dos agentes.

Por fim, Neil deixou que eles voltassem à visita de Stuart à cidade e pisou de leve na lateral do pé de Jean enquanto oferecia a melhor — e pior — desculpa possível. Supostamente, Neil teria pedido a Stuart, meses antes, que localizasse a irmã de Jean. Stuart, por fim, havia descoberto onde ela fora parar e viera até a cidade dar as más notícias pessoalmente para os dois. Nesse ponto, Neil injetou um pouco de veneno em sua história, dizendo que os agentes haviam contribuído para arruinar um dia já horrível ao forçá-los a participar desse interrogatório, e um deles teve a decência de parecer culpado.

Depois de quatro horas exaustivas de interrogatório, incluindo algumas longas pausas para verificar a veracidade das informações com a Interpol, os agentes decidiram que Jean era a melhor chance que tinham tido em semanas. Ele foi visto como uma ameaça menor, já que não sabia de muita coisa e tinha a ficha limpa. Agora poderiam começar a desmantelar o esquema de Hervé e colocar mais um prego no caixão de Nathan.

Jean mal suportava a satisfação arrogante deles. Estava a dois comentários ácidos de desmoronar quando ele e Neil finalmente foram escoltados para fora do prédio e jogados de volta no carro.

Dez minutos depois, foram despejados na frente do restaurante de onde haviam sido levados. Jean observou o SUV desaparecer no tráfego noturno, enquanto Neil inclinava a cabeça para olhar para o céu. Jean não conseguia se lembrar do caminho até o estacionamento, então esperou em silêncio até que Neil o alcançasse.

— Sinto muito — disse Neil por fim. — Não quis te envolver nisso.

— Eu sou um Moreau — respondeu Jean. — Minha família existe para servir.

351

— Um propósito de merda — respondeu Neil, como se sua própria situação fosse melhor. Ele subiu a calçada, sabendo que Jean o seguiria. Jean tinha quase certeza de que os dois estavam perdidos, já que os arredores não pareciam familiares, mas então ele viu o caixa eletrônico que Neil tinha usado algumas horas antes.

— Então você vai continuar sendo Jean Moreau?

— Isso é tudo que eu sou, pirralho ignorante.

— Nós temos a mesma idade — ressaltou Neil, e Jean ignorou a constatação. — Eu quis dizer que... eu mudei meu nome porque não queria ser associado à minha família, mas o seu foi roubado de você. Se você não quiser mudar de novo, a escolha é sua, mas não escolha com base no que o Riko queria para você.

— Pode guardar seus conselhos pra você — advertiu Jean.

— Ele está morto — lembrou Neil conforme entrava no estacionamento. — As regras mudaram. Contanto que você cumpra com o que foi prometido, por que Ichirou se importaria com o nome que escolheu para usar? Tente aproveitar essa liberdade de vez em quando. Talvez você goste da sensação.

— Essa confiança vai desaparecer quando ele souber do seu goleiro.

— Tenho certeza de que ele sabe. Andrew estava comigo quando falei com o FBI em Baltimore. E ficou muito óbvio pra mim que pelo menos uma pessoa naquele escritório está sendo subornada. Se alguém pensou em anotá-lo como uma pessoa de interesse, com certeza essa informação teria subido na hierarquia. Não estou preocupado — disse Neil, dando de ombros discretamente. — Quanto mais pessoas eu tiver por perto, menor será a ameaça que eu represento, porque não vou querer que a minha imprudência as coloque em risco.

— Eu acreditaria nisso vindo de qualquer pessoa, menos de você — rebateu Jean enquanto entravam no carro.

— Em quem você apostaria? — desafiou Neil. — Em um homem com uma dúzia de motivos para não escapar da coleira ou em um que só se mantém preso porque disseram que ele não devia soltar?

Jean o ignorou, e Neil deixou o assunto para lá. A viagem de volta para a casa de Laila transcorreu em um silêncio tenso. Havia espaço no meio-fio para Neil estacionar na frente do carro de Jeremy, mas ele parou no meio da rua e ligou o pisca-alerta. Jean tentou soltar o cinto de segurança, mas ficou parado quando Neil o segurou pela manga. Demorou um minuto até que Neil olhasse para ele. A mente de Neil parecia ter se transportado para outro lugar. Podia ser só uma impressão causada pela escuridão da noite, mas Jean achava que não. A voz de Neil estava calma quando ele disse:

— Tranque a porta esta noite, se isso ajudar, mas Grayson nunca mais vai incomodar você.

De início, muitos pensamentos transbordaram no cérebro exausto de Jean para que aquela frase fizesse sentido, mas então, ele se lembrou com nitidez de Neil dizendo "você tem alguém que possa cuidar de um trabalho na cidade?". Era impossível que ele tivesse feito um acordo para eliminar Grayson com Jean sentado ao seu lado; o fato de Jean estar tão perturbado pela destruição iminente de sua família a ponto de não perceber o que estava acontecendo era imperdoável.

Ele devia ter intervindo. Grayson ia deixar a cidade no fim de semana. Se ele ficaria longe era outra história, e Jean sentia um arrepio só de pensar nisso. Com o Ninho fechado e a Edgar Allan sob investigação, os Corvos provavelmente seriam mandados para casa durante os recessos universitários dali em diante. Grayson ficaria indo e vindo da Califórnia o ano inteiro. Será que essa era de fato a única solução que restava para Jean? Ele conseguiria sobreviver se a evitasse?

— Um Wesninski na essência, se não no nome — provocou Jean. — Esse é você tentando se aproximar do seu novo mestre protegendo os bens dele?

— Ichirou que se foda — retrucou Neil, e Jean não ficaria ali sentado ouvindo o que quer que viesse depois desse comentário ousado. Ele empurrou a porta para abrir, mas Neil o agarrou pelo pulso machucado antes que pudesse sair do carro. Jean cerrou os dentes tentando suportar a dor e o encarou.

Neil não se deixou abalar pela raiva dele.

— Grayson deveria ter se afastado do legado corrompido de Riko e recomeçado. Ele cavou a própria cova quando veio até aqui atrás de você, e eu não tenho medo de puxar o tapete dele.

Jean tentou se soltar, mas o aperto de Neil estava forte demais.

— Não seja escroto ao ponto de fingir que é só por minha causa.

— Por que não seria? — perguntou Neil.

— Eu sou só um Moreau — disse Jean, direto e tomado pela raiva. — Eu não sou...

— Elodie também era — lembrou Neil, e Jean parou de respirar. — Lembre-se disso na próxima vez que achar que você não é digno de ser salvo.

Neil o soltou, e Jean se jogou para fora do carro. Ele bateu a porta ao sair e subiu os degraus depressa. Jeremy já havia aberto a porta da frente para ele, mas Jean o afastou com um empurrão no ombro. Cat e Laila estavam mais adiante no corredor e se encostaram na parede ao verem a expressão em seu rosto. Jean não sabia exatamente para onde estava indo, mas não se espantou ao dar de cara com sua mesa alguns segundos depois. Ele espalhou seus cadernos sobre a mesa, mas não se deu ao trabalho de abri-los.

Pensou na França: nas amoras, nos patinhos e na brisa salgada do Mediterrâneo, no lubrificante de armas e no ardor de um cinto largo e em um sim ansioso e imediato. Ele pensou em uma viagem de avião interminável para o inferno, um par de rostos numerados e um garoto monstruoso dizendo "um nome muito pretensioso para um animal imundo como você".

Ele pensou em Evermore: bengalas pesadas e facas afiadas, dedos quebrados, afogamento e fogo. Pensou nas mãos firmes de Josiah que o costuravam só para Riko chutá-lo escada abaixo de novo, e no cheiro enjoativo de sangue e suor que não secava no acolchoado grosso. Cinco voluntários para destrui-lo, a traição de Zane para acabar com ele, e uma única promessa que o manteve vivo apesar de tudo.

O calor intenso em seu peito podia ser os seus ossos estalando ou seu coração se partindo. Jean tentava manter o controle com todas as suas forças após um dia tão terrível, mas sentia que estava oscilando. *Aguentar*, ele mesmo se advertiu e, logo a seguir, veio a perguntar desesperada, *por mais quanto tempo?*

Não cabia a ele questionar; não cabia a ele acreditar que aquilo teria um final. O que quer que exigissem dele, ele daria sem hesitar ou reclamar. Era tudo o que ele era; era tudo o que ele sempre seria. Ele queria gritar até que seu pulmão sucumbisse.

— Jean. — Jeremy tocou as costas dele com gentileza, como se achasse que Jean pudesse se desfazer se fosse tocado com mais firmeza. — Me diga o que você precisa que a gente faça.

Meu nome é Jean Moreau. Pertenço aos Moriyama.

Sempre terei um mestre.

Quando inspirou, ele estava tomado por um ódio tão feroz que mal conseguia enxergar direito; quando voltou a inspirar, estava horrorizado com sua própria ingratidão. O que tinha naquele momento era melhor do que qualquer coisa que já havia recebido, e certamente era mais do que alguém como ele merecia. O mestre e Riko haviam partido, e Jean estava livre do Ninho. Ele tinha uma nova equipe, um novo lar e uma cidade com a qual estava começando a se familiarizar. Seus péssimos pais eram um preço pequeno a pagar para manter o que ele tinha, não era?

E se Ichirou vier em busca de mais? Jean se perguntou, mas ele sabia a resposta. Neil achava que criar laços o manteria a salvo. Jean sabia que isso só servia para que Ichirou soubesse onde atingi-lo para que andasse na linha. Não era liberdade; era só uma gaiola mais bonita. Isso já devia bastar. Precisava bastar. Jean nunca se libertaria dela.

Jean abriu um de seus cadernos e olhou para o COVARDE escrito na folha. Antes que pudesse pensar duas vezes, ele segurou a página e a arrancou. Foi mais fácil do que imaginava, e ele a amassou depressa antes de jogá-la no chão. A folha seguinte saiu com mais facilidade e, quando puxou de novo, Jean arrancou quatro folhas ao mesmo tempo. Ele estava fazendo a maior bagunça, mas não conseguia parar. Isso o acalmou, fazendo-o ganhar tempo até que pudesse enterrar sua dor e raiva.

Jeremy o deixou chegar à metade do caderno antes de tentar de novo:

— Jean.

— Se eu pedisse para você me matar, você o faria? — perguntou Jean.

— Nunca mais diga isso — disse Jeremy, baixo e insistente. — Olhe para mim.

— Não vou olhar.

— Somos seus amigos. Por favor, deixe a gente te ajudar. — Quando Jean se recusou a responder, Jeremy mudou de tática. — Você deveria ser minha história de sucesso, mas está se colocando contra mim. Meu fracasso é seu fracasso, certo? Me diga por que você está lutando contra mim ou me deixe entrar.

Jean se arrependeu de ter contado a Jeremy sobre os parceiros dos Corvos. Ele não tinha se dado conta que o assim chamado Capitão Raio de Sol usaria essa informação contra ele. De qualquer perspectiva que Jean visse, Jeremy estava com a razão: ele não sabia como se livrar do acordo entre eles. Não precisava gostar ou concordar com a abordagem de Jeremy, mas tinha que reconhecer que não estava cumprindo sua parte no trato.

— Mas que merda — disse ele, cansado e derrotado.

Pelo menos Jeremy não se vangloriou. Ele parecia satisfeito em esperar Jean, seguro de sua vitória dissimulada. Jean queria ficar irritado com ele, mas sua irritação era mais um alívio do que raiva propriamente dita. Era uma maneira de continuar se protegendo, e ele se apegou à irritação para se fechar. Quando conseguiu respirar sem a sensação de que seu peito estava se revirando, ele se virou para enfrentar seu capitão. Jeremy o observava em silêncio, com uma calma inabalável.

— Isso — Jean fez um gesto em direção a si mesmo, referindo-se ao estado deplorável no qual havia chegado em casa — não é algo que estou pronto para discutir ainda. Um dia, eu prometo — disse ele, pois, uma vez que o julgamento de Nathan começasse, não haveria como esconder a meia verdade sobre os assuntos sangrentos de sua família de nenhum deles —, mas não hoje.

Jeremy ponderou por um minuto antes de responder.

— Certo. Então o que podemos fazer agora?

— Nada — respondeu Jean, e bateu com o dedo no queixo de Jeremy quando ele abriu a boca para protestar. — Você não pode me salvar do passado, e querer desenterrar tudo não vai adiantar nada. Deixe Evermore para mim e para Dobson — disse ele, e foi uma surpresa que ele não tenha feito uma careta ao ouvir o nome dela. — Você me fez uma promessa, então vou te cobrar isso: me ajude a sobreviver ao futuro.

— Isso é tudo o que posso fazer?

— É o que só você pode fazer — disse Jean. — Eu confio em você.

Ele estava se esforçando tanto para não dizer *não tenho outra escolha* que demorou a perceber que estava falando sério. Ele não entendia os Troianos e não tinha certeza se algum dia entenderia, mas acreditava que a devoção deles era sincera. "A bondade deles é importante", dissera Kevin na primavera. O contexto podia ser outro, mas por fim Jean sentia a verdade daquelas palavras.

— Você vai me ajudar? — perguntou Jean.

— No que você precisar.

— É perigoso oferecer um cheque em branco.

— Deixa comigo — retrucou Jeremy —, eu posso bancar.

Não havia uma resposta adequada para isso, então Jean se voltou para os seus cadernos e os empilhou de maneira desorganizada. O movimento fez com que ele se lembrasse de seu pulso ferido, e ele o cobriu com a outra mão. Pela visão panorâmica dava para perceber que Cat e Laila estavam cansadas de ficar só acompanhando tudo de longe. Laila estendeu um curativo grande e, quando viu Jean estender a mão, ela o abriu para colocá-lo em seu pulso. Dessa vez, Jean não tentou se esquivar.

— Preciso comer — disse ele, embora não fizesse a mínima ideia de que horas eram.

— Ah, que bom — disse Cat, com entusiasmo exagerado. — Encontrei uma nova receita e preciso de uma cobaia. Vamos lá.

Eles foram para a cozinha, onde Cat pressionou o pedal da lixeira para que Jean jogasse suas anotações das aulas fora. Ela indicou os bancos quando ele se preparou para ajudar, então ele se sentou entre Jeremy e Laila. Quando Jean viu que horas eram, pensou em pedir desculpas por fazer com que eles ficassem acordados depois da meia-noite, sabendo que eles teriam treino pela manhã, mas Cat ligou a caixa de som antes que ele decidisse o que dizer. Jean fez menção de tocar o curativo no braço, mas acabou descansando a mão na coxa.

— Tá bom, vamos lá — anunciou Cat, e Jean permitiu que a tagarelice dela o afastasse de seus pensamentos. Quando ela correu pela cozinha para pegar um ingrediente que tinha esquecido enquanto cortava, Jean bateu em um ritmo discreto na própria perna e começou a cortava os outros.

A brisa fresca da noite. Arco-íris. Estradas abertas. Companheiros de equipe.

Mas aquela última opção não parecia certa; ele fazia parte de alguma equipe desde os sete anos de idade. Mal conseguia lembrar das crianças com quem jogou na França, enquanto os Corvos eram uma presença opressiva em suas memórias. Ele amava os Corvos, os odiava, desejava nunca tê-los conhecido. Os Troianos não podiam ser colocados na mesma categoria. Ele não conseguia sentir gratidão por um sem trazer à tona memórias desagradáveis do outro. Jean bateu o polegar na perna enquanto pensava e tentava de novo.

Amigos?

O passado de Jean era tomado por cinzas e ossos quebrados. O único futuro que ele tinha era um acordo feito em seu nome: a exigência de jogar um jogo que ele mal conseguia suportar enquanto conseguisse segurar uma raquete. Jean continuaria seguindo em frente, porque a única coisa que ele sabia fazer era obedecer às ordens, mas já estava tão cansado e derrotado que não sabia como dar o primeiro passo. Se esses três conseguissem pelo menos tirá-lo da beira do precipício até que ele se reerguesse, já seria o bastante.

Ele não perderia tempo pensando no que viria depois da formatura. Por enquanto, o que importava era o presente. Ele reparou no pé de Laila enroscado na base do banco, na forma engraçada como Cat se movia e fazia uma enorme confusão na bancada, e no calor do ombro de Jeremy, que estava quase colado ao seu.

Amigos, pensou ele de novo, e dessa vez quase conseguiu acreditar.

358

AGRADECIMENTOS

Todo o meu amor às minhas amigas Tashie, Hazel, Elise, Anna M. e Jeni M. Obrigada pelas sessões de escrita e pela paciência infinita em todas as dez milhões de vezes em que procurei vocês, cheia de dúvidas, e pedindo uma ajuda minuciosa. Obrigada por não me jogarem de um penhasco toda vez que eu confundia os nomes do Jeremy e do Jean enquanto escrevia, e por transformar uma bagunça caótica em algo legível. Sem o entusiasmo e apoio de vocês, eu já teria fugido para a floresta há meses.

Obrigada à minha irmã por mais uma vez me ajudar com a capa. Eu pediria desculpas por ter mudado de ideia tantas vezes, mas foi meio divertido ser insuportável. Esta série significa ainda mais para mim por ter o seu toque pessoal.

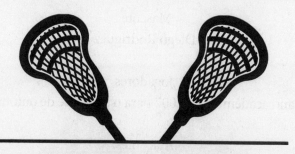

TROIANOS DA USC

Administração

Equipe técnica:
James Rhemann: treinador principal
Jackie Lisinski: preparadora física
Michael White: treinador da linha ofensiva
Eduardo Jimenez: treinador da linha defensiva

Enfermeiros:
Jeffrey Davis
Ashley Young
Binh Nguyen

Assistentes:
Angela "Angie" Lewis
Antonio "Tony" Jones
Roberta "Bobby" Blackwell

Mascote:
Diego Rodriguez

Jogadores
(ano acadêmico de 2007 para o semestre de outono)

Atacantes:
Jeremy Knox, nº 11: capitão, 5º ano, veterano
Derek Thompson, nº 15: 5º ano, veterano
Derrick Allen, nº 9: veterano
Ananya Deshmukh, nº 13: 3º ano
Nabil Mahmoud, nº 17: 3º ano
Ashton Cox, nº 19: 2º ano
Timothy Eitzen, nº 8: 2º ano
Emma Swift, nº 6: caloura
Preston Short, nº 14: calouro

Meias:
Xavier Morgan, nº 3: vice-capitão, veterano
Min Cai, nº 1: 3º ano
Sebastian Moore, nº 2: 2º ano
Dillon Bailey, nº 4: calouro
Charles Roy, nº 5: calouro

Defensores:
Cody Winter, nº 20: 5º ano, veterane
Patrick Toppings, nº 36: 5º ano, veterano
Shawn Anderson, nº 26: 5º ano, veterano
Jean Moreau, nº 29: veterano
Catalina Alvarez, nº 37: 3º ano
Haoyu Liu, nº 33: 3º ano
Lucas Johnson, nº 25: 3º ano
Jesus Rivera, nº 31: 2º ano

Travis Jordan, nº 32: 2º ano
Tanner Adams, nº 21: calouro
Madeline Hill, nº 28: caloura

Goleiros:
Laila Dermott, nº 40: 5º ano, veterana
Shane Reed, nº 41: veterano
William Foster, nº 46: 2º ano
Zachary Price, nº 42: calouro

Este livro foi composto na tipografia
Minion Pro, em corpo 11,5/16, e impresso em
papel off-white no Sistema Cameron da
Divisão Gráfica da Distribuidora Record.